書及妳

佚凡 著

（剪報.取自中國文化大學資源教室之佈告欄）【聯合報·中華民國九十三年八月二十九日 四版】

導盲犬（不能寫出真實姓名）小明的故事…

試想一個人，終其一生無私地，將自身精力完全貢獻於工作崗位上，一旦他離開原有習慣付出的模式，生活不再有所重心，該會面臨多麼大的失落感呢？如此『退休症候群』，從『人』轉移到一隻奉獻了十年的『公務狗』身上；這隻狗就是民國83年[illegible]日出生，92年從盲人重建院[illegible]主任手中卸任，台灣的第一隻導盲犬—Anic 愛琪，也是目前台灣第一隻退休狀態的導盲犬。

【中略】……『難忘導盲習性』：問及是否感覺現在的 Anic 還保有一些特殊的習性，像是走路時會習慣停下來聽候指令嗎？王醫師表示當初導盲的想法就是努力要讓 Anic 退休後回復『狗的本性』，所以並沒有刻意要一些 Anic 習慣聽從的命令，散步有時就順著 Anic 自己想走的方向，倒是牽著 Anic 散步時，Anic 還是習慣走在與行人的左側，另外如果要表現出導盲犬的習性，那應該就是還保有高度的服從性跟規矩吧，加上 Anic 的聰慧個性，學什麼都是一教就會，像是外出回家第一件事就是先到浴室[illegible]，因為[illegible]也是 Anic 剛學會的特技。

『別人家的狗狗是[illegible]如何訓練規矩，我們家的愛琪卻要說服牠放鬆呢！』王太太[illegible]地說著。正因 Anic 之前的身分是導盲工作犬，已經成為牠[illegible]壓抑的行為模式，現在 Anic 退休後，夫妻倆就希望培養牠自主的想法，可以放鬆地去表現，而之前他們也會帶著 Anic 去拜訪狗醫生協會，訓犬師點出 Anic 卸下導盲[illegible]後，反倒缺乏自信的心理問題，也教導了王醫師夫婦多用語調、零食、[illegible]等鼓勵方式來[illegible]行為。

大一台北小明著

大二台中LP譯之

大三台南小明注

大四屏東小明著

〈我[illegible]們·卷一[illegible]〉

陰森[illegible]……。習慣不在宿舍內開啟大燈，陰鬱地閱讀著這些記錄了我，不知道在何時消去的過往，如下文般地木乃伊層層包裹著解答新出土被你們用來規範大家必須遵守之遊戲規則的史料。

（小明，所謂的學問，所謂的書寫，是要從你自己的生命出發喔！）

看著，無法尋找到合適代名詞的現在……一本一本轟然的家世，郝譽翔使用了莎拉布萊曼的《一千零一夜》寫了《逆旅》一書，其實，我還不想那麼早寫……

像是無間地獄般，一切一切又一切的面容由此通道消失或者展開甚至是替換也可以反證，脈絡[illegible]是如此而下的。

監視器，他們陸續地看著我們／陸續在（神像）前

---

1 傳者小明曰：傳說中前半生沒有引經據典地想像與餘生開始奮力地炫學且吐露了許多巨大／可憐的史實（會議記錄）而想像完成之卻依舊和文學終終生無緣的小明們，在使用真實人名（其實就是耗盡所有記憶的生命）書寫那預定虛構的小說〈我們繼續開始—三部曲〉，fiction……〈我們繼續開始〉、〈我們開始繼續〉之二以後，才發覺又違反了文學獎之遊戲規則：不得出現（真實姓名）[illegible]。所以現在猶如地被偽裝成『移動的石頭』在大五的年代徘徊於校園中。

2 傳文在此為非，LP在此使用古典，卻又藉由現代的白話文乃由西方傳入的一種語言變遷來試圖模擬，並且按圖索驥地回復小明當時為文之動機，有著根本上之錯誤。詳加考之，此乃為了迎合（某文學獎評審，青椒）而採用的記事本末方法；但是LP的功夫沒有到家，畫虎反類貓，現代主義不成而後現代一蹋地糊塗，是以本篇一直都不能得獎。

作者大學時代舊作的截圖剪影

序〔散文〕：如果死亡的註腳是安息

張秦姍

忘了是在什麼機緣下認識培訓的。

大二那年的冬天，不只陽明山淒風苦雨，我的人生，也正經歷著一場狂風暴雨。好像就在那年，兩個人生同樣在下著冰雹的人，莫名其妙地，就這樣認識了。或許因為有相同的際遇，在閱讀培訓的作品時，特別的心有戚戚。

閱讀培訓的文字，像在拼一塊不知道是什麼樣貌的拼圖。有時，我覺得自己像個偵探，總是在探尋著埋藏在文字中的密碼。心情，也如同偵探辦案一般，時而疑惑，時而恍然。有時，我彷彿又化身為犯罪鑑識人員，細細地檢索隱藏在文字中的情感。理性，常常在閱讀中緩慢地解構，剩下單獨而純粹的感性。

來不及了。

當我說出阻止的話語時，已經來不及了。

在那個瞬間，不只我的軀體損毀，我生命中的某塊拼圖，也，碎了。

就這樣，我們再也回不去了。

在培訓的文字中，我彷若看見大二那年的自己。

大家其實都沒有改變，改變的其實是我們自己，我們在無可控制的情況之下，我們被迫改變成沒有預料過的我們。我們喪失了某些正常人該有的能力，在壞軌的人生途中，所有的想望都無法讀取，你說，我們？

沒有我們。

我們仔細縫補卻趕不上破裂的速度，火車嗚嗚地向前，所有人的人生飛快前進，而我們的卻彷若被按了暫停鍵，不，應該說是倒退鍵。所有的努力，頹然撲倒在無情的荊棘之上。

等不及，我等不及修復失序的人生；等不及，我等不及恢復自己的樣子。

痠痛發炎的肌腱、在醫院復健時流下的汗水和淚水、憤懣不平的怨天尤人，在那樣的時空，孤獨無助的我，將所有的情緒幻化成詩篇，奇蹟似地療癒了破碎的自己。而培訓，則是用他特有的意識流式，如詩篇般的散文，試圖恢復自己的樣子。而殊不知，我們再也回不去了。如果死亡的註腳是安息，那麼我們之間剩下怎麼樣的解釋？

閱讀培訓，是一趟奇幻的旅程。培訓在寫作的過程中，用跳躍性地思考，創作，捏塑出一個新的培訓。而在閱讀培訓的我們，又將會在哪一個星球駐足停留呢？

（張秦姍。畢業於文化大學中文系文藝創作組、中央大學中國文學系碩士；桃園六和高中國文科教師。）

序〔評論〕：推薦文

林泰瑋

自有機會閱讀培訓的作品起，他的寫作基礎就頗為厚實，因為所謂能作為「基礎」，更因為其發展一直有著大致的建築方向。惟其基礎之厚重，所以即便持續地寫作裡必然的來回轉折、那些興體悟悔少作的循環，都還能持續走向宏大。如何長征移動，如何爆發擴張；寫作筆下的生殺興衰，都還能被他很早就闢開的天地裡承載。

閱讀這些作品，也許還較不重要的，是能辨識熟悉的閱讀教養，甚至直接展示互文性的比如駱以軍早中期作品、羅智成、雷光夏，從用詞到斷句到鍛句等隱然的師承。作為在這些作品前脆弱的閱讀者，或者該或不該察覺都有道理之處，還是寫作者和語言的關係。

或者可以這麼描述：你大概也就先借用Lev Vygotsky的理論，先撇除這理論建立之初的實際研究目的。可以聚焦於他要說，一個心靈面對這無明的世界、森羅萬有的個別命運裡，面對，理解，訴說世界需要的「概念」，是怎麼成立的。也可以關注他的結論重點之一，「語言」才是對每個個人生命史裡，對萬事萬物產生「概念」的必要層次，我們不是用心靈面對世界把握世界，而是語言，然後這些來自語言的概念認識，才又是我們面對世界的常識。

需要證據嗎？那些定義裡，必包含宏偉莊重、不可挑戰之意涵，才能成就的「歷史」們，大可成為幫助你感受到這真實裂縫的主題。尤其若一個文化裡，「歷史」與「經典」，直到「內聖外王」或「無為清淨」等任君體驗挑選的生命哲學之道，其實都和「歷史」之文獻，是三位一體。那麼對於使用這文化裡文字的寫作者，能這麼基澱出如此的「基礎」，可以高下伏仰、長征爆發，也就並不奇怪。

從這累積收錄的作品裡，「歷史」自然不限於世間，也是一種方法；也正如此，才會讓作者的寫作，顯得這麼奇特，但又能讓那些心靈狀態足以安身。

讓我們想像自己觀察著自己，是Lev Vygotsky認知心理學所觀察的孩童。在你的每天日常，都也就每個生命史獨特的片段；那麼如同所有寫作者都有的情緒感受、興觀群怨；其實也都經過到了「語言」作為介質，成立「概念」以認識概念的階段。若足夠慧黠，這用語言追趕念想的過程裡，再偶爾後設拆解，起興聯想，大概已經是個風格；若閱讀教養給出的隱密師承，還讓寫作者對於Lev Vygotsky理論下，孩童概念成形的倒數第二個階段，建立「Pseudo Concept」充滿興趣。會出現的作品，大概會有些接近本作收錄之部分作品罷？

既像孩童般認識世界、偶爾分心發散；但又是個暴君，讓閱讀必須不時一跳跳跟上這些拆解裡的起興比喻乃至互文，或者個人史堅守信念之展示。

前提大概還得是，對於寫作起點，對於那些即將開筆寫下的個人日常片段、事件或概念，都帶著見證歷史的堂皇，要那麼認真的「追述」。

光就最後這一點，就需要相當的力氣，也足以讓寫作者們尊重。

（林泰瑋，台北人，寫作者。畢業於文化大學中文系中國文學組、華岡詩社，現任職科技業。）

序〔蔭影〕：終點何方

蘇歆雅

很榮幸受邀為培訓提筆，但也擔心辜負了朋友殷切的期盼，畢竟學長珠玉在前，相較之下我根本難登大雅，但在培訓鼓勵之下，也就大膽與諸位分享讀後點滴。

不過身為作者僅一個月的大學同窗，在拜讀〈我們繼續開始〉的時候，衝擊的後座力大概是一般讀者的雙倍甚至十倍，原因無他，因為我們也是文中的臨演，在得知噩耗的那天開始，就默默的在心中祝禱，希望八十八級的班代能再次站起，不要永遠留在仰德大道……

嗯，作者是我們大一上學期的班代，是個在身心狀態都極其「生猛」的男生，一身壓不住的狂傲宛如行走的汽油桶，帶著點橫行的匪氣，與傳統的中文系男生不太相同，算是奇行種。

我們知道他傷得很重，但我卻奇妙的從未懷疑過他的回歸。一年後，他帶著破碎後的重組回返文藝，再艱辛、再困難似乎都無法阻擋他創作的腳步，蹒跚中倔強前行，讓人不得不服。

於是，看著〈我們繼續開始〉的小明，我們也心知肚明的入戲了，也只能入戲。

因此，文學虛妄的假設，在我們眼中看來就是半自傳的剖心——他疼，我們也疼，儘管不及培訓的萬一，但我們怎能不心疼？因此無法冷靜的就文學的角度旁觀，因為這種千真萬確的痛苦，是實打實的三次元，無法在心中張開二次元的保護網。

所以，當他說「你必須殘花敗柳地帶著傷痛活下去，因為你是壞人，你是必須找尋生命的鬼」，當他說「沒有夢，沒有希望，沒有目標，沒有終點……因為我還不懂這裡的形容、比擬、象徵、虛構」，當他說「我要作個好人」，那種疼痛，是每個成長中挫斷過傲骨的人都共鳴的傷。我們妥協了、折衷了、挫斷了，然後我們前進，無論是否癒合。

〈我們繼續開始〉，但迷路、異鄉的惶惑無止無盡，一如文化校本部的濃霧，伸手不見五指不是單純的形容詞，在那種實體化、可以擰出水的不安中泅泳，要嘛停下消耗自身，要嘛在心裡負重舉步，有人陪伴在側是種慶幸，但大多數的時候只有自己——小明只有自己，我們也只有自己。而這篇文章，直到此刻都還是進行式。

至於〈Empty原名什麼〉一文，培訓說這是「言情小說＋科幻小說＋宅男小說」，我笑了。照現在的市場來看，言情小說沒有霸道總裁，大概就岌岌可危了。而這一篇，還真沒有總裁，只有拿著洗衣精的小明在林語堂故居四顧茫然，魔幻寫實。

我莫名想起了村上春樹的《世界末日與冷酷異境》，但村上的故事有結尾，〈Empty原名什麼〉依舊還是進行式。

〈我們繼續開始〉、〈Empty原名什麼〉，我都沒看到故事的終點，或許也沒所謂的終點，終點不會出現在文中，因為作者搭了座橋連通現實魔界。

隨著斷句的習慣不同（尤以〈我們繼續開始〉為甚），在閱讀時甚至出現了讀者與作者共同創作／補敘的氛圍，在加與減過程中，瞭解、默契了作者與自身的「節奏」；兩篇文都在迷路、尋找的路上，不再認識的自己成了熟悉的陌生人，在一次人生的歪斜後再找不回平行的安全感，陷入困境而沒有結局……

希望每個迷途的人都能獲得祝福，順遂或許奢望，但求一路平安，如願以償。

（蘇歆雅，畢業於文化大學中文系文藝創作組，雜誌編輯）

試論培訓小說〈余生〉〈第三個舞者：考鏡源流〉的比興敘事

右京

筆耕多年的林培訓，終於將作品集結彙整，在廿一世紀展現其文字包羅萬象的華麗身姿。在祝賀之際，筆者也想從培訓著作〈余生〉、〈第三個舞者：考鏡源流〉出發，探討培訓小說中，頗具個人特色的比興敘事手法。

探討其敘事手法之前，先容筆者引用培訓另一小說〈我更悲傷〉裡的句子，作為本文的楔子：「所有的當下都像是外出仙境之後曾經被完成的處處誌之，晉太元中武陵捕魚人確定自己留下清晰可辨，找到的卻已經悉如外人了。」

這段話的課題，基本上可以涵蓋培訓的所有小說作品。一向主張文學虛構的培訓，如何以文字去記錄「當下」？彷彿禪機不立文字般，怎麼說怎麼錯，怎麼寫都不是當下，誌記完成的瞬間，卻已經失去了當下的真實感，遑論透過此誌記而追尋的問津者。

但這些誌記並非徒勞。為了最逼近「當下」，培訓開發了各種華麗招式，進行一場對生命閱歷的重新建構。只要我們記住永遠不可能抵達當下，那麼這些誌記，便抵達了它們本身，也就是「敘事」。

而這些招式中，最突出的，便是培訓風格的比興敘事。

所謂之比興

讓我們先確定「比興」是何內涵。許多涉獵古典文學的人，最早聽到比興，應是在《詩經》的「六義」（賦、比、興、風、雅、頌）中所提及。齊梁之間的文學批評家劉勰在其代表作《文心雕龍》中，將中國詩學固有的「比興」加以論述，並獨立成篇。今人沈謙根據劉勰〈文心雕龍．序志〉所言之文論體系，將五十篇《文心雕龍》分成五大類：全書總論、文原論、文體論、創作論和批評論[1]；其中〈比興〉一篇屬創作論，且被沈謙歸為「析采」者[2]。「析采」一詞出於《文心雕龍．序志》，其義為剖析文章的內容與辭采[3]，由此可知〈比興〉篇是在談論文學創作的某種思維，但是到底什麼是比興呢？

這個問題自《周禮》和《詩大序》提出「六義」之說以來，產生過許多不同的答案。劉勰有著「彌綸群言」的雄心壯志，對待比興這一重要命題自然也毫不馬虎，他首先從《毛詩》的傳

1 見沈謙《文心雕龍批評論發微》（台北，聯經，民66年5月），頁20至頁26。其中沈謙所指《文心雕龍》全書總論為〈序志〉，文原論為〈原道〉〈徵聖〉〈宗經〉〈正緯〉〈辨騷〉五篇，文體論乃指第六到第二十五篇等釋名章義的篇章，創作論則是第二十六至第四十五篇剖情或析采的篇章，批評論是〈時序〉〈才略〉〈知音〉〈程器〉四篇。王更生對《文心雕龍》亦有類似分類，惟名詞稍有不同，如稱「創作論」為「文術論」，但分類內容及涵義與沈謙歸納相近，可參見王更生《文心雕龍選讀》（台北，巨流，民83年10月），頁6至頁9。

2 沈謙認為《文心雕龍》的創作論篇章中，有屬於剖情者，有屬於析采者，也有兩者兼具的篇章。見註一，頁23。

3 見王更生《文心雕龍選讀》（台北，巨流，民83年10月），頁28。

統說起：「詩文弘奧，包蘊六義，毛公述傳，獨標興體，豈不以風通而賦同，比顯而興隱哉！」但是這個「豈」字下得太快，想不通為什麼「獨標興體」就表示「比顯而興隱」，後來發現這個疑惑必須從「比」「興」兩者本身的特質來理解。劉勰說：「比者，附也；興者，起也」，又說「附理者切類以指事，起情者依微以擬議，起情故興體以立，附理故比例以生」，由此我們可看出「比──附──附理──切類指事」和「興──起──起情──依微擬議」兩組脈絡，且明白比是建立在「A比附B」、「A切合B類以指B」，也就是一般的象徵或譬喻，擁有主體和喻體；興雖然也需要至少AB兩者或更多，但是A和B的關係不是直接相像或相關的，而是如劉勰所說「起情」、「依微擬議」，也就是說「因A興起B」、「A依B而擬議」，而B通常是較隱微的，所以不是簡單的譬喻，而是一種需要審美主體投入的聯想，或是一部分延伸的象徵。

藉比興叩應真實

筆者行文至此，或許有讀者質疑：本文不是要談林培訓的小說嗎？為何要像論文般引經據典，卻不是針對培訓的小說來談？

這麼問的讀者，大概還沒閱讀培訓的小說吧？這正是培訓小說的手法之一，學養豐富的培訓，小說內多得是考證與論述，看似離題，其實正以此追索著永不可觸及還原的當下。

一如林培訓〈余生〉首段所言：「所謂的自己，要從別人的故事講起。」因為培訓對於所有論及當下的文字，保持著謙遜和警戒，因此所有「自己的故事」皆是在故事發生後被建構而成，無法直述還原。於是，他採取了比興的方式，在各種碎片中歸納出可能的真相。

〈余生〉裡，男主角田光和女主角雅福態在一場幾近全滅的公車翻覆意外中倖存（真的倖存了嗎？抑或是一場綺夢？筆者也和培訓一樣，懷疑起所有對當下的描述）。在公車出現歹徒進行暴力色情的歹事後，仗義執言的田光先是被趕出公車，然後得知公車的翻覆。兩人相知，相談，終至交媾，模仿男主角記憶中的情色片情節。事後，兩人分離。雅福態離去後，田光闕漏了人生，忘了大小便的感覺導致失禁，忘了對性的慾望，忘了許多同義詞……劇情最後，他停在家門口旋轉著鑰匙，但那真的是家嗎？他無力扭開鑰匙，他持續被監視器觀看著，他不知道自己是何人，此是何地。

這當中有太多的比顯而興隱。

例如那些在培訓筆下天外飛來的明顯比附。田光在公車上挺身而出，拒絕歹徒，培訓寫田光「成為釣蝦場裡拒絕與蝦合汙的釣客，成為薛丁格爾的貓、被風摧趕的木。」這些比附，建立在「A比附B」、「A切合B類以指B」的狀態。培訓透過比附，表明了田光行為底下的初衷：田光想跳出這個局，成為不被觀測的貓，成為獨木，成為主宰自我人生的釣客而非甘心沉溺的蝦。像這樣的比附，在培訓小說裡出現多次。乍看突兀，但這是抵達人物初衷的路徑。例如雅福態被比附為愛上自己倒影的水仙花、踐遠遊之文履，曳霧綃之輕裾、微幽蘭之芳藹兮，步踟躕於山隅的宓妃。又例如田光的意識「逃生去修道院的裡面裡面不為遊客所知的裡面。穿過了太平門變成間，你把所有的堆積的廢物都丟棄。」像是無間地獄般的深邃黝暗。

如果培訓華麗繁複的比附，對一些讀者來說是乍看突兀的，那麼文字中意識流的興發，就更讓讀者連突兀感都來不及產生，就瞬間被傳送到不同的時空。比附明顯，興起幽微，「因A興起B」、「A依B而擬議」，對培訓來說，A和B可以是完全沒有傳送門的兩個世界，因人物意識的興起而在彈指間切換。

如培訓另外一部小說〈第三個舞者：考鏡源流〉裡，主角赤尊信在同學會聽著KTV螢幕的歌曲〈嘻哈裝矯情〉（諧擬玖壹壹樂團〈嘻哈庄腳情〉），意識卻是檢視自己的聖人之志，再到宜蘭、內豐村樣子腳、木柵教會、台南左鎮、龍崎、月世界……然後歌曲一換，意識又連翩浮想，想著與現場扞格不入的往事。如〈余生〉裡，田光提出鎖匙，插入鑰匙孔內，逆時針方向地旋轉想要扭開這一道禁制，回到自己的家裡面，但腦中想到的卻是「所謂的進去，就是曾經共處一室的人們通通都死去。」而當下的家園反而令田光陌生。「因A興起B」，開鎖是A，想起倖存與死亡的議題是B，兩者的時間、空間完全不同，因此我們不能靠字詞的意義去解讀，而是透過文化的影響或個人的想像去找尋「興起」的傳送原理。學者王更生認為比是象徵、興是聯想[4]；但是筆者從劉勰在〈比興〉篇對於比形容和舉隅，可清楚知道比也包含了修辭格中的「譬喻」；而對一個字詞意象所作的詮釋超過它本身的涵義，我們稱之為象徵[5]。培訓的「因A興起B」，是屬於自己的象徵，幽微私密，但文字畢竟是文化的累積產物，我們仍能破譯這看似船過水無痕的傳送。

例如李白在〈登金陵鳳凰台〉以「總為浮雲能蔽日，長安不見使人愁」象徵群邪[6]，就是使用文化上的象徵，而非「浮雲」本身和「群邪」有任何相像之處。陸賈《新語》曰：「邪臣蔽

---

4 同註3，頁317。

5 見Wilfred L. Guerin 等著《A Handbook of Critical Approaches to Literature》（New York, Oxford university，1999），頁86。

6 見孫洙編《唐詩三百首》（台北，金楓，出版年不詳），頁329。

賢，猶浮雲之障日月也。」[7]此後李白和王安石都分別以「浮雲」象徵小人。但由於象徵和譬喻有時無一定界線[8]，所以某些例子可以同時解成譬喻或象徵，這樣的例子可以歸入劉勰所謂的「比」；至於其他的象徵恐怕和「興」的關係較為密切。也因此，興和比相較之下更為幽微，故「比顯而興隱」。而培訓的小說中有大量的比興，你說是象徵也好，比喻也罷，都是意識的求生與求真，有其運作的脈絡。光是角色名，培訓往往就賦予象徵意義了。〈余生〉的田光來自司馬遷的史書，堅守原則而不吝惜生命；〈第三個舞者：考鏡源流〉的赤尊信來自黃易的小說，意識和修為進入另一角色韓柏的體內。培訓特意以彼為名，便有其文化上的象徵。正因培訓而非亂選或抄襲，因此田光不是史上的田光，赤尊信不是武俠小說的赤尊信。他們有被這樣稱呼的理由，但他們不是我們所稱呼的他們。「名」與「實」的剝離和質疑，正是培訓小說能引領讀者深思之處。更別說許多看似錯字的巧思：發糞塗牆、獨慄見摑、酒呃共識、嘻哈裝矯情……

〈第三個舞者：考鏡源流〉中，ＫＴＶ中的同學一一離去，只留主角赤尊信和「九千四百八十七萬五千六百二十一年又三個月前」就開始單戀的女同學羅美雲。即使羅美雲已有男友厲若海（又是黃易小說角色名，在此性格犀利如海嘯），赤尊信依然扮演著護花使者的角色。在ＫＴＶ中，赤尊信的意識流動，一會兒想到報紙上的性侵案件不起訴，並在內心思辨案件如何不被成立；一會兒想到打工的便利商店，學弟輕率地操作驗鈔機，表示「只要放進去裡面就是了！」一會兒相信自已已經不同凡響，一會兒相信自己已經陷入譫妄……最終，赤尊信解放體內的怪物，

---

[7] 同註5，頁329。

[8] 見趙毅衡《文學符號學》，頁180。

赤裸純淨地走向心愛的美雲，卻被佯裝離開、埋伏已久的同學們闖入逮個正著，走入另一則早已被安排妥當的故事牢籠密網之中。在不斷比興的切換中，赤尊信發現自己對羅美雲、對世界的認知與眾人不同，卻還嚷嚷著共識。而這不就是我們生存於世的狀態？與他者的認知有所方鑿圓枘？

在這狀態下，比興正是一種探索生命當下座標的做法。看似遠路，實則唯一可行的途徑。例如赤尊信在ＫＴＶ興起一段回憶，離開礁溪去尋找夢過的「那裡」，卻無法確定那裡是哪裡。這興起的思緒，也映照著對「這裡」的探索與質疑。培訓另一部小說〈世紀初依舊華麗〉更是以比興註解人生，文中使用大量的夾注號，有一部分是夾注號正常的用法，用來說明或解釋夾注號之前的詞彙，類似古籍的注疏；但更多部分卻是「因A興起B」的超時空傳送，以幽微的思路瞬間遊走於各個時空，甚至有些夾注的部分本身就打了問號，不但沒有達到說明或解釋之功，反而突顯更多的疑惑。這看似不專注於當下的形式，正是對「當下」的全面思辨與追索。

因此，誰能云培訓的文字不見證生命？他以繁複的比興思考，考證了生命的每一念，而非像一般人對當下的時空座標理所當然地接受與忽略，正如同培訓作品文末那些該被視為作品一部分的時空註記，看似多餘，卻是對文中、生命中每一念的謹慎。誰能云培訓的比興僅是炫學？他筆下一切的學、才、識，都是對「真實」的call-in，想接通與真實的連線，那些學問本身並非目的和終點，又何來炫學之有？

當然，筆者也不諱言，培訓將腦內大量的才、學、識透過比興手法叩問真實的方式，未必能抵達真實，抵達當下，這call-in難免有扣槃捫燭之憾，但培訓對此早已了然於心，仍真誠地嘗試撥號，不肯理所當然地成為一個不思不想不問的人。那種種的華麗招式，也許未竟全功，卻仍努力頑抗著虛假。筆者想起《易經・繫辭傳》的「其稱名也小，其取類也大，其旨遠，其辭文」[9]，是指身為《易》之門的乾坤二卦可以列為八卦而小成，卻同時也能觸萬物之類而大生。培訓以此寫物以附意，颺言以切事，不僅是私人的比喻和興發式的聯想，也是對生命、當下、真實的深省。

結語：雄偉磅礴的生命地景

培訓的小說繼承了比興的文化，掌握其「出於聯想及暗示以完成意象的方法」[10]，卻又自出機杼，在「彼／此」、「貌／心」、「名／實」等結構上進行傳送、思辨、建構甚至自我解構。透過書寫，培訓抵達應許之地，建構自我雄偉磅礴的生命地景。讀者若能留心其比興手法，不僅能深入培訓小說的精髓，也能反觀自身的人生故事，是如何被構成，被敘述。這是培訓小說可供讀者汲取的珍貴泉脈。

（右京，悅閱小說市集駐站作家，文化大學中文系文藝創作組畢業，以生命和行動創作的詩行者，也喜歡寫小說、聽故事、看布袋戲、演奏揚琴和作曲。因為自認為像一隻幼小的鯨魚，

9 見李道平《周易集解纂疏》（北京，中華書局，1994年3月），頁659。
10 見廖蔚卿《六朝文論》（台北，聯經，1978年4月），頁170。

溫暖地在海底靜靜感受一切，並對岸上吟唱，所以暱稱是諧音幼鯨的右京。組了個創作型國樂團「澄懷樂呂」，寫了一些詩歌小說，在處處缺角的人間努力張開自己的圓。）

目次

散文輯

評論輯

小說輯

余生

田光於是知道了，所謂的自己，要從別人的故事講起：

> 你坐的是長途公共汽車，那破舊的車子，城市裡淘汰下來的，在保養的極差的山區公路上，路面到處坑坑窪窪，從早起顛簸了十二個小時，來到這座南方山區的小縣城。[1]

（聆聽著雅福態的敘述，田光只好露出了苦笑。）

在四惟坑的山谷裡望著四十四號公車的駕駛座上方，透明壓克力長方形小槽內置放著這一時候被抽換的駕駛長的塑膠名片；如今，所有司機們的名牌都散落在地，無論之前的班次、或之後的班次。稍微還滯留卡在當中的腥紅色字樣「伍仕賢」[2]也已經崩解成了「五人」不遠處屍橫的遍野彷彿預示了這樣殘酷的悲慘世界。

那是新進的小夥子，今天剛好沒有他的班。很久以後，福態這麼地解釋著。

---

1 高行健，《靈山》，（台北：聯經，一九九〇），頁一。

2 在駱以軍於扉頁向劉慈欣致敬，卻依然發生被控告「剽竊抄襲」之後的現在，於成書初校時加上了本註腳：中華人民共和國短片《車四十四》的導演大名。

劉若英和黃韻玲合唱姚謙作詞的〈聽！是誰在唱歌〉，繞樑迴想起了似乎一直在腦海裡，並非白字，稍微停頓了些許，該怎麼說呢，就像是你用手機連線上網然後在Line的群組中寫下「歡迎大傢來我佇高雄新買兮厝做人客」，尚未發出，就覺得不太妥當似乎不太對勁，於是又改了改歡迎「大家來我置高雄兮茨作人客」。

那種突如其來的「一直」。

就像是抱咫尺之義的節俠吞炭毀容詐屍豫讓聶政以明不言也？

望著那五具身、首易位的沉默焦軀，還有在一旁的司機駕駛雅福態。

那是德文，Aufenthalt，[i]音譯過來的名字。很久很久以後，性感窈窕婀娜、腰若紅紈素的福態這麼地說著自己，已經變了，字義的所指已經不是原來的樣子了……福態稍皺了皺淡掃的蛾眉，輕啟瓠犀編貝，在入夜後的餘爨薪燼旁，不施粉黛而顏色如朝霞映雪，月光下、火影中，掩映生姿地述說著自己，繡屏斜倚，鏡中貌，月下影，隔簾形，睡初醒，醉顏微酡地彷彿在說著別人的故事，彷彿不是自己了：這是水笙外婆幫我起的名字。

和別人在一起，才得以更端詳培養皿中的自己。

而那是我嗎？望著已經解體的四十四路公車，不可置信般地審視著福態。

是的，那就是你了，只有正義的人能夠苟活，只有被正義解救的人能夠殘存，福態整個人淚如雨下……

你是田光，你是整輛公車上的所有乘客都認為自己是客觀公正的世外高人時，唯一出口怒斥歹徒們的人，唯一出手想要制止邪惡暴行的人，釣蝦場的魚池中，你原本應該是人溺已溺、人飢已飢，歷史都發生了於是只能謹守本分地作好善後工作的前輩大俠高人姿態，飼料撒入水池，你應該和大家齊心協力地都躍出水面爭奪食物；你卻違反相濡以沫的天性，你寧願捨棄大把的鈔票成為釣客，獨排眾蝦（沒有）議，成了薛丁格爾的貓、被風摧趕的木。

你是多餘的木，就算倒塌了，還阻斷交通，說不定危及他人生命！所以秀於林的你被驅逐了，甚至包括當時的駕駛美女司機雅福態也將你驅之別院。

「你救我，你救我什麼了！」沒有問號，雅福態這麼地說著故事。和伍仕賢一樣，八月十五日，這天，你再也不在，車四十四，上了。

天色向晚，被趕出公車後，原本應該只剩四十分鐘車程的山路，你終於體會到了古人所謂「前不著村、後不著店」的曠日廢時了。

雖然是俛而笑地僂行，「**吾形已不逮也**」，你依然還確切地知道自己來自何方、欲往何處，歸燕繞樹三匝，夕陽在天邊此際是炫目的燦紅，那種你可以直視，卻依然感覺不適的存在，就像是初戀，好久好久以前已經不被提起的初戀。

入目夕陽。

或者也像是脫離母體沉鬱的羊水後，睜眼這一生首次入目的是接生的婦產科大夫，你些許遲疑，原本的銘印（imprinting）就要啟動了，你卻被轉手到一名雙眼浮腫、汗如雨下、疲憊不堪的白皙大衣婦人的手上。

你意識到你自己被轉移了，你是亞細亞的孤兒，你無依無助，你渴望想回去你的一見鍾情，於是你嚎啕大哭，你在原地束手無策。

那婦女親了親你，你感覺到一陣陰寒以及不可置信，然後你被擁入懷中，你見到了暗紅色的斑點凸起聚集，你用你的天性咬了下去，狠狠地，當然此時還不知道什麼是「陰寒」以及「不可置信」的你卻突然感覺到了一泉溫暖的液體傳來，你不斷地吸吮，周圍的人都鼓掌叫好並且笑開了。

你不知所措，停下了所有的舉動，環顧四周所有的白衣，你望向了那位婦產科大夫，你就記得他的容顏，像是日後在喪禮上輪到司儀的道長唱名時，你走向靈前捻香，誠懇地鞠躬，記住那一禎黑白的照片。

啊那就是永遠了啊！

後來，你就哭了；從此，你在那位婦女的懷抱中，身旁所有環伺的都不是認識的人群。所以，日後被識為天性涼薄的你知道，陰寒的時候、不可置信的時候，狠狠地嚙咬撕裂這位叫作「媽媽」的女人，就會得到溫暖，以及伴有掌聲的笑聲。

那是向晚時分了，夕陽的璀璨天邊織起了勻襯的鵝黃，綿絮起了絲絲繾綣米白，裂帛的尾端盪漾著拂向桃腮紅，蓮步輕移繡履遺香後的天邊是凝脂柔荑的米白。一天之中唯有此時最是章黻斑斕了，你卻只是大嘆自己，以及福態（雖然彼時你仍然不知道她的名字。），這是個好人最後孤苦伶仃的年代。

然後，你聽硄硄到了沉重的墜唧唧地聲，砰砰磅的你磅感覺似乎有什麼事情正在發生，你急忙地奔向前去，望下山谷，河水錚錚，那裏、有、自、己、剛、剛、搭、乘、然、後、發、生、暴、力、色、情、歹、事、的、公、十、田、十。

殘骸，墜落山谷的殘骸。

因為不在，所以苟活的你不知所措地望著自己的方才，七零八落的方才，以為被所置身的時、空放逐而即將成為譚隼人或者黑澤光的你不知所措，就像是脫離了沉鬱的羊水，你不知如何是好地來到環堵蕭然手術房內；從一間牢房，轉銜到了另一間牢房。

於是，似乎所有全部的希望期盼都在此時被清空，單薄的空氣中你無所依，腿就軟了昏倒跌在路旁，頭殼強力地撞擊於地。

你是倖存者（關於你記得的？）？或勝利者？

睜開眼後，終於看到了素白衣衫襤褸的福態。

我沒有死去，你也還在……這已經是我第二次救你了。福態說著，依然沒有問號，也沒有提起什麼時候是第一次。我已經用碘酒處理好你身上的創傷了。福態語畢，此時你才注意到福態身上也大大小小好多好多紅色的傷口被抹上藥水。

（你好想嚙咬。）

和傷痕纍纍的自己。

失憶的你努力地在記憶中搜尋福態沒有受傷前的樣子，卻一無所獲，直到你的視線越過了福態的身後，見到那分崩離析、七零八落的四解十體四號公車，和散落一地的屍塊，血脈相連，所有的傷口彷若蓮藕的切片都還在呼吸地悸動著若有似無好像死掉的人隨們時都還在世一樣。

你才想起，你們都曾經共處一室。

你恍然若有所悟，像是在聯考交卷後，突然想起了如何證明「地心引力」存在的公式，可是你剛剛在考場親眼目睹考題時卻沒有回憶到沒有寫出來！

於是，只剩下發出「幹」的聲音的你呆立原地、手足無措。

不知所措的你，和滿山滿谷的死人、以及一位似乎不是壞人的女生在世。

（其實，田光也不知道獨自在山林中苟活的時候，什麼才是「壞人」。）

天寒地凍的月圓之夜，擦拭塗抹在身上的碘酒開始發酵暈蒸了後勁，你們開始橫生少許的醉態，你們有些輕狂、些許意亂情迷了，你們癡迷地相互地注視著對方，你們就抱在一起，依偎取暖，以天為棚、大地為帳，你們脫下彼此身上的衣裳，你們只剩擁抱只剩親吻，然後彼此感覺彼此的體溫，彼此掠奪彼此的信任，彷彿第三次世界大戰已經來臨了，核彈爆發後終於發現天地間南極北極西極東極柏拉圖全集只剩下自己，你們兩造奢求對方的肉體，你們各自想要知道生命的意義，你們瘋狂地性交。

奪取彼此的生機啪啪啪。

田光是打陀螺的青春少年、雅福態是翩然若仙下九天的迴旋木馬女孩，你們默運心法，隨著夜空中明星的軌跡而逆時針地相互摩擦深探，Pink Floyd的成員幾乎都匿聲，只餘合音天使的〈The Great Gig in The Sky〉轉啊轉啊七彩霓虹燈伊藤潤二的《漩渦》你們變成蝸牛你們雌雄同體你們是Bjork《Homogenic》永遠都高亢在被遺忘的彼端束之閣樓寫真就是這世上每個人都是敵軍卻搜尋不到你們只能不斷地引爆在天空綻放的蕈狀雲漩渦。

啪啪啪啊啊啊。你看妳看，世界多美麗。

失憶的你突然就想起來自己不知道在何時何地欣賞過一部由AIKA所演出的教育片，小麥肌膚長髮披肩的AIKA騎乘在男優上方，手持數位攝影機對著AIKA自己關注自己觀照自己官能自己。天地僅剩一沙鷗就是那樣的放浪形骸，在妳身上偶然留指爪：我的眼中只有我、我的世界是在觀看的世界：我被豢養著：我被眷顧著：一定還有人知道我（們）：我（們）一定可以出去這裡。

就像是一無所有的原始現在。福態溫暖的內膛包容著你的堅挺，正上下快意地律動著。失憶的你則從散落在旁自己的褲袋中掏出了你的智慧型手機，調撥到了攝影功能，你吻了吻福態筍尖般的雙乳，將手機遞交到福態手上。

要福態看著她自己。

這樣就會有「外面」、這樣就會有「別人」。

只要注視著妳自己，這樣我們就可以離開了！

失憶的你，竟然妄想著自己將會與故事一致。[ii]

福態在上方騎乘周穆王八駿巡狩天下英姿，你早就將盛姬拋之腦後，如今只有雅福態是西王母，龍吐涎給倖存的田光，田光高興地啟口就之接受蜜露，彷彿楚地祈舞蘭膏明燭華鐙錯些影幢幢的百姓們，終於盼到東皇太一賜予的甘霖，都是喜極而泣的勝利者。

稍事歇息，福態累了，倒趴在你身上，以口舌吻遍你的全身，從大腿根處到膝彎、從肚臍直到輕咬你的乳頭。

（是的，快來發現快來舉報我們的不倫吧！）

然後就能離開這裡，被製作的影像這裡了。

於是，失憶的你又想起了另外的生命悸動無限創意：那是在星垂平野闊的河濱，就像是現在，伶人箕踞在平躺於地的男優上方，敲打著自己骨盆而歌，然後窸窸窣窣地放尿，風起，男優和觀影的你都不約而同自然無限好地勃起。

是啊你知道自己失憶了，可是你確信自己真的有看過這樣的一部電影。

失憶的你竟然記得有這麼一部教育片是由後來自殺的草莓牛奶擔綱演出。

失憶的你竟然記得草莓牛奶在影片中的表演表現甚至表情。

但是失憶的你不知道這部教育片的導演試圖在傳達什麼謎樣的控訴，你更無法細心體會草莓牛奶到底是因為什麼而如癡如醉。

（失憶的田光記得有這樣的一部電影，讓自己和劇中演員無論身、心、靈都同步合而為一心凝形釋與萬化冥合的時光這才是憶述的真諦。）

於是你提出了要求，徵得福態的同意，你平躺在福態的胯下，你在等待尿液的傾盆滂沱。但是等啊等啊等啊，從萬籟俱寂的鐘鳴漏盡，到東方即將魚肚大白，自由徜徉在死生契闊的大地上的你們，卻控制不了自己的身體：福態一直一直沒有尿意，而未曾被溼身的你卻因為期待這份記憶而一直勃起。

好像你已經不是故事中的你了，你開始不可置信並且陰寒地有了危機意識。

吾形已不逮也。

你終於心急了。你拾起地上的崢嶸亂石，你劃破了自己的殘軀，你餵食福態以你的血肉精華，一直一直。

就在你即將殫精竭血的時候，福態終於痾尿在你臉上了。

可是，這一刻，晨曦萬丈破雲龜罩住了你們，雀鳥啼唱起了創世的初鳴，一片枯葉緩緩地牽引著蜘蛛絲落在你們的身旁。

你、軟、掉、了。

軟掉的你被嗆到而且被噎住了，還有，好臭。

不知道為什麼，福態這時候就姍然落淚，哭了出來。在陽光的照耀下，盈眶的淚珠彷彿全景的尚盧・高達（Jean-Luc Godard），你被迫從中看到自己沮喪的自己你被迫從中看到自己沮喪的

自己你被迫從中看到自己沮喪的自己。

知道憶述真諦的自己。

過盡千帆皆不是，失憶的你只剩只能只記得AIKA的美好。這時你又想起了一部由AIKA領銜主演的教育片：在逝去的丈夫的靈前想起了自己之前所受到不公平交易的命運，鼻頭一酸，在前來致哀的男優面前楚楚可人地珠淚紛垂溼綺羅。

跟現在一樣？（所以福態是一名寡婦？）

你覺得又是生命得到印證的時候，在有故事的時候。

（福泰的眼淚是真的。）

從此，軟掉的你於是知道了生命的意義：你不斷不斷地切割分解他人生命的時節，你不斷地記錄下來任何一動一動，甚至已經到了毫秒影子的影子，你乾坤大挪移將其排列組合，直到與你記憶相互符應嵌合的那一刻，才能轉動鑰匙，才能進入，才是真的。

例如眼淚。

你們都默然無語，福態說著我很騷吧？彷彿自甘墮落之後的不情不願不依不撓地就哼著哼著

聽：是誰在唱歌，還是妳心裡的盼望？聽！是誰在唱歌？是我，對誰呼喚？

感動過的故事／看過的書／經過的地方／遇見的朋友／想念的遠方／流過的淚光

那一刻籠罩在福態身上的陽光，讓福態看起來就是那麼地神聖，那麼地單純、那麼地保有最純粹完善的自我，好似從來沒有經過體液的洗禮。

失憶的你於是不自覺地哼吟出了「聞佳人兮召予……」，福態聽到後眼睛一亮，接著竟出乎你意料之外地道出了「將騰駕兮偕逝？」」。

軟掉的你稍作遲疑，左手在半空中揮舞，似乎要抖落上天降予福態的珠紗錦綉麗袍，見福態仰起螓首，輕咬著下嘴唇，迎上那剪水雙瞳，一枝紅豔露凝香，你於是就大力地點了點頭。剎那間天空降下了細雨，眾鳥齊鳴，百花盛放，不遠的潺潺溪流中魚兒躍出了水面，連周蕙也及時參與而普天同慶這一剎那的約定。

然後，你的手機響了起來，第三者介入了你們從此幸福快樂的故事結局。

失憶的田光拾起了手機，液晶螢幕上的來電顯示為「父親」，田光遲疑地依照「紅燈停、綠燈行、黃燈先看有沒有交警」的積習撳按下了綠色鍵，對著話筒說「喂，請問是『父親』嗎？」。

電話那邊傳來焦躁急切的聲音，「田光嗎？我是爸爸，你在哪裡！怎麼昨晚沒有回家？」失憶的田光此時才恍然大悟，原來「父親」可以被置換成「爸爸」。

田爸爸得知了田光受傷的消息，就很心急匆忙地在電話中交代田光留在四惟坑山區原地，自己馬上就驅車登古原，前來救助田光了。

「我們就要離別了」田光依依不捨地望著雅福態，「田、光、可、以、知、道、福、態、的、電、話、嗎？」田光殷殷期許地說著。

姑娘彎著腰扳動溪畔石頭，水深到膝彎，石頭底下藏著一個星期前放的魚筌，沒有回頭但她意識著我跟在後，因不諳溪底的潛伏而顛躓，「我有個計畫，」姑娘直起身來順著溪谷望向山脊疊連的遠方，「有一天我要出發追尋……」[3]

「去追尋你的樣子。」福態雙眼炯然有神地注視著田光。

不論羅大佑之後是誰翻唱了，田光這時候困惑地指著自己而說，「你的樣子、我？」。終於在分離的前一刻知道了雅福態心中的「你」的原型是「我自己」，原來雅福態是一位拉子，是女版的忘記是那瑟西斯或納希瑟斯了，反正就是愛上自己倒影的水仙花、踐遠遊之文履，曳霧綃之輕裾、微幽蘭之芳藹兮，步踟躕於山隅的宓妃；而且終於在這一刻知道，就像是「父親」可以和「爸爸」置換一樣，「你」其實就是「我」了。

彼此記下彼此的電話號碼，彼此都不約而同地把這次在四惟坑山區的邂逅偶遇稱之為「四惟騷」事件，珍藏在自己的心田上。

田爸爸在不久的稍後就已經來到，手持著只要網內互打、五分鐘以內的通話就免費的手機打給了費率是以秒計算的田光，田光再度地拿起了手機並震愕於其上的時間顯示：昨天的傍晚時分。

從此，失憶的田光就以這支手機奔波在各大小城市、鄉鎮之間。軟掉的田光從此不再對異性有任何渴望，也成了無欲則剛、可有可無、環肥燕瘦都來者不拒的無法無我大慈大悲翱翔天地間，御六氣之辯，以遊無窮，一派前輩高人的大俠風範。

可是，失憶的田光忘了什麼是「大便要來的感覺」；穿梭往來談笑於群鴻儒眾白丁三教九流

---

3 舞鶴，《餘生》（台北市：麥田出版，一九九九），頁四三、四四。

之間的時候，常常突然就眉頭一皺，然後不知所措地發糞塗牆、獨慄見摑了。於是被田媽媽也就是田秋瑾女士強制送醫治療到政大搖搖哥所在、火雲邪神隱居的台南紅樓修道院去。

在無歲月無甲子的深山叢林禪寺中，進行語言復健治療，認知與記憶的訓練。

「擢擢當軒竹，青青重歲寒。心貞徒見賞，籜小未成竿。」田光在此一直一直規律地耕洗坐臥，體驗天行有常、不為堯存也不為桀亡的天人合一大道。只是偶爾還是會想起與福態逆時針地肆志遂意快活人生，懷念福態初筍般的鴿乳，並且期許自己能越來越挺拔像是昂然的竹林。（不過，手機凍結時間的田光此時仍未察覺，這裡其實是樣品屋，和外面一樣都是順時針啊！）

每二十四小時每二十四小時的清晨，雞鳴都尚未初啼的透早時分，就響徹雲霄讓人洗心浣面雪齒枕流漱石的清幽梵唄鐘鳴佛唱。

軟掉的田光飾始終沒有與佐西馬神父相遇的伊萬・費堯多羅維奇・卡拉馬佐夫；而且快速地自動自發地就融入了人群中，排隊讓人刮除下顎的恥毛。

然後領受早餐。

和舞台劇的現場不一樣，瘋人院家徒四壁上兩楹之間和人世一樣到處都懸掛著時鐘，而且護理站在江湖道上梁山泊眾白衣好漢的演武廳聚義室外面。

這裡沒有「媽媽」。

「語言復健」其實不只是「國語正音班」。

必須在語言復建教室內，端正收斂嚴肅儀態地坐在鏡前，閱讀完語言老師指定的《三隻小豬》童話故事。

小豬們在蓋房子。

你讀完了必須知道豬老大為何出國深造豬老二以何修葺豬老三……

複述給語言老師。

可是你畢竟是荒湮久遠的童年時代才去過一次九族文化村，你早就忘記了什麼是石板屋。

於是，不知道什麼是石板屋的你必須知道豬老三搭蓋起了石板屋。

閱讀的時候你在遲疑著：什麼叫作「石板屋」。

或者，什麼叫作「屋」。

（特力「屋」？）

（海賊王七武海托拉法爾加·D·瓦特爾·羅稱呼魯夫為草帽「屋」？）

但是你必須在鏡子前向嬌豔欲滴的語言老師告白。

你必須像是鹿窟眾人或者火燒島第一期新生李鎮洲說出你其實不知道的石板屋，你必須在鏡子前方對著你幾乎就要愛戀上的語言老師說出你的所知。而那裏很像香港或米國電影中，警察審訊嫌疑犯的場所。

「你是倖存者或者勝利者?!」

你望著鏡面的浮光掠影之姿，你突然意識到了在四惟騷事件之後，其實雅福態是因為你的軟弱而變成了拉子，就像你現在也變成水仙花一樣。

（必須留住你最美的時候，這才是雅福態想要追尋的你的樣子。）

月光隨著四腳仔的嚶嚀輕紗似地從窗外漏入。躺在床上田光翻來覆去，思念的福態有沒有床呢？

（誰會來救我？）

你好想好想她的一顰一笑，偏光才能覷見浮水印，你側了側身子卻在天花板見到了疑似福態的魅影（其實那是陳昭如《沉默：台灣某特教學校集體性侵事件》的身型雖然看不清楚表情）。

（誰會來救我？）

早就體悟憶述真諦的你要留住這最動人的一刻，於是你偷走了刮鬍刀，就像是當年你用崢嶸的亂石切割你的身體，在軟掉之前的那一刻，你把汩汩流出最純淨的胭脂腮紅了你的雙頰和乾澀的雙唇，你在等待福態，你在召喚福態。

（誰會來救我？）

像是楊過和小龍女要拜堂成親了，你逃生去修道院的裡面裡面不為遊客所知的裡面。穿過了太平門變成間，你把所有的堆積的廢物都丟棄。然後你見到了許多許多全部都是白衣的閒雜男人衣衫不蔽體等。

（誰會來救我？）

甚至看到了每位體的雙腿間都有紅色的凸起，於是你就咬啊咬啊咬。（卻沒有白色溫暖的汁液傳來，這和故事不合，你開始不可置信。）

（誰會來救我？）

你和這些閒雜人體等共處一室，你孤身一活人蜷曲入了冰櫃中，你望向天花板的監視器，你畏寒不斷地打顫像是要射精的樣子全都錄，連放屎都硬硬青筍筍鐘乳形！

（誰會來救我？）

這就是龍場悟道，你體會到了四句教：戒急用忍所以新，中間路線然後，大家各婊：此乃維持現況。

（誰會來救我？）

警察來了。

田光於是知道了，所謂的自己，要從別人的故事講起。

警民合作，你是最大功臣，你不再被拘禁不再被墮無間了。

警方發言人和被警調人員上銬帶走的紅樓修道院掌門人，都證實你是本門百年來不世出的人才，只有天下才是最適宜你居住的地方。婉謝了警方贈送的新型手機，於是你告別了那些閒雜人體等，邁入人生的另一段旅程。

吾形已不逮也。

後來，從口嫌體正直的「不正常人類研究中心」學成畢業的田光，回到家裡跟田爸爸、田媽媽、田妹妹、愛犬田小乖一起生活；已經將近二十年了，田光此時才學會辨認什麼是「大便快要來了」的感覺。

可是，因為腦袋大力地親近吾鄉吾土，田光喪失了某些運動能力，例如，再也無法騎乘機車，遑論田光收藏的阿帕契直升機及大和號潛水艇。

知道自己不再是他人眼中的自己之後，田光變得有些鬱鬱寡歡，而且經常有固著的行為，例如，第一次滾下電扶梯之後，就堅持在升降梯中，必須緊緊地依附著壁堵站立；然後依照著初次相見的印象分數，決定與會者是好人或者壞人。

（雖然田光也不知道倖存在四面環海的封靈島上，什麼才是壞人。）

那是西元二〇一六年了，強烈颱風莫蘭帝的侵襲，甚至導致停泊在高雄港內的十餘艘貨輪們，下錨的纜繩斷裂，真正的不繫之舟再現。

這場浩劫，讓勇者的故鄉高雄大停電、大停水。

我鉅高雄市政府的德政是出動消防車，在淒風慘雨的夜晚，配給民眾們看似清淨無毒的水。所有的高雄市民們上至七十老叟，下至繈褓中幼教補習才藝班邯鄲學步，彷彿都回到了必須投幣購買山泉水以便燒煮成飲用水的童年，反璞歸真，不失赤子之心。

年逾七十的田爸爸提著許久不再使用的巨大水箱，騎上了機車在風飄雨生搖信心的夜晚，航向迷茫中被夜幕籠罩的市中心，就像荒漠中的旅者尋找甘泉，在消防車駐紮所在地裝滿了水，回到家中。

一切的一切，田光只能作壁上觀，不因物喜、不以己悲，一派前輩高人大俠風範，注視著田爸爸奮力地將生機盎然的水族箱從大門外搬運至浴室，傾倒在浴缸中，完全不失少年時，自海軍陸戰隊退役後擔任瓦斯搬運工的身手。

並且，陸陸續續地回收了放置在屋外盛滿了西王母所恩賜點滴甘霖的鍋、碗、瓢、盆。其中有兩大爐，像是餐廳肉粽專賣店在煠肉粽的時陣所用的超大鍋爐。

那是後來志趣轉向人文的田爸爸有一次在鄉間進行田野調查，當地曾經中風導致半身不遂，後來卻健步如飛的村民所推薦的偏方藥材。

偏方是中藥，但是，中醫不是偏方。

深明此一大道理的田爸爸，原本就厭惡至極了這些可能導致醫療疏失、延誤痊癒康復時光的「偏方」，但是愛子心切，竟然大批又大批地採購。

然後與田媽媽分頭進行返供復健大業，田媽媽四處走訪五金專賣行，尋找中醫煉丹修道人士的鼎爐。最後在深山古剎的門前跪足了七七四十九天，孝感動人，道觀洞主的監院師叔出面了，允許田媽媽借用他們的鎮山不鏽鋼平底快炒不沾鍋，只不過必須像是迎佛牙般地慎重，大開宴席作醮一百零八代，世代誠心供養。

「我們不能短視近利地只注意眼前。」監院師叔開導著田媽媽。「改天也把田妹妹帶來吧，老朽仔細審查是否也沾染了不潔之垃圾穢物。」。

於是，就像是故事書《絕代雙驕》中的小魚兒一樣，田光歸身軀就被浸泡在滾燙的藥水中，像是汆燙的藥膳牛肉鍋……

身上起了無數疹子，暗紅淺褐色的。

吾形已不逮也。

莫蘭帝颱風肆虐的那一夜，大家都累了，誰都沒有說話。

失憶的田光在床上輾轉反側難眠，想起了四惟騷事件的雅福態，卻沒有太多的自信心打電話給她（怎麼了嗎？不是說好要追尋我的樣子嗎？）

於嗟闊兮！不我活兮！於嗟洵兮！不我信兮！

可是，田光並不知道後來的文人們在六書之外，更新中間路線地擷取馬、班之長而統整地在「經典」中發現（發明？）了一項更偉大的文明強制規定：通假。

例如曾經喧囂一時的「胖達人」，「胖」通假「麵包」。

例如sexy，通假台語的「西施」，這是對於女神徐懷鈺和廣末涼子的尊稱。

又或者，罹通離，罹騷其實就是離騷。[4]

「你罹去，那天忽然傾盆大雨；忘記關的窗，溼一地……」，蕭亞軒，〈窗外的天氣〉；Guns N' Roses，〈November Rain〉；宇多田光，〈First Love〉。

罹罹原上草；或者要來真的：〈黍罹〉：「彼黍罹罹……」。

田光直到現在還不知道還不以為還不相信「罹」與「離」是可以平等對待，自古就是以一整體而存在，所以可以彼此置換；就像是逢年過節時的「歲歲平安」其實是從「碎碎平安」演變、引申而來。

所以，是兩造相異的存在者；等號從來不是全等號。

這世界，太複雜，手機時間已經被凍結的以秒計費田光都還不知道。

有天清晨，田光照例到市集上的量販店購買每二十四小時的報紙以及早餐。

這些年來，總是素衣身騎白馬的田光，其實在勇者的故鄉高雄早已練就出了腰馬合一的絕世武功快刀身手。

騎上了破舊的銅罐鐵馬，田光眼觀四面、耳聽八方，突然就意識到了身後有機車引擎傳來的低沉怒吼，田光一個皺眉，運氣下沉，聽音辨位硬生生地橫移了跨下坐騎三蹤遠的距離橫越雙黃線來到沒有封街卻淨空的對向車道，讓身後趕時間的auto-bike騎士先行趕往孔子書院。

看著呼嘯而過的年輕歲月，田光笑而不語，只是仰天撫髯長吁，知道了自己生命的修為又更上了層樓，已經來到了見諸相非相、反求諸己的境界，人生中也只剩下難得的大囍，以及大

---

4 筆者案：其實不只〔唐〕劉知幾《史通》有「《離騷》經」之名，〔東漢〕王逸也有經、傳之說。

悲了。

再也沒有多餘的長物能影響田光不卑不亢的喜樂。

買報紙以及早頓豆奶了後，策馬返營。

軟掉的田光在家門前停妥了愛駒，提出鎖匙，插入鑰匙孔內，逆時針方向地旋轉想要扭開這一道禁制，回到自己的家裡面。

卻頹然無力、無力扭動。

這是哪裡？……，你放聲大哭。

……

婆娑之洋，美麗之島，我先王先民之景命，實式憑之。[5]

（回過頭去，你望向路旁電線桿上戳印著國旗圖樣的監視器，你想起了所謂的進去，就是曾經共處一室的人們通通都死去。

你笑了。）

初稿於7/25/2017 5:23 AM田光與雅福態的故事被第三者中斷了；感謝沛鈺學姐提供流浪計畫、蓓蕾獎、及林語堂故居文學獎的消息；因為單字的發音問題，於是在臉書上請教蕾貝卡；

[5] 朱天心，《古都》，（台北市：麥田，民八六），頁二三三。

讓沒有字幕的《甜蜜蜜》感動之餘，似乎找到lead之電郵？二稿於7/25/2017 6:47 PM總算控制在八千字內；王老師日昨生日快樂；完成初稿狀態，剩下修繕了；寄出文薈獎參賽作品。完稿於7/25/2017 8:53 PM。四稿於7/25/2017 11:18 PM在煩惱「口嫌體正直」應該加在哪裡。五稿於7/26/2017 5:20 AM繕改些許；將研究中心改成到處都是時鐘。六稿於7/26/2017 8:06 PM添加了「這裡沒有『媽媽』」；軒政也表示可以投稿文學獎。七稿於7/27/2017 1:57 PM刪除新生活運動的文學史和蔡邕的那兩句，用〈刺客列傳〉的原文和「抱咫尺之義」替代；正在反省如何將註文移到正文中。八稿於7/28/2017 3:26 AM想了一整天還是沒有辦法找到可以加入的新人；感謝淑芬姐及銘恕兄的指點；加入了從Pink Floyd開始漩渦、及楚人祈雨的那段；找到方法將書名以外的註腳移到文末了。九稿於7/28/2017 6:18 AM描寫修道院中的人生，自述應該到了。十稿於7/28/2017 9:21 PM好了。十一稿於7/29/2017 4:00 AM加入了「（誰會來救我？）」。十二稿於7/29/2017 7:59 PM〈寫在〈余生〉之後〉之後，刪除了「故事」之註解；加上了複沓的「吾形已不逮也」，以及鼎爐之情節。

※第三個記者

i 馬丁．海德格（Martin Heidegger）著，王慶節、陳嘉映譯，《存在與時間》，（台北縣：桂冠，二〇〇二年二月），頁九〇、九一。其曰：

“Aufenthalt”這個詞在德語中通常意指「停留」，「居留」，但在這裡，作者特別強調它與另外兩個詞，“aufhalten”和“enthalten”有密切關係。“aufhalt”指「持留於……」；而“enthalten”則指「放棄」，「抑制自己而不去做……」。從詞形上講，

"Aufenthalt"由"aufhalten"與"enthalten"合成。因此，作者使用"Aufenthalt"就有合另兩者之義為一的意圖。這層意思以及這三個詞在德文詞形上的關聯，中文頗難表達。暫將"Aufenthalt"譯「滯留」；將"aufhalten"譯「持留」；而"enthalten"譯為「放棄」。——中譯註。

筆者案：也就是「雅福態」此一由水笙所起之名號，同時具有「離」與「羅」二者之義涵。

ii 時任東華大學中文系教授的劉惠萍先生，於西元二〇一五年六月八日通過審查的論文〈一種「歷史」、兩種「故事」——以兩漢的聶政傳說為例〉中，如此地界定「故事」（story），其曰：

關於「故事」（Story）的定義問題，美國學者威廉．伯司康（William R．Bascom，一九一二——一九八一）曾以當地人的信仰與否、所持的態度，及故事中的時間背景、空間背景等標準，區分「神話」、「傳說」及「民間故事」。他認為「神話之標準乃說者與聽者，皆認其內容為真實者，以神聖態度視之者。神話所述內容之時間背景屬於遠古，空間為另一世界，或與現實世界不同之世界。……傳說亦以說者聽者信以為真為辨類標準之一，但不如神話之被視為神聖；內容之時間背景為近代，空間為現實世界。……在無文字之社會中，傳說即歷史。傳說常缺乏證據證明其正確性。但即使有證據否定一傳說之正確性，如說者與聽者仍信以為真，則傳說仍為傳說。……故事之標準最為簡單，無神話與傳說之特性，其內容皆被認為虛構，內容之時空背景不受限制。主要功能在娛樂，其種類可由內容之角色及結構再細作分類。」按此定義，聶政行刺之事，本為「史實」，有較多「真實」成分，原應將其視為「傳說」。但有時，傳說與故事之間的界線並不是那麼清楚，且常有相互重疊的地方。尤以相關人物、事件及經過，在經由人們的口耳相傳與穿鑿附會，或後世史家鎔鑄相關素材的再創作，已多有虛構成分。尤其是後來在《琴操》及《大周正樂》中的記載，因已複合、混同其他歷史傳說故事之情節與內容，為敘述方便，故本文概將其稱為「故事」。

筆者案：雖然從司馬遷「整齊故事」出發的筆者與劉惠萍先生之以為略有出入，但仍贊同其「故事」並非只是「story」之觀點，於是本文採納之。

我更悲傷——我必須離開這洞穴（高行健，《靈山・三十九》i）

作為小說家，我長久以來自然形成的態度是心無小說，人事物不為小說作準備。[1]

沒有什麼等待被提起，一切都要等到自己確切的走位，故事才會繼續。

（「『概念』最重要了」，當年從事教職時，一直是我奉行的金科玉律。）

兩、三年過去了，在維持世界和平之後下班返回高雄橋頭老街家中，意外地收到了一位學生的來信。

和幾張他們畢業展演時的相片。

於是，在這個智慧型手機帳單只有月租費的年代，用免費的通訊軟體Line聯絡了這位學生，一位慧黠的高中女生，[2]即將畢業於雲南麗江亨利福特實驗高中。

1 舞鶴，《餘生》，（台北市：麥田，一九九九），頁141。今天的困境是，翻箱倒櫃之後，仍然無法在書房內尋獲舞鶴《悲傷》。

2 即將畢業於雲南麗江亨利福特實驗高中，是一所由當地觀光福祿壽酒廠出資籌辦，從幼稚園、國小、國中、到高中教育皆有分校的完全高中。

（沒有牛肉麵連鎖店的偏鄉。）美麗新世界。

這不是MSN的年代，無須理會是否上線。

深山麗江亨利福特實驗高中在之中，上山必須經過湍急的河水先巨石崢嶸滂沱衝擊捻絃緊促錚錚視線在山路的轉角後豁然開朗橫兀的枝枒道旁參天大樹公垂下的庇蔭山神王爺無主幽魂小祠堂面對的是扇開的沖積平原朱宗慶磬竹喃抒，散放的石如鵝卵遍野，吊橋和對岸，星垂視野闊。[3]

不過，那是在轉角之後，眼界和人生旅途才會展開，才能展開。[ii]用盡了所有的形容詞也無法描述過了彎道的此境：這裡早有落石坍方的案例，於是在彎道之前，早有一小段山路如同中部橫貫公路隧道的修築庇蔭著所有過往行人車輛，一小段暗無天日昏天黑地伸手不見五指偷偷摸摸望無穹蒼的形成。[4]

不是別字，也沒有別字，關於行程；[iii]無論上山或下山，都必須經歷這一段人生，彷彿預知死亡紀事。

並不是馬奎斯的巨作，**那是一部電影**：[5]無論上山或下山，就算是反方向的鐘也必然經歷

---

3 原作是〔唐〕杜甫，〈旅夜書懷〉：「細草微風岸，危檣獨夜舟。星垂平野闊，月湧大江流。名豈文章著，官應老病休。飄飄何所似，天地一沙鷗」。《世說新語．言語》中，謝道韞也回答了謝安的「紛紛何所似」，關於把自己置入鋪設好的鐵軌上，望出窗外遠眺即逝而過的景致知道自己身在何方應當操持什麼樣的言語應該穿襲什麼款式花樣服色的衣著在衛斯理的年代對原振俠說滿天神佛都是外星人才不會被鞭數十驅之別院，知道自己何在何時。蘇東坡也有「何似」（似何？）的感慨：「人生到處知何似，應似飛鴻踏雪泥。泥上偶然留指爪，鴻飛哪復計東西。老僧已死成新塔，壞壁無由見舊題。往日崎嶇還記否，路長人困蹇驢嘶。」；不過也有「人生到處何所似」的傳本。一切都表示了所有的問題與答案都是早已被清楚預設，人生如同舞台劇的台步與走位，可以找到劇本。

4 筆者案：不是別字，也沒有別字。

5 邱妙津，《鱷魚手記．第二手記》，（台北市：時報文化，一九九四），頁63。可是，原本被觸動的共鳴不是如此，

此境……

這就是隱喻。我的愛情只是往返於溫州街和校園之間的單調絃線，如何震盪出腹裡的饒舌或雷鬼樂，可以假借愛情的「現成物」，編輯其中的線索成自己肚腹的手風琴。水伶不知道，我倒著讀《預知死亡紀事》，我是女主角將被發現不是「處女」而被「退回」，卻順著男主角的行動展開。[6]

音波的振幅是假想中朱家姐姐們、或者張惠菁甚至林明謙老師所寫的小說篇幅，曾經令妳手不釋卷一讀再讀與賴香吟《翻譯者》同時入目卻不知所以然的小說，翻箱倒櫃自己的書房之後，卻驚覺了自己的所有裡面不是如此早已躍然於紙上的擘畫。陷入的迷亂並不屬於自己。

那些猜想那些即將就要馬上立刻提筆揮毫成文的感傷，不是自己矗立而且架設好圍牆施工地的藍圖。不是自己的，是假的。

筆下輕輕流瀉淌漫出勾勒凝盼感傷，從來不是屬於自己的認知；在取得碩士學位、「知識論」如同磚瓦棟梁堆砌榫接的情況下，卡夫卡這一次真的無法丈量無法成形無法譜下自己了。

無法撳按下鍵盤，寫出「不是自己的」的感知。

妳可以安然地度過一千零一夜豪華遊輪水上飛機總統套房獨自之旅，只是不能說故事。

不能說出別人也有的故事，例如高興、例如悲傷。

從巴別塔抽中這一環遊世界增長見聞的獨自豪華旅遊的契機羅馬假期之後，妳可以盡情地翱翔任何過往看不見的城市（妳的祖先所轄，如今在我的藍圖內，忽必烈陰森地告訴馬可波羅。），只是，妳必須誠實，妳必須誠實地面對自己如同宗教信徒禱告的時候沒有攝影機在聚焦，只能說出真的實話，真的，專屬於妳自己的體會領悟悲傷惆悵歡喜憤慨，不能與別人重複。

（不能因為徐懷鈺的冷笑話而輕笑。）

妳必須只有妳自己，誠實地面對自己，寫下身無寸縷衣不蔽體素顏卸妝不被外界目光束縛調教異物置入霸凌視姦的妳自己。

自己的自己。

6 引書同上註，頁六四。

都要經過這裡，有了截句抽印本有了交流道收費站，依然北上依然南下雖然高鐵的軌道偶爾垂直地橫展眼前。

行程早已被預謀，連意外的衝突都是地圖上保險合約單裡面：必須親歷其境，故事才會開始。

「故事」由自己選擇，像是各種車險理賠，像是國道一號或者國道三號。

所以，是不是有什麼小說等待被寫出、被完成？

那段擔任代理教師的兼任時光，一個月的考察試用期。

和香格里拉實驗學校的三位媽媽們，同住一樣品民宿屋簷下；分別來自桃園、彰化、台南，三位與各自就讀國小、國中的小孩同步生活的性感窈窕露肩長髮垂漪皓齒明眸娉婷裊娜媽媽們姑射神人。

嘉文、純菁，還有（雲曇）。

比較印象深刻的是猶如隱居淡水的當年，周末假日時分，整幢樓樣品舍只餘我一人，可以肆無忌憚地用組裝好的音響超大聲量環場音效地在靜謐的山林間播放Led Zeppelin。

Since I Have Been Loving You。

（「『概念』最重要了」，當年從事教職時，一直是我奉行的金科玉律。）

（重點不知道是過去分詞或者現在進行式。）所有的當下都像是外出仙境之後曾經被完成的處處誌之，晉太元中武陵捕魚人確定自己留下清晰可辨，找到的卻已經悉如外人了。

不再復是。彷彿把自己矗立成公園中讓過路郎客憑弔瞻仰的銅像。

卻是「遂迷，不復得路」；身陷故土，背景音樂是東方快車所演奏的〈不能停止愛妳〉環場音效不斷迴旋繞樑在故鄉迷路急問故鄉在哪裡。

不知道是過去分詞，或者現在進行式。

悉如外人。

原來，我們身處的日常，才是仙鄉？[iv]

車行經過了福祿壽酒廠來到了麗江境內的荷苞村中，經過卻不入通往建德寺地母廟的林蔭路徑，直往山上國小分校前行也不入直驅，見到一三合院有護龍、正身，飼養吳郭魚的小池，宿舍就到了。

步出從銀翼休旅車配備上兆的高級音響，彷彿離開了醉夢桃花源而來到香格里拉，心遠地自偏，牛肉麵不會損害地方的文史價值；客居的我們的宿舍是隨著山勢在三合院下方樣品屋內；和雲曇同住一屋簷下的宿舍。

搭蓋民宿不過合約有問題，所以沒有完成原本要。房東太太張奶奶說著。

（只要心中有愛，荷包發大財）

不知道是過去分詞，或者是現在進行式，關於前女友。

不知道是命運的安排，或者人們有意無意的作為；經過了無法觀測浮雲白日的地方，又遇上了秀外慧中色藝雙全的雲曇，是否暗示著故事的揭幕？

與前女友相同名字的雲曇，仍然保持聯繫的前女友。

（我知道妳不是她，我也知道她不是妳，雲南麗江的雲曇眼袋下緣刺有淡抹輕蘸微暈柔拂漾皺的一道粉紅眼線。）

可以分辨出來，可以辨認這是香格里拉的雲曇。

（「『概念』最重要了」，當年從事教職時，一直是我奉行的金科玉律。）

已經年近四十了，當然不再因為不經事的懵懂而為此不知所措；身為人師，當然更不會把這廉價愛情小說俗麗愛情電影的公式當成藉口；雖然至今，雲曇依舊美麗，依舊溫柔婉約，依舊綽約多姿，依舊靨輔笑窩霞光蕩漾。

年近四十了，已經是不惑的人了，在這個世上。[v]

我是來到異域，而且不會展開白爛故事的碇真嗣。

（只是偶爾流眄轉瞬一瞥的巧笑倩兮或顰或嗔，輕拂瀏海斜倚欄杆，近似的婉轉鶯啼，雲曇還是會讓我莫名心動，想起了當年擁她人入懷中。）

還是會心動，讓我不知所措，彷彿伊人還在、伊人還是，不知道是過去分詞，或者現在進行式。[7]

雲曇與她就讀九年級的女兒。

當時還是九年級的時候如今呢？算了算，也高中畢業了吧快？

許瑋禎。

接到了瑋禎的來信，依稀可以辨認的地址是古坑市區公園圓環過去的腳踏車行。

相當感謝經營腳踏車行的年邁夫婦。我在斗六後火車站買了一台高價位的變速自行越野上山

7 師大特殊教育系（所）前系主任林寶貴所作之《語言障礙與矯治．說話、語言與溝通》有言，其曰：人類利用說話思考、接受與表達訊息，並建立自我意識，利用說話命令或限制自己本身。見氏著〈說話、語言與溝通〉《語言障礙與矯治》，（台北市：五南，2002），頁21。

筆者案：所以，人總是時常會被自己，或他人的言語牽引著行進而離開原地。

下海可以搭飛機折疊車，此時才知道這個年代的自行車已經不用胎紋，輪胎上方也不用遮擋泥水土砂石穢物的圓弧護蔭。

一定還有很多人不知道吧！？代表這個年代的最新科技，後世就算不是史學專業家也能提起這個世代的自行車科技結合了人文例如控制方向的前方龍頭可以架設有導航功能的手機搭配動力發電隨時補充和主燈和方向燈。

（雖然這一世代的很多人們並不知道。）關於被提起。

還有電動機車，還有重型機車必須行駛於快車道內。

輪胎數不再是吾人論述的定位如同，瑋媜的眼線。

那是我剛從桃花源宅來到雲南麗香格里拉江亨利福特實驗高中的時候。

剛和雲曇成為樣品屋室友（？）準備展開甜蜜幸福三人同行一人免費暢遊香格里拉好時光（？）的第一天突然聽見巨響尖叫吶喊雖然沒有Led Zeppelin演唱〈Black Dog〉時的破鑼令人皺眉鬼娃恰吉電影院內，下意識就可以分辨這是雲曇！

（「『概念』最重要了」，當年從事教職時，一直是我奉行的金科玉律。）

這是雲曇！

（可是，妳不是雲曇……）

妳不是雲曇＋妳不是雲曇＋妳不是雲曇＋妳不是雲曇＋妳不是雲曇。每天早晚彷彿虔誠信仰的宗教學徒定時地默誦朝向雲曇所在的位置，不讓自己進入俗爛的愛情公式。

原來，瑋媜背著雲曇去紋上眼線了。

瑋媜哭著說媽媽妳也有！

55．我更悲傷——我必須離開這洞穴（高行健，《靈山・三十九》）

媽媽妳也是！

媽媽妳在結婚後和爸爸分居後去刺了眼線千挑萬選在調色盤配置出最合適的妝容色彩；為什麼我不行？

（雲南麗江的雲曇婚姻不幸福？）

我沒有多作言語同在一個樣品屋簷下，默默地走出了屋舍之外，點將起了一炷香菸往山上走去。那裏有一座很長很長的橋，底下是河道寬敞巨石飛巖鵝卵細碎都有渠渠，有湍急的水脈也有枯竭的半途而廢。走著走著，三天後就是中秋佳節了，而我在山林內，與不是雲曇的雲曇共處於樣品屋中。

再上去好像是農委會的一座實驗農場了？

（怎麼香格里拉內到處都是實驗？）

再上去要多久呢？

更往山上更是山間小徑沒有路燈可能埋伏著張錫銘和野狗和毒蛇例如百步之內取敵首級三刀斬顏良文醜布萊德彼特飾演的阿基里斯的百步蛇。

不論空間，或者時間，百步了鬧鐘響起如是我聞不依禪定的阿羅漢作偈語：「我就快死了。」快要離去此一洞天（？），卻還沒有見到佛，還無法解脫？

或者在無佛之世（佛滅？）的辟支佛？

在實驗學校裡，認識結交的是否都是原型美好善良不可方物沒有塵世的雜亂大家按部就班按表操課按圖索驥暗無天日地過隧道活著在一起？

雲南麗江的雲曇會不會是生化人機器人吸引群眾目光的銅像人或者欺騙鳥獸的稻草人或者充

氣娃娃？

在香格里拉刺有眼線的雲曇聞風附雅自己頌。

也是因為瑋娸的妝飾，我才會與另一位兼任教師相識：執行輔導室業務的草薙素子。

美麗，溫柔，婉約的草薙素子戴著無框眼鏡；短髮好比《Miss Right完美小姐》[8]專輯的徐懷鈺。

性感、感性；美人、人美。

（「『概念』最重要了」，當年從事教職時，一直是我奉行的金科玉律。）

草薙素子都會私下和我交換學生的狀況，關於班級掌控的能力，同樣都是兼任教師的草薙素子說這很重要。

草薙素子每天也都會攜帶一份早餐給我，有時候是三明治、有時候是蛋餅，像是在實驗學校境外的早餐餐點一樣，像是在凡塵。

像是在人間。

鬧鐘。

中秋節這天，嘉文、純菁和雲曇都帶著小朋友們各自回到故鄉了，不想擠火車的我像是平常，清晨一大早就外出練打著五禽戲之後點將起透早第一支薰卻在固定的時陣看到了草薙素子。

迎面。

草薙素子迎面走來，手上拿著印有早頓店名號的塑膠袋，笑顏朵朵地對著我招呼示意。

---

[8] 二〇〇一年由魔岩唱片發行。

來吧，來吃早餐吧此時無限放大分貝音量的Led Zeppelin〈Babe I'm Gonna Leave You〉從樣品房舍內傳來。

我們相擁了一整天的齊柏林飛船。

I Can't Quit You Baby.

是夜，草薙素子留在我位於雲南麗江的樣品房舍內，與我纏綿緋惻一整夜；而且定時用漱口水清潔口腔和無框眼鏡。

隔天起床，我們相視而笑；家己共家己所熟識兮寫落來，掃描傳輸到了各自的微博和臉書，繼續我們的職業，與分工。

亂鐘。

（並且在樣品室友們回來之前，彼此不約而同地假裝時間到了在路上偶遇。）

繼續生活，只不過今天沒有早餐，眾人內心嘖嘖稱奇以為草薙素子最終還是和碇真嗣無法在一起。

只是兼任教師，沒有固定預約未來的兼任教師。（其中一位實驗學校的正職教師內心如此以為著。）

繼續工作。而我因為擁有一輛可以裝載填充多位學生的休旅車，也同時全程恆溫保鮮宅配畢業班的學生們到山下的行啟會館排練畢業展演。

（沒有了沒有了當當當。）一個月的試用期？

在香格里拉裡，我們要如何才是自己？我曾經私下與草薙素子聊起，在交換許瑋媜的情報的時候，雖然草薙素子並不知道我和雲曇除了室友之外的樣品關係。

（除了室友之外，我和雲曇在雲南麗江之外就沒有關係了……有時候夜深人靜，我也感覺到格外對不起草薙素子：我們的關係並不能在香格里拉透明。）一個月的試用期到了。

今天清晨我特意駕駛了我銀翼的四輪驅動休旅車抵達校園，想要在純真的香格里拉校園內試圖製造出一點點稀薄的為虎作倀錦上添花不切實際浮濫虛衍壯大聲勢兄弟象隊爪爪之歌資深中華職棒球迷才會知道沒有用Google搜尋也沒關係反正上述都是在虛張聲勢自己。

（「『概念』最重要了」，當年從事教職時，一直是我奉行的金科玉律。）

彷彿三堂會審大理寺，校長、教務主任、家長會長三位一體地坐在會議室前方，都戴上了眼鏡仔細爬梳所有師生們寫下關於我的印象。

本職是安定世界秩序的我，也上繳了一份這個月以來的心得和展望：尊重學生們的適性發展，立志守護宇宙正義的碇真嗣知道命運的故事是由自己開創的適性發展，直到學童們陷入危難的時候，才會確實地執行自己導師的身分進行維護秩序。

棒棒棒（我自己覺得啦。）。

噹噹噹！下課鐘響梵唄傳至四方普降甘霖眾人如沐春風大歡喜如願的時候校方終於作出最後的決斷：聘請遵奉概念而不被淫辭濫語困惑的分行句子人碇真嗣在本校門口外設攤，和表字子驥的劉驎之販售門票讓大家欣賞香格里拉的喝酒、唱歌、跳舞人生，以及販賣紀念品。

是啊我們當地居民都受過專業舞術訓練，福祿壽酒廠廠長如是說，校長在一旁陪笑著。

（背景音樂是黃乙玲所演唱的〈愛你無條件〉）啊我不甘我不甘—怎麼可以呢故鄉是宋江陣傳統武藝名揚天下的內門的我，天生就注定的本命是守護世界安危，焉能僻居於一隅呢！

辭職，下山，沒有跟任何人告別，反正我的真心只繫於香格里拉以外的雲曇。
身上以及心上。

老師：

您好。

學生終於長大了，終於高三了。

終於可以重新地再次觀賞學長、學姊們當年畢業公演的照片而作出比較，因為，現在已經是屬於我們的季節了。

輪到我們來到了驪歌高唱的時間，台步也走位到學長、學姊們昔日躍然的雲南斗六行啟會館舞台上。

學生終於長大、終於不再中二、終於接近成年、終於可以轉動地球儀了！概念是最重要的！

終於可以知道長輩們了，終於可以抓到老師了！

這幾張相片的背景都是搶案正在發生，仔細觀察，可以看到蝙蝠俠的繼任者（搭檔？助手？）羅賓正在那裏打擊壞人！

那正是老師您的身形！母親也證實了那是您！

您知道嗎？其實同住在一個樣品屋簷下，母親早就發現了您的心不在焉，似乎牽掛著香格里拉以外，您被您自己的眼睛蒙蔽了您的心。

母親沮喪到幾乎自殘地表示，您的心思已經被其他的戀人佔據了，您無法分辨出母親是您的舊情人。

而我也無法分辨出您是我的親生父親。

今年我們的畢業公演也在行乞會館，羅賓也會來維持正義嗎？

不知道應該是什麼人的許瑋媜敬上

我不知所措。

（「『概念』最重要了」，當年從事教職時，一直是我奉行的金科玉律。）

看向那些照片，右下方都有精準到時、分的時間標示，以及行乞會館前方都有一輛我自己的銀翼休旅車，彷似垃圾桶裝載著許多不同的集合；幾張照片拍到我尚未公然脫卸衣褲變裝前的專注眼神，卻似乎失焦地逡巡著四面八方，彷彿在等待著什麼。

在香格里拉等待著什麼。

終於，這裡也有壞人了；雖然那幾張相片不夠清晰不夠完全地捕捉到一位披風蒙面眼罩內褲絲襪皮鞭男。

（而且沒有字幕。）

似乎完全百分百配合攝影者的要求，或者是絲襪男出自完全的內心自然流露，貼切的身段與絕對正義的科白活靈活現在相片中表露無遺。

（迎合看不見的攝影師？）

或者說是，在觀察攝影師，行使貼切吻合榫接這個世界無縫接軌的正義？

真的是正義嗎？

我想起了布魯斯韋恩老大哥的告誡，突然發覺相片裡面的內褲男在香格里拉守護和平，其實是一種縱容貪瀆人性的表現。

（心虛的我汗如雨下。）再次定格再次放大再次合成相片彷彿新印象派的點描派畫家們一樣人物色粒變大時間的流動都是被組裝而成。

過往，歷史。

世界模糊，在我重新驗證世界的時候，在我知錯之後。

鬧鐘。

可怕的是，在我認錯、並且知道真正（正確？）歷史之後，悔恨不斷不斷不斷地面對相片那錯的歷史，竟然當然仍然依然本然自然一模一樣。

真的歷史與假的歷史（被縱容）竟然全相同百分百吻合相互密嵌。

故事中人如同舞台劇上所有的角色都自然生動地演出、走位、並承接後續的對白像是ＮＢＡ公牛隊的喬登皮朋完美執行教練所導演的三角戰術無瑕地運球卡位看都不用看的妙傳助攻上籃繼續得分。

歷史繼續演進，故事繼續，畫面繼續。

依舊。

正義執行者羅賓很心慌，氣急敗壞地告訴相片中人「你們都錯了！趕快來人啊！」確知歷史真相的羅賓覺得自己以前好假好虛偽。

卻不被理會，不被鳥，be–non–bird–ed。

假人並不會引來注目。

像是自己不在，自己不是。

而那一段歷史照常演出，羅賓終於發現，自己不在的這一段依詐的歷史的所有角色攏是假的筌殼，像極了金正恩為了刺殺哥哥（伊森韓特）而派出美女間諜與電影《ＭＩＢ》特效團隊合作，一步一步真心換絕情親像舞女陪郎客搖來搖去乎阮讀冊幾落冬卒業頭路沒扮相（抱歉接錯歌詞而且寫錯字了）愛情親像一陣風來無影去無蹤𝄞

無影無蹤。

像是沒有當街公然脫卸衣褲穿上絲襪戴上眼罩手持皮鞭的我。

（守護正義的我。）

發現真正歷史的我。

亂鐘。

是假的，無人熟識。

或者，是那些不聽我大聲疾呼，而只照本宣科的人是假的？

來自政府劃位設定為老街觀光區的我，在地圖上的香格里拉這裡，是真的嗎？

雲曇是真的嗎？

眼紋擬蛺蝶振翅飛過蝙蝠車的出口洞穴，沒有誰在凝視誰（背景音樂是１９７６所演奏的〈方向感〉。）。

初稿於3/14/2019 1:08 AM不知道要聯絡誰，於是就此作罷。初稿狀態完成於3/14/2019 10:04

PM剩下定正白字、補強樣品屋。二稿於3/15/2019 9:16 AM訂正白字。定稿於3/15/2019 11:51 AM加入「（「『概念』最重要了」，當年從事教職時，一直是我奉行的金科玉律。）」和分行句子人云云。四搞於3/17/2019 1:21 PM又要開始匠氣了；加強「香格里拉」的印象。

※第三個記者

i 其實副標題應該是「等待被提起」。原因在於浮塵子《飛過．我們在尋找MU．MU遺失的琉璃珠——老七佳石板屋》提到「眼紋擬蛺蝶」時回憶起了「我不想再和妳對望」。那些早已完成的風中歌聲傳來，心緒悸動地提筆為文，原來早已鏤刻於劇本之上，一切的形跡都是早已排定的台步與走位，直到定點停駐下自成蹊，接續的故事自動自發地展開篇幅。

「故事」早在不知不覺中展開了？

《牡丹亭．拾畫》。

身和心都不由己。

於是，重新複習學長之於紀弦與陳黎老師對米羅畫作《吠月之犬》而動筆成詩的論文，關於現代化的自我完成，「主體」應該何在？

司馬遷《史記》同時寫下〈秦本紀〉以及〈秦始皇本紀〉。

（「主體」是被建立的，或者被描述的？）「自己」是什麼？

ii 關於「開始」，承繼上文對「主體」的困惑：「自己」是什麼？

中國的歷代史書，從有〈今上本紀〉章節的《史記》開始，每一正統朝代都有與之相對應的「史書」出現—整理前代舊聞—除了表示本朝有足夠的實力，足以調閱勘驗前代一切之外，更多的是在昭示自己的存在，無論合法，或者合情。

什麼是「自己」？

天行有常，不為堯存，也不為桀亡，無論由誰稱王稱帝，天下依然是那樣的版圖，所有的來去依舊自如，單調的當權者足不出戶依舊是單調的當權者，反而更不如浪跡天涯不斷變換時區的乞丐、神棍、靈媒。

沒有「不同」、沒有「不一樣」。

所以，才要反其道而行地建立起「自己」：你們都必須一樣，可以被朕把捉。

iii 關於「所是」，承續上文提到的「自己」。自己的悲傷喜樂來自於自己所是，自己的所是來自於自己的所有；而自己在所有之前，其實不是自己，不會因此感到悲傷喜樂愛恨貪嗔癡。自己沒有，困蹇的自己阮囊羞澀的自己沒有，被清楚認知到自己沒有的那個自己，不會有這些悲傷喜樂愛恨貪嗔癡，無業的四十歲等同於十六歲。

等長大了或者等有錢了，才會才能才必須有這些人生體悟。

（妳被清楚刻劃認知設定排班歸類建檔著。）前景的展開是成為什麼人、被置入什麼故事情節八點檔連續劇好萊塢最佳影片中。

成為扮演哪一角色身披粉飾行當作出科白的演員。

變成誰，教科書上的誰。

比較讓人困惑的是，《史記》同時有了〈秦本紀〉與〈秦始皇本紀〉；雖然不知道司馬遷撰寫時的先後次序為何，也不知道司馬遷意欲為何。

如果「寫作」必然有所「動機」，像是今晚閱讀到了「眼紋擬蛺蝶」，而喚起了這一切。

在時間中變動。

終止繞境神靈安座地不動棲佇在花果葉莖脈上餐風露宿時開展平鋪的翼翅，那些微細斑點拼湊組合成的眼紋圖樣原意是為了嚇阻大自然中的天敵們六眼無神地凝視著連身軀都沒有的傀儡。

在屏東老七佳排灣族的原始部落裡，卻和原住民一樣，天敵只有觀光客們。

（如果時間真的有流動的話。）

威嚇原本孤立自己的章甫桂冠黼黻織錦瑰鏽流蘇墜珮珥簪白虹璆鏘鳴鏗，卻成了招徠世人的目光；醒堂木一拍，衙門中待審的人犯冤屈纏身泣不成聲的原告或者說書先生欄內昏昏欲睡的聽眾們一下子就被聚集目光引領期盼。

在原始部落裡面被期盼。

（如果時間真的有流動的話。）邱妙津（張老師）問妳有看過《預知死亡紀事》嗎？

[iv]承續上文「邱妙津（張老師）問妳有讀過嗎」妳有讀過這裏的鄉誌嗎？剛到此地就任、被命運之神輪迴庭上代馬輸卒地分配到此地時，銀白色四輪傳動休旅車駛出雲南麗江休息站三商巧衰國道三號來到沒有連鎖牛肉麵店的偏鄉麗江荷苞村望向唯一的聯外道路，歷史研究所畢業後失業的自己問專業的自己是否要閱讀本地鄉誌，以便佈下重兵緝捕逃竄於山林間的通緝犯？

（碇真嗣說逃婚的雲霻？）

（在香格里拉境內逃婚的雲霻？）

被把捉的是人，或者事？

開啟有秦一代所轄的，到底是嬴政，或是「秦之先」？《史記．秦本記》有云，其曰：

秦之先：帝顓頊之苗裔。孫曰「女脩」。女脩織玄鳥隕卵，女脩吞之，生子大業。大業取少典之子，曰「女華」，女華生大費。與禹平水土，已成，帝錫玄圭。禹受，曰：「非予能成，亦大費為輔。」帝舜曰：「咨爾費，贊禹功，其賜爾皁游。爾後嗣將大出。」乃妻之姚姓之玉女。大費拜受。佐舜調馴鳥獸，鳥獸多馴服，是為柏翳，舜賜姓嬴氏。

已經畢業九年的妳不確定這裡的句讀是否正確，西陲之星是縱的繼承或者橫的移植？是英雄造時勢，或者時勢造英雄？來到了異鄉就任，自己在日記上要如何書寫：「終於被命運之神垂憐」或者「終於遇上千年難得一見美貴婦校長大人認同我的理念」？

終於。

故事停止路途。

新的一頁方向燈在方向盤旋動之前閃爍故事書再版或者再刷或者合刊和別郎兮尪仔冊盜作夥傳唱唸歌詩變作新e媾俗會使效法會當學起來會當戲弄抑是真正去研究會當取法有發生過的可以考察的案例。

（「有」的發音是「無」。）

（承續上文「有」是「無」的概念。）世系的安排，或者，故事的整齊。

雲南麗江亨利福特實驗高中日前安排了代理教師的甄試，歷史研究所畢業後即失業的妳頂著碩士學歷和虛有其表的文學獎單以及表演參加甄選，意外地入榜了。在整理行李的時候，看到了因為旁聽中文系《史記》課程而購買的《史記會注考證》，想起了在「易學社」曾把學弟們唬地一愣一愣的五德終始。

和五行相生、五行相剋。

那個年代，他們還是不確知女孩會撒謊的宅男吧？

無論是較為眾人所知的木、火、土、金、水，或者思孟學派的仁、義、禮、智、信（聖？），故事（命運）早已被排好了，來到了定點只能讀秒期待相應的發生搬演，故事和故事人來到了眼前。世界是地圖，經緯的區分就連困頓的意外都是直角的衝突在計畫內，「意外」也在保險單的理賠範圍細則內。

「秦」如何成國？或者說，如何有地？

氏、姓之封。

這才有了發展的基礎，這才會到了秦莊襄王的時候，已經滅「周」了。剩下仍行周制的六國，只是負隅頑抗的殘黨。

如果時間有流動的話。

價值和體系不斷不斷不斷地往來復還，妳甚至懷疑起了鯀（大禹的父親）的治水失敗，是為了配合鄒衍等人論說虞舜是土德而禹的父親的屬性，必須符合當世。

如果時間有流動的話，Someone's Heaven is Another's Hell，聰敏機制果決識時務是奸詐狡猾殘忍背信忘義；用來驅敵的眼紋，是招徠觀光客最好的宣傳。

變成標本。

妳是來到異域，不知道要創造自己，或者描述自己的草薙素子。

世紀初依舊華麗

從市內到郊外，顓頊依舊帶著自己的日記。和北一女一樣，女同學們也穿上了綠色的制服，鶯鶯燕燕笑語逐開地在鄉間校區內綻放著遇到的人，依然如是。

這裡沒有高職，也沒有五專，只有完全中學。

和瑞祥國中一樣……水顓頊想著自己當年在瑞祥國中的時候。那是一所超高人氣的高雄市明星國中，升學率幾乎百分之百，而且，單論通過高中聯考而取得優異成績的榜單，紅紙更是貼不完了校舍外的圍牆必須另立一堵紅磚砌成的樓閣亭臺榭，密密麻麻猶如市政府發放的電話簿名單，尋找自己。

（竹崎高中），很後面。

放榜的時候是夏天晚上，溫煦的夜風輕拂著這一間完全中學。

已經不是瑞祥國中了，顓頊畢業的這年，改制為「瑞祥高中」，原先的主體變成了附隨組織「國中部」，在潔淨純白的帆布書包上，以括弧表示。

還有、還在、還是。

瑞祥高中元年的同學們，多是自己的國中同學，那樣一點都不好玩，資優班出身的顓頊深知自己接下來會被如何安排，安全正確的道路，如同自己就讀瑞祥國小時擔任陸隊長一樣，越過班超路走在崗山中街上，經過了有雪人兄弟、洛克人電動玩具機台的釣蝦場而不入繼續回到家一樣，生命的意義被完成了，走在預定的道路上，韓國電影《與神同行》可以確定所有的突發狀況所有來襲的怪物。

所有的意外。

所有會造成「沒有」的意外都被確定。

沒有基督教堂，還是空地；後來是基督教信義教會所在，不是空地了；回家時經過一片原野。忘了是元宵節或者是端午節，忘了是提燈籠或者放鞭炮的時節，荒原上有竹欄砌成的工寮小屋，我們鄰居一掛年齡相近的頑童在屋外生火、烤肉，歡唱著。

後來變成了耶誕節，一樣有歡唱，只是不同時間而已，看似從未遺失什麼。

顓頊行走著，踅過了街角的瓦斯行，就快到家了。

或許三十年了，瓦斯行仍在當地屹立不搖，這世界彷彿什麼都沒有變化。

原本就在，該來的，還是會來。

例如放學時間。

在操場上集合，下課鐘響是已然過往的許久之前，司令台上仍然是訓導主任的千篇一律不可以進入那些地方：學區內。

（可是我們是明星國中哪！）顓頊心裡想著，越區就讀的同學早就佔滿了班上三分之一的人數了，來自五甲、鳳山，那些外地人的。

國中的時候，早就知道通訊地址不是戶籍地址了。

（如同，首都是台北，雖然要寫下南京。）

中華隊和光華隊都是國家隊。

在司令台前方大便蹲著。這是操場，後方有四百公尺的田徑PU跑道，有單槓，有鞦韆，有像是地球儀由鐵欄杆構成的圓形球狀，小時候玩的不亦樂乎，雖然至今仍然不知道這是什麼。

不知道的也存在，（例如二、三十年後發生氣爆。）例如後來沿著台糖或日本時代的鐵軌興建起了捷運和輕軌，雖然不知道英文課本教導的單字「tram」會是由誰擔綱演出。

「日本時代」是台語，卻是中文。

全校的學生都蹲在六座籃球架所構成的場內，如果要丟棒球，必須跨區到一街之隔的五甲國中。

等待放學。

太陽逐漸沉寂之時，這裡的溫度正好逐漸上升，老師有複誦課本的提起，這是輻射現象，最燥熱的時候，大家都凝視著自己的鞋尖，身影偏移。

終於可以站起來回家了。

回到學區內，和三、五好友（鄰居？童年玩伴？）走在回家的路上，穿過還沒有天橋的班超路、經過煙霧繚繞的電動間「白樓」，走在崗山中街上，踐迹著自己按照聖人教導的國小路徑，回家，金少昊在的家。

少昊是母親。

顓頊：別來無恙？

淡水不是鬼住的地方，大概只有鄭鼓恆老師可以存活下來……

（日記保存了這封杜鴻德的來信。）（彰化師大數學系直升研究所的杜鴻德，現在服役於海軍，不知道在淡水的哪個地方。）（鄭鼓恆老師是我們的數學老師。）（兼任訓育組組長。）（就是那種打擊壞人和學生的人。）（鄭鼓恆老師是真的用藤條打手背的老師。）（每次考試後都準備三大條藤條。）（逐一崩解）（這世界上最遙遠的距離）（不是我在妳面前）（，是藤條逐一散裂。）（鄭老師總是說起了退役後初從事教職的年少輕狂：）（我現在已經收斂了許多。）我真的在（以前那些校園惡霸們，大馬金刀地坐在教室內。單槍匹馬的我抬出了他們老大父親的名號，老大這才微微動容。）（原來我和他父親是一起當兵的，雖然都是刀頭舔血的走江湖漢子，卻是最尊重「讀書人」、最尊敬「老師」。）（我成功地救回了那位被挾持的學生，而那位老大從此不敢翹我的課。）（直上青天，遇妖斬妖、魔擋殺魔、佛阻滅佛的鄭老師。）（三角函數的時代。）（和證明題的快意時光。）（顳頊和鴻德一一地打破了資優班學長、學姐們高懸的記錄。）（那些證明題）（被完成的時候）

我真的在。

這個世界是否需要證明題？不知道是物理學者或是數學學者的史蒂芬・霍金宣稱「哲學已死」，關於我們只是胼胝體的突觸相互奧運聖火，從來沒有自由意志。

杜鴻德不知道被分發到哪間學校了？水顳頊到了竹崎高中之後，選擇了社會組就讀。

早已奔波在不同的道路之上。道路和前方遠景都早就布置好了，妳踽踽獨行。

那些早已存在，例如瑞祥國中斜對面的瑞祥醫院旁邊的玄德殿。

提到了瑞祥醫院，就要提到了在某籃球名校高中甲組發光發熱的林其佑了。早已忘（不知道？沒有？）了是什麼樣的原因，水顓頊與林其佑大打出手，除了互相劈斷了幾支掃帚與拖把之外，林其佑更直接丟了剪刀向著顓頊。

一道長痕，皮肉翻騰，鮮血的直流猶如過往年代不飲用自來水的高雄人家，花錢購買山泉水。除了街頭巷尾四處設置的掬水軒之外，頗負盛名的還有從五甲、鳳山一直過去，通往過碑仔路直到大寮山間丘陵地取水。

水桶已經裝盛滿了泉水，移開，沒有水龍頭只有投幣孔的泉水機仍不斷汩汩地一直一直一直溢出甘泉。

一直。

林其佑嚇呆了。

宇多田光"Automatic"（雖然聽不懂）。

同學們嚇呆了。

血一直淌。

水顓頊還不明白，只是些許發愣困惑地望著彷彿被定身咒束縛的大家。顓頊的年代還沒有開始《魔獸爭霸》，只有《封神演義》的捆仙索和混天綾；可是，現在被剪刀砸到的是我啊！為什麼每個人都像是看到了大頭鬼惡意地在下巴又開啟了另一張嚼吞檳榔的嘴伸出長長艷紅的舌瓣唬住眾人一樣？

假面顓頊。

簇擁而上，大家直接忽略了校內的保健室，把顓頊送往瑞祥醫院。

Eden's Bridge所演唱的"Be Thou My Vision"，找不到歌詞。

找不到被注視的，或者，沒有注視者？

急診室醫生粗糙地縫紉了顓頊的傷口，沒有麻醉地淋上了雙氧水，洗淨可以氽燙的血肉，再將之囫圇地塞回原來的地方。

自己會填補癒合組織復原，醫生沒說出口的。

不是手術室內，也不是診間，而是在人滿為患的走廊通道上，觸目的都是斷肢殘臂，你比較輕微了。

醫生沒有說出口的：原來今天是兩派人馬一言不合相砍的日子，警察到處都是，刺龍刺虎的到處都有，可是，我不是這些人啊！顓頊想說著卻不知道如何說分明：我不是我們！

我不是我們？

後來，（日記表示）鄭老師終於姍姍來遲了。

顓頊看到鄭老師不住地鞠躬打揖向其中一位年輕人，並且指向顓頊。鄭老師不是老大的父親的同袍嗎，怎麼如此謙恭有禮？

年輕人笑了。

把顓頊帶到隔壁的玄德殿，不是祭祀劉皇叔，而是恭奉有玄天上帝、保生上帝、池府千歲的廟宇。現場除了有五位長髮披肩、穿著熱褲、以美國國旗綁住上圍的辣妹們在熱舞之外，還有幾位皮膚黝黑的少年們敲鑼打鼓著。

不知道是什麼陣頭的「輿香陣」。

在這裡等。

金少昊終於匆忙地趕來了。

少昊是母親。

顓頊：最近安娜？有去米國ê酒店麼？啊是擱地繼續讀施秀絜教ê英語？

（日記也寫下蕭有成的來電。）（原本在國中與蕭有成不是那種換帖兼性命的兄弟好友同窗。）（只是在搬到嘉義多年之後，竟然意外地接到了來電。）（相當意外。）（自己因莫名而來的心緒回高雄一趟。）（走在大街上毫無人生目的。）就像是日前，在大台北火車站地下街漫遊。說好先，「地下街」這種高科技是我們鉅高雄先有的。話說回來，包括台灣的國防工業，例如，如何引爆埋藏於地底之下的火線追緝令，導致政治民生教育經濟醫療衛生環保娛樂飲食服裝教育交通垃圾掩埋場瞬間癱瘓的軍事力量，也是我偉哉聖高雄居有首功……離題了……就像是日前，在台北火車站地下街匆忙地找尋洗手間的時候，看見了眾人圍觀、眾人在欣賞兩位青少年打鼓。不是配合音樂、舞藝的優人神鼓、太鼓達人，而是宛如「快打旋風」年代的電動玩具機台，只是變成了兩面大鼓，畫面有如「跳舞機」，然後，打鼓。

我真的在。

生命的意義？

不知不覺就已經在了？

很像日前造訪又不見了的士林夜市。

士林夜市不在廣場，又搬回了對面街道上的巷弄內。當時我手持著一瓶雪碧，從小北街切入士林夜市的巷弄之中，跟隨著人潮不斷地位移在攤販之間店家。外國人一定會感覺到超級不可思議，所謂夜市造就而成的生命型態就是一直走一直走一直隨著別人走什麼也沒有買來去匆匆我不為妳停留飛鴻哪復計東西無意無必無固無我無明乃至無無明。

生命早就是了，無須畫紅線強調意義。

妳的命格早已被注定。

在高雄街頭漫步，進入了一家SPA護膚按摩店，所有的雞頭GTO長相都超級一樣地猥瑣湊向前來，大哥：要怎麼消費？

（色情護膚店。）完事之後，還特意地向那位看起來很面熟的GTO道歉道謝道別道聲晚膳時間到了願用餐愉快。

蕭有成打了電話過來、喂你置陀位、九如路上安怎、冇啦你抑擱會記著陳義肢麼、喔國中時陣兮佚陀不精囝啊、今嘛變作三七仔啦。

然後？

（很久之後，妳才兌現蕭有成這通電話宣告的意義。）水顳頊很想說，我在我們之中，可是，我不是我們。

我不是我們。

雖然，所有的「我們」都是早已預定。

所有的「我們」。

現在接到了蕭有成的電話，提起了過往的人名：「施秀絜」，國中的英文老師。蕭有成什麼都沒有說，就只是提起了國中的英文老師的大名，就已經表示了：我們。

水顓頊：（你終於也是我們了，假面的我們）。

當年是在玄德殿廟埕廣場初遇了蕭有成，正抽著菸的蕭有成。不以為意地以台語問了水顓頊怎麼了，音似英語「安娜」，顓頊玩笑地回了「在美國的酒家中」。兩人相視而笑，顓頊這才知道與自己同齡的蕭有成，也和自己一樣有著相同的英文老師。

我們。

「我們」在等著金少昊的來臨。

少昊是母親。

顓頊，還在賴床嗎！說好今天要來的喔！

（日記表示那是ＢＢＣ不被英國掌控的年代，專屬於我的嗶嗶Call，扣掛在腰間的皮帶環圈內，亮金黑色外型，液晶螢幕顯示；那個年代，手機比黑金剛蓮霧還碩大。）

而且，公用電話一律都還是投幣式，至少在高雄的這裡。

班超路還沒有架起天橋連接瑞祥國小與瑞祥國中的時候、瑞祥國中尚未變成括弧的（國中部）的時候、瑞祥國（高？）中旁邊不是消防局（站？）的時候。

（妳在哪裡？）

李白，〈靜夜思〉。

「床前明月光，疑是地上霜；舉頭望明月，低頭思故鄉。」

其實有很多版本，包括有學者考證出「舉頭望山月」、「床前看月光」……更有學者表示，像是「錢」、「情」的台語（河洛話）發音相近，「樂府詩」在流傳時，更經常因此發生譌入的情形，例如「西北雨」其實就是「夕暴雨」的轉音，「床前」也就有可能會是「窗前」了。

於是，這首令人感傷的緬懷思念，場景就不同了；何況，少昊還不確定當時是否已經有了紗窗。請想像可以凝視月光投映於地的所在，是否一大片莽莽荒野？到了晚間，是不是有更多莫名其妙的昆蟲……

嬌小身軀的少昊，穿著過膝的長裙，在講台上演示出畏懼受驚的模樣，併攏了露出足踝的性感小腿，裸麥色的天然膚質外裹著一襲黑紗絲襪。

左手拾起柔荑，遮住了櫻桃小口，桃腮杏臉上是秋波微轉顧盼流眄，欲語還羞。

從床前，到了窗前，是否已然起身，失去了依靠？

而且，「床」其實還不一定是現代臥房中，用來睡臥的家具，唐朝的時候或許是「胡床」，坐臥之榻，還不是有靠背的椅子，而是類似凳子類似今日的行軍椅。

什麼時候會坐在椅墊上、在哪裡可以覷見灑落滿地的銀色月光？或許是在門口、或許是在戶外、或許是在後園；天蒼蒼，野茫茫，風吹草低見牛羊。鬱悶的思念之情更見憂傷。

而「床」，更可以是「井欄」。古人在地上挖了個洞，很深很深的洞，可以有地下水的洞；然後，為了不讓兒童因為意外跌落其中，所以圍上了欄干，這種「井欄」，也被稱呼為「床」。

而網路都告訴了你們「離鄉背『井』」，是指周代的井田制度；但是，「井田制度」真的有被實施嗎？真的因此劃分了天下嗎？

而什麼是村莊、聚落之形成呢？在沒有水龍頭的古代，「井」代表了什麼？

更何況，詩人已經如此悲戚，月色蒼茫，夜風襲來，一望無垠的原野上，靠近了井，詩人意欲何為？村上春樹《挪威的森林》為什麼不斷提起了井？

妳是否和詩人一樣北七？

破涕而笑了，少昊露出盈盈笑顏，舒開了遠山翠黛，一切都還有可能，一切都還可以，請不要輕易地走上絕路。如果真的要走上最後一步，請在倒數第三步的時候通知親朋好友、第二步的時候撥打專線0800-788-995，讓我們大家一起努力呦！

彷彿早已約定好了，下課鐘聲正準時地於是響起，大家都作鳥獸散。顓頊祕密地若有似無地朝講台上的國文老師望去。

老師搖搖頭，笑著。

（還不行。）

還不行、沒有。

就像是嗶嗶扣的持有者一樣，接到了傳呼通知，打電話去總公司，聽取對方的語音留言；確定之後，將其刪除。

沒有了，再也沒有了；你不再是、還不是「我們」。

顓頊知道自己還是自己，「我依然還是我們，我還在我們之中。」，與其他同學一起整理好了書包，假面地到操場等待放學。

這一天不走國小學區的路；而是到了玄德殿後方的巷弄中，再左拐右彎，深入深入更深入歧路，來到了日記中國文老師的住家。

媽媽，我回來了。

少昊是母親。

顓頊：

你身體好多了嗎？

前幾天一直下雨，直到今天早上才放晴。大家都在等著班長一聲令下：起立、敬禮、老師好，結果卻等不到你的生息。原來，你破病了，要好好地修養，趕緊回來上課喔！

我和薏竹都有整理洗手台上浸水的花草，薏竹說著還好你沒有來上課，否則一定會哭的，看到被水淹沒的花草……

趕快把身體造固好吧，我們都在等班長回來喔！

廖慧君

國小的同班同學，同時也是國中的同班同學第二名議長獎的廖慧君，陳薏竹則是區長獎。水顓頊是以第一名的優異成績表現，從國小畢業的資優生：市長獎。

三個人，又同班了。

可是，事實通常都不能從單一直述的文字得知，顓頊、慧君、薏竹其實存在著很深很深的敵意，很深，很深。

如同彈得一手好琴藝的廖慧君於此不斷地揶揄著顓頊的台灣國語。

而且暗指顓頊每天只會拈花惹草。

（我真的在。）

因為國小高年級的導師莊秀緣先生、中年級的導師許秋珍先生、低年級的導師沈貞吟先生，都一致地勾選了水顓頊是班上第一名代表。

除了品學兼優，顓頊還會自動自發地照顧花檯上的植物，甚至昆蟲們，包括滴血餵螳螂。

這一切都被老師們看在眼裡，因此也成為了顓頊會被加分的原因之一。

也是假面顓頊會被仇視的原因，在尚未推行「推薦甄試」升學法以前，敵意早就存在了。

小小年紀何來如此深仇大恨？

就是因為世界太小，怨恨才會劇烈；如同愛，越少人共享，才會越發堅固可貴；如同少昊與顓頊。

一開始顓頊是跟著爸爸住，在那段司馬玉嬌是天下唯一美女的年代，也曾經問過爸爸：「媽媽呢？」。沉吟了片刻，父親慣性地抽劃一根火柴，點將一根煙起來，朦朧惺忪地看向窗外遍是銀色月光的大地而回答去了很遠很遠的地方，不會再回來了。

去了很遠的地方，不會再回來了。

小朋友都很聰明，國小就已經是鄭問的年代，後來還有阿推，林政德在林耀德以前進入水顓頊的生命；而電影《七夜怪談》貞子從電視螢幕爬出之前，早就有了桂正和。

早就在了。船艙進水，船長此時才驚慌失措地通報整艘船的旅客：「我們發生船難」了請到甲板上聽緊張時刻十萬火急全部的人都亂了失序瘋狂地不遵從號令地或搶或跳上救難艇無關是否已經充氣無關是否配帶飲食是否穿上醒目的從船員指示救生衣。

發生船難。

以為那是死。

可是救難隊在妳通報船難之前，早就已經存在了；也早就規劃好ＳＯＰ搶救程序方法步驟進度表了。

妳早已入人彀中，妳的故事早已形成。

妳本來就是妳了。

沒有見過媽媽，可是媽媽死了；所以，我真的真的真的明白什麼是「死」呦！顳頊如此地在心中告訴著自己，我確切地體會到了什麼是「死」、因此我確實地經歷了「死」。

（可是，顳頊不知道什麼是「媽媽」。）

「媽媽」是什麼？

直到就讀國中，確認美如周慧敏的國文老師金少昊是女神。

沒有國文課的那天學校突然宣布舉行防空演習。全部的師生都來到了校舍的地下室停車場（而且必須悖離書包，無論其中是否藏有珍貴的文學史料日記本、或者繁複的百年建國大計，或者小本的色情書刊。），蹲在原地，兩眼枯呆無神地望向了上方與路面平行的氣窗外面，小草，小花。

蹲在原地。漆黑的原地雖然還能看見彼此，可是不能交談。

警報聲一直嗡嗡作響，雖然人盡皆知沒有敵機來襲沒有炸彈空擲；可是，世界上最遠的距離就是妳在我面前，我們卻無法交談。

比炸彈造成的滿目瘡痍還要恐怖的瀕死絕望，終於有人哭了出來有人站了起來「你，蹲下！」訓育組長鄭老師說話了，「你不要害死大家！」。

少昊從小就深刻地體會到了什麼是「死亡」。

ColdPlay所演奏傳唱的“Clocks”，顓頊其實沒有任何外語能力，完全無法領略任何歌頌，卻在前奏溫緩和煦的鋼琴奏聲後，聽到了主唱不知所以然的茫然低喊一票玩到底遊樂園如此寬廣遊戲器材如此繁多，可是沒時間了。

以及「死亡」是什麼。

以及「沒有」。

顓頊清楚地知道什麼是「沒有」，就像是復建的時候，在診療室不斷地打著電動玩具。

「魔術方塊」。

各種顏色、形狀不一的方塊組合，紛紛自螢幕上方開始落下，遊戲操縱者必須在一定的時間將之安排妥當，讓方塊的堆砌可以成為一個橫列，就會消失，讓螢幕有更大的空間，讓方塊不斷地落下。

讓自己還可以操縱、還可以擺佈。

還可以被為難，所謂的復健。

接受復健者必須進行的是空間的規劃，在有效時間內：百貨公司火燒了，必須沿著逃生方向離開此地，不是「入口等於出口」，必須依樣畫葫蘆按圖索驥照表操課。

平衡能力受到影響的水顓頊，更必須和復健師來到醫院中庭，戴上安全帽：溜滑板。

當然不是如專業選手般的表演，而是蹲在滑板上面，兩隻手作出春節時分特別節目都會播放的歌聲「採紅菱啊～採紅菱」，緩緩地繞行中庭一周。

沒有紅菱，沒有媽媽，可是有少昊；那時候顓頊就對漫畫《天子傳奇》感到困惑：殷商注重鬼神，超愛拜拜廟會；可是，殷商還沒有完全的「天」的概念，所以鬼神何在？

媽媽何在？

「沒有媽媽」何在？

警報聲響停止！眾人恢復原狀，而且提早下課。顓頊不疑有他地走回家去，聽到父親和國文老師的爭執，很久之後才破門而入：「妳是……媽媽？」

這麼多年了，應該餘毒也排乾淨了吧

沒有問號，也不是問號；不是書信，也沒有書信。這是BBS的年代，也忘了是在什麼時候了，國中同學楊俊緣如此地寫著。

寫著自己：我真的在。

成功戒毒的自己：可是身體已經被搞壞了啊！俊緣笑著說，雖然已經沒有了，可是，我早就已經壞掉了喔！

顓頊想起了不知道誰寫過〈無愛記〉，更從俊緣的話語中，聯想到了張惠菁的《末日早晨》；我是在什麼時候閱讀的呢？顓頊自問著。

什麼時候的我，才是現在的俊緣；什麼時候我和俊緣才能以同一波頻相互對話？

我要到什麼時候，才能成功地和對面世界上最遙遠的距離的人的話語言談無縫接軌？

才能成為「我們」？

顓頊其實接受了相當縝密的語言復健療程，不斷地努力地閱讀著自己的日記。落筆之後，就獨立成為文學作品（work）的日記本文；顓頊和語言復健老師一起在文學作品中發明發現發送發放表示出了人生最核心的意義之所在。

在文學作品中確立了（人生）最核心的意義價值之所在。

可是，後來，羅蘭巴特發明（發現？）了「文本」（text）（雖然從「零度寫作」到「作者已死」還有好大一段距離），必須有讀者加入、由讀者定奪裁付，才是「意義」之所在。於是，每個人都宣稱自己獲得的才是本文。

或者說：每次的顓頊。

顓頊讀到的是自己之以為，而非本文。

顓頊知道自己還不夠、還不是，於是又重新地閱讀了該作品（日記），作出後續的讀後報告，接續著該日記（作品）、接續著第一分讀後報告……

然後還不是，一直都不是。

一直都不是自己。在遇上媽媽之前。在生命與少昊接軌之前。

那天少昊高高地把黝黑的青絲綰在腦後，一身女士黑西裝，勾勒出了凹凸有致的身材；窄裙直到膝蓋以下，黑色的網襪包覆著小腿性感的曲線。

這是顓項與「媽媽」的初次相遇；雖然少昊已經無數次忍著不要喊出「兒子」了。

我們的一直生命不等價，雖然此時才能放置於同一天秤之上。少昊說。

妳可以一直不與他人相互比重嗎？

少昊與顓頊陷入了深愛，是什麼愛，也說不清了……

並且因為愛情而燒昏了腦，顓頊住進了醫院，接受復健療程。

接受復健的顓頊戴上了眼鏡，從此以一「美好完型之存在」在彼世對岸為圭臬而過活。

那時候尚未十二年一貫教育，雖然身為教育工作者，少昊其實也很反對。不過，在國三高中聯考的時候，顓頊卻填上了嘉義縣竹崎高中的志願，離開了這個學區，這個有瑞祥高中、有五專、有高職的學區。

來到了只有國中、高中，沒有高職、沒有五專的竹崎，遇到不一樣的人們；日記中，多出了許多不同的演員。

顓頊兄：

到了異鄉，功課表是否依然？

我們都脫離了瑞祥國中，來到了高中就讀；但是，任誰也沒有預料到，顓頊竟然當真歸隱田園了。前幾天，秀偉才在火車站遇到下課的杜鴻德，然後一起幹譙顓頊呢！什麼時候回來啊？我們說好要炸掉總統府的呢！

就讀道明高中的劉秀偉來信了，當時是隔壁普通班的，卻是為了獎學金考上道明高中資優班的怪胎。劉秀偉是個很迷假面超人的白爛，曾經夥同杜鴻德拆下了校內所有消防栓的警報器，作成可以發光發電發熱發火發煙（全校）發水的盔甲……

如今，秀偉在電子郵件中重提年少的往事，倒是讓顓頊想了很多很多：以前的話，是不是真的？

暑假期間的農忙時候，少昊與顓頊在非假日一同來到了竹崎火車站。這裡是昔日通往阿里山的驛站，木式建築巍峨挺立著，甚至，還保留有當時的壁畫，關於戲院的廣告。

是保留當時至今嗎？或者重新彩繪？

近日之間，鍾肇政文學館的新聞事件再度引發爭議，雖然眾所皆知，新聞再大再鬧，還是沒有增加夠購買人口，也沒有增加閱讀人口。

文學人口自古而然，其比例早已固定了，就是這些了。

（而且不包括惡行惡狀的截句糾察隊。）

國父從來沒有住過國父紀念館，雖然蔣經國先生、李登輝前總統都曾經在此宣誓就任；或者，文化大學的美軍宿舍變成了餐廳、金門八八坑道變成了詩人洛夫的石室，高雄有了捷運和輕軌、台北鐵路地下化那些不見的是什麼？

被展示的又是什麼？

那些自以為？

少昊和顓頊是確確實實地從高雄沒有了喔！來到被展示的嘉義竹崎高中是多年以後，容許母子成為師生存在的時空，每天的相互依偎在任何人眼中都是正常的如同此時，少昊和顓頊正在竹崎火車站內的女生公共廁所中擁吻、愛撫、脫衣、作愛。

彷彿空襲警報的時候，他們兩位都沒有直挺地站立著；雖然公共廁所內外人潮來去自如。他們都沒有發現，身旁的陶瓷便器上方，棲著一隻螽斯，擬態的螽斯。

以為沒有外敵的螽斯。
為了不被外敵侵犯而擬態一動也不動的螽斯。
我真的在。
走出竹崎車站，偕手走向了對面的親水公園。
走過吊橋，俯瞰河谷，走到深山境內，折返。
相反方向。
看到作為裝飾的火車造型，看到反正有人說就有人樣的裝置藝術：蘇東坡題字。
千古淘盡。
一樽還酹江月。
（「水月」是道家的或者佛家的？）
（其實是「尊」才對。）
（「樽」是後起的形聲字，雖然也是造字之本；就跟「軒」、「轅」一樣。）
水顳頊旋開了水龍頭。

初稿於8/16/2018 12:18 AM落榜；考慮彰化。一校完成於8/16/2018 5:53 PM一個人在家；微軟的工程師也無法解決的難題；感謝出版社的編輯先生，讓我想到了另外的替代方法。初稿狀態於8/16/2018 8:00 PM文稿整理齊了，不過字數爆表……

第三個舞者：考鏡源流

（電視的播映彷彿插秧前擊壞後犂草，不同的日常有不同的術語。）

在左營博愛路上的享溫馨KTV中，中文系畢業的赤尊信和歷史系出身的羅美雲已經歡唱四個小時多餘，美雲呢喃呢喃地說著還有「一個多小時，要怎麼」辦？

以為一切都在掌控內，一切都可以依照計畫書按部就班地完成，早已妥善了所有的備案；但是，應該是五個人到場，如今卻只有兩個人在了，到了最後，只有兩個人了。

在約會的集合時間眾人皆抵達，在門口用數位相機歙下合照後，都含情脈脈有志一同地彼此眼神交會握手志意共識般地在KTV服務員帶領之下魚貫地志入了包廂內：天花板和環堵四壁都是鏡面光滑無瑕，中央垂下轉吧七彩霓虹燈斑斕的玻璃球狀光線各自從不同的介面洋溢著妳看到的現實字團張開後雷射中出。

志入。妳看。到的。

可是，大家紛紛地都以還有其他要事處理為由，陸續地各自離去當場，雖然都附足了各自應該負擔的金額，可是，人都一直走了走了。

最後，妳會不會也吾從眾跟大家一樣，棄我於不顧地離去？（本次聚會是由畢業後在房仲公司擔任公寓導遊的赤尊信本人發起的。現在，赤尊信正沒有任何言語地面向著電視螢幕，凌厲的目光卻穿過了那浮華不實的表象，停在背後的鏡面上，直視著美雲的眼眸瞳孔裡面最深處：我要問真正的妳。）

最後，妳會不會也吾從眾跟大家一樣，棄我於不顧地離去！

不是問號。

坐在娥的右邊，實際上卻出現在我的左邊。妳已經失去了能夠掌控的自己，妳無法防備也無法攻擊，鏡面上妳在娥的左邊，那是一處妳永遠也無法企及的場域，妳的無助妳的無辜妳的無法妳的無無明，我的妳。（赤尊信的內心如此盤算著）此時正是台客天團玖壹壹〈嘻哈裝矯情〉：

> 我的愛人啊，讓我對妳訴情話；我的真心我的真情，問妳是否聽到嗎？

赤尊信口中隨著字幕應和著旋律，卻與天地萬化冥合專注地直視著光滑無瑕鏡面中螓首蛾眉的美雲，踐遠遊之文履，曳霧綃之輕裾，肩若削成，腰如約素秋水瀲灩的美目明眸善睞，一直到眼神的最深處，試圖找出那個被稱為「真」的意志。

要在這樣的情境下，說出這樣的話語，才是真的。

才被歸入「真」的畛域之中；「真」必須如此；「匹夫立志」是表示「心無大志」而且年近四十卻鎮日遊手好閒毫無作為磅礴臃腫心寬體胖的赤尊信許下在太平盛世時的聖人的志向：出版小說；或者無關乎「志」的內含物；所謂的「志」就是在復蹈踐迹，自的本體：是被他人以文字言語現形禁錮的。

單身。的一。個人。聞雞。起舞。

已知。

要成為那樣的人。

看著與自己錯位的美雲，赤尊信的目光一直深入地逡巡，彷彿要找出什麼自己會發現的一樣，不斷地探索著美雲深埋的祕密。

電視畫面出現了誇飾的影像，赤尊信來自宜蘭縣礁溪鄉白鵝村，更曾經住過已經成為古蹟的高雄縣內門鄉內豐村㨂子腳；那裡再進去經過仍在教導台羅拼音的木柵教會，往南化方向來到了台南左鎮、朱一貴曾走過的龍崎，就是三鄉交界的308高地草山月世界了。

可是，〈嘻哈裝矯情〉的這裡其實不是「鄉下」吧？赤尊信在草地的祖茨都還可以連接中華電信的寬頻上網，都還可以接收到Line啊！

這種詼諧很像是相聲瓦舍推出的精華《戰國廁》的段子，更像是是曾在民視播映的長壽鄉土劇《親戚mài計較》。雖然《親戚不計較》和《阿爸的情人》一樣也是改編自小說；但是，卻和曾經發行《我的內分泌有點失調》、《庄腳店仔》的張四十三〈異鄉的人〉的音樂錄影帶所出現的庄腳草地大相逕庭。

妳並不知道〈異鄉的人〉的MV在哪裡拍攝，但是妳卻自以為已經融入了那不斷思念的滄桑情緒彷彿尋根。畫面帶過了明倫國小，上網Google的妳權充就是張四十三的故鄉雲林縣裡面的東勢鄉了。

六房媽會來這裡嗎？

與本首歌曲的故事主題完全無關，妳突然就想起了這件事情：六房媽會來這裡嗎；或者，妳告訴妳自己：（我想要問的其實只是：「六房媽的威能可以庇蔭到這裡嗎？」）。

哪一個才是真的？妳在哪裡？誰飾妳？

「六房天上聖母」是當地的媽祖林默娘信仰，此一認知並非來自網路搜尋維基百科，而是赤尊信童年時期確實就在雲林縣斗南鎮外公、外婆家長大。

被舅舅們、表姐們騙大漢的。

（雖然這枚字是「騙」，但其實不是「騙」。）例如同性戀是精神病？精神病是做人失敗的匪類？發生在新竹的姦殺未成年弱智少女案件呢？誰是做人成功的人？所以小嫻作人失敗？被故事書的用字牽引的是誰？（例如「濫觴」，沒有負面意思，雖然妳可以在網路上搜尋到以「風過，拾起遍地濫觴」為名的小說。）（這句話同時也沒有貶意，例如「天地不仁，飼萬物如雛鳥」不一定真的是「不仁」。）（又例如，「老莊思想」的論述中，的確可以尋找到生命的意義。）但是，「老莊」真的能成為脈絡嗎？（或者妳只是賣萌的高中美少女，和姊妹淘手帕交閨蜜們在便利商店找到袖珍本的粉紅愛情小說。）（封面是風流倜儻的韓柏。）（韓柏練有從老莊思想中淬煉而出的「道心種魔大法」，吸引了無數萬千少女簾曳心。）（秋風微徐，飄啊飄的投影在妳的波心。）（本來就是如此，可是妳卻認真地表示這就是生命的意義。）（可是〈齊物論〉明明就和〈駢拇〉大不相同。）（還有一堆羨文的〈大宗師〉。）到底是誰「佚我以老」？這種帶有終極關懷的目的性，完全與「天地不仁，飼萬物如雛鳥」迥然不同吧？（如果不要提專業，那就來個微積分吧。）在數學系進修的范良極總是每天三問：如何才能面對自己？緣的面積要如何進行處理？如何才能算出「窮盡」？為什麼同樣都是大學科系，人文學院就是文學獎評審口中的「沉痾包袱」，非我族類則是「真誠地面對生命」？形式主義的陌生化？（人的一生。）（所以，「『什麼』是『什麼』」，對我而言真的是無解的命題。）這是小說？這是散文？這是新詩？這是妳的初戀？（想起了曾在搬家的時候，翻箱倒櫃出了自己第二次大一的情書。）（其中在探討達爾文的密碼，並且在針砭叔本華。）（……）（現在是無法作到如此清晰的條理分明了。）那大概是不小心閱讀完一本中譯的叔本華導讀就自以為面對了悲劇的真相吧？（就像是「死不是生的對極，而是以一部分存在著」其實是源自村上春樹《挪威的森林》。）（可是其實不一定。）（那是海德格的立說。）（說是「海德格的立說」也不太正確，《存在與時間》是海德格早期之作，與後來的建構完全不同，各自分別落居在光譜的兩端。）（所以其實是王充的：「人之死猶火之滅也」、「火滅光消而燭在，人死精亡而形存」。）（其實也不是王充，而是桓譚的論說。）（其實不是桓譚的立論，而是妳在修習哲學系「中國形神哲學」時，沒有預先閱讀老師指定的教材，而從羅美雲的課堂報告中發現了這一句。）（其實也不是美雲的報告所及。）（而是時任美雲男朋友的厲若海，在史學系的課堂上閱讀《漢書》，而恰好發現完成《史記》的司馬遷曾寫下「神者，生之本也；形者，生之具也。」，於是瞎貓碰上死耗子，隨便拿來課堂之上充作知識。）可是《史記》的作者不是司馬遷啊！（其實不是史學系的厲若海，而是新聞系的乾羅。）（乾羅是電影《星際大戰》系列的鐵桿粉絲。）日昨在一場聚會中，全部的人包括赤尊信、羅美雲、范良極、厲若海都已經大醉快茫了；乾羅呢喃斷斷續續話不成音地哼唱起了林強〈向前行〉：「行者……可比呃、潲、飛、俠！」？

　酒呃眾人啞啞吐哀音，只有一位美雲伴醒。

　　畫舫紅日晚風清，柳色溪光晴照暖，美人爭勸梨花盞，舞困玉腰裙縷慢；只是朱顏改……美雲紅頰淺掬醉態，笑顏吟吟地不住勸酒，並且接上了乾羅的話語而表示：「我們都是天『行者』路克！」。

只是朱顏改。

赤尊信一直深記著這一幕，美雲竟然沒有接續男朋友，厲若海，的話語，而是剛剛離去的乾羅！這是多麼地情何以堪！

酒後長針眼，妳愛的是誰？

或者，誰是妳會愛上的……人、對象、特質？

赤尊信從很久很久很久差不多九千四百八十七萬五千六百二十一年又三個月前就開始（暗戀）羅美雲了。

其實是單戀，明目張膽地單戀。

人生於是成了隱秘的故事書，所有曖昧的暗示都是離譜的明喻。

就算是日後，厲若海已經和美雲成為公開的情侶的時候，赤尊信依然扮演著護花使者的角色，在大家相聚的時候，落席在羅美雲的身旁。

在旁獻上和眾人一樣的祝福給予羅美雲和厲若海。

「祝福」是否連綿詞，自古以來就各自以其一部分而存在著？

其實妳的好奇不是已經存在幾千餘年的《尚書・金滕》，仍被以為是拒人於千里之外，就像是妳鎮日把地心引力掛在嘴邊，卻從未閱讀過牛頓；就像是妳是愛滋病學會的義工，卻仍然是處子之身。

妳的困惑是妳早已使用白話文完成了一篇書寫，公布在網路上任君多採擷：「史乃冊祝曰」以及「史乃冊，祝曰」，兩種不同觀點卻同時志身的一篇散文。

妳早就完成了在十多年前，如今妳卻依然辛苦耕耘再次再次再次不斷再次地以文字言語試圖現形禁錮通緝園囿圈養畋獵妳的此一以為西狩獲麟捕得神獸是吉是凶？

因此，自己說故事，自己能否當解人？

誰是誰？誰由誰完成？

史、祝集於一身，或者史、祝是不同的兩者，各司其職？國家未來的主人翁是教改的白老鼠、或童乩與桌頭各安天命對影成三者？

誰完成誰？誰「是『不是』」誰？

近日的社會新聞是兒子駕車闖紅燈撞死清大博士生，父親笑著說反正也賠不出來、以及也是酒駕撞死女性保險業務員，事發後還在警局大言不慚，嗆聲怎麼告他沒關係頂多被關，出來一樣車照開、酒照喝、鐵馬照跑、乩童舞照跳；舊聞是新加坡國的來台旅客，性侵兩名台灣女性。

千百年前的《漢書・王莽傳》就明明白白地寫下：

> 梓潼人哀章學問長安，素無行，好為大言。見莽居攝，即作銅匱，為兩檢，署其一曰「天帝行璽金匱圖」，其一署曰「赤帝行璽某傳予皇帝金策書」。
> 某者，高皇帝名也。

（宏業書局以北宋景祐本、明末毛氏汲古閣本、殿本、局本所校之王先謙本）千百年來大家都一樣領略天地運行、一樣托古改制、一樣立志作神像，一樣都是大家樂風潮時背契的童乩；軍政、訓政、憲政從來不是在教化人心、改過性向。

禱頭繼續是世界各地說方言的桌頭。

因此，所謂的「祝福」，無論如何精心設計，早就已經是被眾人應許的？

古、今、中、外，有志一同？

所以，台文是鬥陣或者到陣？

（有時候還會提起當年：）歡時陣你們賢伉儷倆冤傢了，三更半暝，妳走來我茲，一爿號一爿禱……

（垃圾桶扮相的妳自以為是第三人稱全知全能？）

望向KTV中包廂中，落坐在自己身旁的羅美雲，赤尊信於是回想起了當年：自己和厲若海是不是都算是「多餘的人」了！？

話語未被接腔，一切像是在系統內的輪迴，故事依舊接續；自己也是自己擔任角色自己確實演出只不過，是演出。

排演的演出。

像是當時還在試用期之內，在陽明山上教師會館對面的便利超商打工，大夜班，風景名勝觀光熱點依然只有一人，彼時尚未有一例一休的今日所規定的最低工資，全台的便利超商大夜班也都只能有一人，要負責上架、下架、清掃的所有工作。

可是，的確也只有一人。

在店內忘情地播放著自己好不容易在大稻埕的唱片行中找到Pink Floyd《Wish You Were Here》的專輯，將音量開到極至，跟著所有節拍吟唱起了〈Wish You Were Here〉。

不是後來在《The Wall》現場演唱會巨大蔭影籠罩的〈Don't Leave Me Now〉，更不是被草率收入精選輯裡面不知道何時演出的JoJo冒險野郎瘋狂鑽石〈Shine on You Crazy Diamond〉，百分百完全擊倒秒殺〈Lucy in The Sky With Diamond〉！

願妳在此。

雖然聽不懂英國腔的英語，還是能感受到那迫切的呼喚，感覺自己像是……多餘的人。對大局毫無影響。（國安局就在山下不遠處，上、下山也就仰德大道了，自己被歹徒謀殺狙擊，也會快速破案吧？）

（所以店長才願意招收持有殘障手冊的自己？）

這是另外的故事。所以，現在提起這件無關宏旨的事的的自己是多餘的人？

（的是誰的？）

在那間便利商店待了很久很久的時間，通過了實習試用期的徵選，薪水照常核發，然後成了正式員工。

可是在一例一休以及基本工資的今天，回首往日，是否覺得這一段時日其實毫無意義可言，所有曾經發生的一切都只是過眼雲煙，在塵埃落定之前，自己只是來自異鄉的局外人，生命的價值由他人論定，自己只是多餘的人。

像是精選輯中被收錄的同名歌曲。

精選輯內的同名單曲，到底是在哪一場演唱會上被搬演的？不同的時間、不同的地點，有著不同的故事，各自對應不同的真志。

各自是不同的樣子。

所以無法確定是何時的曲目時，不知道如何志放自己的靈魂，遑論血肉。

大風吹，吹羅美雲的愛人。

妳覺得會是誰？

大風吹，吹羅美雲愛的人。

是什麼人？作了什麼事？有何特質？是誰？

誰是？

就像是日前檢調單位於清晨傳喚新黨青年軍王炳忠等人。這件新聞見報後，赤尊信就感到了懷疑：所謂的犯法，核心是人，或者事？

（犯罪？）

在偵查階段，法官尚未定罪之前，這件「事」不能成立，於是王炳忠被以「證人」身分傳訊到案。

但是，隨著諸多盲點的被釐清，彷彿若有光之後的豁然開朗，妳志身於其中，成為了電影版《暗戀桃花源》的演員之一。

或者場景之一。裝置藝術。妳是花瓶。

事情是由你們這群人成立的。

妳就變形了，妳不再只是證人了。

對妳而言，妳不再是證人，「證人」是妳多餘的身分。

妳要如何面對妳的以前？

那些無礙。身形已經突破人類肉體極限，肥胖臃腫到可以坐垮三人座沙發的妳知道，妳的體重已經飽和了，已經窮盡了，任何的增加都無濟於事，妳昨天大啖特鉅碗紅燒牛肉麵也於事無補，對妳的碩大磅礴毫無影響。

昨天的妳是？

就像是二〇一八年元月三日，《自由時報》由記者蔡彰盛在新竹的採訪報導所執筆完成的新聞論述〈不被祝福的愛情　阿兵哥十年後被控性侵〉有言，其曰：

李姓男子十年前當兵時帶著從高中畢業典禮逃家的女學生小雨（化名）私奔，一陣雲雨後珠胎暗結，阿兵哥想負責，但小雨年紀小不肯嫁，於是生下孩子，但十年後她卻到地檢署控訴當時遭連續性侵產子，新竹檢方偵辦後還原整件事始末，認定當時兩人是一段不被祝福的速食愛情，日前將全案不起訴偵結。

初次閱讀（見證？參與？志身？）此則新聞時，沒有與時俱進的赤尊信還在困惑，早在多年前的房思琪命案時，陳星被全體國人社會大眾所指責的緣由不就是與未成年少女發生性行為嗎？如今確有人在，也確有「與未成年少女發生性行為」這件事，但是竟然無法成立？以前是準強姦罪，告訴乃論，現在是違反性自主罪，非告訴乃論。或者，如該新聞下文所言，其曰：

小雨父母作證說，九十七年六月小雨高中畢業典禮當天沒有回家，他們去派出所報失蹤。。。。。。。。。。，隔幾天女兒自己回來，問她去哪裡都不說，後來才知道懷孕，當時李男跟他父母上門說要結婚，他們不同意，覺得女兒養那麼大還在念書，而且女兒也還不想結婚。這件事對他們打擊很大，後來孫子也是他們自己帶大。

赤尊信知道在以前「強姦罪」的年代，與未成年少女發生性行為也是有罪的，何況依報導所述，儘管現在是「違反性自主罪」的時代，至少也能夠以刑法第兩百四十條「和誘罪」起訴啊！這件事不被成立！所有的當事者都成為了局外人，異鄉人，多餘的人。更甚至是得知、見證、參與這件新聞的所有人們：都是多餘的人。倖存的人，像是已經孤軍奮戰將近四小時有餘的赤尊信和羅美雲。

（故事在〈Poles Apart〉心灰意冷的吟唱後繼續。）

赤尊信經過電視螢幕上的擬制，是推斷或者視為這是在雲林縣東勢鄉的小村莊內？什麼是什麼？（關鍵字：Keyword）

自從乾羅和范良極相繼告辭之後，這場老同學的聚會在開始不到半小時內，就只剩下無法對稱曼波探戈舞姿搖曳的三個人了：羅美雲、厲若海。

和赤尊信自己。

妳覺得赤尊信此時應當如何？赤尊信尷尬極了，這時候絕對不會有白爛天兵到點播鄭中基演唱的〈左右為難〉，妳要赤尊信如何？

妳要赤尊信怎麼辦？

到底是誰究竟是哪一演出者「佚我以老」？

赤尊信要如何說明自己？

〈嘻哈庄腳情〉的ＭＶ不像是自己所知道的任何鄉村，當然更不是已經變成直轄市的桃源了。那感覺很像刻意為了親民而營造出的一種詼諧，也就是歌曲所要表達的「閉塞的鄉下地方、落後的不毛之地，也有城鎮的超高先進」沒有被表示出來。令人驚慌的是，反而小額成本的電影營造出民國初年的上海風光，就像是當年到了宜蘭傳藝中心卻自以為志身在穆時英的上海一樣，可以與之相融。

所以，「親近勞苦大眾」到底是什麼？

自己和奕訢在當年就是被眾志人充滿了期待，負笈前往另一象限求學，希望能夠充實自己，回來造福鄉里，讓自己的所在跟上時代的潮流。可是榮歸故里之後，發覺就算黃易、鄭丰輩出，依舊是金庸模式，武功最強的依然是掃地僧，飽滿的稻穗必定謙卑低頭，高手在民間，取得食神寶座的是最平常的燒肉雜碎飯，打敗火雲邪神必須像是令狐沖楊過張無忌虛竹大破大立的周星星，韋小寶、楊小邪等眾至人有主見的他們都告訴赤尊信：「人不能以自我為中心」。

妳如何看待不執於物、超越斷劍、棄劍、捨劍、絕劍、無劍、心劍、人劍合一太上忘情的劍聖「劍廿三」與始終持刀的宋缺在故事書中只能僻居嶺南？

這是真實的人性，或者是故事書？

我們的一開始我們的最初是什麼？

密室內只留下羅美雲、厲若海，以及赤尊信的時候，電視畫面來到陳珊妮〈來不及〉，慵懶的語調呢喃聲起，是美雲的獨唱。

「來不及」是畢業的當年嗎？形銷骨立的當年嗎？彷彿都還沒有奢侈地享受完死大學生苗條的日子啊！我們這五個血淚交織臨行秘密phone（好像又寫錯成語了？）彼此推心置腹袒裎相見的知交，竟然沒有一同志身於ＫＴＶ、竟然沒有各自在自己的轄區內及時地完成自己的造詣，就被牽引、推卸出了！

都還來不及確認自己的扮相。

畢業季唯一確定的事項是知道自己不由自己。

或者，活著本來就是如此；沒有「忘」，而是抽刀斷水的戒？

自己始終都是多餘的人。

畢業典禮上，眾聲合唱著〈黃鳥〉，其曰：

> 交交黃鳥止於棘，誰從穆公，子車奄息。維此奄息，百夫之特。臨其穴，惴惴其慄。彼蒼者天，殲我良人，如可贖兮，人百其身。交交黃鳥止于桑，誰從穆公，子車仲行。維此仲行，百夫之防。臨其穴，惴惴其慄。彼蒼者天，殲我良人，如可贖兮，人百其身。交交黃鳥止于楚，誰從穆公，子車鍼虎。維此鍼虎，百夫之禦。臨其穴，惴惴其慄。彼蒼者天，殲我良人，如可贖兮，人百其身。

來自異鄉的孤雛身披枯黃的羽毛，在枝枒上悲傷地啼叫著：「蒼天啊，妳為誰哀悼！」。

不是問號。路人甲和瀆者都必須只能是卑賤赤貧衣著襤褸的白丁。

畢業之後，一切都被野放了，只是幫珍貴稀有的保育鳥類繫上了腳環，被標籤化了。該詩歌中不斷重複的「如可贖兮，人百其身」，傳唱者們表示願意以百倍的人命為代價，替換了殉葬的三人。

（來自異鄉的鳥，有候鳥，也有留鳥，甚至迷鳥、海鳥、逸鳥，各自仍是志今吾人不知的生命狀態。雖然這是生物學上的名詞，赤尊信將「候鳥」與「留鳥」寫在分行的句子之上的當年，卻被評審以為「等候而停留，作者特意地使用了文學中漸層排比的技巧而描述單一飛禽的形單影隻，有過分設計詩句之嫌，沒能真正親近大自然，更讓平常的讀者迷惘，實為劣作。」而名落文學獎孫山之外。）

本作被收錄於《詩》經之中。

所以，這從來就不是反對「殉葬」禮俗的歌謠。以「親近勞苦大眾」為大纛、在漢平帝時被立為「古文經」學官的《左氏》就不收錄本作，而此時還是「不傳《春秋》」的《左氏春秋》，還不是《左傳》。

雖然沒有收錄本詩作，《左傳》依然在文公六年的傳文中以更超然的作者已死態度，交代了這首未被自己刊登的作品之起因，其曰：

> 秦伯任好卒，以子車氏之三子奄息、仲行、鍼虎為殉，皆秦之良也。國人哀之，為之賦〈黃鳥〉。

《左傳》交代了這首詩歌的身世：由倍感其哀傷的眾秦國人自動自發傳頌而成。所謂的文學作品必定初始於民間，像是教出郭靖的江南六俠、像是誤以為慕容復到來而比拚酒量的蕭峰、像是大隱隱於市而奮力對抗斧頭幫的楊過和小龍女。

大家都來自異鄉，都漂向北方，都不知道自己的身世為政府公文上即將被驅離的低端人口。《左傳》隨後以代言人的姿態，「作者已死」地交代了本作，其曰：

君子曰：「秦穆之不為盟主也宜哉，死而棄民。先王違世，猶詒之法，而況奪之善人乎？《詩》曰：『人之云亡，邦國殄瘁。』無善人之謂，若之何奪之？

妳會不會感到困惑？如果文學不是父母官所持的公文，而是由民間自動形成的；受人景仰、為民喉舌的君子為何會在此以另外的詩作進行互見，而表示出對於「善人」的死亡感到惋惜，才會譴責殉葬此一習俗。

有什麼不對了？我們在進行的是《國文》課本，或是文學讀本？「整齊故事」的《史記．秦本紀》也記錄了本作的身世，其曰：

繆公卒，葬雍，從死者百七十七人，秦之良臣子輿氏三人，名曰奄息、仲行、鍼虎，亦在從死之中。秦人哀之，為之作歌〈黃鳥〉之詩。

身在KTV當中的赤尊信兩眼一亮，發現到了更切合的命題，與《左氏》不同，不再是口咏無憑的「賦」，而是大街小巷都在傳唱的「歌」。

那些輕易的朗朗上口，同時也是熟記的教化人心；如同現時民歌的傳唱，或者，看電影之前要先全體立正所吟唱的國歌。

或者，〈毛公紀念歌〉。

〈黃鳥〉出現的時候，或許是《孟子》所以為的「詩」亡之時。此時如何能有「詩」呢？與司馬遷的史識大異其趣的班固，在《漢書．藝文志》表示了孔子「純取『周』《詩》」，也就是班固以為，今日吾人所見《詩經》，是經過周王朝中樞審核，而頒行於天下各國之中，佐以禮樂，歌舞蹈之，移風易俗。

所以，文學其實如《禮記．樂記》、《史記．樂書》所云：「王者功成作樂，治定制禮。」，在國文課本發行之後，逐漸地才能有吟遊詩人所據之文學讀本？

一字之差，就注定朱顏改、江山易了……

因此，所謂的真，所謂的人性，所謂的我們自己，其實也只是由金庸開始而已？那些被吾人拒斥的文學刊物，不是「我們」的抗拒，而是因為不是金庸?!

不是我們，不是我。

被豢養的我；或者眾氓四處尋找白蟻后。

你們都說「文學作品」是開放的屬性，有無限多的視角；卻又說這種姿態不是「文學」；羅美雲有修習過「史學方法」課程，可是赤尊信不知道什麼是文學方法。

立志。〈來不及〉仍繼續著陳珊妮，也繼續著赤尊信和厲若海的旁觀。如果不是今天，早因美雲的喜歡而滾瓜爛熟陳珊妮所有歌曲的赤尊信，恐怕一輩子都不會知道這首歌曲，原來是悼念的亡歌……

還以為這首歌曲是等候所以停留的斯人獨憔悴，就像是來自異鄉的我們五個人……赤尊信這一屆入學的時候有九二一大地震，開學典禮都尚未及時舉行，禮堂就已經倒塌；過了四年畢業的時候SARS好比禽流感疫情愛在瘟疫蔓延時，沒有人想去參加所有人都戴上口罩的典禮。

沒有在校生、也沒有畢業生致感謝詞。

沒有人。來送別。獨自。鵬程。萬里。

赤尊信還特地來到了打工的便利商店向店長致意，店長相當高興，牽著赤尊信的臂膀彷若是陪伴導覽著視障人士一樣地外出，點燃了白大衛，米白色，小包的，美雲不會露出嫌惡表情的高價香菸。

所謂的妳自己，是誰？

好像〈來不及〉也可以是斯人獨憔悴了？廣末涼子曾經主演電影《送行者》，那些面對著電影的我們，是在六福村野生動物園囚車內觀賞長頸鹿的自由人？

因為學生票而可以享有折扣的優惠。

隨手扔掉了菸蒂，進入便利商店內，沒有穿上制服，卻走到櫃檯後壁，教導著新來的學弟喏，愛注意監視攝影機底你的正後邊，接過人客所付的金錢了後，必須張開手掌，說出謝謝收您多少金額，讓攝影機能夠準確地知影；然後，再從收銀機內取出該找的金額，也是一樣要置身於掠影的畫面中。收到大鈔時，愛會記話語未竟，正要教導學弟如何辨認是否偽鈔的方法時，學弟興奮地說著：「老大，這個我會，我知樣！」。

學弟回身過去指著一台嶄新的驗鈔機，「只要放進去裡面就是了！」。

赤尊信無語，微笑著，點了點頭，交代完後事，離開。

只要進去裡面就是了？

返抵家門故鄉白鵝村，在礁溪鄉裡面，那是優山優水的寶地。那裡遠離礁溪市區，橫貫村子的水圳無比清澈透明，可以用來洗滌餐具，甚至水果蔬菜。

如果神當真比仙還要高深，那白鵝村是神境了。

神鏡啊神鏡，請告訴我誰最美麗！

美雲繼續哼唱著李玟CoCo的經典傳唱：〈魔鏡〉的時候，赤尊信在加大Bass環場重音效的情況下，幾乎把「享受寂寞的感受」錯聽成了「想作寂寞的歌手」。

怎麼回事，世界上最遙遠的距離，我就在妳的身邊，我與妳共處一室、我就在這裡、我就在這裡面，為何還會不對！

為何還是不對？

妳覺得如何解釋「窈窕淑女，君子好逑」？

什麼是「命中注定的邂逅」？什麼是「命中」？我們不是很早很早一開始就在生命之中了嗎？除了海德格，妳其實少讀了沙特，「他人即是地獄」，Someone's Heaven is Another's Hell，妳也少讀了榮格。

和榮格一樣，背叛老師以後，妳的臉譜逐一地被回收，妳的失語症越來越明顯了，妳找不到妳的台詞，妳沒有劇本，妳的故事書被銷毀。

最先被要求跟上世界潮流的妳學成歸國了，妳求學的地點不在邯鄲，所以妳依然便利於行。回到礁溪鄉裡面，其實妳很少到五峰旗瀑布散心；妳習慣獨自一人配帶著隨身聽，肩膀掛著保溫杯，斜背裝有很多小說的側肩包，步行出發來到大忠村中，橋的前面，面向礁溪老爺酒店的地方，當地農人砌了一座簡易的涼亭。

人在橋上走，溪流錚錚，微風和日照都很溫煦。

坐著，抽菸，讀書，大部分的時候冷眼旁觀著農人的汗水，和夾雜著髒話的笑聲。

（不是嘻哈裝矯情。）如果妳是寂寞的歌手，神啊請多給我一點時間，金城武與神田恭子會不會有人陪妳到世界毀滅？

世界毀滅的那一天之前，我還在不在？

有沒有我？如果沒有妳，那也就不是我了？

修行者一路蔓延，魚貫地進入被圈禁的園囿，妳和大家一樣，妳已經斷了我見、去了我執，進入無餘涅盤界，卻見不到菩薩。

所謂的修行，是成就不是現在的自己；如果不見菩薩，何來道路？

詩語症的妳開始夢囈，妳不斷地向四處學習，然後妳不斷地反饋，猶如求救：我遵照妳們所指示的樣子行進，可是現在是寒冷的冬天，我始終沒有汗流浹背。

我只能看著你們，不能是你們。

我在求救，在這異鄉中，誰的電波會與我的頻率一致，就可以收到我的112求救訊號了。

可是妳寫錯了，是妳在求救，從來就不會是我，**我想妳不會了解我的情緒電波**。（省略括號）蘇慧倫的鴨子說：「整個程式都在茫然地猜疑，**低下頭看見自己的合照**」（。雷光夏是白色短襪和黑皮鞋。）

大家都在前進，只有妳還無由地眷戀過去往昔。妳無法卸下包袱，就不能進入彼岸。

直到如今，妳來到了異鄉，卻仍固執地手執內建Google Map與GPS定位的單細胞機，妳仍頑固地撥打112求救！妳著相了。

忘些了許記，好像在很小很小很久很久很外面很外面的童年，在離家不遠的基督教堂地下室改建而成的圖書室中，讀到了一套漫畫，彷彿《銀河鐵道九九九》？女主角在貫穿宇宙的列車中，列車長裝扮成沒有臉譜無眾生相的角色。

那麼女主角夢雨涵呢？

我已經忘記了女主角會有什麼樣的特質，或者必須發生什麼事，到底是怎樣的一個人了？沒有本質還能繼續存在妳的世界？

> 我者無我。亦無我所。當來無我。亦無我所。已有便斷。已斷得捨。有樂不染。合會不著。行如是者。無上息迹慧之所見。而已得證。我說彼比丘不至東方。不至西方、南方、北方、四維、上、下。便於現法中息迹滅度。

可是妳現在在！

在哪裡？

榮格說妳的原型是那裏，那裡才有真正的妳，可惜妳永遠也不會在那裏。

孫行者和者行孫都是被放進去裡面的妳。

有一段日子，自殺不成的妳就像是一位通緝犯，四處逃亡。

到處都被這裡查緝，身陷在這裡裡面。

那天晚上，搭乘由台北南下高雄的客運，妳逃離了那個空間，一切經音義解地來到了高雄大社，站外出。

不動地，妳大口呼吸著，這是自由的氣息。

點菸，妳心裡想著，反正羅美雲現在不在我身邊。

米白色的，小包的白大衛（有時候妳也抽粉紅包裝以愛心形狀鏤空濾嘴的玫瑰涼菸，La Rose。）。

結果，妳錯過了時間，妳的班車與妳的包袱一同離開了妳在的大赦這裡。

妳早就知道文字遊戲這種現在看起來超級沒有技術含量的諧音引譬取喻，所以妳根本不會在意。

置身於高雄市中，妳在大社找到了中山路。妳笑了。一直走，一直走下去就到達高雄火車站，再轉搭高鐵過天龍門成為裡面的魚逆流而上就會回到宜蘭了。

電視出現陶喆〈愛很簡單〉的ＭＴＶ。（省略括號）

直到後來，妳才領悟到這種事根本不可能發生，妳這時才寧願相信當時的妳自己已經陷入傅柯所言的譫妄了。（省略括號）

可是，一路上，妳都很安靜地默然著……也可能是漠然，文學獎評審表示要真誠地面對生命。所以，不能輕忽妳筆端緩緩流洩出來藍色印漬的字跡。

妳沒有出生，彷彿被歹徒挾持的人質，不知如何是好。妳只知道所有的因果只在於警匪雙方的對峙，妳是局中人，卻對整件事情毫無能力，妳是異鄉人。妳是多餘的人。（省略活號）如果我要括下去，我必須扮演好我身為人質的角色。

我必須成了漏盡的阿羅漢，因此在降魔的路上脫隊，雖然曾經有過見證。

身為房仲業者的妳知道，在各自的學歷身分領域中，就可以相異地見聞與閱覽甚至借閱到不同的檔案書籍；見證到異相之後，妳相信自已已經不同凡響了。

（超越人類肉體的極限，無止盡地發粿中……）

妳無法有所作為，妳沉默，妳卻譫妄，妳開始相信那時候的妳已經陷入譫妄。陷入傅柯所說的瞻望。

妳總是夢到兩處地景，在妳榮歸故居之後。妳相信那是真的，一個地方是有小溪湍流過的基督宗教教堂，充滿了溫暖與祥和。貼滿了彩繪的磁磚，無比莊嚴。

還有一處，妳總是在夢後反覆思量，不確定是淡水或者陽明山，那些妳住過的地方。河水潺湲，參天喬木，花草繽紛，鳥語靄靄迴音繞梁。（還有可以免費加飯的餐廳，熱湯冷飲免費無限量供應。）不良於行的妳確定妳知道這個地方之所在，妳拋家棄子夫離女散地荷起行囊，像是尋回羽衣的天女，而不是高行健那樣無頭虎神地找尋，妳確定那裡有那裡、那裏就在那裏。

那裡就是那裏。

妳離開家門，離開礁溪，妳打算前往台東出發去尋找那裡，經過了礁溪火車站前方的湯圍溝公園，由當地賞鳥協會發菩提心出錢出力合資完成的公共溫泉澡堂，妳來到了離垢地。

卻在壅塞人潮彼此推擠加壓泵浦的火車車廂中不動，地見到了疑似的容顏。

妳不知所以，不願被排擠只好離開於是「這裡」，錯身擦肩之際妳低喃含糊地向那位女孩說了一句（對不起）。

妳確定只有妳自己，在那一轉瞬剎那須臾彈指累世萬千劫之間。

在南澳下車。

忘了那是什麼季節，稻結實穗纍纍，一大片金黃無止境地蔓延，原來除了壯圍，這裡也是只有農田，槐安國裡種黃粱。

彷彿置身於歐洲的風景照片月曆圖樣中，下午的風勢稍微急了些，這樣才能在落英繽紛中穿梭。

太陽下山了，妳走回南澳火車站，這才驚訝地發現，有一尊高大的神像無言地佇立著。祢是觀世音或者媽祖？
祢能庇蔭到我嗎？
現前地。（妳的論文摘要不引文市場主流皮亞傑，）
要回到火車上了，還至本處，妳又回到了不動地。
反正台灣很小，沿著線型的中山路一直走就能抵達有計程車的高雄市區。
一直走。
立志成為神聖小說家的妳，隨身都帶有一隻筆，寫下關鍵字：Password。
子夜，妳在菸盒上寫著：「就快黎明了。」
天亮了會怎樣，妳也無從考慮，反正，妳就一路一路一路一直走下去。
一直走，地不動，沿途都是見證。
所有的行人都行色匆忙，都有意無意地看著妳，然後緊抿下嘴唇，向妳點頭示意；這一切彷彿中元節的時候，透過燃燒國幣的金爐氤氳的上方冉冉地看出去，熨蒸的人們在腴軟的柏油路上裊裊婉轉忽隱忽現糾纏固著。
妳知道妳陷入了龐大的罪業因緣中，放進去裡面就是了，每個我都是me，妳決定寫下一首以「置」為主而不是「佇」的台文新詩。
妳知道妳和大家都活在一則故事中，大家都是抽魂傀儡。
民主時代，密謀推翻暴政的大家都是喬裝成陸仁賈的（祕密情報員）。
妳確信自己活在故事中。（而是維高司基。）

妳知道自己死了已經，死了。生命的初始是獨自一人的羅漢腳來至，到了最後，埋骨窮荒失所依，依舊是孑然一身的羅漢腳。

因為必須死掉，才可以名正言順地在故事中存在著。

（賈寶玉沒有夢見襲人）李玟正好唱出最後一句：「男人到底要什麼」，沒有問號。

或者，不是問號。

赤尊信想到了由林正英主演的電影《殭屍先生》的主題曲〈鬼新娘〉：「她的眼光／她的眼光／好似好似星星發光／睇見睇見睇見睇見／心慌慌／她的眼光／她的眼光／好似好似星星發光／睇見，睇見，睇見／心更慌」，不知道點歌本有沒有收錄百分百契合此時的本首歌曲？

從故事書上置入性地竄逃到我們之中。從原本早已被妥善安排、條理分明的故事書，外溢出來來到了實際的包廂中，又被譜成了不由自己的故事中人。

什麼是翻案文章、什麼是整齊故事、什麼是逆水寒、什麼是毛公紀念歌？

沒有劇本、沒有舞台指示、沒有舞台監督、沒有觀眾，在只有逃生門和副控室的包廂中。

范良極和乾羅離開後不到一首歌的時間，厲若海也告辭了周杰倫。

羅美雲和赤尊信都站起來送別，淡淡地，如置身在雨汛氾濫的季節裏面，街上妳看到的每一個行人都穿上各種顏色式樣的保險套，車潮人群流如織卻各自拒人於千里之外。淡淡地，淡淡地離去，**背對著夕陽，那畫面太美我不敢看**。

我們是檯上被擺置好的撞球。

電視播映彷彿插秧（無法重新再來，只能屏蔽。）著和廣末涼子一樣清秀的大馬仙女李心潔〈又下雨了〉，這首情歌是赤尊信點播的，在緋聞當事人共處一室的現在。

與：還有時間，妳必須在裡面•

其實，赤尊信完全沒有想到只會剩下美雲和自己，在這尷尬的空間裡，似乎任何離譜的明喻都是曖昧的暗示，赤尊信很想卡歌直接讓點歌本中的此曲消逝。

就像是大家都離開了，可是已經預付完必須的金錢，統一發票上明示著五個人；可是其實就是只有兩個人。像是播放紀錄一定會有〈又下雨了〉這首最喜歡，可是此時不合宜，不適宜播放，赤尊信在控制面板上撳按下了切歌紐。

提醒您：您在室的時間所剩不多了。

螢幕播映著如此的訊息，然後再度出現李心潔：〈愛錯〉。

影片最初的男女相互依偎，是張國榮和梅艷芳的《胭脂扣》。赤尊信眉頭微蹙，從胸口衣襟上的口袋掏出了菸盒，準備到包廂外呼吸新鮮的空氣。

沒關係的，羅美雲突然這麼地說著，也給我一根吧。

赤尊信大驚！故事是怎麼了？美雲竟然不反對我抽菸，而且在故事書之外的是，美雲竟然也要求分食？

會不會是哪裡錯了，祢變成不是祢了？

「反正，現在是三缺一，這就是亞里斯多德的『三一律』。」美雲微笑著說。

妳想起了發表〈文心凋零？〉、曾是馬來西亞籍的黃錦樹近日在網路上，以「馬華文學學者」之身分所發表的一篇和史書美商榷的箚記：〈這樣的「華語語系」論可以休矣！——史書美的「反離散」到底在反甚麼？〉。

截句趙元任先生本文，以之作為前置詞，這感覺很像《左傳》中的君子截句了《詩經》中的

〈瞻卯〉，評述秦穆公的此一事件，卻沒有互見〈黃鳥〉。

關於「中華民國國語」的形成，建議可以多爬梳當時的經過；雖然如今視之，是很荒謬可笑的「民主」，卻真的是「民主」，彷彿今世在立法院通過甫完成單一選區兩票制我們的不知所措，也像是在投票區出示戶口名簿的我們。

從故事書中現身。

更讓人驚慌的是，有濃重作者個人色彩的《史記》，竟然也同樣地出現了姑隱其名的社會賢達君子曰，同樣作者已死地截句《詩》經之〈瞻卯〉而進行論述。

忘了是王文興或者哪一位前輩師長，表示理想的讀者應該更關注著每一枚文字甚至是句讀；其實，更重要的是作者本身必須更狂征暴斂地面對自己的筆下，就算是不知道什麼是什麼。

像是偏執的狂信宗教徒，吞炭漆身、滅眉佯癲、自刑變容，假面騎士依舊是假面騎士。自己的理念，自己的志向，儘管阿羅漢見不到菩薩；依然要在自己的世界中被凝視成望妻岩。黃錦樹的本文從其個人身分出發，大有可以議論的空間，只是出現了某些不掩瑜的偏差。是揚雄，不是楊雄。

而且，劉歆與王莽、古文經學與今文經學，近年來已經有比較新出的研究，試圖探索前輩學者的命題了。

因此，文中所提到的「國語政策」與「方言」體系，或許還有待更深入的探討，暫時無法一言以蔽之。在《方言》之前，早有《爾雅》的出現。「《爾雅》的出現」是否也是「周公致太平之迹」？

（問聃之後，中國的古代才開始。）？

當「方言」被編輯成冊為單行的《方言》，耽美的「方言」還是「方言」否？

於是，何謂「古文」，就不能輕易帶過了：妳必須問誰？

《漢書》一直提起的是「古文讀應爾雅」或者「古文讀應《爾雅》」？妳於是開始想到在國文課本文言文之爭時，有博士候選人表示「國語」政策始自對日本政策的模仿，放牛班學歷的妳噗哧一笑。再者，身為一位學者，必須留心的是與《方言》同時的，揚雄也著有《法言》，此二者的真偽對錯，或許與今文經學及從石渠閣到白虎觀都有著關聯：何謂「天下」、何謂「中國」？

何謂「國」？《史記・秦楚之際月表》秦二世三年的「漢元年」是？

「華文」者何？

所以妳真的能夠體會到黃錦樹對「華語語系」的譏、貶、絕。而該文基於徐威雄和邱克威的研究，交代了「華」的身世，的確是論文有據。不過，有待商榷的是，這是否「自古以來」，包括「華夷之辨」。

有夷的時候，還不一定有華；是中，也是諸夏，「華夷」或許是後來才形成的。而這還有更多的身世之謎，是妳不知道的了，妳只能踐迹地與赤尊信合唱著。

螢幕中的李心潔來自異鄉，於是一直向身旁的所有人獻上敬意，不斷地學習。

妳想起了浦澤直樹所有的漫畫《怪物》。

謙遜向學的怪物除了是相聲大師吳兆南先生的弟子，還不斷地到處學習，以彌補自己的不足，和不是。

和不是。

怪物是拿著單細胞電話的阿米巴原蟲，不斷地吸收他人（的優點），不讓自己變成不是。怪物越來越大，所有具備優點的人們也都已經被吞噬而不見了。怪物在最後終於現出了真身：可以坐壞三人座的沙發。

怪物終於變成怪物了，可是抵達了被應許的所在，還沒有變成怪物以前的怪物，竟然與變成怪物的怪物同在，一起傻笑合照成為一幀被表框在壁上的相片。

身負太多的沉痾包袱，在舞台上，怪物不斷地抖包袱，拋棄自己。

就像妳看到的李心潔，一直跑一直跑一直一直。

（而且還脫衣服。）

最後，怪物終於全身赤裸，回到最初的單純、美好、潔淨、自然。

看了一眼牆壁上在自己身旁的美雲巧倩身影，目光透進了壁上鏡面美雲瞳孔的深處，驀然察覺到了倒立的自己。

只要放進去裡面就是了！

知道終究必須面對現實的自己，回身，轉向美雲。

怪物走向羅美雲，對著美雲說：「我愛妳。」

羅美雲大聲尖叫「變態性騷擾」，這句舞台指示出現，赤尊信立刻木然呆立在應該的走位上。四壁環堵蕭然，活了將近四十年，第一次看見驚惶失措、不知如何是好赤身裸體毫無妨備在天地間的自己，臉龐映出七彩霓虹不斷地變幻。

巨資購得的字典和面譜同時都被屏蔽了，無動於衷，手足無措。

當時所有不在當場的人都出現了，眾與事無關之人一湧而上，將赤尊信撲倒在地。赤尊信在地上不斷地掙扎，大喊著：「我是赤尊信、我是赤尊信，我們是多年好友，我們早已曖昧多年，我們早已有了酒呃共識：只能有一個美雲！」

《文心雕龍．練字》有提到「保氏」，儘管曾有先儒以為是「保章氏」。《周禮．保氏》的職責為：「掌諫王惡，而養國子以道」，〈練字〉持續在下文有言，其曰「秦滅舊章，以吏為師」。

記錄、保留，等候共識再度被從金匱中取出者。

秦朝造反起義革命，下令以親近勞苦大眾同時也要撰寫公文書信的吏為師。

所以，什麼是亭長的古代？誰才是對的？

所謂的「文學」應該是？

厲若海賞了赤尊信一個巴掌，大喝：「Liar！妳這個賤女人還不承認！妳是淫賊韓柏，小文早就對我說出妳私下的騷擾了。我們大家才會決定在卒業以後的今仔日到陣會齊，看妳還會不會繼續學生時代的癡心妄想！。」。

小文是誰？想必是情緒亢奮激昂時的汙淤不清，大家都沒有怪罪。

所有的人都被帶出場了，包括范良極、乾羅，那些早已離去不在場的人們。

赤尊信覺得自己陷入了不能自已的空間，像是謝幕時分，在ＫＴＶ的包廂中，四壁只有鏡面，無得掙脫。

韓柏覺得自己進入了另一則早已被安排妥當的故事牢籠密網之中，像是謝幕時候，沒有舞台指示、沒有劇本、不知道別人的台詞，所有的眼前四面八方都是人，都是路人，都是對自己凝視，不斷點頭示意的眾人。

張震嶽作詞、作曲，由莫文蔚演唱的〈真的嗎〉的旋律此時傳來，無人應和、無人理會關鍵字：Li-word。

沒有問號。

大家把赤尊信扭送到了警察局，並提出告訴，讓她在世外桃源的靈鷲宮逍遙地度過同舟共濟的餘生與時空的變遷合流再也不能立志自然而然地活著：Live。

韓柏收到起訴書時才發現，原來羅美雲的真名是「張奕文」，而厲若海身為證人的身分也被清楚地標示出來：一名綽號「魔師」的廖姓員警。[1]

顧城是在場的見證、參與、圍觀、路過、迷失、守候、停留者之一，於是寫下了〈鬼進城〉在世紀末的華麗。

只是朱顏改；The Show Must Go On，這一次是Queen，妳的。

什麼是多餘的祝福？

是祝福多餘的什麼？

初草於1/10/2018 3:19 AM因為下雨，解除老七佳之約；「男人到底要什麼」；三立新聞被放血致死的女童和家人；史冊祝曰；這下子揚雄和爾雅就有點難了；終於寫出地景。初稿狀態於1/10/2018 11:58 AM將「張亦文」改回「羅美雲」；感謝《繹史》、浩穀學長、丁老師、學妹

1 見二〇一八年一月八日「三立新聞網」，由記者林宏宇、曾佳萱，於桃園所作、題目為〈重案追緝／傻愛八年不知！副理戀上警妻蛇蠍女　下場遭斷頭〉之新聞報導。

愉婷；剩下的補破網是「祝福」、「不知所措」、羅漢腳、「榮格」、倒立。完稿於1/10/2018 11:17 PM見到台爛派對莫言的兩造論述，更改了些許：手機的112、調動火車上的不動地、增加澡堂的離垢地、陶喆〈愛很簡單〉；阿達二月後要另謀高就。最後修繕於1/11/2018 12:58 AM所以可以放假兩周了；啊然後一堆書出版是什麼意思；所以大概又被出版社退稿了。五稿於1/11/2018 2:06 AM刪除赤尊信房仲的公寓導遊身分。六稿於1/11/2018 8:38 AM早上送別對面鄰居回日本，言談中，我的名字不是我的，而且還要向姐姐問好；加強了「史乃冊祝曰」，抵達西狩獲麟，感謝生亦學長；增加The Show Must Go On；增加豫讓和假面騎士；改成抵達應許之地，怪物卻依然同在。七稿於1/11/2018 11:11 AM將本作傳予大馬的友人；於是加入了「謝幕」。十一稿於1/13/2018 1:46 AM二〇一八年一月八日「三立新聞網」由記者林宏宇、曾佳萱執筆的桃園報導，其標題為〈重案追緝／傻愛八年不知！副理戀上警妻蛇蠍女　下場遭斷頭〉。十三稿於1/14/2018 4:15 AM加入問聃、字典面譜被屏蔽以及最後；立委林俊憲在立院垃圾時間內收看影片，表示一定會吉網友；想起了似乎林義雄在垃圾時間內磨墨揮毫；劉世芳宣布退選；臉書的網友找回老孫和小瞇。感謝季旭昇老師的「尷尬」。十四稿於1/26/2018 11:48 AM因為日昨觀賞廣末涼子演出《來自星星的他》，因此可以繼續改；加入從「近日的新聞」到「的桌頭」；真的厭惡台（灣籍的）中（華人民共和國）人；梵諦岡允許中國自立教區？網友轉錄其中興大學中文研究所學妹公布的圖樣：寺廟石雕「比幹取心」、「破肛救友」（司馬光？）的相片。這一看就知道為了低廉的工資，委託中華人民共和國的雕工。竟然還有人哀嘆「這就是去中國化？政治偏執……」。政治偏執的到底是誰？與未成年少女發生性關係，沒被抓到就是合法？

糖糖

二零一七年八月下旬，在中壢後火車站的某間旅店休憩著。

〈像是初戀〉
應當留意的是生前
廣場耶誕節合唱展覽供人過時的保溫瓶表演垃圾
桶滿地皆是剩下的

（祕密）思念
迫切遠方的面孔逼近視野
飽和無法容下任何多餘的
祕密（思念）

等候過去式偏差成月台
瞻仰一剎那

　　渴望
歌詞中未曾提及所有人皆在距離中合成翹首不斷地切換合唱的包廂

　　企盼散去煙火
了火車站前時鐘標誌離別的時候請記得沿途
　　和我亂丟煙蒂

　　不在場方能
碼上永恆孤單在身旁眷戀的是生前
過往妳在每一刻都敏感地故作暗示
　　可是我要回家了

（卻還在呢喃著歌詞）未曾
提起的今夜星光燦爛天河撩亂我不在
妳身旁堆放著送行的禮物我正要回家
　妳正在無人注視（而且美麗）

　　　舞台

了探照燈熄滅結案總在事後／場燈亮起劇情眾人都在凝神
走位的人／定格／無從憶起
（想起妳的時候在長街上落單
而且沒有後照鏡）空白地蒼涼

草於1/12/2007 5:21:06 AM曾經很認真地偷偷喜歡妳。

感謝店家，除了提供早餐，還有提供消夜；而且床頭沒有提供保險套，電視卻有（無碼的）教育片頻道：歐美，與亞州。

該說店家的考慮周到？詳細地、精準地、貼心地顧全了日後會投宿的旅客各種不同的姿態關於放下電視遙控器面對梳妝鏡最上層的抽屜內只有《聖經》並非電影《雙瞳》中林涵所遵奉的經典？

或許是句號。

什麼是「遵奉」？什麼是電影中人信以為真的圭臬直至如今在櫃檯前將落腳的這些天的住宿費一次付清監視器的畫面內一樣銀貨兩訖？

或許是句號。

房間內樂音震耳欲聾，妳和張震嶽一起〈離開〉台南，入駐這個房間。

什麼是電影《無間道》系列早已陳年往事了，史前遺址《教父》仍然是經典？

什麼是「黃帝」是「軒轅氏」？

（或許是句號？）「車」是象形字，「軒」、「轅」是後起的形聲字；因此，「黃帝」真的是軒轅氏嗎？

或者是被後起的吾人冠以「軒轅」，不是原本的樣子？

但是，「形聲」卻同樣都是許慎所謂的「造字之本」；也就是在象形「車」的時候，這部馬車已經不只是南瓜了，已經有藩屏了，已經有軒、有轅了；尊戴震的段玉裁在《說文解字注》中，更表示許慎將「軒」、「轅」、「輈」渾一：車早已有完備的型號。

（這不是《變形金剛：最後的騎士》。）奧斯卡影帝安東尼霍普金斯在電影殺青後，表示自己依然無法清楚地明瞭劇情，彷彿人生。

彷彿柳五柳隨風知道李沉舟詐死之後笑了笑：「一定是我不知道哪裡作錯了。」抱著信念，什麼都不知道地安詳地死去。

沒有。

這不就是柏拉圖所說的理型，榮格說我們無法達到的Idea?

被遵奉成「我們」，「我們」所遵奉的、所纏訟的。「歷史」不只是古董開運鑑定團，還有我們不斷攀附「故事」而產生的所有積累。

不論「故事」是真是假、是否對錯、確實有無，所有的命題都是歷史。

歷史是所有的命題，而非敘述。

例如在寢室內觀賞的電影：《一個人的武林》、大槻響、《逃出生天》、《保健室奇遇記》（這一次是秋野早苗）、《三人行》。

（和三立新聞週日特別節目專輯翻拍的中越邊境搶婚故事。）

（《PeoPo公民新聞》於二〇一〇年四月一二日，16:04所發佈的新聞報導：〈援交V.S.被賣?自願V.S.受害?〉有言，其曰：

勵馨基金會委託波仕特線上市調針對20-65歲的成人共6,467人進行調查，其中3,491人（53.98%）認為性交易個案多為自願，當中有2,602人（74.53%）則認為虛榮拜金是自願主因。民眾認為少女／年從事性交易主因都是自願的，佔54%，當中認為從事性交易的少女／年都是拜金虛榮，佔74.53%。

此時早已總統民選多年，此時早已沒有「強姦罪」，此間早已是非告訴乃論。）

電影依舊。何謂「我們的相信」？

《暗戀桃花源》的背景裝飾：從中影文化城來到了舞台上。而妳座落在觀眾席間，懷中是被撕去截角的票根，Follow燈所打出的光束在妳仰起鵝蛋臉龐的時候突然覷見，呢喃地妳嘆了口氣微風吹拂妳的瀏海髮絲，然後才入眼舞台上的垃圾桶與舞台下方的滅火器，不知道誰是原本依存、現在變成多餘的的布景。

還有演員們的服飾裝扮。

這是不是外於文本（text）的註釋：幫助妳更融入妳的相信之中：醫生都是白袍穿扮、老師通常都有戴眼鏡、老兵一定都是鄉音濃重的外省人、沒有拉鍊的衣衫就是三妻四妾的古人？

親身經驗的獨立判斷，自己的聲音？

軍閥都是林正英、成龍還有幾年前梁朝偉《大魔術師》中的魯莽蠻牛？

（舞台兩端下方都有滅火器。）那是夕陽餘暉脈脈的時候。火紅的發光體彷彿些許地黯淡，繳起了鵝黃的勾邊、黹繡了漾紅的棉絮天外，殘雲一卷卷仿似勻舖了胭脂的容顏，含情無意的倩笑是回眸瀲灩秋水帶有的粉橙天際，白雲成抹成絲絨成繾綣成喟嘆成悵然成迴光成浪花淘盡的反照。

成沒有。

妳才注意到演員按表操課依劇本演出的故事。

如妳搭乘客運來到台北轉運站；又從台北火車站搭乘火車到桃園，此時妳才知道桃園火車站已經重新改建完成。

左轉右拐妳來到了昔日的一樓大廳，此時此地已經沒有售票窗口的大廳，火車站外百貨公司如是、便利商店如是、滅火器所在的位置如是、和妳出發的台南火車站如是：不能直接穿越馬路來到這裡。

在地圖上按表操課、循規蹈矩。

可是，原本火車站外的吸菸區大型立式菸灰缸垃圾桶已經沒有了。

羅大佑：「火車火車／藏對佗位去」。

妳度過以網咖來象徵城市是否進步繁榮的年代，妳也知道加油站的多寡與成立的位置表示著城市的什麼、妳更知道原本高雄縣桃源鄉也變成了直轄市治內：多了好多不知如何是好的蚊子館、依然沒有牙醫、依然方圓三小時內沒有eight–twelve。

桃源與中國小的操場依然緊鄰高山深谷險壑懸崖。

物、器、人，地標。

卻都是垃到處圾沒有菸灰桶了，妳突然感傷，不只人事已非，景物也更迭了；與「景物依舊，人事不再」的感傷不同，而是更無從置身，更不知如何是好的茫然：

換幕。

布景不對了。沒有我們相信的，例如大馬仙女李心潔。

電影《逃出生天》中，古天樂脫離原本所屬的消防隊。

妳走出桃園火車站外，四顧茫然，好像置身於那裡，可是哪裡又沒有哪裡，沒有那裡，沒有這裡。沒有中山路，妳沿著中正路一路直走下去。

（或許是「不是」？）脫離自己所屬。

來到了中華路上，右拐入巷道內，找到了多年來妳每次到了桃園就必定光顧的店家，熟門熟路地向老闆娘吩咐蝦仁炒麵，「加麵，大碗的。」在熟悉的角落坐下妳知道：老闆娘從來不知道妳是誰，妳已經光顧了這裡三十次是老船長老司機老饕比在地人更清楚這裡的異鄉人了。

這十年間。

才驚恐地發現沒有了，免費無限暢飲續杯的紅茶機沒有了。

不是了。不是這家飯館所有人的妳若有所失。

會落腳桃園，原因並非對外宣稱的台北旅館好恐怖，一天的交通食宿費用就可以打包行李回台南了；而是台灣很小。

台灣很小。

希望在舊情人所在的城市，井然有序的街道劃分巷弄交叉口紅綠燈下轉角遇到愛，蕭亞軒

《第五大道》，瑪格麗特與阿芒，暗戀桃花源。

與舊情人不期而然的相遇。

命運的捉弄卻是擦肩而過。

妳在這擁擠狹小的城市裡，計畫好所有邂逅的路線，劉若英啊原來妳也在這裡，那些我們相信的。

那些我們相信的，被拍成電影的。

例如鈕承澤執導的《軍中樂園》，八月底。

什麼是「故事」、什麼是「真」的？妳在旅館套房內觀賞著電影《逃出生天》，脫離自己原本所屬所在所是的古天樂，與大嫂李心潔相遇（十數年未曾聯絡不再互通音訊的大哥是隱形人？）（是布魯斯韋恩或者蝙蝠俠？）（哪一個角色才是隱形人？）（什麼身分才會是隱形人？）（金庸的掃地僧？高手在民間？張大春在三民書局遇到的城邦暴力團？）（江南七俠？）（施公奇案？）（嘉慶太子遊台灣？）這其實是沒有的（林道乾有無落腳高雄？）（到底是什麼樣的角色？）（舊情人或者一見鍾情的所謂伊人？）（或者是妳爬梳了日記之後，覺得一切喜怒哀樂怨嗔笑顰皆來自於學姐，於是上吧學姐就決定是妳了？）（寶可夢或者神奇寶貝？）（桃園奇遇記？）。

同樣也是下午時分，穿著高中制服的正太男孩，不知道什麼原因被攙扶扶植植物人地送來保健室。護士阿姨正埋頭於手機遊戲寶可夢，在校園不為人知的角落中抓寶，隨手匆忙潦草地敷衍了男孩的傷口，將正太攙扶到病床上歇息。

（隔壁病床是飾演月事來潮感覺不適的學姐秋野早苗）

然後留下他們孤男寡女，護士阿姨外出尋找自己的故事了。

自己的故事，在轄區以外才會發生，例如桃花源。

暗戀桃花源。

妳沒有依照慣例，妳多點了一份青菜豆腐味噌柴魚蔥花湯，草草就食，離開這個不是之地。

再也沒有紅茶了，再也不是免費了，已經不是我們的相信了。

也就沒有相信的我們了。

妳走向復興路，往慈護宮的方向。

那是一間媽祖廟。

可是供奉很多神明的媽祖廟：外觀是採三棟獨立式的重檐廟宇建築，各自有各自的脊堵、龍柱、和龍虎雙塔，格局或許與北港朝天宮相仿？正中央三川殿周遭的壁堵都是石雕栩栩如生彷彿置身故事情節，屋簷上更有剪黏作品與交趾陶的偶像。進入廟中的前拜亭，當然是媽祖金身，還有雄壯威武的千里眼、順風耳兩將軍，肌肉線條仿若羅丹沉思者鏡中的血脈賁張。

電視螢幕上秋野早苗與不知名的男優正肉體交纏滾床單。

活靈活現，雖然妳並未見過千里眼與順風耳，妳卻以為這就是真的了！

這才是真的。

我們相信的。

力與美。正殿兩旁的迴廊通向後方，龍邊的護龍偏殿供奉文昌帝君、月下老人、觀世音菩薩，以及太歲殿中六十甲子太歲將軍爺；虎邊的護龍偏殿則是福德正神土地爺爺，以及地藏王菩薩。

掩卷的垂目注視，妳不知所以然。

東年，《地藏菩薩本願寺》。

當年妳曾經請教過一位法師，何以地藏菩薩所發（所接？）（白字，抱歉，「所揭」才是。）（其實不願成佛的大願是「接」啊！）之院是「本願」？法師對答：「因為那是大願啊！」我妳也知道啊可是這不是妳要問的，妳想知道的是為什麼是「本」、在佛陀世尊之後、初衷是否本意、是否我們漫長寂寥如曇花如穗花棋盤腳隨即湮滅的一生可以作成被閱讀的「本」，被菩薩閱讀的本？

text，中文翻譯多是「文本」，雖然曾經也有過「本文」的主張。

知本，有溫泉，**妳若來台東請妳斟酌看出名鯉魚山抑有一支小雨傘。初鹿之夜，牧場唱情歌，紅頭嶼、三仙台，美麗的海岸。**

可是有作者的作品（work）呢？

無我無人無明甚至無無明，八月盡？

妳想起了《地藏菩薩本願經》曾經提到的一句：「何緣來此！」，不是問號，妳不知如何作答。

或者沒有問號，妳不知是否要接續作答。

妳畢業於大學中文系，而不是數學系，妳無法以微積分窮盡圓的面積，妳當然不被知道什麼是「緣」？

或者，「緣」是什麼。

沒有問號，或者，不是問號。

妳依據妳的所是生活，卻遇上了重重的阻礙，妳不知所以然。七月底的時候妳在大賣場家不樂福購買完八月份所需要的一切雜碎，拿著店員開立的統一發票走到停車場走向妳的中古銅罐二手裕隆：其實是大隱隱於市的蝙蝠霹靂變形金剛柯博文車，防震防水防泥巴，商標告訴了吾人此乃：賓士改制而成。

改制不易道，繼受，《尚書．召誥》，如果焦桐持續以為「後殖民」是術語的話。

妳在停車場中發現到了一位在舊衣資源回收垃圾桶旁啜泣抽噎的乞童，妳不知所措。冷氣開放的停車場，儘管所有的外國人都說台灣郎有無比的熱情，卻無法讓乞童抵禦襲人的低溫冷冽強風椎心蝕骨閱讀本文不哭者不孝不忠不慈，不知所云。

在由空心磚鋪設而成的人行道上。

（每天都有文學作品二十餘年而不是文字的妳。）

妳走在由空心磚鋪設而成的人行道上，家境清寒的妳向乞童靠近，妳倒出清光了妳家不樂福購物袋中的所有價值不菲的貨品。

把萬年不滅與天同齊壽的非凡塑膠袋交給乞童。

滿招損、謙受益，人不能過度盈滿，必須保持謙虛受讓的心態，才能夠納萬物須彌於芥子；世間的緣法亦然，妳的一切所成所就所有所據都不是妳自己的，都來自於別人的給予，世人其實都和妳有相同的命運，都是乞童，大家都一樣，讓低垣倒下吧，千萬不要因此感到自卑，沒有人會鄙視妳。

（灰姑娘只是虛構的童話，世間沒有如此殘忍的後母如此卑劣的寄養家庭。）

人性善，我姓賈，人稱善賈姑娘自來也。

妳站在由空心磚鋪設成的人行道上，對著乞童意有所指地看向了身旁的舊衣資源回收垃圾桶，「菩提本無樹，明鏡亦非臺；本來無一物，何處惹塵埃。」，不是問號也沒有問號。妳說人的本心是最重要的，一切世間萬事萬物如夢幻泡影，不可能給妳帶來什麼；盪四，只要確立好了自己的本薪，其實就可以擁有自己所缺、自己所需、自己所失的一切萬物了。

人貴自知，妳現在心中所欲，就是禦寒的棉襖；破除一切令人迷失的萬象，這才是妳自己！

妳回到了自己的車上，透過後視鏡，先看到了牆角的滅火器，再順著前往來到了由空心磚鋪設而成的人行道上，確認了乞童正在探囊取舊衣資源回收垃圾桶中的衣物，穿起了一件厚重的灰白呢絨毛大衣，再把所有的依恃裝入家不樂福塑膠袋中。

陳昇：「火車要慢慢駛入車站」。

妳朝沒有自己的後視鏡中笑了笑，像是隱形人般地發動車子，離去竊佔公有財產的當時當地當事人，在出口處向管理員出示妳在大賣場購物消費的統一發票，折抵停車費後揚長離去，消失在茫茫人海中的善心人士。

有作者（the author）的作品（work）之初衷，是否敘述者（the narrator）被參與的文本（text）之本意？

張惠妹〈聽海〉：「為何妳明明動了情，卻不靠近？」。

妳發生海難了，烈日好不舒服，妳在海面上撐傘；可是，海水好冰，妳的下半身失溫了。

妳失去灼熱的下半生。

而救難隊在妳發生海難之前早已存在，妳的命運早被料定。在油燈尚未被發明之前，綿線、燭油、和美麗的李心潔早就被妳看見了。

所以是發現？

一切早就有了，早就被規劃好了，妳被拋擲於地圖上，妳無從藏身，妳只能掩耳盜鈴；周星馳說：「妳看不到我、妳看不到我。」。

妳幾乎就要錯以為世界以妳為中心而開展。

孔子「春秋」十二公：隱、桓、莊、閔、僖、文、宣、成、襄、昭、定、哀，後人都沒有讀完，單以「隱」而教導世人入門。

沒有自己。

或者，不是自己。

妳的足跡隨著妳逡巡的目光，從後殿回來了供奉媽祖的正殿，才發現三進的座落中都有繁複華麗的藻井，四點金柱都有以鳳凰或龍鰲為主的裝飾，橫樑更是精心設計過的畫作，龍邊與虎邊各自是不同的筆觸。

越過天井，登上台階，來到了拜亭。八卦雕飾的天井有五龍護珠，下方垂有大型木雕斗燈一盞，鎮殿媽祖就在這龍天護衛下端坐神龕，前方供桌上更有許多媽祖金身。

妳上前合十鞠躬禮拜。

妳是佛教徒的角色或者道教徒的角色，在這裡，當地的舊情人不知道的這裡？

離開了這裡，在復興路上往妳這十年入宿不下三十次的旅館前進，那些妳相信的。

我們以為的，例如：

勵馨基金會委託波仕特線上市調針對20-65歲的成人共6,467人進行調查，其中3,491人

（53.98%）認為性交易個案多為自願。

例如，妳這輩子會與舊情人離異導致身心受創，一定是上輩子種下惡因，禍福自招怨不得人。身心不全的妳走在復興路上，往妳熟知的草語旅館前進，經過了桃園客運站、接近桃園農工的那裏。

抱歉，我們房間都滿了喔！

（其實還有，只是其住宿費遠遠遠地超出了妳的預算，比住宿台北的膠囊太空艙旅館還要鉅額。）怎麼辦？

怎麼辦？

奧斯卡影帝安東尼霍普金斯就算無法明瞭劇情，依然要演下去，像是桃花源，像是來到了桃花源。

駐在何方，就以何方註釋一切。

要前往進入置身於桃花源，離開妳的所屬。

踐迹，妳重複踏上妳自己暗戀桃花源的來時路，背後是桃園農工、經過了桃園客運站、見到了肯德基，不走向中華路，迴轉中正路回到改建已經的桃園火車站搭上往中壢的火車，在地圖上沿著城市蔓延，一切似曾相識。

如同電影《一個人的武林》中，甄子丹注視著已歿的武者屍身，腦海中閃過一幕又一幕拳師生前與敵人對決來往纏鬥欺身拐腿推臂虎抓突扣迸掌甩尾拉桿彈指的劍凜直陳之姿。

宛如古人，復仇的古人。

妳覺得穿上沒有拉鍊的服飾就是三妻四妾的古代。

「堂前燕」。武林前輩耆老告訴了甄子丹，兇手在每一次的命案現場留下這件識別物的用意：不是指回到未知的古代，而是回到……回到……我們已知的古裝劇。

我們擘劃製作砸千金的古裝劇：暗戀桃花源。

要逼出妳、妳的已知、妳所相信的。前輩如是說。

桃花源。尋常百姓家。

站在中壢火車站的前方，忘路之遠近，復前行，看著髣髴若有光的地下道，從口入。初極狹，纔通人。復行數十步，豁然開朗。土地平曠，屋舍儼然。來到了中壢後火車站，入宿其中一家旅館，有早餐供應，也有宵夜招待的旅館。

陌生地。乾淨芬香的冷氣室內，潔白柔軟的床鋪，各種焦距燈光的控制，超大液晶螢幕的電視，收有百分百濃縮果汁的電冰箱，一望無際燈火璀璨陌然帶有熟悉知會的晚間萬家燈火窗外，而且床頭櫃沒有放置保險套的旅館寢室。

或者是不是。

現在已經是智慧型手機GPS定位的年代，變形金剛曾經參與石中劍的亞瑟王，隨著人類科技的進步，不是湖濱騎士蘭斯洛的再現，而是柯博文走火入魔，而是柯博文回到宗教，來到了自以為的創世主面前。

頒布神諭。

那些我們不知所措的，在一切已知中迷惑，不知道還有什麼、還能如何、還是哪一位演員？

（變形金剛是被造物主設定好有軒轅的車型。）螺絲起子不符。

哪一位演員、在誰的故事中、應該如何走位？

我們彷彿大賣場停車場中，佇立在由空心磚鋪設而成的人行道上的乞童，呆立在舊衣資源回收垃圾桶旁，不知何以然。

等待救贖。

期盼某位先知的解答。

渴慕琵西雅。

或者施洗約翰。

或者少林寺睿智的長者不是帶著筆記型電腦出現在各個記者招待會現場的住持。

或者司馬遷如巫、卜之流，向命運祈禱。

阿波羅神殿鐫刻著「認識妳自己」，柏拉圖說蘇格拉底的教室懸掛著「不會幾何學不要進來」的告示牌。

司馬遷致信給被治罪而來求援求助求提攜的友人，自稱「刑餘之人」。

與家財兆貫、權力滔天的舊情人分手後，妳委靡不振被去勢的樣子，天下萬事依然景物依舊都是妳知道的樣子，但是人事已非，不能人事的妳自己不知道該如何是好。

哪裡有先例讓我踐迹？

妳在妳不在的培養皿中，接受調教。

大槪響分明是一位異性戀的女優，現在卻四肢受縛，被綑綁在潔白的床上，美目先是由麻醉昏迷狀態中甦醒的茫然小鹿斑比，發現不懷好意的四位全身赤裸女優之後，戲劇性地轉為徬徨無助不知如何是好的淚雨涓涓如織如骳如梭如紡如杼變成滂沱了。

四位女優不斷地以各種道具，牙籤、跳蛋、毛筆、鴨嘴器侵襲大槻響身上各處致命誘惑的性感帶，卻始終沒有展開真正確實的性行為，讓大槻響如癡如醉。

我的身體，好像變的很奇怪了……大槻響說。

余文樂眉頭一皺，知道被困火場的大嫂可能因故要早產了；可是，我們仍身陷絕境啊！

妳要符應哪一則故事？妳要選擇哪一條脫離此地到達早有地名所在的途徑？

奧斯卡影帝安東尼霍普金斯在電影殺青後，依然表示自己其實不太明瞭劇情。

中正路上。

距離正午還很久，中正路上，妳在吳伯雄的童年故居。

妳剛從街道那一頭的火車便當店購買了飯盒，準備走回旅館享用的時候，妳發現了這棟赭黃的建築，趨前一探究竟，發現是有紀念性質的古蹟：中壢醫院創辦人吳鴻森先生的故居。

好像也是佛光山中壢分會的所在地？

妳試著轉動門把，竟然鬆動了，竟然可以進入此間了。

沒有垃圾沒有湮灰桶（或者，不是垃圾桶）的故居。

似乎被當地文化管理單位管理？妳在屋宅裡面發現了報到的簽名簿，和過期的滅火器，和凌亂擺放的三角錐及工程安全帽。妳在靠窗的位置坐下，享用妳的午膳。街上人群來來往往，斜睴脈脈水悠悠，過盡千人皆不識，彷彿日本教育片魔鏡外景車，不識來自異鄉的妳，不識脫離自己所屬的妳。

不識安然吃飯的妳，在異鄉；彷彿桃花源：男女衣著，悉如外人。黃髮垂髫，並怡然自樂。老死不相往來，沒有誰會在乎誰。

民眾認為少女／年從事性交易主因都是自願的，佔54%，當中認為從事性交易的少女／年都是拜金虛榮，佔74.53%。

西元二〇一四年六月二十七日，「三立新聞網」由記者魏文元以「最毒婦人心！假結婚、真販毒越南姑娘穿梭中越兩地成毒后」為題，整理、執筆而成的新聞報導有言，其曰：

為擺脫貧困、改變命運，越南農村女孩前仆後繼搶嫁外國郎，其中更有高達七成專找中國老公。尤其在廣東、廣西等邊境地帶中越婚姻更是火熱，甚至出現大批中國光棍集體到越南「團購」新娘。

越南當地男子認為這樣的現象很平常，甚至還出現專門的「養媽」，在鄉下專找年輕貌美、想嫁出國的少女，集中統一培訓儀表和修養。但萬萬沒想到這群越南新娘嫁到中國後，竟然醉翁之意不在酒，淪為中越邊境販毒的主力軍！

廣西公安：「主要為首的就是這個越南婦女，外號叫阿紅。」位於中越交界的廣西緝毒大隊，就破獲了以越南新娘為首的販毒集團，利用地利之便從越南買進大批海洛因，再勾結中國同夥，把毒品運到廣西和廣東等地，類似案件一年至少五、六起，讓越南新娘儼然成了中越邊境販毒的生力軍。

（老死不相往來，沒有誰會在乎誰。）二〇一四年的販毒新聞。但是，同樣都是中越邊界，卻在同樣的二零一四年當中的十月二十六日，出現了不同的人、事：由「三立新聞網國際中心」整理成以「雲南成饕客的天堂！猴腦、熊爪通通有連公務員也加入？」為題的不同的新聞報導。

同一時間、地點，不同的人事。

令人悲傷的是，到了西元二〇一七年，同樣是中越邊境、關心的主旨焦點已經不再是毒品，卻同樣都以「搶婚」為母題，三立新聞的「國際大現場」專題以此為標題而進行論述：「強綁娃娃當新娘……中越邊境野蠻『搶婚』習俗掩護人口販賣陋習」。

〈十五、十六歲的花樣年華，只值三千美元的代價！〉。

沒有問號，或者，不是問號。

不知道是竊據公有財產的從犯或者證人的妳，從來沒有要假惺惺地悲嘆其中悽苦歲月心聲，妳只是在想，難道旅遊手冊每年固定的時間一到，就必須改版重新撰寫了嗎？

相同的人在相同的空間，可以有不同的故事？

所謂歷史的發展，不是培養皿中的生態紀錄；而是副控室中的操縱者變了？

越南新娘從一心嚮往嫁給外國郎君，變成了販毒的首腦，變成了被搶婚無辜弱小受害者！

沒有問號，或者，不是問號。

人一直在變？

「本願」是什麼？尼采反對柏拉圖的原因就是主張超人的尼采反對天主教會，因此提出了「上帝已死」的學說主張論述（筆者案：至於被翻譯成「上帝之死」是另外的學術脈絡，筆者所學淺陋，於是疏聞，不在此著墨。）；柏拉圖表示人和變形金剛的車型一樣，都是早已被設定好的模型，阡陌交通，都是那個樣子。

人有沒有本願？人能不能本願？

世界是被規定的，薛西弗斯永遠不可能離開自己的屬地；世界是被規定的，伊底帕斯擁有天下宇內環球全部的領地，不管身居何方，故事都會同樣地被上演。

妳無法逃離既定的命運；除非，妳被另一個人敘述：置入另一枚培養皿中。

於是，妳一直尋找已經不是情人的舊情人。

林強：「**火車漸漸在起行／再會我的故鄉和親戚**」。

妳走出了吳氏故居，在中壢的大街上往桃園的方向走去，希望有無意的邂逅，希望轉角遇到愛，進入了一間麥不當勞。

當然選購雪碧，當然在二樓靠窗的位置俯瞰道上芸芸眾生，妳是無無明無極老母。突然有一群人從街角遊行而過，在二零一七年的這一天裡，彷彿桃花源人的妳自己、不知今是何世的妳自己，才猛然得知今天是十一月十九日，中壢事件紀念日。

那行人魚貫地地在街上遊走，看著陌生人逐漸接近，妳眉頭一皺彷彿昔日搭乘公車見到也有相同巨型車輛另一路公車會車而過時總會感覺受到異物入侵而捧心蹙眉一樣，妳想起了Gary Moor所吟唱的“Empty Rooms”：我將何去何從？

天下這麼大，哪裡才能容我？

妳走下樓，再購買一杯雪碧，匆忙離開，往中壢火車站方向而去。

沒有留意是否有滅火器的存在。對這個世界不關心，同時也漠視與妳共處一室的人，本願，如果菩薩是有情眾生，妳鄙視不尊重所有的讀者。

妳自私自閉，只想尋找可以安身立命的培養皿。

走在由空心磚鋪設而成的人行道上，來到了中壢火車站前。一群外勞聚集之處。雖然這附近好像也有天主教堂，但是，似乎不是他們所欲的培養皿？在前方主持的菲律賓籍（？）牧師（？），一直帶領群眾高呼「哈利路亞」。這是妳唯一能夠領會的語言，雖然不知道那是什麼意思，不知道是不是與在李心潔演唱會上大喊李心潔的名字有相同的意義，妳還是停留，並且觀察眾人。

妳也確信中壢事件紀念日的今天，是週日。

我們的相信：李心潔依照古天樂的指示、白冰聽從甄子丹的吩咐；然後的劇情是：李心潔流產了，白冰被王寶強傷害幾乎就要死了。

我們的相信到底是什麼？

Metallica所演奏和演唱的"Nothing Else Matters"慵懶卻又隨時激情的唱腔彈性疲乏的旋鈕火災時候無法噴發的滅火器過期了，過期了，已經不是原來被期盼的樣子，不是原先被制定的模樣：得到了新生命：新生的妳。

過期的妳這時候才猛然想起剛剛犯下了致命的錯誤，被異物置入不是Empty Rooms，那是由BANKS所演唱的"Crowded Places"。那不是被侵入被冒犯被驅逐，是像電影《絕地任務》中，誤觸生化武器導致毒氣外洩眾人快速逃離現場妳動作慢了一拍同志關上門扉透過玻璃窗口歉意地望著妳。

妳死去。

或者《惡靈古堡》的系列電影，大家都被殭屍追趕，好不容易來到了一個安全的地方大家鬆了口氣彼此相互關懷的時候發現：妳身上怎麼會有傷口！

不是問號，或者，沒有問號。

妳被眾人攻擊，然後，推出房門，尚未變身的妳已經不是我們了，我們眼睜睜地看著妳被群殭屍撕咬。

死掉。

死掉是換來眾人平安。死掉是不會感覺傷痛。

死掉是楢山節考，年老的父母殺死領有殘障手冊的兒女：我們要在一起。

不一樣的死掉。楊采妮在電影中質問甄子丹：「給我一個相信你的理由。」。

好讓我們在一起。

父母，子女。

羽衣天女的故事、董永的故事、織女的故事、七仙女的故事，一開始是到處流傳在各個房間裡面被說書人以詩歌吟唱著；後來，有人寫成故事書了，故事被編入故事書了。考試的時候必須引文有本，就再也沒有故事，變成故事書了。

或者「再也不是故事」。

故事是故事書的樣子。

故事是舊情人看見妳與其他仙女們在河裡洗澡，於是偷偷向前藏起了妳的羽衣：妳不能飛，不能回到妳的房間，妳只好留在房間，與舊情人成親。

妳只能留在妳不是的凡間，與舊情人結婚，生女。

先是《搜神記》、再來是《太平御覽》和《太平廣記》：

其母後使女問父，知衣在積稻下，得之，衣而飛去，後復以迎三女，女亦得飛去。」、「其母後使女問父取衣，在積稻下得之，衣之而飛去。後以衣迎三女，三女兒得衣飛去。」、「其母後使女問父，知衣在積稻下，得之，衣而飛去。後復以衣迎三兒，亦得飛去。

後來，各個詩歌吟誦的唱本、各個劇團所搬演的話本，到處添加情節，成為變文，故事廣為流傳。

可是，故事已經不是故事的樣子了；故事是故事書的樣子。

而且，天女吳爾芙是先拋夫棄女回到自己的房間；後來不知道是因何再回到凡間的房間，接送自己的女兒。

離開房間。伍佰：「**坐著土腳底的鐵路來道遮，看隔壁阿財講的敢攏有影**」。

回到用故事找不到的天上人間。

史冊《晉書．隱逸列傳》「劉驎之」條有言，其曰：

好遊山澤，志存遁逸。嘗采藥至衡山，深入忘反，見有一澗水，水南有二石囷，一囷閉，一囷開，水深廣不得過。欲還，失道，遇伐弓人，問徑，僅得還家。或說囷中皆仙靈方藥諸雜物，驎之欲更尋索，終不復知處也。

桃花源的樣子？

陳寅恪考證出了〈桃花源記〉其實只是宅男的八卦廢文，真正先行完備的本文其實是南朝宋的開國皇帝劉裕在晉代還擔任大將軍時所寫下的故事書。

本文（故事）是故事書的樣子。

不同的房間，不是自己所屬。

例如華歆。

例如，黃易讓妳嘖嘖稱奇的著作之一，《邊荒傳說》中的劉裕。

桃花源的樣子，雖然衣著悉如外人，但是不是此世的樣子。

甄子丹和楊采妮深入內地，搜尋殺人兇手王寶強的村落和故居。

周杰倫：「**為什麼鐵支路直直／火車叨位去**」。

妳不確定是否中、越邊境，但是雲南，妳想到了一個代名詞。

很遺憾的是，那裏原本是無可取代的單一名詞，但是後來被發現了，於是變成代名詞了，變成隨時隨地都能被代換的代名詞了。

香格里拉。

世外桃源，或者說，麗江，雲南境內的麗江。

或許已經沒有美了，只剩憑弔。詩人如此詠嘆著。

返去。故事到遮為止。

見怪不怪的不只是「團購新娘」，不斷被翻版的故事敘述，主旨聚焦在「搶婚」習俗：大街上強擄未成年的幼女，呼救也沒有意義，眾人不會上前搭救，眾人早就已經見怪不怪了。

妳忘記妳看到的新聞專題報導，被強擄然後成為性交易人口的少女是否後來也染毒了，妳只記得已經結婚生女的她在鏡頭下說著不然：還能怎樣？

我會拋下我的家人、兒女們回國嗎！

不是問號，也沒有問號。

關於宗教的成立，不是信仰的萌發；從來不是關心此世，而是心繫彼間：積功德，讓自己可以在那裏。

在舊情人那裏。

妳與舊情人現職GTO媒介性交易的糖糖在中壢事件紀念日後相約見面，大約在秋季，就在西元二零一八年的八月底，在中壢古典風雅裝潢造型的端月邀陽餐廳共進午膳。

十年來，妳未曾踏足桃園的這裡。

妳依約前往。在尚未進入餐廳之前，就見到糖糖獨自所謂依人巧笑倩兮美目凝盼的襲人流眄之姿：姐姐：襲人柔媚嬌俏：《紅樓夢》的襲人。

學姐。

糖糖揚手招呼妳入座，並且熱心地為妳介紹了這裡的菜色，然後說著：「糖糖是這裡的常客，所以領有VIP高級會員金卡，店家可以免費招待一位友人哦！」。

妳很高興，找到桃花源的樣子：故人具雞黍，邀我至田家。知我者，謂我心憂；不知我者，謂我何求。

餐桌上杯觥交錯往來寒暄笑語盈盈，不像是以前兩人彼此相互依偎，互道世界末日來臨時也要彼此穿上對方衣飾而逃生。

「妳變胖了。」糖糖說，要不要到我家坐坐？

妳聞言大驚。

糖糖的初衷是否妳的本意；或者，糖糖的本意是否妳的初衷？

無法契合，螺絲起子的規格不符。

沒有舞台指示，妳不知道自己應該是屬於哪一種被交易在一起，妳不知如何是好、不確定應該作出哪本故事書上描繪的身段說出哪本故事書上收錄的合宜台詞，妳沒有相同的故事書人生指南工具書說明書遊戲規則。

全部的人都在自己的房間爬格子。

沒有人事，或者，不是人道。

不能讓心愛的糖糖失望，妳心想。

妳整個人歸身軀燃起愛火大熾無法抹滅，眼角餘光看到收費櫃檯下方垃圾桶旁有滅火器，走向前大力擎起，像是要搶劫的歹徒。

拔掉插銷，旋開按鈕，往自己的身上大量噴灑白色粉末，轉瞬剎那彈指霎時須臾間白茫覆蓋滿了妳的眼鏡。

笑著，妳笑著對糖糖說，人性善，我姓賈，全身都被白粉充斥，人稱賈白姑娘。

瞽。

餐廳內職司音控的瞽矇，放送起了陶喆《黑色柳丁》專輯，剛好是〈晚間新聞〉的時段。

音軌：每天都有文學作品二十餘年不是文字的妳。

〈美少女夢工廠〉（盜題詩）

於是愛恨交錯人消瘦
撥接
電話是輪盤的年代號碼都在輪迴

等待一周

在異鄉的旅館起身被窩
不在身上那是不對的誰

不見了或者沒有了不是那是錯的妳
獨自一人陷入
圍起警戒線的事發地點外面都是路

人指指點點
神目和像賭
原來妳也在這裡生命是無限多次特意製造的
邂逅偶遇轉角遇到帶有當地獨特人文氣息的
路燈下雪莉眉頭微蹙（啊原來妳也在這裡！）

遇到了妳精心策劃的
人走了這是空地荒原

妳把不懂當成不對妳猛然迴身拔足狂奔回到起點
我們重新再來一次好嗎生命中可以有無限多次的

異域和不在身旁

在台北東區遺失手機
當地派出所表示無法連上通訊軟體找回妳要的自己
步入網咖定位了帳號

大家都在盜遺失的通訊錄登！

嗨，
原來妳也（一直）在這裡？

中壢事件紀念日後，世界環場音效了張雨生〈口是心非〉，外星人來襲的防空警報。

我們相信的樣子。
離開自己屬地的樣子。
八月底。

初稿於7/9/2018 2:09 AM希望可以在三天內完成；寫就了席維斯史特龍之於蜜吐；寫出了「隱」讓我無所適從、進而住院。完成初稿狀態於7/9/2018 9:19 PM一校於7/10/2018 12:08 AM加入了海難部分；將與糖糖的見面日期改為八月底。二校於7/10/2018 6:13 AM找到「初衷和本意」又坐垮椅子了……將前後的編年屬性對調；思索是否要加入「不知道自己是屬於哪一種被交易在一起。」。

散文輯

把妳藏在外面

——……那麼文學還有什麼價值呢？只要有違背良心的言語就足夠了。[1]

可以省略的稱，之步驟的描述。

夕陽在河口，枯藤老樹昏鴉繖起的是一陣推擠如同螢幕，繞樹三匝最後在視窗外落定；如同在只有販賣焦糖瑪琪雅朵的俗爛咖啡店（裝飾一律千篇的觀光地區名勝風景）中點選一杯曼巴，無糖、兩顆奶油球。

步出捷運站的時候沒有特色，像是所有的旅客疲累地或者是雀躍地或者是疲憊卻又帶點期待的興奮，（其實是故意、任性地想要避開重複的字眼。），妳會發覺同樣都是類似，卻無可避免地斑斕，一切同時在液晶的視窗浮漾：夕陽在河口。

光線如同光陰，昏暗卻是勾邊地清晰所有輪廓，絢而後素，不可與言詩，佚失的色彩妳無意中一直強加可以辨識的線條重疊，彷似穿插，妳在無意間。

---

1 羅蘭巴特（Roland Barthes）著，溫晉儀譯，《批評與真實》（*Critique et Ve'rite*），（台北市：桂冠，一九九七），頁六七。

浮映的，是曼特寧的沉香黯淡不似硯台上黝稠之濃墨，是市售的墨水瓶倒出依稀可見妳在案前書齋內強作鎮定勾起波瀾不驚的微笑倒影臨帖時；而巴西的微酸是在稍後的入口。第一顆奶精的滲入，是許願池。

（願所有的尾隨，都很美。）

白色的乳汁，線般條彷似輪廓的組成緩緩地淌入杯底，而紡織娘的螽梭是緩緩地升起樂章，妳曾經在漫畫中見證到莫札特的線條，最後四溢的清晰輪廓外型內在因為入侵而明辨，像是許願池外new age音樂廉價的美感妳墜入了荒原中的流沙，第二顆奶精在未蓋棺前跌入。

願所有的尾隨，都很美。

掙脫彷若惡夢當時（街衢外不斷咆哮的消防車警鈴聲響逼近妳緊鎖的住家，安全之故鐵，窗裡面緊亙著門栓。）響起的警鈴妳努力地在大樓的走廊辨認安全門之所在，但是煙霧瀰漫，陽光透窗而入、火光和燈光，妳不可見，妳伸手五指不在，妳無法明辨攙扶著妳的那位打火英雄之形容。奶精以焰火上方恍然飄移的浮動之姿海市蜃樓地展開視界遠處的那一端，久遠年代的長衣襯衫袖口。

有一種磨損，叫作不經意而發現是在無意間。

奶精的完成彷若天邊，夕陽在河口。觀光地區，人聲嘈雜，妳像是觀光客。

過了許久，時間或是距離，才發覺自己的遺失而這一次終於，沒有人提醒。

小鎮，遷居至此記憶中的小鎮不再是荒涼的認知周——未時人才多了起來——或者是逆向上述的操作，業已改版之地圖仍沿用著相同的比例尺夏日午後。試圖尋覓遷徙的動線——合身的衣飾酷暑的日頭下蹣跚踽行尋找合格的咖啡廳——冷氣房歇息地坐下可以憑欄遠眺，可以寫出足以辨認的腔調、斷句，和用典。

淡水，十年之後，住入了淡水小鎮可以在文章結尾清楚地辨識出編年的標誌。

十年前以觀光客之姿來到，十年後以當地人之姿落定。

而此時柔色共剪，窗邊憩著冷氣房走出的午後夏日正熟。

靜坐在咖啡店內，崢嶸的牆角歇下逶迤而至的路上行人，身影們。

由捷運列車的車窗外望一路，軌道上，二十分鐘前妳曾經歎息，暗自地，暗自的低噓：無法在日落之前抵至河口；人生的命運卻總事與願違，這時候妳不知所措地在河口落地窗旁的咖啡店內坐下，目擊整齣日落，和觀光客。

（公歸，乃納冊于金縢之匱中，王翼日乃瘳。）

鏡頭外妳按，下快門然後離開；就像是緊扣扳機，面對著死刑犯妳身邊有許多也緊扣扳機的（蒙面暗行者）不信任不記名投票表決妳。

鏡頭外，春江水暖鴨先知。

而人生的命運總事與願違，妳在無意間察覺；然後，妳無意間地恍然，妳無意間地對照妳無意間的過去；無意間的恍然之後妳無意間地深刻自我耽溺無意間在數位相機的液晶螢幕察覺無風不起的塵霾堆砌拭去，下意識或無意識地拈個蓮花指抹去讓畫面更清晰。但是，人生的命運總事與願違。

妳驚訝地發現，妳的手指在液晶螢幕上掀起漣漪；許願池，妳瞄準妳投下硬幣妳許下決定好的願望，而波濤隨之往往。

人生的命運總事（無意間）與願違。

妳只是掀起波濤，古今多少事，未中的的笑談中，時時勤拂拭，卻總是攝影生手的散焦幻瞳；看不清的過往，遮不住的青山隱隱，流不斷的綠水悠悠；妳越是心急於是妳越是拂拭，那復計東西。

鬆開雙手，跌坐於地妳頹然地，低泣。

華燈初上，街景隨著車燈人潮開展妳依舊坐在原來的位置，咖啡店中樂音響起，是妳不識的對位，於是不自覺地妳在無意間重整妳的思緒歸類上架有標籤的位置進行辨認，辨認此刻對照，一切無意間，妳才發覺生命，原來依舊事與願違。

細雨綿綿的晚上。

雖然是相同的比例尺。（史乃冊祝曰：……）

十年以前，這裡是小鎮；十年以後，這裡還是小鎮。可是，妳甫自高雄縣旗山鎮到來，這裡，不一樣的鎮；不只與旗山不同，更與十年前不同。

當然，妳也不同，河口，圓月在日落時分悄然地升起，酷暑。妳無法進行比對，往事在眼前穿插一幕幕重疊，妳相信妳的記憶但是比例尺勾勒出的地圖，沒有路燈，苦笑於是妳再啜飲一口，並且瞇上眼睛；音符在跳動，不知道是誰指揮也不知道是誰演奏的第九號交響曲貝多芬，咖啡店中妳蹙眉隨即瞋目地望向窗外遠方不久之前夕陽下海之地，深情地凝盼日落那一刻，落地窗上濺起了水漬。

妳深情地凝盼，妳深情地注視，一切都被召喚而起的過往妳在妳的過，去一幕幕彷似萬花筒相鄰的鏡面長廊無盡地延伸綠野仙蹤妳在奔波軌道上跑步機妳無法停下眼前不斷變焦卻總是相同的景致彷彿若有光追憶似水年華夫子嘆曰逝者如斯妳再一次地伸手想要畫面拭淨將，但是妳再一次地徒勞，逝者如斯，現在是如此地斑駁華麗，妳無法明晰妳的過去。

現在，太華麗。

妳的過去妳無法參與像是微服出巡走入妳開設的夢中書店妳只能找到《戀人絮語》，卻永遠無法明晰為何會被陳列於「浪漫愛情」，架？上沒有妳而。

現在太華麗，太多同樣太多類似太多懸而未決的堆疊只能重新歸類薛西弗斯的石頭，妳計畫好整以暇地俯視一切過往身如菩提樹心是明鏡台，但是，地圖卻沒有路燈，象是牆壁的樣子；妳知道妳看錯了，妳只好離開，妳決然地離開，沒有回眸。

離席，淡水捷運站對面的巷弄街衢，夜市攤販所有的行人如同妳，如同心生厭倦的妳，他們的步調都一致，如同堅決離席的妳，不吃嗟來食地快步離開原地，彷似軌道上所有的人們行都在踐跡都在告別妳，離開走在英專路上。

沒有回眸，甚至也沒有揚手。

（史乃冊，祝曰：「……」）

離去，抽身後江水依舊，袁世海、杜近芳「霸王別姬」中四面楚歌的段子來地如此突然，尚未仔細分辨剎那，就已經過去了還記得沒有字幕的當時，虞姬的問話中妳才猛然察覺已逝的那段似攙和著些許囈語喃喃的沒有鐘鼓之鳴，是妳即將自垓下離去。

妳始終無法挽回已逝，在沒有字幕的當時；荀彧望著空盒子很著急的妳的吶喊沒有字幕出，現在當時。

妳的離去有更多孤寂，卻不只是妳的腳步；而楚歌的四面是如斯短促，彷若眼前不斷地出現。

斑馬線上，在水一方的等候不是對面的含情美盼，（更遠處是漁人碼頭。），妳注視著紅綠燈，妳的離去成了妳的到來，妳的每一佇足停留觀看玻璃櫥窗，都是每一次的消逝。

妳回家的路途市招隨著步伐的停留每一次的顯現是妳生活中未曾把握的每一次結果，總有花瓣繽紛著春泥。

而每一次的擦身而過，都無法挽留像是妳不經意的離去連背影都，沒有遑論字幕。（似乎有歌詞。）

妳回想四面楚歌的時候，妳依稀聽見些許吶喊，可是已經來不及了；妳想進入，妳想得知，妳想調撥，妳想再次地確認，可惜妳坐落觀眾席當中，妳和所有的人都一樣們，妳，不是我們。

妳，不是我們。

明日黃花昨日成非成謎，妳沒有字幕。

林立四周，環場音效家鄉在眼前不斷地出現就是持續的生滅著。

妳清楚地見到，卻沒有字幕，獨自引吭妳四顧茫然。

而妳的孤寂拉長成了影子，在燈下，晃動的不是妳的步履，是人們的移動，夜市內無論與妳回家的方向是否相同。

妳的身影拉長，進入眾人之所在，稀薄的妳益發孤寂；那不是我，妳如此地吶喊如同暗自的低噓：無法在日落前抵至河口。

燈交錯影，佛現眾生相飾我身，各地都有妳，除了面容不足以辨認充分，在妳回家路上，而車水馬龍在街衢間的交織妳才確認，妳來到了山上，而那不是我，似乎遺落了什麼，妳返家的背影獨自，有些孤寂，有些孤寂地在每一處角落。

身影不是妳，尾隨的不是伴隨的，當然更不是，妳否認了每一道投射，來證明妳自己，回家的路上，妳沿路不斷地到處否認。

妳，不是我們。

可是那些投射都永遠存在，先於字幕而存在；現場，妳無須字幕，而妳坐落觀眾席上。因為妳在觀賞一場演出，因為妳在返家的路上，英專路一直深入看到通往淡江大學無數階梯的好漢坡，妳在地圖上行走，所以沒有路燈所以妳飾佛妳現眾生相縱使無法，辨認妳面容現在的神情，卻是堆砌了許多些許孤寂成為濃厚長廊的盡頭彷彿若有光自動門之外。

妳累了，返家的途中，妳不斷地否認每一次曾經存在的過去妳不斷地辨認：那不是我啊！

（自動門外，妳好累。）

歡迎光臨（就算妳不是我們。）。些許遲疑，妳依舊拖著疲憊懶散的步履進入了便利商店那一刻，透光而出，（不是洪太尉）彼得潘剪下妳玻璃鞋翩翩起舞時的告別身影（更不是祠堂圖騰原型），（無意間妳未曾察覺。）尋覓成了比對，自動門關上彷若切斷面壁，而我獨存如廊柱上未點睛的虎。

櫃台上方隱藏的攝影機證實只有：妳自己，雖然是如此無以名之地孤寂。

而始終沒有字幕。

付費取走冰飲在監視器的畫面中妳參與妳自己終，於不再是模倣犯了。

就算是沒有字幕，水之湄一襲白衫，振衣千仞崗，濯足萬里流；誰都不能來，除了伊人，白衫長髮，妳在山色的湖濱掬水。

（除了妳，我找不到美麗。）走出了便利商店，往水源街二段，淡江大學校內停車場穿過抵達校外，宿舍走去，妳的返家。（雖然我永遠也無法得知。）

那時候，疾雨，讓妳不及，停留等候路邊屋簷下街燈旁，風是向內，雨滴成了電影鏡頭下的雪花紛飛。

既然趕不及了，那就徐徐地雨中漫步吧，妳還是少女，還可以有好多好多好多次，即使無法重複、不能再現，卻可以有好多好多好多類似的斑斕擬真。

像是，妳的美。（自動門）尾隨的我。

（王與大夫盡弁，以啟金縢之書。）

大雨中的漫步徐行淋漓在街燈的光罩下，疑似雪花的印象點描了妳在四周成為一道光圈卓別林趴在圍牆上試圖竊聽，沒有印象的妳。

就連腳步聲都是那麼地美。

可是，沒有字幕，影子也是濕濇的宣紙時濃墨的捺忘了收筆，而誰看到了妳的美呢？

誰看到了妳的美？

誰看到了美？

慌張，雨中我拿出了數位相機，儲存的不再是底片的另一結構，神話，光線彷若是光陰讓我調撥出了每一時刻的妳。

妳的每一時刻，美，螢幕的出現滿足了妳，妳的美，美的妳。

沿著妳的美行走，燈光大熾，遠方的機車呼嘯而至，剎車聲墜落地沉悶作響，燈光大熾，地圖上沒有妳的美；卻在這裡永銘著，帶著一絲微笑我緩緩地閉上眼，往事不再過目，而是妳的美，用書包護住了相機。

妳不在，身後的尾隨者我從側門口的巨幅後視鏡中確定自己，仍正冠而傾。像是瓷娃娃，漱石清泉般地水靈；（我知道我們隨時都會輕易地不小心就破碎解析被）了。（妳的美，火災現場家徒四壁懸掛裝裱的後印象。）

在時光停滯逗留的時候復甦，醒來時，休學手續已經被辦妥，而我躺在病床上媽媽轉述的海報上，許久之前來過一次妳，許久之後直至我醒來，數位相機連妳都沒有了，妳都沒有了。

連數位相機（因為妳沒有及時地挽救，許願前的流沙後。）都沒有妳了。

妳都沒有了；為了能及時挽留，一意孤行地用Photoshop打上了字幕，在過往時光中篆書了妳的名字。

試圖用說明書再現妳的容顏妳的身軀妳的巧倩妳的背影，妳的外在妳的美。妳的外在，美的妳，那一份追憶活靈活現點睛的模特偶戴上眼罩。

看不見我，妳的美就永存了。

而等待的另一季節是防波堤，事與願違是留白，海天共一色畫面依舊空白，旭日從天際線升起，地平面落下；而畫面上卻依舊沒有妳。

卻依舊沒有妳。

水清魚讀月，山靜鳥談天，日光從病房的巨幅玻璃窗大舉入侵（我）點起了許多蠟燭，把這裡偽裝成瀰漫著爵士的搖滾樂陰暗晦澀從角落蔓延密語從茶几蒸冉郁香之咖啡店內，讓自己能夠完全地融入與相機螢幕的共在，而此時，卻依舊沒有妳。

（過往在咖啡廳中，竟是如此地輕聲細語。）

傍著落地窗坐下，街上行人來往交錯像是觥籌擦身而過的影子，在三十年前如靶心的的月亮下用故事離去，今宵別夢寒多少離別再現，卻沒有妳。

有了字幕地圖，有了街燈行人，有了歇息的亭子（不遠處還有布衣相士在擺攤。），卻沒有妳。

卻沒有妳；而步驟的描述，隱而未現；參與妳是我的過往，有字幕的過往儘管，螢幕上的妳在流沙底下，瀏海、長髮、白皙纖瘦的妳；而合照是每一次的碰觸調撥就會氾起漣漪每個月都要出血一次的我們。

在一起之後，再也不用比對了；字幕出現以後，再也無法比對了。

再也不用比對返家時，身影延伸到的每一處；再也不用挾帶返家時，意義投射到的每一刻。

有了字幕，卻沒有妳。

卻沒有妳，一次又一次的流失，頻繁了幾年之後，就只有覺得痛而已。

那些流失的，只有我的痛而已。

那些流失的，只會在掩埋場而已。

努力地堆砌，什麼都沒有；努力地堆砌著「什麼都沒有」，日復一日。

日復一日地「什麼都沒有」；日復一日地痛楚著微笑；日復一日地漸漸不以為意了，雖然還是很痛，（很痛），那些流失的「什麼都沒有那」；些流失的漸漸地都一樣了。

就像是妳，妳曾經以為陳珊妮的〈四季〉是在向韋瓦第致敬，我們的婚禮舉行會傍著柏林圍牆；所有的回憶都有比對的字幕在提醒，所有的過往雲煙，都有了字幕，都被提醒「必須是一幅精準的地圖」吻標明。了路燈打上了字幕，這是所有的過去我們，不斷延伸四面的陰影在八方雲集成垃圾掩埋場緊臨停車場。

就像是，妳的美，我無從調撥了。而妳也不會再來了。

（妳真的真的不來醫院探望我了嗎？妳真的真的不送上一株海芋了嗎？）

或者一蕊美白的山茶花？

（妳不是我們！）妳也累了吧，棲在我會出現的地方以外一直？

還君雙明珠，〈莽誥〉仿〈大誥〉而作；妳永遠不知道我始終都還在，偷偷地把妳藏起來。

把妳藏起來，妳的美，因我而存在。

把妳藏起來，留住妳的美。

（沒有不找妳，只是把妳藏在外面。）

笑了笑，我的電子信箱以及手機號碼永遠永遠永遠都不會改變，冬雷震震夏雨雪天地，合

（之前）妳會找到我。

消失的妳，終究會找到我。

迷路的妳，躲起來的妳，不見的妳，害羞的妳，終究只能找到我。

不管在誰身旁，（把妳藏在外面），而我就會是渡假中的小說家（雖然全部的人都說是渡假中的桂冠詩人。）了；專職調撥觸及過往，讓字幕以外的地名出現。

在鏡頭之外，把妳藏起來，等妳進來。

螓首瀏海的妳，長髮雲鬟的妳，白皙纖瘦的妳，美的妳。

初草於8/10/2007 4:19:38 AM買衣服是比三峽大壩更艱鉅浩瀚的工程；母親護住孩兒的火災、美國大橋崩塌臨時、爸爸們被無語的兒子們害死；終於敢動筆了，寫給妳的時候是還君雙明珠嗎？寫到英專路；決定依序完成「散文」零度的書寫：起、比例尺、敘述者、賸餘、妳。二稿於8/11/2007 5:15:48 AM買水大雨；妳來電低訴，讓我不知所措，而被信任的感覺是找到自己，合適的無論真假與否；複習《次元艦隊》；夏樹的腔調想起了葉珊；只能交代narrator的身世，其他無法動筆；發現美術系事件時代的華岡校歌。三稿於8/12/2007 2:11:38 AM完成初稿狀態，意外超出頁數些許；錯過〈大誥〉；知道參賽者之後，寫作是否能依舊零度？定稿於8/19/2007 5:38:29 AM本來希望能補齊未交代的情節，卻又慣性地不欲更動了；意外地加入小說、及新詩〈舊作〉的重複場景，不會報名小說獎；終於能及時讓妳看到本文了嗎，而零度的神話呢？〈現代神話學〉啃不下去，流血作結。

（本作曾入圍「林語堂故居文學獎」，並感謝主辦單位將之與其他佳作集結成冊。）

妳就被藏在外面了

顛躓著踉蹌的步伐，彷彿還並沒有真正請神上身、功夫還不到家的乩童學徒突然看見了什麼新的地標，於是忘記了顳頂的自己身在何方，呢喃地口誦方言「教我稼穡、樹藝五穀，親像后稷e啊叔安怎會置遮！」不成問號的身軀抖動著不斷地顫慄著。

（而地標也是有年代的，雖然都是勇者的故鄉高雄市，以前沒有光之穹頂。）

方才，在旗山醫院裡，一齊前往探視三伯父的時候，如今在旁呻薰的大堂兄偽作出悲痛欲絕的樣子，那樣的景象不斷地以漣漪之姿在腦海中不斷地重播著。那種漣漪是觀光名勝區中，人工砌成的小池，樓台積土而成的庭榭或許有置身於玻璃帷幕箱中觀世的神像，池的那一端彷若所謂伊人，是一介或許赭鏽凹凸不平的金飯碗，四周有許多硬幣，只要心誠則靈的觀者能夠將手上所持的布刀貝朋都投擲到壺碗中，鑄成大錯的願望就會實現了。

其實，和刀、貝、布、朋都是古時錢幣的指稱一樣，「錯」也是一種幣值。

以〈美麗新世界〉一文勇奪高雄市打狗鳳邑文學獎小說組冠軍的我是成大中文系大一的新生，寒假期間回來高雄的家，乍聞三伯父因車禍住院，急忙與大堂兄趕赴家鄉。「春秋代序、時光荏苒，我們都是光陰百代之過客啊！」堂兄突然就有了生命的體悟般地絮語著此時，捷運剛過了「油廠國小」站，一時分心的我沒有仔細去聆聽廣播中的台語發音。堂兄接續地對著我說：

「也沒有想到幾年不見，小賀你就已經茲呢大漢啊，有空的時候來楠梓我們家作客吧！來去。」堂兄下車了，記憶中，「楠梓」的台語發音似乎是三個字在剛才？

然後，我在鉅高雄捷運美麗島站下車，並未出站。

雖然很陌生這裡的規劃，笑了笑，但是在大台北生活了幾個月的我，怎麼可能因此而迷惘困惑呢！這和台北錯綜離奇的捷運系統相較，根很多本是毫巫見碩巫！

走在捷運站內，各個來往的穿梭人影都手持著各自的手機，有形色匆忙、也有信步閒庭、不疾不徐的人影，彷彿各色故事在交織，多少樓台煙雨中的一聲輕嘆。我雖然是「外地人」（笑），卻也知道高雄捷運美麗島站的「光之穹頂」是享譽盛名的傑出設計，甚至還名列國際「世界最美的地下鐵」之一。

也是長大了，才知道，原來「捷運」是小時候閱讀小說的「地下鐵」；而高雄還有「輕軌」，所以，tram是什麼？

好像一沙一世界了：這本故事書是由「電車」構築的世界、那本故事書是由「地下鐵」形成的寰宇，穿梭的不是各色斑斕章黻，而是我們每個人都在別人的國度中，戲台上。

而三伯父呢？

回想起了堂兄方才的感嘆抒懷。我們，都是從高雄縣內門鄉內豐村樣子下出來的枝葉，如今百花齊放在世界各地，盤踞在各個階層；雖然，如今已經變成直轄市了。這是可以揚眉吐氣的時候，麥當勞終於不必旗山鎮才有、牙痛的時候終於不必只能依靠普拿疼加強錠了，一想到這裡，我突然就感到些許無奈，在這最輝煌的時刻，我竟然離開了故鄉，到台南就讀大學。

雖然台北不是我的家的歌聲依續著，可是，有時候南下返家的我還是會被街坊鄰居打趣地說著：「哎呦！小賀家的媽媽啊，你們家又有客人上門啦！」

那是外公留下的遺產，透天別莊隔間改造成的廉價旅社。我們的家並不在這裡，可是，我習慣回高雄的時候住在這裡，最長的暑假也不過一個多月，享受一下沒有網路的日子。

我們家的旅社就在市集內，鄰近鳳山圖書館；人聲鼎沸，雖然每一幕的現在都是雨季。撐傘，或者穿戴雨衣的五彩繽紛季節；每一刻的不經心，都是濺起了水花在陽光下透射出來的彩虹，我很喜歡這樣的季節，彷彿春節或是廟會時候，大仙尪仔拜訪家家戶戶，作出不同的身段表演。我在櫃檯播放起了Pink Floyd的歌曲，上一首吟唱是〈Your Possible Past〉，這是我膜拜Pink Floyd的原因之一，除了撼動人心的鼓聲之外，還有一開始宛若空襲的音效之後展開的傷心欲絕徘徊低語。

用肯亞的豆子煮了一壺咖啡，酸酸的，品味櫃檯前的落地窗外，各色人生。

記得在「文學概論」課堂上，有教到了柏拉圖的洞穴，所有的囚犯都把搖曳投射生姿的火光蔭影以為真，直到有一位窮凶掙脫了鐐銬，跑出洞穴之外才知道什麼是真實的天地搭景。

這或許就是所謂「文學」的微酸吧？

罪犯終於不被束縛了、罪犯終於到了真實的人間，柏拉圖或許是在暗喻著這樣的典故：令人心碎了無痕的傷害將會一再一再地重演，沒有所謂絕對的正義制裁，我們只能記錄下我們如海市蜃樓般的想望。

我總是在想著，如果那位犯人回到洞穴了呢？是不是就像是「蝙蝠俠」電影中的小丑，糾合了所有的罪犯，毀滅這個世界？就像是颱風過境之後的滿地瘡痍，處處都是隨即可得的濫觴（？笑）……所以，這段柏拉圖的故事，才會被納入「文學概論」的課本中吧?!

諷刺的是，柏拉圖所寫的《理想國》中，竟然沒有「詩人」；我想起了國片《父後七日》，當中的道士是一位詩人。這是多麼美麗的新世界，上至王公貴族、下至貧民匹夫，大家都能誦唸詩章，想起了自己的美好。《國語．魯語下》有言，其曰：「詩所以合意，歌所以詠詩也。今詩以合室，歌以咏之，度於法矣。」古人就描繪出了那人人都能察覺生命的美好，並且頌讚的年代，合意在作戲之前，詩歌遍布的時候。

每個人，都是故事的穿梭。沒有「詩人」的國度，會是什麼「理想國」呢？難道是已不入輪迴的佛？而菩薩還是有情眾生啊……

所以，我很喜歡坐在櫃檯前。看大家的形色匆匆，好似彼此都不領情，可是其實大家都在為著日後共築的美好而努力著；旅館前方有一座戲台，所謂的每個人包括龍套的臨演包括插科打諢的丑角包括白面陰險的壞人，最後都一起出來謝幕了，都是為了這齣戲劇的美好演出，真實身分是好人。

我一直如此地以為著，包括，各色茶香。

並不諱言，雖然我們家沒有擔任通訊兵的職位，所以沒有抽成，卻也作了好多好多的茶休息生意……交易，關於情慾。

那其實是很辛苦的，茶姊們整天都在陪酒作歡，沒有真正屬於自己開懷大笑的時刻。而我也是在櫃檯久了之後，才逐漸地知道誰是茶姊，因為不同的姊姊們，都是搭乘那輛同一部的裕隆來到。

程序是這樣子的，先有慌慌張張、左顧右盼的男性顧客上門，然後表示自己要「休息」……這時候我就知道了，必須把這位男性安排到特殊的房間，所謂的特殊房間並不是指有八腳椅或者水床的房間，我們家的旅館並非通訊兵，而是，（有針孔攝影機的房間）。

上演活春宮的房間。

房間早就備妥了茶水，甚至糕餅點心。然後，我必須仔細地注意著監視畫面，男性顧客不能餵食茶姊們食物，在茶姐們疑似失控的時候，我會撥打室內電話進去假裝詢問，而最當然的是，不能見血了。

大部分的茶姊們其實都很年輕性感，凝脂般的肩頸上或許留下了刺青的圖案，卻都和氣待人，除了滿身的酒氣之外，一般人是很難察覺出他們的悲哀。

可是我知道，儘管她們在監視器畫面中都是如此地歡天喜地、放浪形骸，可是那其實都是面具般地掩飾，我知道，她們是六月的江南的愁，都在煙雨迷濛中。

我看盡了人世間的因緣散聚，卻不知該如何是好就像是身陷囹圄的囚犯，望著上演的火影不斷地向壁虛空……

直到遇見了她，丁小雨。

那是旅遊旺季，所以住客好多好多，已經顧不上什麼人在什麼房間了；這時候一對互相摟抱牽引的男女進入，要求「休息」。匆忙之間，我把他們安排到了特殊的房間，有監視映像的房間。

櫃台此時正播放著Sarah Brightman，〈It's A Beautiful Day〉，在高亢的盤旋之後，假音的呢喃。監視畫面中的男生和小雨早已卸下彼此防備的偽裝，裸裎相對。小雨換穿上了高跟的皮靴，重重地踢向了那位男生，沒有見血。

現在並非驚嘆這力道的控制有多麼精妙、技術如何純熟的時候，而是上演暴力事件了！

我下意識很想立刻就撥打電話進去制止，可是，那位男生，就像是繳稅季節的所有人一樣，並沒有哀嚎求救。

然後，小雨銬上了那位男生，拿起了房間內早備好的茶水，飲噍入口、噴射在在男生臉上，以一種睥睨的姿態仿若前女友挽起了一位男士的手臂朝自己前來：你再也無法碰觸我了。男生卻一臉幸福的表情，我無法放大拉近監視畫面，可是，我確切地知道那是洋溢著幸福的微笑。

被銬住的男生跪爬向小雨，小雨從容不迫地優雅笑了笑，坐在床上，垂下了溫潤如玉的兩隻赤足，趾甲是粉紅微淡的荳蔻，男生爬向前去不斷地舐舌舔吻，小雨一腳將男生踢開。雖然沒有字幕顯示，但是我明明白白地知道了那位男生這時候開始勃起了。

（而且，我也是。）

雙手無法抱住小雨白皙粉嫩雙腿的男生，淚眼汪汪地一直低頭猛吻小玉的雙足，小雨輕笑了，那畫面是如此逼真，彷彿我都能聽到那銀鈴。

男生不斷地點頭，彷彿在哀求著什麼，小雨卻嗟來食地轉過頭去，拿起了床頭櫃擺置的糕餅點心，拆開了包封，放入口中嚼食著。然後嘴對嘴地傳輸到了男生的口中，男生很滿足地笑開了。

小雨喝了口水，繼續餵食，再喝口水，再餵食。

男生此時終於露出了焦急懇求的神情，但是，就算是沒有字幕，我也能知道這不是我打電話進去解救他人的時候，我一切都看在眼裡，我一切都知道。

小雨不予理會，繼續喝水，然後餵食，繼續地以纖足鄙夷那位男性。

終於起身了，小雨終於從床上起身了，蓮步輕移踩蹻而下地移到了浴室中，並且在尾隨的男生也爬入之後，輕掩上門。

房間的大門已經深鎖了，甚至繫上門閂，早就不會有任何外人打擾了（除了神不知、鬼不覺的我），他們卻依然輕掩上便所的門，彷彿在進行什麼不可告人的勾當一樣，不過，那是沒有用的。

浴室內，也有電眼。

彷彿因為焦渴而無奈的男生，仰天朝上地躺在小雨跨下，淅瀝淅瀝小雨排放出了金黃的甘露，男生一臉滿足地張口就之，似乎些許嗆到地咳了咳幾聲。

此時無聲勝有聲，望著沒有音效的監視畫面，雖然沒有字幕，但是我很確定男生咳了咳。金黃的尿液甚至都溢滿出了男生的口腔，男生無法將所有視若珍寶的全部都收藏起來。

身體，好像不是自己的。

皺了皺眉，小雨轉過身去，監視器畫面中清楚地看到了褐色的肛門對準了男生的嘴巴，然後小雨開始放屎，男生滿足滿足好滿足地吞嚥了下去。

簡單的清洗之後，戰場又回到了房間的床上，小雨赤身裸體的吻遍了男生的全身，最後嘶咬起了男生的乳頭。真的，雖然視窗沒有拉近沒有放大，但是我真的見到小雨的編貝玉齒囓咬了男生的乳頭；然後再從皮包裡取出了全罩式的安全帽，戴在頭上，與男生性交。

我不知所措，這一影像沒有字幕，我不知道這會是什麼，這必須是什麼。

我只知道，就像是周杰倫、方文山所打造的「中國風」樂曲一樣，那很簡明地就讓人知道啊這是中國就像是忠孝仁愛信義和平經過翻譯的普世價值之後，我們仍然知道那是中國；就像是在路線交會的捷運站中，儘管所有人的時間都在緊迫，卻都能依照箭頭指示走到屬於自己的路徑、完成各自的故事。

真正的遊記心得是在返家後，昏黃的燈下案前沉吟就章。

我總以為，像是有一位叫作舞鶴的小咖作家，那後現代的支離破碎一看就知道是沒有中文造詣的輕侮人士；又例如一位叫作邱妙津的，那是更嚴重的後現代了，根本不知道她在狂歡什麼。所謂的文學，不是私密的日記，必須是彼此朗誦詩歌，互相傳遞自己的美好，彼此都在年節廟會中歡呼，彼此都為捐軀的勇者悼念。

就像是王藍，或者鹿橋，或者金庸；只有小說漫畫出租店才會擺設不知所云的古龍。

我真的不知道這一幕影像是什麼。

後來，小雨陸續地和別的男生開房間，當然也有這位從頭到尾都沉默的男性，只是，我不知所以。

有一天，我突然就叫住了小雨，並且問道：「妳是真的快樂嗎？」。

小雨稍微失神地笑了笑，牽著我的手，進入了那有影像紀錄事實的房間。未經洗浴就脫下了我的衣物，換穿上高跟的皮靴，踢了踢臣服於地的我，坐上床邊，露出了粉嫩的雙腿，要我舔舐。

我不斷地吻著不斷地嗅著迷人的腳氣，依照監視畫面，此時的我應該一柱擎天了；可是，沒有。

沒有。

小雨笑開了，輕啟朱唇地說著：「現在，你快樂嗎？」。

那影像不斷地留存著，不斷地，不斷地。

「需要你，我是一隻魚，水裡的空氣，是你小心眼和壞脾氣……」小雨哼唱著任賢齊的歌聲。

忽然間，我好像知道了什麼……

〈知樣〉

——洛夫，「一切靜止，唯眸子在眼瞼後面移動／遠離我們胸中毒性很強的鄉愁」

遂師旋而北面
向鄒衍悼念喃喃叨絮著彼位
預顓兮童乩來穡稼茨裡作人客，
（我本底是一兮會計，伊講
親像底落詼諧，扮一齣笑科）才知影
來去自由兮郎永遠置厝遮

譌變成天子的遂大夫說老師
凱旋而歸後，開始在唐人街的郊外
砌別莊並且喃喃地說著雖然蜷曲的胚胎不明白母親的音節

隋土（我也惡野哭者）一首不會有人查勤的分行句子
宛如肉台上與初戀馬華女友訣別書

在野的人們都來
送行。刺青師
覺得你們全部都很像祭器不踰竟

捧斗的長孫緩緩地跪在戰無不克
的輓聯下方，服用鐵牛運功散就出運的阿明
叩讀著李白不知作於何時、何地

分行的句子
。就知道自己永遠是中國人了
在兩楹之間，在前代軍人黍離之後
也不懂的方言：初見其術，懼然顧化

攏總是家己郎。如果生命是從水中開始，繼任者是木
或者火？薪盡如烽火
台下趕赴的諸國望向

這片穿上沒有拉鍊的服飾就是古裝劇三妻四妾的焦土

遂人笑了笑，笑了笑

草於8/1/2017 3:19 AM也寫出來了，所以應該結束了……二稿於8/1/2017 9:39 AM然後小七的列印又整個失焦沒有分段浪費一百五十元了……修繕單字。

（感謝《有荷》文學雜誌收錄〈知樣〉）

等不及

（徐懷鈺的傳唱。）

莊子說六年九班的右師是正常路人。

故鄉我鉅高雄還沒有捷運、塩埕埔尚未地層下陷；莫文蔚卻已經吟唱起了電台情歌僇人依稀還記得那是超級久遠在身後幾乎都快要忘記的年代。

車禍。

後來，只能依照檢察官的起訴書知道發生在什麼時候只能從任何他人口中知道那時候的之前發生了什麼事只能從他人相互的言談中知道自己是什麼樣子。

知道自己會如何、然後怎樣，於是就是了。

例如失憶的戀人在天橋上錯身。

有一年獨自來到了誠品敦南店（好友提醒說記得搭乘捷運到忠孝敦化站喔！）你要記得，和你的目的地誠品敦南店一樣都有個「敦」字。

那是耶誕節前夕的平安夜，是讀了陳克華醫生《別愛陌生人》後，獨自一人走在巷弄中的巷弄等待期望希盼悅耳鈴聲歌曲微醺昏黃燈光人群中會有惡作劇之吻或者魔女的條件甚至廣末涼子前男友的邂逅偶遇，擦身。

（可是，她遠在嘉義，很遠很遠很遠的嘉義鄉下。）

走著，像是在等待？

早就讀過繆思（Marcel Mauss）《禮物：舊社會中交換的形式與功能》的中文譯本，早就知道在被規劃妥善的國度裡，自己一定會再和她相遇。

絕對不是只有泛起漣漪的許願池。

我們如果有緣份，終究無法躲開；我們如果沒有緣份，早就分手攤牌了。

那時候很笨，遵守著「行人靠右走」的規定，站在手扶梯的左側，讓出空位讓他人無關緊要的路過。

那時候很笨，因為忘了攜帶殘障手冊，於是掏出身上所有的政見包括學生證ＫＴＶ會員卡郵局提款卡央圖閱覽證只差沒有拿出妳寄來情書的信封，就、是、要、表、示、僇、人、真、的、是、僇、人、我、自、己，殘障者。

公車上，沒有攜帶證件，僇人成了競選時的空頭支票。

（不明白的是為何人世間，總不能溶解你的樣子？）。

或者，蕭峰終於在死前被決定好了自己是誰；蕭易人卻直到死前仍然不知道為了重振浣花蕭家名聲的自己為何會落敗。

他們說：你要像妳，你必須是你。

從此，僇人不再去檳榔攤購買水貨的走私香菸，而是在便利商店櫃檯前對著監視器展開笑顏：僇人來了。

真的的僇人有來了。

「誰能夠將天上月亮電源關掉？它把妳我沉默照得太明瞭。關於愛情，我們了解的太少（愛了以後又不覺可靠）」

滿街都是成雙成對，滿街都是笑語聲。

陷入了冷戰，我們，明天不會相聚。

所以是僇人獨自一人等待明天的到來嗎？雖然那是行憲紀念日，可是知道了妳不北上之後，明天就變成原本必須買海芋在承德路等待妳的耶誕節了。

（我們都不會改變，只是後來有了轉運站，只是那一年沒有耶誕節。）

那是很荒謬的等待，就像是當時在陽明山下竹林格致中學校門口出事，當場停止心跳，腦部嚴重受創，頂骨骨折枕骨碎裂蛛網膜破蜘裂腦脊液壓力過高腦室擴大血塊到處蔓延（下班車潮流人群時刻巔峰）自己一個人孤零零地在仰德大道上等候救護車的來到過往皆不識鄉音自己一個人孤零零地圍觀群眾老師告訴同學要戴安全帽陌生人對著陌生人在說什麼呢血塊一直崩壞心跳呢腦傷是無法痊癒的啊如果認知心理學表示心理學的大腦研究是源自於電子計算機那麼妳在哪裡自己一個人。

壞軌，無法讀取，沒有我們。

I Feel So Unsure.

張曼玉、王祖賢《青蛇》水漫金山寺眾僧在梵唄中吟唱（我知道妳是誰。）

可是妳是哪裡？

每個人都要有自己，老師有老師的樣子、醫生有醫生的樣子、中文系的學生不是物理系的學生；然後，妳呢？

超過十五年的後來才知道，陌生人們在法庭的供詞，不是檢察官起訴書上寫的那樣。僇人說謊，僇人一再一再地告訴別人事情的原因，儘管他們都是微笑以對，僇人也大難歸來生死關頭勘破塵緣不多計較地笑了笑。

（原來，你們發笑的原因是知道僇人被蒙在鼓裡！）最後和解了，肇事者的父親或許是有讀過牟斯（Marcel Mauss）這本著作的社會局官員。

我們在不在裡面？

（**不變的妳，佇立在茫茫塵世中。**）

到了凌晨零點零分，燈光大熾，瞬即又柔軟地米白暈渲，大家不約而同地對著身邊的人露出了微笑：「聖誕快樂」沒有據點，此起彼落著。

可是，妳不在。

到書店外點起了菸，所有的思念纏綿悱惻沒有逸入天聽而是不、見了。不見了，不見了，不、見、了。

落魄地走著。失魂的此時是否「心凝神釋，與萬化冥合」？或者形似？大家都是陌生人，真的真的真的陌生人呦！就是那種身在異鄉忽然緊急病危需要進行大手術可是找不到便利商店沒有傳真機。

妳的生死與我無關。本來就是了。

找不到理由援交妳？

就這樣不知怎麼了來到了新公園，後來的二二八和平紀念公園。在那裡，等待黎明。就像是《槲寄生》中的菜蟲發現菸支上有著蠅頭小字一樣，明菁派的僇人在菸盒上寫下黎明：就快到了。

大號。

仰天長嘯的意思。耶誕節的晚上，就加入了在這裡舉辦的同志露天耶誕舞會。彷彿踉蹌的酩酊醉漢。手指著中央舞台，足下凌波微步避開了眾人想要靠近主舞台手指向正前方卻又在踰矩越線的邊緣猛地一轉身佐佐木小次郎「燕歸來」突然向後飛的蜂鳥始終反覆始終反覆地一直淚流著莎樂美我們到底怎麼了？

僇人不知道、僇人不知道我們怎麼了。

「我們一直忘了要搭一座橋，到對方心裡瞧一瞧。體會彼此什麼才最需要，別再寂寞地擁抱」

然後，就是大三的學弟了。我們不是我們了。

僇人是罪人徐自強，妳是清秀佳人紅髮安雪莉。妳說我們從來就沒有故事在一起，而我還在每一具死屍上尋找相似的蹤跡。

「你要像你，你必須是你，你要相信你自己。」他們說。

還記得初來乍到復健室的時候，視神經復原了已經。而復健老師知道僇人因為妳而連帶地喜歡Kitty這位水腦症大頭貓，於是在立鏡上貼了好多凱蒂國大貼紙，個個搔首弄姿不同型態。

要僇人舉起手來一一指認，I Know You're Not a Fool.

舉手，奮力、滿頭大汗。

坐在復健室的床上，舉起手來，指向站著並且頭上戴有花圈的Kitty。

遲緩地夯起了右手，伸出食指，點向……從這些站立的大幅圖像中，逐一地分辨指認出誰才是帶有花圈的公主。

找到了，就是妳了！

然後確定不是桂冠詩人，是頭披荊棘的囚徒。

一年過去了，才回到學校上課；原本的同班同學，變成了學長姐。

畢業典禮結束後，有畢業生們繞校巡禮的儀式。

助教點選與這些同學有過同窗之誼的僇人擔任掌旗官，手持代表系上的旗幟，開路、引導、沒有凝視沒有送別他們。

預演前教官就吩咐了，穿上襯衫、黑鞋（最好是皮鞋），正式的打扮。

你必須是你。

預演的那天，僇人穿上自以為最隆重的衣飾，趕赴集合處。

怎麼穿這樣呢算了。教官對著彼時長髮及肩的路人說著快：融入隊伍吧！

齊步，走！

可是僇人總是會溢出行列之外，僇人總是三七步，僇人無法跟上眾人行進的節奏，僇人無法邁開腳步。

像《莊子．德充符》中受到刖刑的王駘。教官說「你們系怎麼會派你來呢！」不是問號，然後，僇人就出去了。

（後來後來很後來，和其他同學們討論起裝扮，才知道「襯衫」是指有領子的衣服。）這時候強姦罪依舊還是告訴乃論。

Pain is All You'll Find.

那是你們在大學參加的最後一場畢業舞會了。僇人盛裝出席。隨著音樂搖擺每一次都好像要傾頹旁落跌跤了，卻又在最千鈞一髮的時候端正了身軀斂容以對黝暗的廳堂內鑽石般在闐黑密室忽而閃爍亮起的場燈下扭動著肢體隨音樂水蛇著。

慢舞時，喬治麥可的聲音。

走到一旁，大家都在的地方，誠懇地向一位似乎暗戀許久的女孩子低頭、彎腰、鞠躬，伸出手來請問，僇人有這個榮幸邀妳一舞嗎？

在大家的注目中，「可是我不會耶！抱歉。」公主委婉地拒絕了。

謝謝，你必須像你，像是存活在這個由禮物構成的國家中，遭到拒絕你依然必須說出謝謝。

然後外出，在星空下點起了菸。

後來，就與這些學號開首的數字都一致的學長姐們斷了聯繫，直到，很久很久很久以後。

無花告訴楚留香「**很好。我今天總算證實，我不是你的對手。**」的以後。

妳、我、她都不會改變，被　的僇人早就不是大家了，就像是被黥面的墨翟孤身飄渺浪跡天下，卻又組織了如此嚴密而且龐大的集社，然後向心力是赴火蹈刃，死不還踵。

僇人被作了記號，只能是拾荒的拾字郎、逃名客、呂望生，在這裡，到處都是禮物的這裡。

（**讓風塵刻劃你的樣子。**）

一炷菸的時間過後，回到了室內，慢舞的樂聲仍舊依然翩翩場中都是眾人。看向了公主，有禮地朝公主點了點頭邁開步伐正要走到另一個角落傳來了細微的呼喚聲像是過了好幾個時辰獨自在叢林深山中誤入了流沙極力呼救了好久好久非常久之後逐漸地沉沒卻沒有沉默仍然大聲哀號希望得救其實小聲稀薄沙啞似蚊蚋振翅的召喚「路人學長、我、我、我可以邀您共舞嗎？」。

原來，沒有你們才是愛？

那時候還是學妹日後手掌會計支出收入簿大權的愛妻怯聲聲地說著。微笑，這是僇人的榮幸，僇人彎下了腰，謝謝，伸出手，向學妹。

（你的名字我的聲音。）

「誰能將電台情歌關掉？它將妳我心事唱得太敏感，當兩顆心放在感情天秤上，想了太多又作的太少」

關於禮物，關於未來，關於交換，關於命運。

僇人從未曾見過就讀行政管理系的陌生人，和其擔任社會局官員的父親。

然後寫下這篇短文，參加彰顯社會愛心的文學獎。

妳、我、她從來不曾改變，在萬聖節提著易碎的燈籠。

正常路人是右師，the way I have danced with you.

初草於5/20/2017 5:28 AM文薈獎徵文了。二草於5/20/2017 9:34 PM「通姦罪」除罪化了；修改了右師成為王駘；加入首尾的右師。五稿於6/13/2017 4:17 AM〈脩行〉加入Yesterday Once More之後，本文也加上了Careless Whisper；和沒有。

推陳出新

肆類于上帝，禋于六宗，望于山川，徧于群神。輯五瑞。

可是如何輯五瑞？像是從澎湖掙脫腳鐐逃亡自嘉義布袋到台北落腳網的性侵犯，在逃亡期間由「聯合新聞網」記者黃宣翰、卜敏正、魯永明所共同撰稿替警方發聲通報全國小心謹慎此人曾被警方指控涉及「**一百多件殺人、性侵、強盜、搶奪及竊盜等刑案**」，李師科、陳進興、張錫銘應該拜見學長了。

通緝犯。

等待被通知的人，我們都是通緝犯。

從車到糸字相連，從台北榮總轉到了台北醫學院，下個年度即將到成大深造的復健老師要求你離開輪椅，「用助行器也可以，由母親攙扶也可以，離開輪椅，到這裡來。」住院患者每天的功課，到復健室去。

雙腳踩在大地上的感覺，雖然兩腿不住地顫抖，雖然需要高齡母親的攙扶。

告別了各科醫生們的會診，下床，千少一的慵懶已經沒有了，只剩下打敗天下無敵手花中人囂狂的笑聲。躺在萬花叢中，吸取蜜露，斜眼乜視著離開花床緩緩吸菸的靈胎千少一，「可以死了，像一個人。」

像一個人。

後來，到了高雄醫學院復健科，感謝黃茂雄醫生、比李心潔性感的蕭世芬老師、楊秀菁老師、正氣凜然的梁文隆老師、手持棍棒神威顯赫的王志中老師、長髮婀娜的鍾心穎老師、詞窮無法形容的呂采穗老師……之後轉到小兒復健室的蘇靜儀老師、李萬盟老師和王國慧老師都要求你進行書寫，王艷菁老師、蔡宗育學長則訓練帶著隨身聽的你爬樓梯，反覆地播放著徐懷鈺。像是日劇《夏之雪》，依著音樂的節拍接近無限透明的藍在海水裡面，看到上方有陽光，溺跡的你必須不斷不斷地朝著那裏前進彷彿若有光，你以為可以見到族繁不及備載的黃髮垂髫阡陌縱橫雲鬢霧鬟的張家瑜老師、婉約大方的黃紫琇老師、談笑間讓強虜灰飛煙滅的王建昇老師和實習的陳若茗老師了。

（**肆類于上帝**。）離開了中央圖書館台灣分館之後，走向捷運永安市場站，接下來要到中正廟的對面央圖去尋找，被擺放的位置。

像是秋水堂、問津堂都還沒有成立的時候，明目書社陳設的樣子都攤放在地上，你必須蹲下，仔細尋找心中所寓。

（這是海德格，其實你尚未知曉二房東與大房東的契約，卻因為合理的租金於是就住了下來。）其實你並未知曉，所以應該是欲，或者遇。

或者《莊子》請言其畛的「域」，雖然《國土計畫法》早已通過並且頒行。

早已頒行的《國土計畫法》。

盍各言爾志？

我的願望是成為雷根。

你依稀記得國小時候的作文題目，然後你如此寫下將來：我們一定會看不起違規的人。例如，潛逃的性侵犯。而且很危險，此人身上曾經背負著上百條刑案的控訴；可是再次被捕後，大家才知道，更多的罪名是被栽贓誣告的，大陸小說和台（灣籍的）中（華人民共和國）人的用詞「債多不壓身」真正地在面前出現了。

Pink Floyd，Another Brick in The Wall，《連城訣》。

階梯一級一級的苔痕，職能老師和物理老師要你爬樓梯當然美麗大方的老師們緊抱著你的小手上樓，正確的姿勢一動一動標準地行進著不會有任何的運動傷害年紀稚嫩的你，此時早就深刻體悟別人七老八十才會有的人生經驗：「如何完美地下台，才是最困難的。」下樓，是最困難的。

就像是日後不能騎乘機車的你應徵超市量販店的工作時，主管詢問關於負重你些許靦腆地說著上坡可以如履平地，下坡則比較難以進行。

回家等待通知，然後就沒有了。

什麼是「輯五瑞」，是在家中嗎，等待時間到別人作出劇本中的演出，身穿全副行當你左臂外推一式雲手小碎步踩蹻而上正要歌出美目盼兮此時環場音效模式大開像是在水濂洞內聽到蟬聲唧唧彷彿佛堂前燃起了檀香逶迤的香煙裊繞徘徊要斷不斷纏綿悱惻直上天聽地傳來了口吐年老獨白失卻了這個年紀該有的英姿煥發一個人在狹小燥熱的房間裡自己對自己Young Lust？

I Need a Dirty Girl.

（拼圖，關於補齊；已經落伍的你，也只能找到退伍的人。）

休息時間，呷飲了一罐冰涼暢快的雪碧，你重新地戴著播放徐懷鈺的隨身聽。

然後像是童年遊戲「跳房子」。

復健老師們虛擬地在地上畫出該有的方格這裡只能有右腳、這裡是左腳，兩隻腳的則在這裡，天龍八步彷彿童年時的電視節目胡瓜主持的《百戰百勝》你隨著背景音樂搖擺從這裡前進到你看見的那一頭，用不同的步伐踽踽獨行。

可是，〈河廣〉：「誰謂河廣？一葦杭之。誰謂宋遠？跂予望之。誰謂河廣？曾不容刀。誰謂宋遠？曾不崇朝。」

（司馬遷是據魯、親周、故殷；董仲舒則絀夏、親周、故宋；何休則是新周。）

到了定點，作出該有的身段、歌出該有的曲牌套曲例如《夜奔》的「點絳唇」逃啊逃啊逃啊，到了最後仍然不見該有的水手服高中大姐姐？

原來，《漢書》表示只有聖人才能「望」。

（耳機不斷地傳來Pink Floyd的這首吟唱，從一九八〇年似乎The Wall的現場反覆呢喃到一九九四年在英國倫敦奧爾堡現場演出的攝影畫面是寬宏的開唱（還有合音）Hey You吉他裂帛示警的Is There Anybody Out There？雖然是獨自前來復健但是耳中仍然迴盪著Mother接續著The Show Must Go On最後是美麗的合音天使們在事發現場極力呼救大喊不要不要只剩下微弱氣息的嬌喘吁吁The Great Gig in The Sky。）

「你在天空飛翔，我在地獄流浪。看似兩個地方，其實都是一樣。」

其實有的，真的有傳說中的水手服高中大姐姐，只是我們尚未成為《火影忍者》漩渦鳴人的羈絆，沒有連在一起，就算有路有車逃亡也毫無復健的意義，你只能等待，像是通緝中的復健犯。

可是，你竄逃的時間越長，你的刑期就必須更重；更何況你還不確定你的哪些罪名會被坐實，還沒有死掉尚未蓋棺論定你於是不知道你將被囚禁多久。

還沒有死掉，你不知道你。

罪刑必須相符，你尚且不知道你應該是哪一個你。

聖人、聖世，你要取法哪位聖人，你要回到哪一聖世？

（你必須是哪一個一？）你必須完全清楚自己現在先，才能知道你缺乏的是什麼，才能因此確定你必須取法的對象是誰；喜歡徐懷鈺的你其實不是喜歡廣末涼子的你；除非，徐懷鈺和廣末涼子都是女神。

（只是女神而已。）

「如果還有明天，你想如何裝扮你的臉？」

所以，你還不是最完全的你，層層遞嬗，你必須等待聖人的祖先。鼎文版楊家駱先生主編、「續太史公」的《漢書．郊祀志上》有言，其曰：

自秦宣公作〈密畤〉後二百五十年，而秦靈公於吳陽作〈上畤〉，祭黃帝；作〈下時〉，祭炎帝。

後四十八年，周太史儋見秦獻公曰：「周始予秦國合而別，別五百載當復合，合七十年而伯王出焉。」儋見後七年，櫟陽雨金，獻公自以為得金瑞，故作〈畦時〉、〈櫟陽〉，而祀白帝。

班固已經有意識地在《漢書》中這裡表示，白帝是周秦合一，與《法言．重黎》相仿；可是《東觀漢紀．帝紀》「世祖光武皇帝」條（武英殿聚珍本）有言，其曰：「自漢草創德運，正朔服色未有所定，高祖因秦，以十月為正，以漢水德，立北時而祠黑帝」。

「黑帝黑帝一罐五十箍，保護肝臟消除疲勞。」（小說家蝴蝶Seba倒是有在作品中提及重、黎二位大神，不過這是《偽孔傳》、《國語．楚語下》所以為的《尚書．呂刑》；與司馬遷「太史公．楚世家」的火正之神「重黎」不同，更不是《隸釋．楚相孫叔敖碑》中的黃帝之後「重黎」。）

變成黑帝了，那裏變成不同屬性的神之領域了。

精衛在哪一本故事書裡癡癡地等天地合？

所以，「歷史」是發明或者發現？是「修故事」或者「循故事」？當時的人能知道當時嗎？當地的人能知道當地嗎？

你要變回哪一個你？

全場狂歡精誠團結上下一心四海來朝齊聚一堂高聲大呼總統萬歲萬歲萬萬歲的人的子姪輩們，欲去這位黨總裁而後快之，早就自古有之，從來就不是所謂的「竄改歷史」了。

檔案逐漸地被揭密，例如你越來越知曉當時的愁只是模仿《七匹狼》的王傑，卻是「假作真時真亦假，無為有處有還無」。

你知道你是真的，明明你知道你不是真的。

你必須為是，你的復健才有意義；例如當年你隱居淡水時。賃租處是淡江大學後方和黃帝神宮之間的老朽廉價頹圮鴿籠公寓，一個月租金一千元新台幣。

那裏真的很詭異，真的是小橋、流水、平沙，古道、東北季風、鐵馬，窗外還有高聳入雲結實累累的蓮霧樹，風大雨大太陽大，頭手伸出窗戶隨手可在枝枒間拾得被吹離晾衣架的四角內褲。

拾得大師，「月落烏啼霜滿天，江楓漁火對愁眠。姑蘇城外寒山寺，夜半鐘聲到客船。」

什麼是「對」？

有人會認床，有人會認枕頭，高齡九十好幾的表姑丈會認鄉音嗎？

（我是這裡的人。）就像是越來越國際化的今日，勇者的故鄉高雄郎依舊抗拒任何險惡的外在因素，堅決地保留鄉音說Sank You，而拒斥發音Thank You。

身見、邊見、邪見、見取見、戒禁取見；唐君毅先生說《莊子》至人、真人、天人、神人。

遇上對的人：窈窕淑女，君子好逑。

當時心灰意冷，隱居在淡水，每天拿著全部的《十三經注疏》和可以無線上網的筆記型電腦到當時還沒有頒行禁菸令的「藍石頭」咖啡廳，從大清早一直到傍晚。遇到了傳說中的水手服高中大姐姐，兩位孿生的雙胞胎姐妹花。

（許久的日後，妹妹偷偷地慎重其事地說著嘿小明，我是瞇喔！）

小明能以另外的名號稱呼謎妹妹了，這離託付終生更進一步了，小明能知道謎妹妹本名和眾人皆知的外號的以外的另一個自己，越來越接近一了。

一天清晨，那是還用ＭＳＮ作為網路通訊軟體的時代，小明意外地發現了謎有上線，於是主動地打招呼傳遞訊息過去安安謎早啊！

過了大概五炷菸的時間吧?!謎才一字一字地傳來佳人的福音告白這是成語教作本來就是的姍姍來遲：**我現在很不好**

（沒有刪節號）？

我吞下了很多安眠藥

沒有據點。雖然有謎的電話，可是尚未拜訪謎的香閨，只是曾經聽謎談起，那是在小鎮外吧？匆忙地捻熄了手上的菸，從五樓很快很快但是其實你早就知道你只能蓮步輕移踩蹺而下來到外邊柏油路上。你遲緩地其實早已使盡全身所有力氣但是不能追趕跑跳碰的你外掛加速了自己的修煉彷彿《七龍珠》在時間之屋中的孫悟空而不是《妻．夢．狗》的駱以軍。

（但是其實你沒有快。）時也可以啦。

身邊車潮流群人快速通過，像是真正的人性之展現村上龍《６９》大學革命時光眾人皆醉唯我們獨醒。

我們，你和服用很多愛睏藥的謎。

（你進入了謎的生命中，你成為了謎的一，夢醒的你是蝴蝶你沒有你自己。）

咖啡廳就在眼前就在那裏就是那裏你明明看見了你明明就要到了但是你其實沒有進去你還不是一，你還不是現在你所想要成為的一體。

你早就無暇去記憶各個生命年歲階段的你自己，關於復健，你不知道你應該要成為哪一階段的你，現在的你只想成為不是你。

後來，瞇被安全地送到了馬偕醫院；去探病之後，你們就此斷了聯繫。

後來後來很後來，你戒菸了，其中有很大的原因是為了瞇無意中的一句話；已經到很遠很遠地方的瞇，你親身上陽明山竹子湖選購海芋贈送的瞇。

這樣，蜉蝣的你算不算進入了瞇的一中微小微小極微小滄海之一粟？

回到宿舍，你才發現當時正在經由電腦觀看動畫再也無法超越的經典《攻殼機動隊2 INNOCENCE：無罪》。

就像是夢想被白凜誘拐的水手服高中大學姐到日本岡山縣岡山市岡山後樂園的取景留影：總面積十三公頃的腹地內，以作為起居室的「延養亭」為主，有能樂舞台、池塘、山、梅林、茶田，和漫天粉紅飛絮的櫻花。日本新嫁娘頭紮潔白紗，一身出落勾勒美好身材的純白和服，恬美地在櫻花樹下任攝影師捕捉。

白無垢；或者，等待被認領的神。

無論你選擇了哪一世代的你，你始終回不去了；電影《無間道》Mary姐。

你不會再是你了，你無須拋棄你自己，因為你根很多本從來就不會是你了。

在神聖緩慢的配樂聲中，望著動畫綺麗緊湊的色彩斑斕浮漾的廟會景觀，突然發現了官將首的出場。

雖然，你原本一直以為官將首和台灣獼猴一樣是台灣特有種，就像是你從未聽聞過新疆特有種、河北特有種、海南島特有種，你以為只有在台灣的教育電影中才能看到的官將首出現在國際場合。

如果你是倭奴，主張「性侵沒被發現就是合法」且通過國家檢定的前駐外官員大概是始自八國聯軍就開始年齡不是問題的法國奴吧？

或者小明搞錯了，長腿叔叔是英國人？

其實是米國奴。就像是所謂的「中國」，其實是始自當時的租界內想望。

你是哪一類的你？

就像是你蹉跎了三十餘年將近四十年的生命，也只有當年疾向咖啡廳奔馳而去才有真正唯一一次的真心真意像是捏麵人般地展演出你自己，那時候所有的人潮車群流都無視你。

所謂的人性，Ghost in The Shell。。

就像是房思琪自殺命案讓全國上下緊繃神經的此時，今天的三立新聞報導了桃園一位女子遭性侵的舊聞，其曰：

> ……桃園有一名A女去年七月十六日凌晨外出遛狗時，突然被雨衣蓋住頭部，接著被一名朱姓男子強行拉到附近草叢性侵，過程中她不斷掙扎，接連向三名路人求救，沒想到三人都不理她，最後該男得逞後逃逸，受害者則奔到附近公司向警衛求助報警，順利逮捕朱男……

關於披露、關於拼圖、關於找到自己；原來，所謂的人性，所謂的歷史，所謂的自己是指我們把有意作做的現在當下此時，投入到沒有劇本自然而然的昔時光陰歲月。

沒有法學修養的你記得我國的司法程序是檢察官以原告的身分，起訴破壞社會秩序的被告：被害人不是原告，無法閱卷。

例如強姦罪的時候。

成了聽故事人。

咯嚓！漢朝當年以《春秋》斷獄，其法學基礎來自於《公羊傳》所謂：孔子的脩故事：變周公之法。

末日。

像是被高登市通緝的蝙蝠俠？孟子說「其義，丘竊取之。」

雖然，你是無法痊癒的殘障者；堅強立志的你依舊不放棄科技日漸昌明的未來：如攻殼機動隊換上義體之後，一定就可以變回到以前了。所以，慢性病患的你，這次只是二十年中微不足道的幾個月又心灰意冷，忘了不知道第幾次拒絕服藥而已。

只要飾演好你自己現在的角色：慢性病患；就一定能立定志向，變成以前，在籃球場上棒球場上和傳說中的水手服高中大姐姐在烈日下揮灑汗水的以前。

沒有瞇的以前。

初草於5/13/2017 8:52 PM還是沒有寫到法治以及實名化；雖然搬出了〈郊祀志〉，卻沒能回到〈封禪書〉。二稿於1/19/2018 1:16 PM原來我的句子還不夠精煉啊（笑）；完成〈第三個舞者：考鏡源流〉後；加入了《隸釋》。四稿於12/09/2019 9:58 PM暫辭；加入無法閱券的變法；末日與方舟。

這真是太神奇了！

走出戶外，天空降下雨絲仍然炙焰的灼日高掛，兒時以為的傳奇仍在此刻應該叫作彌留嗎六年九班的約翰些許不確定自己沒有說出口的。

太陽雨。

沒有說出口的，還不是「內心的話語」；可以被意識到的「未說出口」是早已成形被醞釀被把捉被傳述被認識，而確實的生發之機何在？

約翰不確定自己。途經精品服飾店，模特偶花腔奼紫嫣紅妖冶作態落地櫥窗內的背景是銀白的反射鏡面，約翰見到了狼狽不堪蓬頭垢面鬍髯漫衍的遊民、過路客、和鬚鬢叢生狼狽落荒蓬首垢臉的自己。

在同一個世界，同一落櫥窗中。

售價必然不同，約翰自嘲著，我還不是被觀覽物。

大雨隨即傾盆，在屋簷下沒有低頭的約翰此時的所在是避雨躲雷防電的最佳位置（雖然沒有加上括弧表示「所在」是台語文），不會有任何人在意，像是報紙斗大標題表示總統府侍衛官走私香菸未遂引起國人矚目，大家都戴上了蝙蝠俠的面具厲聲指責完全忘卻了自己在工作場合有過什麼放水或者身不由己地被置入「大補帖」時代過往青春年少曾與同學一同在懸掛著「為維護智慧財產，本店不販售非法盜版軟體」告示的店家內購買沒有音效檔的壓縮H Game、A片光碟一樣：妳是被帶壞的、妳是被置入的。

雖然沒有正面朝向街道，卻看清了一切過往行跡。

（前行的是朝向火車站人們，行色匆匆補充說明的後行者，則是剛離開（抵達？）火車站要前往目的地與人會合。）事件都可以被預料，如同酒駕的肇事車輛被每一路口的監視攝影器拍下，終究可以被制裁。

終究可以被制裁。

雖然我是被置入的，被鏡面反射的約翰如此地以為著，身不由己。

有鏡子，才有我。

（被描述被把捉被形成的我。）

太陽雨。

童年呼朋引伴的奇景，如今看來其實沒什麼了。

曾經獨自搭乘客運自台南火車站，抵達（離開？）白河客運站之後獨自一人步履蹣跚地行進在省道旁國道下方烈日呼嘯身旁機汽車而過荒湮墓塚錯落伴隨沒有神像的土地公祠（太祖？平埔族拜壺信仰？）忽然見到了自己在世上可以辨認的字跡「問路店」一間全家便利商店，於是前往。

自己尚未表明來意，透明的自動門扉已然開啟，如果因此心生詫異而裹足不前，反而是有害觀瞻動線沒有垃圾袋的垃圾桶了，約翰只好進入。

只能進入，和「歡迎光臨」的合成女聲同時存在。

冷氣迎面，舒暢痛快。

選購了一瓶雪碧，從錢包掏出百元鈔票之後，彷彿回到了有秩序的國度飛機場檢驗旅客行李的輸送帶上飛機場外的捷運站有皮帶運輸軌道大型貨物攜帶的旅客站立著就被輸送到捷運月台的貼心設計約翰下意識地想起了自己的問題，而不是《靈山》追尋的高行健，自己是有目的有自主意識地在人世殘存舞鶴《悲傷》：我要尋找故事。

我要尋找故事。

烈日當空，便利商店外飄降了雨絲。

哪裡有故事，哪裡就有我。約翰內心想著。

約翰問著值勤的店員：「Where am I我在哪裡？」。

妳在哪裡？

巧笑倩兮地回答著，可能是當地職校打工的出水芙蓉少女，如竹林間彈琴雅逸芬芳，短髮俏麗又瀏海遮面，娉婷嫋嫋地蓮花指出白嫩青蔥（所有模特偶的美都具備廣末涼子）「這裡是白河，前面再一直過去就是水火同源的關子嶺了！」。

水火同源？妳隨即想起了《詩經》中的〈召旻〉：「旻天疾威、天篤降喪。瘨我饑饉、民卒流亡。我居圉卒荒。」饑饉的出現彷彿是天降大雨連日連月連年不休，於是造成流亡？可是，妳不確定「饉」是否形聲字，於是妳無法判讀這首記錄史實的詩句。

《漢書．藝文志》「造字之本」有象形、象聲，有文字（writing）也有言語（speech）；後世的《說文解字》則是電影《食神》保留了「象形」而大雜燴地撒尿牛丸火雞肉飯變形金剛組合成「形聲」。

什麼是文字、什麼是言語、什麼是人言為信？

心理學家維高斯基在《思維與語言》中表示「**沒有任何心理學的理由可以說明言語活動的一切形式是由思維所衍生的**」；師大前特殊教育系（所）主任林寶貴則在《語言障礙與矯治・說話、語言與溝通》中寫道：「**人類利用說話思考、接受與表達訊息，並建立自我意識，利用說話命令或限制自己本身。**」。文字呢？

因為金蘋果，我們受領了神諭進攻不義之邦；潔白的處女啊，妳是寫下奧秘難解的有字型天書，或者絮語如籠中金絲雀呢喃道出不可違抗的天意？

妳並不知道，彷彿一切在默默之中如有神祕的安排，在見到了有「問路店」告示的店家後，約翰進入於是，與及笄之年秋水轉眸的少女商談之後，知曉**路只有一條，譬如道（離畢華〈百歲一日活〉）**，即將也只能前往水火同源的關子嶺了。

「堇」的甲骨文從火部，所以，敘述國人流亡的〈召旻〉其實有如《詩・豳風・七月》的天降流火，是星殞如雨或者是終年無雨的乾旱導致饑荒，甚至聖女貞德的火刑了？

（或者衛斯理會表示外星人的太空船迫降？）故事如何形成妳？

太陽雨。

約翰不知道，約翰手機上網查詢了「饉」，發現甲骨文從缺，只有從金文到小篆的流變。所以，一開始命運的牽連，即是緊緊相依，如同女媧摶黃土作人，妳泥中有我、我泥中有妳，命運早已注定了邂逅轉角遇到愛，劇本早已成文所有失散的戀人再度重逢的劇本早已寫就，錯身其實也不用感到遺憾悵然？

如何表示「饉」？有沒有「天籟」？或者是《漢書》其實表明了「人」渴望形塑一切生命的

意義，所有天行都有常，都可以被人力把捉？

羅大佑吟唱〈妳的樣子〉。

一切的發生無從預料；但是，妳的行經妳的意義早在遂古之初有所安排；救難隊早在妳發生海難之前已然成立，早已整裝待發。

約翰想起了童年的大統百貨公司，不是和平路上的新開設，而是五福路、中山路交口的高雄地標早年。最華麗的是透明可遠眺鹽埕區海景夕陽餘暉的電梯。

後來妳在隱居被世遺的日子在黃帝神宮附近的淡江大學水源路上圖書館見到了竄竊智慧財產權（？）的電梯每日下午，凝視淡水河口落日斜映。

如何表示「饉」？有沒有曠野的呼喚？我命由誰？

約翰依照傳說中的水手服美少女高中大姐姐指示，太陽雨下往關子嶺出發。

彼時是否可以猶如此際呆立在精品服飾店前宛如街友髮鬍賁張衣衫襤褸顏色憔悴形容枯槁地在銀白鏡面前搔首弄姿美女之外是以見放的自己？

我要像以前的誰？

約翰想起了《史記．太史公自序》：「禮禁未然之前，法施已然之後」；司馬遷的世界中，「未然」、「已然」其實並非「必然」的國道客運申請路權下一停靠站如同表定不能更張，「禮」是一種禁止的姿態表面微笑拱手作揖惺惺作態禮教殺人相較於只是施行如同具文的人治法制依約。

班固《漢書》卻借賈誼之口而表示「夫禮者禁於將然之前，而法者禁於已然之後」，人的言行早就成為因果論述的「將然」、「已然」，冰凍三尺非一日之寒。妳走在前往關子嶺的大道上卻始終感到困惑是否一切早已注定最後一定會死掉幹嘛活著？

「饉」是什麼？

左側偏旁為形符、右側偏旁是聲符；聲音言語（speech）的存在是否有其意義？是否要從「饉」的金文追溯到甲骨文的「堇」？

甲骨文到金文，是否「流變」？是否都由「同一群人」掌控？約翰讀過葛兆光《歷史中國的內與外：有關「中國」與「周邊」概念的再澄清》，其曰：

> 有立場的歷史敘述，往往與無意識的歷史事實不同，儘管古代中國的文化與族群未必「出於一」，但歷史敘述卻始終在努力構造其「出於一」。在司馬遷把各種來源不一的古代資料寫進一部《史記》，從而建立了古代中國歷史的主脈之後，所謂「其先出於黃帝」、「其先出於帝嚳」或「其先出自顓頊」之類的傳說，和所謂「三皇五帝夏商周、秦漢唐宋元明清」一脈象承的歷史敘述，就在傳統經史典籍中凝固成形。

約翰不知所以。依從上文，約翰知道「歷史」的確真的是「歷史」；可是，「歷史」其實不是「歷史」。例如後來無意間中藥行發現、無人探討、沒有被流（留）傳沒有被認為沒有被形成的「甲骨文」出土了；吾人將之視為「歷史」，然後將之糾正「歷史」上所有「歷史」的人、事？

宛如浪跡天下熟知世態看破人生無欲無求剛強睿智修行流浪漢的約翰，在精品服飾店的落地櫥窗前駐足，從顧盼流轉嫋嫋婷婷倚姣作媚、披羅衣之璀璨兮，珥瑤碧之華琚（〈洛神賦〉後再無姑山神人）模特偶身後的銀白鏡面，見到了過往人潮車流群，和堅定不移確立真心不隨波逐流的自己。

停在這裡我會，是否有關通往關子嶺的大道與流連在上？

走著，太陽雨下。

妳想起了回顧過往歲月成敗得失之後所整理出來的人生意義，一切彷彿默默之中都是上蒼的安排，各自都是因果是非相繫，妳讀出了其中的天意。

如同周慧敏所吟唱〈走在大街的女子〉，妳忽然在命中注定通往水火相濟的大道上見到了綠底白字的路標指示：「台影文化城」。

妳想起了小時國中畢業旅行的目的地之一是台北的中影文化城，那時候還見到了演員葉童，那時候妳頭戴著時報鷹的棒球帽，與一位芳心暗許的男同學合照。時報鷹後來整隊全部被沒收，從此至今未曾觀賞過台灣職棒賽事的妳也與那位同學失去聯絡，是否命運的注定早已轉注假借象事了？

一片空白，關於文學（writing of literature）。

妳的父親後來觀賞著妳的拍攝，驚奇地問著怎麼會有這麼多被妥善維護的古蹟在哪裡呢？

中影文化城，在台灣。

妳想起了妳的回答卻不知道眼前的「台灣電影文化城」是何所指，句號？

「我命由我不由天」，約翰於是竄改早已定型的契約，不再走往被規劃好的人生大道，旁行斜上趨近於台灣電影文化城。那是一樣有許多墓塚的鄉間小徑，沿途泥濘遠比尚是高雄縣的妳的故鄉內門，蜿蜒蛇行來到了目的地。

卻見到封條。

以及在園內的外景。

因為經營不善，台灣電影文化城宣布停止營業。

偏離人生大道的妳無所得，妳站在門口不知所以然；一切天機安排的人事景緻安靜地擺放在妳的眼前宛若拼圖所有的碎片和藍圖都在方格外散落著妳是東皇太一妳是神妳是穿越小說的主角知道一切安排所有發展妳只需要自衛反魯然後樂正雅頌各得其所，將這些身外之物擺放到該有的原本的（？）位置就好妳是操控一切人事的微物之神在這觀覽物社會。

妳、卻、不、知、所、以。

無法動。作妳想起了改，編漫畫之神手塚治虫而，重新賦予生，命浦澤植樹的漫畫《冥王》人工智慧的原子小金剛（）因為輸入所有的！人格，於是當機無法動彈。

無法；法無。

凝視著銀白鏡面反射的過往人流車潮群流，約翰想起了自己的天命：喔珍妮！佛這真是太神奇了，

妳知道妳的被賦予。

妳是施洗約翰。

妳在等待彌賽亞的拯救。

妳一動也不動。

初草於7/25/2019 1:36 PM〈石室之死亡〉是十一月。二稿於7/26/2019 8:13 AM將妮可羅賓撤下，換上甲骨文；日昨與桃子見面。

字典

我敲的鐘，是我的愛、我的情人。我要它們高喊出聲：把它們敲響、讓它們歌唱。不管是下雹還是雷聲隆隆、不管是落雨還是颱風；我要他們大聲響起，在歡欣如在痛苦當中……

「到」麟洛時還能望見挺拔的北大武山；或許是「在」，在麟洛的時候才斷續地回想起了國道上曾駛經鼎金交流系統的遍地公墓，以及震撼於單塔不對稱的雄偉壯闊斜張橋一束一束紅纜直擊天際。

（「不到長城非好漢」，九寨溝地震災情後，網路上才驚見更多讓人震撼的圖影。）湖濱散記不是湖濱散記，絕情谷底潭邊不見小龍女和楊過，如何才是思念小軒窗，正梳妝，相顧無言？淚漬到處是紅顏。

什麼是「忽還鄉」？什麼是小虎隊再度合體我們就可以含笑酒泉武威張掖敦煌蘭州拉麵吃到飽？

什麼是「忽還鄉」？

（下九如交流道，經麟洛、過竹田，回長治。）

什麼才是真的震撼？什麼是藏鏡人受佛國地門大智慧「洗去記憶」而天地不容、什麼是藏鏡人再也不是藏鏡人，能指再也不是所指、文字的創意再也不是訓詁時所知？

什麼是忽還鄉，拿起了日記，除了自己是王傑，還有讀到什麼？

研究所時代，來自廣西的交換同學，後天就要回國了；散伙宴上強作歡笑杯觥交錯說著口頭禪啊台灣很小、大陸很近，另工卡去get妳化緣蹭飯吃。

「不會再見了，這一生，我們都不會再見了。」。妳舉杯敬酒中英台語合併天下無敵的話語過後，同學掬淚秋水嵐山滂沱，氣溫彷似凍結了起來（實際上，此時也無法知曉日記上所謂「氣溫彷似凍結了」是何謂。），此時也只有默不作聲地走到戶外，點將一根菸，細長的白大衛，抽了起來彼時無法預知早已戒菸多年的現在無法了解身居宜蘭山上的當年總是說著要取暖是因為如何。

什麼是「忽還鄉」？

突然就想要去翻閱字典，可是使用術語面對回憶，是不夠真誠地面對生命，豈可辜負當年的滿座重聞皆掩泣！

什麼是千里江陵一日還？什麼是年逾七旬的父母在年節時分除夕夜上彼此在持有殘障手冊的兒子身旁互道珍重「……我們的責任也已經盡了。」、什麼是「此生無憾」、什麼是墾丁解說員？

什麼是每三天就有四篇「給我一片雪花白啊雪花白」的賞析文出現，而且都一模一樣，彷彿余秋雨在敦煌石窟前妳們都說悲嘆？

玩真：美人，美人、姐姐，姐姐，姐姐。

（不會再見了，這一生，我們都不會再見了。）

白先勇以後，我們再也無法真誠地驚夢了：他夢酣春透了怎留連？牡丹亭。

突然想起「動如參與商」，而此時方才體悟其真義？

沒有去查閱出處，如同妳情願相信「熙熙攘攘」的原出處絕對不是嗣後世君子的《史記》；如同女神的同義詞是「徐懷鈺」。

雖然，女神早就在了，後世才追認成「徐懷鈺」。

國小的時候，救國團的夏令營結束，沿路哭著走回家；國中籃球比賽輸了，全班哭著抱在一起吃雞排；高中長安盃辯論賽〈我國普通刑法中的死刑應予廢除〉的反方落敗之後哭著獨自離隊漫步踽踽行於街道上。

不會再見了，這一生我們都不會再見了。

什麼是「動如參與商」？

什麼是以前都是假的？

什麼是人生如夢幻泡影，一切往來皆是過眼雲煙，槐安國上南柯太守黃粱一夢宋徽宗也曾相睹，於是大澈大悟，散盡萬貫家財，留下五千言，入胡去周救人一命勝造七級浮屠？

並且不以理論指導創作，絕對不在尚未死掉之前透徹人生的意義，一定要寫下虛構的文體，才是真誠地面對生命。

我的強迫症。

「浮屠」是白字，「浮圖」才是。

所以，妳高中的眼淚是假的，時報鷹迷的妳從彼時至今未曾觀賞過任何一場中華職棒賽事的妳的生命盡是無謂的堅持，所有的一切都只是妳在電影院中戴上3D眼鏡的自以為是？

都是假的。不像是妳旗山農工畢業的老父至今仍在我鉅高雄鳥松濕地「滐草」，不能以術語進行記述。

直到死前二十七秒，妳才能遲緩顫慄地在電腦鍵盤上打出：動如參與商。來自《國文》課本的造句。

就像是來自蝙蝠俠影評上被勞苦大眾知曉的海德格才是真的，《存在與時間》只是其早年之作，與後來在集中營完成的正義大不相同？

什麼是「海德格說」？

回到長治鄉潭頭村，過了竹葉庄古門樓、進興公園，進入了長興國小。

妳能寫下什麼？

妳覺得鄉公所網頁上是真的或者對的？妳覺得鄉立圖書館內有沒有鄉誌？是不是清大考古隊所發現的「臺灣關界」的年代的鄉誌？

什麼是「鄉誌」、什麼是沒有南二高的鄉誌？

什麼是中華職棒發展至今，除了像是A片的桃園之外，真正與地方結合的也只有統一獅？

（和時報鷹。）什麼是單一選區兩票制？

什麼是網路瞬間傳訊的如今，我們還要成立「歷史」？

「鄉誌」的存在，可以確認的是有讀書人和傳播八卦自以為公親的黑輪伯；可是，為什麼還要去成立「歷史」並且不遺棄？

不會再見了，這一生，我們都不會再見了。

誰才是真的，或者，誰才是對的？

或者，誰是誰？

車禍後幾年了，妳獨自一人到了台北行天宮，排隊，收驚。

妳知道妳寫不出舞鶴〈微細的一炷香〉的白描和金碧輝煌的巍峨紅樓夢；是因為妳沒有真誠面對生命，或者妳不敢查字典、不敢變成巴別塔上朝聖的眾人？

巴別塔後，人人都成了各自獨立的個體，誰都看誰不對，誰都操持著誰的術語，海德格戴起了眼鏡，誰都看誰不對，儘管誰都寓於誰之中。

誰都懸欠誰。

什麼是「遺我雙鯉魚」？閱讀時是否需要字典？

〈飲馬長城窟行〉有言：「客從遠方來」。可是，什麼是「客」？夢裡貪歡的自己也是「客」；所以「客」是什麼？下文有言「中有尺素書」，或許知道「鯉魚」是信封，被呼來烹的兒不是漫畫《中華一番》的廚師小當家。

可是，「客」是誰？

前輩周夢蝶〈六月〉：「枕著不是自己的自己聽……小麻袋……」已經有讀者考證出「小麻袋」其實來自小說《鐘樓怪人》，平添了更多的悲傷信仰難以言喻沉重賦比興；說是「巴黎聖母院」的人複製貼上網路書評賺取同情面對疑問時端正形容而表示我像是焦桐所言只有真誠地面對生命，而沒有在意艱澀冷硬死板的學術。

文學，而誰是「客」？

會不會是之前在學校的學姐、知道妳曾經與學長發生祕密短暫一瞬流眄的戀情，多年後送來了學長畢業當年寫下的無情的情書：「他鄉各異縣，輾轉不相見」？動力火車。

或者不是，而是畢業之後，妳擔任國會助理，暗戀妳的那位研究生私下寫就的繾綣纏綿，被妳收藏在辦公桌的抽屜，不動聲色。

彼時發生了好多案件，例如在傳統市場賣菜的老婦人捐出了一生所得，結果有市長候選人彰顯其功德，並且要與老婦人相認成為乾媽、乾女兒。

（妳是助理）妳不動聲色，收好告白信，只進行自己的本分，地球依舊轉動。

來「客」是同一辦公室的學姐，在妳離職之後整理辦公桌，時光荏苒，送來這些不知道主人應該是誰的信件。

笑著，接待來賓，收下被妥善保存的信件，往事的甜美迴盪在妳們二人之間，那段剛出校園卻被冠作出社會的日子，「結果大家竟然都不知道。」學姐打趣地說著，學姐頓時明白地球不是以其為中心而運轉著；妳笑了，「誰敢讓報社知道啊！」妳笑笑地對著昔時的辦公室主任。

也不知道這是否當年的理由；地球繼續運轉著。

始終都以我為中心而運轉著，妳以為。

「再見」是什麼？

下文有謂：「長跪讀素書」：為何要「跪」？如果「跪」當真如字面所示為kneel，那麼一定是轉交長輩來函了？

讀者此時才恍然大悟，學姐其實是族中親人，前來轉交族老之信函。

所以，這是長輩來鴻；因此，何謂「遺」？根據《康熙字典》，首先是《說文解字》、

《易》經和《周禮》，亡、棄、不復存也，發音是「以追切」、「夷隹切」，卻也能夠有《左傳》、《尚書》長者所賜不再見之意。

副刊作家回應讀者，這不是當年互動式情境A光碟嗎？

網路編輯大神能談網路文學嗎？

當然還有國語老師教導的「以醉切」，餽也，投贈，長輩猶在。

不同的字典，不同的故事。

所以，此時方知，這位年齡相近的學姐，其實是族中長輩。

而前文是「綿綿思遠道」或者「綿綿思遠道」，則是更深刻章學誠的「六經皆史」或王陽明《詩經》非孔門之舊本矣：孔子是聖人、或者，周公才是聖人？

我們都是邯鄲學步，從小就知道不可以亂碰瓦斯爐、不可以把鐵筷插入牆壁上電源插座。

我們從小就把沒有見過、不知道當成真理。

沒有體液交換，愛滋病患者高舉著自報家門的海報在街上獨自站立著：誰願意擁抱我？

花蓮震災，大樓傾頹，物理學和數學構成了支撐的梁柱，救難人員深入搜尋。

活著，活著的人。

〈駢拇〉不用戴眼鏡看就知道是偽書，可是，《莊子》的「真」不一定是「自然」，而是有個更超越的世界。

（多少年了，黃錦樹持續〈文心凋零？〉！？）

不是柏拉圖的Idea，妳其實也不知道是什麼天空之城，宮崎駿的。

如果，凡物各自有其是，等待著我們的體會，才是真誠地面對生命；那麼，其實也不需要劉墉《我不是教你詐》和鹿橋《人子》了。

　　敝壇變成了小虎隊和台北農產運銷公司其實也沒有什麼不對；只是，中文系與台文系招生人數同時掛零，是文學獎評審們在「親近勞苦大眾」所致。

　　走在街上，從長治鄉潭頭村出發，想要前往滿州鄉。

　　和《海角七號》的阿嘉一樣，妳也是從台北失志回來的北漂一族。

　　檳榔樹到處都是南國的陽光，沒有原生物種了，到處都是檳榔樹。

　　「求其是」以及「求其古」，誰才是對的，和天氣預報一樣，沒有人能知道。

　　妳覺得BB Call過了一百年之後，還是BB Call，或者進化成金光布袋戲中「殺生鬼言」一語成讖成字典鋪天蓋地的攻勢隨傳隨到，或者失算地釋放了梁皇無忌製造出更多更錦繡的故事？

　　我的強迫症？

　　巴別塔後的每個人，都看每個人不對，包括雙語高中資優班學生也可以評論新聞報導中的交通部部長，儘管其父親不知道什麼是「死侍」。

　　卻也很真誠。

　　什麼是「錯」？妳忽然想起了《聖經》描述耶穌的故事，被眾人背棄，遊街示眾，遭受唾棄。不是查拉圖斯特拉，也不是葛奴乙。

　　好久好久，妳寫好久了，像是鐵手幫助戚少商，二十年來，妳等待冤獄被洗清，這個每三天就有四篇「給我一片雪花白啊雪花白」的賞析文的二十年。

　　而且一模一樣，都是引號式的「真誠地面對生命」。

　　（有時妳會感到詫異，一九七四年的台灣平地人，真切地懂了什麼是「雪花」？）

走向滿州國，此時是西元二零一二年，妳路過了漫畫店，玻璃牆堵上張貼著電影《大魔術師》的海報：民國初年出國留學的軍閥依然是成龍、林正英故事中的魯莽蠻牛，電影台詞依然有汪精衛胡蘭成被認證的「漢奸」。

從未見過，而且不知道。

妳心不在馬，沒有啟動智慧型手機的Google Map，憑著人生記憶的深鑿，妳走在正確的道路上。

錯了怎麼辦？

妳笑了笑，終於找到佚凡的錯置了。妳並不像是墾丁已經如同台北郎了（，夜半無人時分背誦字典，）天色亮起與他人點頭行禮表示我真誠地面對生命，從不以理論指導創作：「地球是圓的，無論如何都會如《金剛經》所言：『還至本處』，不會有所迷失。」。

不會錯的。

（《地藏王菩薩本願經》：「何緣來此」。）我的強迫症？

不會錯的，妳說；戚少商被無罪釋放了。

「『遺』：似為切，與『隨』同。」；報系文學獎決審表示這才是真誠地面對生命。

妳愛我嗎？（《鐘樓怪人．愚人教皇》）

初稿於5/19/2018 12:15 AM果然要與他人互動啊！感謝有人願意給予指點，可是二十年了，我要如何才是謙虛受教的樣子？校正於5/19/2018 1:59 AM不斷地宣稱；而終於找到鐵手了。訂正完畢於5/21/2018 2:16 PM AA光碟；聯副為許悔之造勢；日昨至嘉義參加「這一代詩歌」的慶典，拿回了此生的第二張獎狀；回程由癌症末期病患載送。贅疣於1/25/2019 5:28 PM圓神的時候加入周夢蝶的部分。完成於2/2/2019 7:47 AM從馬祖、金山返回；加入了不知所云的汪精衛、胡蘭成，以及「從未見過，而且不知道」；感謝金山的典試先生們。

石室之死亡（盜題散文）

（二〇一八年，春，正月）

（出家，來到新店，沒有紙本車票讓你編年。）單程票，One Way Ticket。

原振俠快步地從大坪林捷運站外，路過標誌著PayPhone的透明玻璃壁堵公共電話亭而走向神遊婚宴會館，今天是國中死黨徐公子勝治的婚慶大喜之日。

（不一定是奉子成婚，雖然新娘子懷抱著兩個月大的小寶貝。）離開羊水後，Gary Moore “Still Got The Blues”的環場音效中，在媽媽的襁褓內睜大眼睛弓著背，審視藍天白雲下的這個世界。

不一定是好奇，或許是最初最純淨的記錄，接近無限透明的藍。

不知道所記下的要報備Pay給神聖的何方，「認知心理學」的選手名單中，是否有Skinner的名姓？

「金世遺」的名號，會不會被記錄在天山派的史冊中，在這個人盡皆知拉岡與榮格皆從佛洛伊德出發的年代，其著作是否誕生了？

「記錄」是什麼？

在于飛廳外的報到席上，簽下了自己的名姓，不疾不徐地從懷中掏出了精裝版鏤刻有塞外冰河洗劍錦繡斑斕映像封面的紅包，慣性地到場之後才寫下「百年好合」並簽署了自己的鉅名，遞交給執事人員。

恭喜恭喜。

謝謝謝謝，裡面請。

一模一樣的對話記錄。

不知如何描述婚宴會場的面積，至少比我們教室大，大家都笑了，原振俠在席上擺有「國中同學」名牌的餐桌上入座，與老朋友們打趣了起來。

這裡比較大，而且比較多人。

但是，世界並不因此而擴展。置身在婚宴會場中，你也頂多只能和認識的人淺談片刻，你所提起的皆為眾人共識的紀錄；縱使每個人都是獨立的個體，你卻知曉你們所論及的生命是你存在的這個世界，此在，過往猶存。

你們談起了二十五年前的世界，你們的國中，瑞祥國中，一所超明星國中。除了因為名氣的關係，有不少學區以外的同學插班就讀之外，大部分的人都是左鄰右舍，熟悉的面孔。

相睹會到，親像胭脂馬佮關老爺。

縝密的情報網。雖然彼時還沒有智慧型手機，遑論嗶嗶Call了（好像又寫錯句型了？）。誰就必須是誰，能指與所指緊密相依，形影不離，窈窕淑女、君子好逑，成雙成對成匹，圓滿對應：騎機車戴安全帽的一定是異鄉人。

（或者，穿越時空的未來人。）

因為是明星國中的緣故，所以，一定會有非法違規的補教時間；而且一定要用A4的純白影印紙欲蓋彌彰毫無意義地包覆著購買的自修講義。

「自修」是名詞，不是動詞，團購自學區內緊鄰著三商巧福的獨立書店。你們所在的時空，成了祕府，你們所誦讀的書冊，成了祕書。

被藏起來。

劫來了。週日上午，你們還在祕府裡面學習三角函數Sin、Cos……如何以開罐器在玻璃窗上鑿出受困的鳳蝶能安全脫困的洞天之時，全校廣播通報：「王雲五先生、王雲五先生，您的孩童在訓導處，現場已經被導護老師們包圍了，請卸下焦慮的心防，面對未來美好的人生。王雲五先生、王雲五先生……」。

年輕剛出校園入社會的生物老師就知道了。從容不迫地闔上了講台上的數學講義，指揮我們大家井然有序地從樓梯逃生，不是通往拉下鐵門的一樓，而是有消防通道的地下停車場，戴上帽子，回家，沒事。

沒事，回家。

（變成你們了）宴席中，回憶起了這段記憶，那時候學區內的眾人不知道「王雲五」是誰，只知道小虎隊、郭富城、王永慶、林順利醫生……你們莫名地就有了驕傲，就像是隔壁年邁的王伯伯，叨述著那些年在大陸的時候，五月雪若柳絮因風起，與竇娥無關，無論文革的時代，柳樹的嫩葉和嫩芽成了多少人賴以維生的食物。

你們把「知道『大家不知道的事』的人」當成多聞的善知識者，有著獨特的生命經驗；然後你們把那件「大家不知道」的事公諸於世，印上國立編譯館的戳記，廣泛流行，成為人盡皆知的「大家不知道」的事，日復一日、年復一年地反覆地誦讀，並且打從心底敬佩這位善知識者。

記錄，故事。

你們的世界是工廠傳輸線，一切規格化，如逃生時的井然有序，潛水艇艦長最後才離席；只有王伯伯所知曉的世界：「當年我們更慘啊！」、「當年我們也是如此啊，」、「當年是多麼地美好……」之規劃，才是接近無限透明的藍圖。

大概是體制外的教育局督學突然現身在學區內，被當地沒有錯字例如柯姓人家在國民政府來台後變成許氏族裔的眾擺姓視為異鄉人，才及時通報挽救防禁一場可以預見的滔天大難於將然之前，敉於無形。《漢書．賈誼傳》有言：

> 夫禮者禁於將然之前，而法者禁於已然之後，是故法之所用易見，而禮之所為生難知也。（宏業書局以北宋景祐本、明末毛氏汲古閣本、殿本、局本所校之王先謙本）

建成後，建造中，欲建物，為何要「記錄」？

當年我們更慘啊！

當年我們也是如此啊，

當年是多麼地美好……

（「當年」是什麼？）一切功德圓滿。燈光大亮，如佛在忉利天放百千萬燭大光明雲，迅即熄滅，眾人如文殊菩薩所言的心懷疑惑，隨即場燈柔柔地冉起，喜帖上的開動時間半小時後，餐宴正式揭開序幕，Gary Moore “Parisienne Walkways”巴黎香榭麗舍大道戛然而止，如同在身心健全的中壯年歲月拜一清晨重新踐迹於上班的途徑中，卻在擁擠的捷運站遇見到了疑似的背影。

（一定不是她。）大學時代的舊情人。

不是舊情人的背影，而是下意識就能推斷出秀髮或許及肩、右耳垂有三個孔洞、娉婷嫋嫋的腰身不是穿鑿的皮帶而是鵝白的長幅束襟、沿著寂寞黯淡清寂黝黑的窄裙而下，網狀絲襪緊縛著腴實的小腿，那趨近於完美的折弧，一眼即可辨認，高揭右手你正要喊出（親密時）只有我們兩人能辨認的名號，瞬即地意會不可能在此相遇，不可能是她，自主意識地我否決你自己。

你在原地停步，目送著該名女子與他人相談漸行漸遠在捷運的軌道上。

（變成他們）了。

好像又寫錯成語了，苦笑片刻，你走出街角的便利商店，購買一瓶雪碧，暢快清涼，歸零。

中斷，沒有任何惆悵；暢飲雪碧的原因從來不是與舊情人相遇，更不是白日夢成真，線性時間軌上，個個被記錄的事件無法成立因果。

因、果不是這些確實的記錄，依舊在每天的動線上，可是故事不是你路過的所見、所聞、所傳聞，在你生命軌跡之外，Gary Moore "Empty Rooms"（曾經一度引吭嘶吼，終究平息）你不在你所經歷之中，關於記錄，這份檔案，不知道要收藏在哪一夾抽屜當中。

莫札特弦樂小夜曲也有徬徨失措的複沓時候，有時候歌頌只剩下自己。

你的中斷成為一則故事，但是不在你的故事之中。

將然之前，停下了腳步，鼓聲也匿跡。

With or Without You，字團張開後。

無法惆悵，無法容忍，無法收藏，刻不容緩之時你停步；彷彿在山林間迷路，終於發現小徑旁的老樹枝枒間綁著某某淨山協會周杰倫（？）所繫的緞帶，知道找到生路了，至少這裡有人來過，逆行反方向的鐘就可以出山了。

"Tie a Yellow Ribbon Round The Ole Oak Tree": If You Still Want Me, If You Still Want Me.

（我覺得應該是問號）所謂的「記錄」是什麼？《海賊王》中的妮可羅賓致力於「歷史本文」的追尋，歷史本文是不是「歷史本文」？

或者：「歷史本文」是不是歷史本文？

曾經有過的那些；可是，A′並非指向A；「逿『床』弄青梅」不是Bed；汪精衛是「漢奸」，胡蘭成卻是我們的「中國」導師？「周公致太平之迹」是什麼；「孔子學院」下架余英時先生的著作之後，接下來是不是黑屏和諧朱子；往者已矣，來者可追；所有的過往都是泥濘；從此再也沒有「認知心理學」，人人皆能朗朗上口鏡像神經元；刺激、反應，因、果昭彰；離開了衝蹦的年少歲月，自動更新進化成溫文儒雅的中年人，閱讀一樣的故事書；Country Road只能是國道Take me Home？

我是我，她不是她？

祕書藏在哪裡？

> 漢興，改秦之敗，大收篇籍，廣開獻書之路。迄孝武世，書缺簡脫，禮壞樂崩，聖上喟然而稱曰：「朕甚閔焉！」於是建藏書之策，置寫書之官，下及諸子傳說，皆充祕府。（《漢書．藝文志》）

從祕府的窗牖間外望，看到了什麼？在成為祕書之前，又是什麼？是不是在欲中的《異鄉人》；或者，不是法學專業出身的你，在看守所中，字正確鑿而沒有任何白字地在狀紙上八股地寫下自己的抗辯之辭？什麼是你的樣子、什麼是你在的樣子、什麼是殺了一個你、還有千千萬萬個都是你？你沒有存在的必要？你從來沒有你的樣子，只有你的位置？

> 最終辯論：我非常了解，延伸討論這個事件的文學面向非常危險。我們必須嚴肅地用法律作判定，不能被人生經歷和心理變化所交織出來的背景故事吸引。然而，在面對人類尊嚴的時候，法律的存在理由正是讓個人，以及我們共同所組成的這個社會不得不去意識自己所犯下的罪。十七年前，被告被遺棄在寄物櫃的時候是一個貨真價實的受害者。當然就本案被告的立場來說，這件事情並不能賦予他任何正當性。不過，被告與戶籍上的弟弟曾以受害者身分共同背負羞恥與痛苦，被告之於本案一連串的行為明顯出自於他看到弟弟陷入窘境難以忍受，可以說，被告是基於生命尊嚴受到侮辱所以才開槍。（村上龍著，張致斌、鄭衍偉譯，大田出版社：《寄物櫃的嬰孩》。）

你幾乎就要錯以為這出自於卡繆的同仁置，而且是在你的國家，被害的作者在刑事訴訟上不是原告，不在訴訟程序中，自己是怎樣，不是由自己判斷。

突然間，場燈、包廂燈、Follow燈（除了緊急照明燈之外），所有的燈光都大開，新娘與新郎入境了！這是全場驚聲尖叫的歡樂時光，不合時宜地原振俠卻感到訝異，原振俠認出了新娘的樣子，那是上個月受到性侵疑雲新聞、官司纏訟的被害者，依然緊記著螢光幕上那劇扣心弦的梨花帶淚泣不成聲，Yesterday Once More；排演歷練多次後的現在、岳父把新娘的凝脂柔荑放在新郎手上這一刻同樣淚奔。

「記錄」者何？

B B King與Gary Morre合奏的"The Thrill is Gone"和The Beatles "Norwegian Wood (The Bird is Flown)"合奏的環場音效，音波彷彿穿透了水濂洞外的瀑布僅剩依稀卻在閉塞的洞穴內乒乒撞擊不斷累積醞釀成懾人的當下，試圖釐清，卻無法分辨，莊生曉夢迷蝴蝶，「當時」是哪一個自己？

儘管已經有「毫秒」了，卻仍然無法把捉現在：Gary Moore "Separate Ways"。

（如何在淡江大學唱自己的歌？）

> 夫禮者禁於將然之前，而法者禁於已然之後，是故法之所用易見，而禮之所為生難知也。

這是禮、這是法，每個白爛都知道不同的存在有不同的禮、不同的法、不同的禮法；但是，律呢？

法律呢？

「整齊故事」的司馬遷與班固各自有不同的認知，單獨成立〈律書〉：

> 鍾律調自上古，建律運曆，造日度，可據而度也。合符節通道德，即從斯之謂也。

（《史記會注考證．律書》）。

關於修砌、成立、法典、繼受；親像我們現在猶原使用百年前兮簡短篇幅為「憲法」，可是學者日新、所成之學說月異，到底「憲法學說」從何生焉！？

Gary Moore "The Messiah Will Come Again"，如伊尹故事、如周公故事，你是王莽抑是霍光？你在中國或者你是中國人？

。沒有聲音。

是still或will？wish或hope？為什麼是If I Were You？

誰是我？修砌、成立、法典、繼受？

《尚書．召誥》有言：「今王嗣受厥命，我亦惟茲二國命，嗣若功。」，〈偽孔傳〉如此註釋著：

> 其夏、殷也。繼受其王命，亦惟當以此夏、殷長短之命為監戒，繼順其功德者，而法則之。

此在以「畏」開展，因此，「後殖民」如何成立？什麼叫作「這是西方，不是中國」？日前，黃錦樹在網路上以學者之姿發表一篇和史書美商榷的劄記：〈這樣的「華語語系」論可以休矣！——史書美的「反離散」到底在反甚麼？〉。

其中，是「揚雄」，不是「楊雄」。而「國文」、甚至「中文」、「華文」政策，真的如台中人所言始自民國初年仿效日本的「國語政策」而生嗎？

揚雄不只著有《方言》，更作有《法言》；更早之前還有《爾雅》的出現，無論是否亦為

「周公致太平之迹」。

「中國」的每個朝代都作有韻書，識字的文人所作詩辭，更必須符合韻律的規範，尤其在參加公務員考試的時候。所以，雖然不同的時、空，有不同的「法」，但是，因為「律」的流傳，可以有所繼受。《孟子．盡心上》敘述了一段學生桃應與之的對談，關於舜的棄天下。原振俠並沒有把《四書章句集注》帶來婚宴會場，不知道朱子是否有帶到了「律」，卻記得《莊子》也有一篇〈讓王〉。

雖然是其後學所增踵的「雜篇」；可是，也是「中國人」吧？

是不是「中國人的樣子」、五行相生或相剋？

《荀子．非十二子》：「略法先王而不知其統」。

誰是仁、誰像義、誰是禮、誰是智、誰是聖？

陸德明的《禮記》是《老子》的道、德、仁、義、禮？

同桌的同學黃絹驚呼了一下，將原振俠從不著邊際的毫無意義中拉回現實，原來新郎、新娘開始沿桌敬酒了。黃絹嬌笑著要大家整齊遺容，拿出了一台DV數位攝影機，隨手拿起了餐桌上的紅色面紙輕拭淡抹浮挑勻蘸嘴角，揉成了一張紅字團棄置於地，要大家圍成一團，與新人們同時入鏡。

架設好攝影機的偽置後，黃絹也進入了大家的行列之中，倒數五、四、三、二，戲劇系畢業的黃絹蓮花指地撳按下手上的遙控器，大家完美地到陣作夥。

被記錄了：「紬史記、金匱石室之書」千百年中，本句被多少人臨帖摹寫了？

蔡依林〈布拉格廣場〉的歌聲響起我國駐外官員（記事者也？）表示：與未成年少女發生性

關係，沒被發現就是合法。

（「前」要放在哪裡？）現在，我改名字為「黃慧娟」了，（前女友）（黃絹）巧笑倩兮地說著

初稿於3/28/2018 4:06 AM敬悼　洛夫前輩；不確定是散文或小說。二稿於3/28/2018 4:45 PM家慈昨晚不知所以然而北上；感謝《異鄉人》學長，深深考慮之後，還是決定缺考，不過，要換考科了；將會以同樣情節完成一篇小說。三稿於4/2/2018 7:42 AM複習〈Empty Chairs at Empty Tables〉；加入了「自主意識地我否決你自己。」。）

（感謝《鹽分地帶文學》第八十四期收錄佚凡兩千餘字版本的〈石室之死亡〉），和五千字原本的此文關心到不同的重點、面向，及不同的引文。）

評論輯

問旦

——「傳言中的人／會不會又是個狡黠的智者」（羅智成，〈問聃〉）

我很擔心，很擔心妳沒有辦法寫出，人生最細微曲折時，逆光的飲泣，和頹然；雖然這些日劇都有了，但是妳是否能夠擘劃（燕飛咬了咬下嘴唇，彷彿作揖卻尚未連結，左手五指併攏、右手緊握成拳，不斷地在胸前點、顫，蹙眉說著。），或者理解，那些生命的陰影不斷不斷，就算在遠方稀薄了依然是不斷地掙扎著。

魔門之子。黃易的墨家、黃易的殷商、黃易的楚人。

叫我們聽遠方的風雷，看遠方的螻蟻
卻忘了手中折損的斧頭

那年在資源教室中……這是術語，〈教育部補助大專校院招收及輔導身心障礙學生實施要點〉所規定者，高等教育場所中應該成立幫助身心障礙者的處室。一樣是每一任國家元首都被天下萬民咒罵經濟搞不好台灣快亡國了的一個夏天，吹著冷氣在資教閱讀劉墉和金庸寫的書。

突然一位傳說中的水手服高中大姐姐劇烈地搖晃著尊信上身緊扯胸口衣襟，比廣末涼子在《唇膏》中還要清澈的雙眸。

聽障（語障）的同學。

以及不可置信。

（尊信什麼也沒作啊！？）後來才感到一陣溯迴從之，道阻且躋。

地震。

學號八八起首的我們這一屆，禮堂尚未修建竣工，就發生了九二一地震，開學典禮無從舉行；經過了四年（暑修），SARS非典病毒大肆流竄，甚至有些地方都成了國宴等級超級名貴的餐廳招待所凡人無法進入，包括早已修建完工的禮堂。

沒有畢業典禮。

（只有張震嶽和MC HotDog。）台妹何時愛上我？

「編年敘述」是一種很難的工程。而赤尊信也是在閱讀完〈司法院大法官釋字第四六三號〉才瞎子摸象地知道〈釋字第二三二號〉或許，「全預算案」（？）其實並不一定在會計年度完成。尤其在總統任期並非等同立委任期的今天，「事」的企劃來自何時？「事本末」不一定是「事始末」；所以，「事」在誰的象限中？

台妹何時愛上我？

彷彿睡美人的年代，緊緊地相依臥在身側悄然睡去，秋水凝眸不見顧盼的漣漪生姿一蕊白色梔子花瓣隨風凋零，醉人的麝香與平穩悠長脈脈斜暉細密彷似不可聞的呼吸聲銀鈴夜鶯畫眉的繾綣款款地歌頌著大地穿透水濂洞在密室內迴盪環場音效的久入芝蘭之室從身旁傳來，垂下一綹長髮蛇灑香肩鎖骨胸前，芊芊未著一縷地在尊信身旁睡去。

我以為這是愛情，雖然不知道始自何時。

那時候有我嗎？

人生最細緻幽密蜿蜒隱匿風景名勝地投幣式望遠鏡最後的三秒鐘之前有沒有飛鴻哪復計東西？

故事如何開始？《窗邊的小荳荳》除了是三十年前童年時光的暢銷書，如今也是有中文字幕的日劇在國內。因為錯誤發音而成的假名所完成的敘述例如櫻桃小丸子深知自己是受到母親和姐姐茶毒虐待的伊莎貝爾；是小說，或者散文？

（其實是辛蒂蕾菈。）結緣。

天問。

（翻譯中文字幕，成了國內，例如忠孝仁愛信義和平？）

「復讎」是什麼？

在長友的推薦下，欣賞聆聽徜徉了Toto "Stop Lovin You"。心最初是恍神於最先開始的前奏，原本以為會是尊信最喜歡的藍調、爵士，或者會略有鄉村的呢喃，可是序幕展開後卻不是如此鬱然時間不斷地飛逝直到最後才趕緊換上適意的"Since I Have Been Lovin You"，齊柏林飛船，過去完成式。

雖然不知道為什麼都是現在進行式（現在分詞？），地球繞著太陽循環的適時不是第三人稱現在式嗎？

雖然，「天下」的時代，早已因「北辰」展開了天學；而且不是白字。

或者，沒有白字。那些人生中最幽微隱匿的微弱光線如同入夜後熄燈後的大廳，只有攸關生死的捕蚊燈在暗中奮力地暈起了自己微弱的光芒：來受死吧。

妳體會到的是什麼？

　　等待得道的廚師來治理
　　饗我們轆轆的飢腸。

尊信體會到的是以總鋪師dou ji享譽天下的故鄉我鉅高雄羅漢內門，雖然「朱一貴」是術語，「太祖信仰」也成了在不同階層有各自詮釋的術語了，例如吳公真仙的故事。可是，無論小當家是否收集到了天下名器，廚師能作的是「料理」，何來「治理」呢？何況「飢腸轆轆」自古以來就神聖不可切割地互依互成，為何此處硬是要分離，讓讀者茫然不知所措；在音節上更失去了原本該有的美好該有的抑揚頓挫，無法成聲成韻成歌成呢，無法傳頌？

更何況，赤尊信知道《老子》：「治大國，如烹小鮮」；可是，在閱讀作品之外，更強迫推銷包裹表決大選綁公投而業配文地要求讀者必須去獲得相當的先驗知識，這不就是炫學、不尊重讀者、（如果錯了怎麼辦！）（不是問號）、不關心社會、只活在自己的象牙塔（PentHouse？）閣樓白日宣淫、沒有真誠地面對生命嗎？

最何況，為什麼沒有人說羅智成是活在楊牧的蔭影下的蘚苔？為什麼沒有人說街角永豐診所的醫生無論穿著打扮、言談修詞、筆記病例，都因人類愚昧的盲目嚮往名利之心而徹底地模仿柯文哲失去了原本最單純最自然最天真最無邪文學的原相的自己？

雖然，妳們都說「作者已死」。

我總是不能釋懷
那些尊榮的麟獸
成為沒有惡意的餐桌上的佳餚
我總是不能釋懷
那些躍出人性的欄柵
又得意且必然走進人性更差的牢籠裡的人

我總是不能釋懷（只有義隻）。

當年住在學校宿舍，因為電磁爐之故，像是燎原火般地率領了一群殘兵，一群食客。得意的料理除了地瓜泡麵之外，還有每學期末必有的羊肉爐野味大餐。在大台北陽明山頭頂好超市購得了我鉅高雄比較大的岡山羊肉爐佐味料理包，並且加入最愛的雪碧，四大便利商店的關東煮醬、豆油膏，以及依照傳統中國食材料理方法，放入了茶葉蛋的茶骨茶包細火慢燉、中西合併天下無敵地置入了咖啡粉和捲菸絲，佐以身強體健的蠻牛黑馬，最重要的是陽明山上的野味野菜：樹葉雜草昆蟲花茶。

我們這一群殘障的傢伙就這樣在邊荒集活了過來。

並且深信，不會在台灣被擊倒。

今天早上驚從夢中醒，不知在世的己身是否依然與當年同樣都是客。

夢見（到？有？回？是？在？）網路連線已經不是數據機的當年，畢業，食客們都離去。

沒有道別。

赤尊信因故延畢，感謝美麗知性優雅脫俗的助教，尊信成為在校生代表，雖然沒有畢業典禮，卻掌旗成為愛校巡禮的路隊長，帶領同學們踐師長的迹。

跟自己的蹤，果報亦不可思議；雖然，海德格早在千萬年前就表示了「懸欠」；雖然，《存在與時間》只是其早年之作，後來在集中營內完成了正義。

社會、國家、正義？

台妹在身後，望著長期的赤尊信的背影；而沒有白字的尊信知道這一切遠眺，卻無法回頭，我無法知道：

妳覺得什麼時候我也愛上了愛上我的妳？

中華民國現行司法體制下，原告不一定是受害人，而是由追求正義提起公訴的檢察官擔任；職是之故，身為被害人的妳，不被允許閱卷，妳無法查核證據是否可以成立，關於你們。

不是看不見的城市，而是不存在的騎士。

什麼是「夜來幽夢忽『還』鄉」、什麼又是「千里江陵一日『還』」？

為什麼一樣都是大學科系，數學系求緣的面積、社會系見證荒地有情天、音樂系愛情無國界、森林系構建人造林時必定要有一線不同的株種以防止病蟲害的蔓延都是見證生命，中文系試圖釐清「遺我雙鯉魚」的聲韻就是包袱累贅與我何干的術語充斥不親近勞苦大眾？

閱讀劉墉和金庸長大的赤尊信不知道故事會如何地被演繹成生命的意義；而且，赤尊信始終無法想像為何會有「龕燄」（楊牧，〈妙玉坐禪〉）？

身為各大文學獎初審的師長輩的決審表示「近幾年來的作者」我找不到。人生最隱密幽微的暗濤。尤其，最近，赤尊信又變成了某詩社（詩刊？）的縱容。

〈福來肉圓〉

經過了尚未營業的不夜城
小區踅過星巴克麥當勞丹丹漢堡置入
性地從瑞隆路轉崗山中街

廟宇宮殿似地
巍峨違章防火巷喪家之犬跑過
了大台北人也不知道的幼稚園
越南籍新住民

落戶我鉅高雄

這裡比較大，當地耆老說著
這裡的肉圓比較大

始自三十年前一路走來始終
都是五元
新台幣。寄回故鄉的不是肉圓
會落地生根也不是神
像妳迷失在空心磚鋪成的人行
道上
。沒有衍文，道上宮殿廟宇似地播放著焦桐木製的尾琴，
蔡邕裁成那一年妳是我的人形，不是
衍文

是宮殿像廟宇，或者廟宇像宮殿？而二十一世紀的台灣此時，哪裡是宮殿？「廟宇」是什麼？「空心磚」是否又在暗示著「性地」的神像？

尤其，自己是萬千般地不願意寫下「衍文」。

原本應該是「羨文」的，有研究《莊子》的人都知道這是何意謂；不過，Google搜尋「羨文」卻如劉子驥毫無所獲。

不被用，所以，不是生命的真諦。

因此寫上「衍文」，如同赤尊信不知道曾祖父的名諱：不被用了？

尊信如何知道尊信寫下當年的尊信？連史艷文與藏鏡人都可以相互Cosplay了啊！你們的術語「藏鏡人」是否依然千百年前？

「藏鏡人」是否術語？「作者已死」是否術語？

人生是否真有那細微的佛唱暗自運轉法輪我們所有的不知都在暗中被啟動名可名非常名，可以被言談成形殺生鬼言落筆成據現出原形一揮長虹造天筆的滿天神字是否依然幽微！

我是讀劉墉和金庸長大的赤尊信，而且領有殘障手冊；畢業時至今，沒有殘障生與我道別。人生細微的幽婉曲徑？

或者，赤尊信要網羅天下放失舊聞，除了勘驗自己，還要細查每一不同的人事包括街角紅綠燈柱上監視器才能得知自己的樣子？

妳覺得我何時說「我愛妳」？

芊芊靜默不語，在二十年後依然是文字工作者們口中炫學、不顧慮讀者、（如果錯了怎麼辦！）（不是問號）、不關心社會、只活在自己的三十三天玲瓏寶塔（這不是炫學，這是群居終日、言不及義的赤尊信電腦遊戲攻略秘笈介紹的李哪吒。）白日宣淫、沒有真誠地面對生命，而且被某詩刊（詩社？）縱容的赤尊信，拙劣地夾敘夾議完成這篇對人生反省的non-fiction之際，寢室內旅館的電話鈴聲響起。

提醒赤尊信：小姐，您在世的時間已經到了。

芊芊早就整理好衣裝離去寢室，說了下次見：「我是紀芊芊，不是王語嫣。」。

心如死水的我有些疑惑，關於我們的後來，要使用誰的編年？

杜預〈春秋序〉有言，其曰：

仲尼因魯史策書成文，考其真偽，而志其典禮。上以遵周公之遺志，下以明將來之法。

一切原本井井有條。

雖然不想和一位陳姓的地平線沒有強迫症先行者一樣，可是，在見到曾經戰鬥力滿分的他表示自己不適合寫分行的句子時，感到些許落寞。

和惶恐。

夢醒失眠的赤尊信已經心如死水了，看破人間一切浮華，頓曉原來所有都是虛濫，如夢幻泡影，人世短短數十寒暑轉瞬剎那霎時流逝蝸牛腳上競逐有何意義？

（就算蛞蝓腳上爭也是一場空。）

於是大澈大悟，放下一切羈絆，成就如來。

而且不以理論指導創作，真誠地面對人生，得到文學獎，出書，不用依賴社會救助。

不是臉書直播馬路上公然自慰的街友。

初稿於6/4/2018 5:20:44 PM日昨參加有前行政院長張俊雄致詞的婚禮，身旁的雄女們似乎都是台清交？遇見不知名的學長，所以當真作了個夢；這大概是最先最先確立情節的散文吧？糖糖要借錢；終究沒有下高雄考試。二稿於6/4/2018 7:58 PM:初稿一校狀態；加入地平線的段落和「夢醒失眠」。三稿於6/6/2018 10:12 PM加入：「我是紀芊芊，不是王語嫣。」；又與家人起爭執，重點是始自母親和胞妹旅居台南那天，父親今晚竟然沒有打電話給我。

生命的意義

無能通訊，舉目無親。
中午時分，在台北東區，見證歷史。
（和小明一起成長的。）
從地下街緩緩地爬升到了眾人聚集的車水馬龍，和過往更孤獨的喧囂。
鬧街上，不是廟會。
沐浴在陽光初晴微雨中，千幢鳥飛絕，手記的孤寂求救是台北蒙難記。
小明獨自一人，萬籟俱寂，所有的人都像影。
投射在水晶體周杰倫反方向的鐘散焦幻瞳地上下顛倒裊裊地搖搖擺擺交晝著。

父親說：「我不能寫了。」。[1]

[1] 章詒和，〈兩片落葉，偶爾吹在一起：儲安平與父親的合影〉《往事並不如煙》，（台北市：時報文化，二〇〇四），頁一一四。

很像是青少年時期偷偷地藉由網路觀賞（A片），取消了所有音效緊鎖房門，一人獨自心凝神釋地與萬化冥合念天地之悠悠聚精會神地徘徊在自己願意與世隔絕的美好繽紛剎那就算是煙火綻放也是曾經擁有的盛世天地。

不在乎天長地久，生命的期許也只是陰暗街角持燈人劃下火柴霎時間的繽紛照亮天地。這就夠了，欣賞小澤圓。

（和瀏海）世界是如此擁擠，鬆開馬尾的回首，一切在世俗中被赦免了。陰雨。

雖然是中晝時分，台北十一月的街頭還是陰雨綿綿，雨水汗水淚水輕薄了衣裳，無助地站在大道上SOGO復興館前，天地頓失定位，舉目蒼茫笑顏靄靄從旁經過沒有人為小明停下Oasis，Stand by me。

一秒鐘都沒有。

遺失了手機。

北上經理業務的小明，此時無助地在派出所前徘徊。

剛剛向警員們求救。

那些尸位素餐的公務人員們拒絕了小明提出登錄臉書、Line、明日報新聞台和喜菡文學網的請求，尤其一位謝頂牛山濯濯的中老年胖子，闔上了一本秩序冊，國台英日語紛雜地怒斥著幹這群站壁譁強姦ê賺食查某一擺五千就會使幹你娘啊！

「遐有埋冤大哥大兮店啦！」

小明永遠記得這種領納稅人錢財的公務員可憎的嘴臉。

竟然沒有提供給自高雄北上的異鄉人小明合宜的援交。

每個人的生命都是各自的黑暗；

我們苟活在世上，飛到西、飛到東；

最終才發覺得到的也只是正中排骨鮮魚便當而無法和女神徐懷鈺共進下午茶得償宿願安心上路含笑九泉了。

我們最後才發現，自己的活著，是成就他人的業務。

（或者業障。）被處宮刑的人繼續整齊故事。

那些不被在乎的孤獨，手機遺失的小明，只好再辦另一支門號。

所幸小明還有身分證、健保IC卡，還好所有的資料都在Google上，通訊錄回來了。

不知道生命的意義，白日依遠東太平洋盡，獨愴然而涕下。

人活著是為了什麼？天地不仁，飼萬物如雛鳥。

不過，我知道小明是個誠實的人，這樣或許就夠了吧每個人，都在自己的地下室著裝，只是妳們都不明白小明才是蘇有朋喬裝成的布魯斯韋恩，喝著咖啡，高登市永遠不為人知的心碎。

見證歷史，關於「沒有」。

草於12/4/2017 10:09 AM成為械鬥・二稿於12/5/2017 8:14 AM其實原本想要加上：「父親說我不能寫了。」，不過那是高行健和劉曉波；加上「見證歷史」和通訊錄；還有加上一些輕鬆就可以辨認的。三稿於12/7/2017 10:11 AM又被退稿了，於是加上司馬遷。

（感謝《喜菡文學網20年紀念書》收錄佚凡本作）

我是雷光夏

——「而我仍舊／在那些巷弄裡迷路／和所有線索錯身」（王浩翔〈微光〉）

（羅碧：「**你們要藏鏡人，我就給你們藏鏡人。**」）

李昀陵〈風兒來時我們輕輕搖〉，一直閃現的是如此的樂音繞樑忘返，在入目游鍪良〈時間輕輕搖晃〉的時候，還以為這應該被歸類為「盜題詩」。

「橋墩下的風擠壓布條／寫著搖晃看不清的白字／飄撲紅色的太陽／時間轟然疾駛而過／這才驚醒回頭／那些廣告的相義詞」對冷氣買家而言，三菱也可以是日立，高中聯考的當年，蠻牛也可以是黑馬。

（以及雪碧和冰鎮的苦瓜汁）Sun Movie是不是ＨＢＯ？

關於逝去，和新生的迎接一樣，也是日常的不被察覺：「惟王建國，辨方正位，體國經野，以為民極」，「常」是聖人所書，因此而反對者，也入聖人門庭了。關於「沒有」，我們也想要添點能夠把捉的名字，例如初戀，例如原型。

例如〈風兒來時我們輕輕搖〉不斷呢喃反覆哽咽的「我是你的影子，你是我的故事」，命名那一段故事，命名妳。

蕭亞軒離去的那天，忽然傾盆大雨。

心愛的人不見了，一切都不對了，義者宜也，蝙蝠俠是壞人：「其知……其次……其次以為有封焉，而未始有是非也。是非之彰也，道之所以虧也。道之所以虧，愛之所以成。」（《莊子．齊物論》）吃飯的時候，旁邊沒有人、看電影的時候，旁邊沒有人、下午在曉園靜俟日暮餘暉，身旁沒有人遞上冷飲。

什麼不對了，什麼沒有了，什麼不宜了，什麼是不愛了？

那年系教官陳青田至宿舍關心蘇夢枕的日常生活起居，問向一旁襲著貂皮大氅而沒有出聲的雷卷同：學妳是怎麼了呢？

（妳要被置入字典的哪裡呢？）「沒有」是什麼？

咕嚕Sméagol和該隱也有名字：非彼，無我；非我，無所取。

（伍佰輕聲唱出我的名字。）

想忘的、遺忘的，總有湧現的時候。

妳知道什麼是鄉間小徑嗎？那些泥濘，連鐵馬也不得動彈，夏天的最後就要秋天了，稻穗是垂柳，也是月曆中白色花絮遍野的清新。南澳的海風微徐輕拂，腥臊的堆肥嗆鼻，妳全身緊必須緊包裹否則會讓咬人貓麻癢錯認這是妳了。

（咬人狗跟天堂鳥一樣，都是植物。）。

什麼是「一樣」？

沒有了愛人之後，才發現原來自己所深深深深愛過的人，都一樣。

鄉間小徑田隴道上阡陌交通，驚覺稻草人的穿著和自己不一樣，妳是否因此信心大增，台大醫學院榜首？

可是沒有，妳不在自己的字典裏面，天地一片蒼茫，愴然而涕下。

獨的時候才知道，原來一切都一樣。

教官置身於異域，面對著大一新生蘇夢枕，以及其室友雷卷。教官驗過軍醫的複檢（包括第一次的報告：「四肢正常，行動自如」），知道運動神經語言神經甚至認知功能受損的蘇夢枕，就像是知道現任總統的名號、知道前任總統的名號、知道（陳進興）和（張錫銘），卻不知道還有哪些人是強姦犯一樣地感到孤寂弱小無所依歸於是定罪：

妳是怎麼了？

妳覺得教官有沒有愛？這是大學宿舍的一樓，專門提供給殘障同學的寢室。車禍現場，記者追問死者家屬：「現在有沒有很難過！」

沒有問號，或者，不是問號。

什麼是「是」？

妳覺得教官有愛嗎？妳覺得記者有背元素週期表十七分考上大學嗎？

或者九九乘法表？

雷卷淡淡地淺笑著自我調侃地回答自己漸凍人的身分，「啊就手、腳一直縮小，最後心臟也變小了，然後就死掉了啊！」。

潰堤，教官當場淚如雨下，獨憐幽草澗邊生。

妳有沒有愛心？

〈時間輕輕搖晃〉：「腳印一步步下車，影子跟隨／風也跟隨」。為了能夠更合宜地治理，妳是否要Long Stay天下各地，才能求出合宜之道？

妳在高鐵經過廣告看板的時候，發現白字。腥紅刺激鮑魚之肆的布條上與不善人居（語出自偽書），妳見到了白色漆筆勾勒的字句，妳知道這是不對的。

妳知道這是不對的白字，時間一直過，妳才驚醒回頭，醒悟正確的樣子。

沒有了愛，才知道愛應該要有的樣子。

相義。

這是愛嗎？蘇夢枕不斷地自問，自己義務幫新聞系的雷卷填寫問卷調查表、不良於行的自己幫不良於行的雷卷購買便當和大波露巧克力、掛掉電話後拿著自己購買的衛生紙給在廁所中的雷卷……自己無條件的付出，可是沒有動心難過，自己有沒有愛？

或者，是不是愛？

例如，到了研究所三年級，還覺得全部的人性善都一樣都是一個人，因此無法認出來訪的母親。

（包括畢業後，在桃園火車站前的遠東百貨見到了妳的揮手嫣然，才知道是妳。）

或者「有妳」。

或者，妳在，像影子？

是妳，我才完整。

所以，是不是愛？

去年北上華岡探視師長們，還有在課餘時間以「學姐」之名稱呼的助教大人。

檢察官尚未進入成大宿舍查緝MP3，就燒錄《我是雷光夏》給妳的雪莉學姐。

雪莉學姐依舊是身居離恨天上的警幻仙子模樣靨笑春桃兮，雲髻堆翠；唇綻櫻顆兮，榴齒含香；盼纖腰之楚楚兮，風迴雪舞。

當時，拿著出獄後我鉅高雄第一本刊登自己毫作的文學刊物給學姐，並在扉頁書下：「給雪莉學姐：

（感謝當年助教的慷慨就義傾囊相助。）」

「我還停佇橋下靜默地看著」（〈時間輕輕搖晃〉）

那是在被教導「作者已死」的中文系最後一年，親近勞苦大眾之後，發覺了所有的理尤其實不成理由，就只是不願意閱讀除了國語課本。

包括「這麼簡單我也會寫，而且更真實。」。

包括高知識分子律師眼中文學作品是國語課本收錄的《罪與罰》一本而已。

（有一年台大社會系研究所博士班與中文系與台文系招生人數同時掛零，我認為是因為「親近勞苦大眾」。）周杰倫《范特西》專輯大賣。

報考特殊教育研究所以及歷史學研究所。

相信「學問出自於生命」，學科與人生相互嵌合呼應，年逾七旬的家父至今仍在鉅高雄鳥松濕地「涳草」，此術語收錄於旗山農工。

。沒有寫作。或者。不是投稿。報名補習班。

妳覺得〈桃花源記〉是否抄襲《老子》？妳覺得《莊子．大宗師》中「佚我以老」的「大塊」是否「天地不仁」？

如果不是，練有「道心種魔大法」的名詩人，為何並稱「老莊」生命的意義？「天人」要放在哪一文件夾？「莊周夢蝶」明明就是道家的截句，為什麼全部的人都說佛家？

天之所為，特犯人之形？

有義就有社會局就有善；可是，是不是愛？

（田光：「吾形已不逮也。」）來不及了，無法趕上了；《北京法源寺》中，李十力告訴康有為：

其實，戲台上的你，才是真的你；而真的你，卻已經變成了活骨董。

學姐義務地借妳全額補習費。

後來，大家都忘記了；後來，妳在獄中想起了這段似假還真的故事，寄發電郵向學姐確認。寫作不一定能療傷，活著比較重要。妳回信給學姐。

所謂的文學作品，是《罪與罰》的樣子？

去年，妳以及妳的影子把文學刊物遞給學姐。

謝謝遲疑片刻、貝齒輕咬朱唇、鉅資收購的學姐。

〈成為影子〉

不離的是身外
貼附在壁上的影子同學會上談起那些年
道路拓寬都市計畫
法之前沒有在量販店美食街用餐的居民本地
有外地正宗的料理
（例如有統一發票的川味牛肉麵）請務必索取妳自己的權利
可是原本沒有，不論是天賦或者人血
妳的，可是原本沒有人行道
空心磚砌成妳
身影孤零零地被拋擲靜置在雙簧線上沒有進退維谷的形跡
路走了才有過
抵達與同學相約之處這麼多年
妳都沒有變

除了皮帶逐漸放鬆以外，外人

（是看不出來妳的變化的放心好了）放心了
我還是那個我，校人辨六馬之屬後告訴牧師
（八駿沒有我的事了）那是小說，看看就好
妳把一切牢記在心中，沒有任何動容的表現

不離的是身外
貼附在壁上的影子那些年道路拓寬拆牆影子逾越了雙黃線
被車輾過妳還沒有死掉

妳是這個／而且也不會傷心
而且也不會傷心／妳在那裡
妳是這個／而且也不會傷心／妳在那裡

隨身帶有手電筒（請務必確保校友的權利）闖紅燈

4/23/2018 9:48 PM「校人」、「牧師」見《周禮》；徐懷鈺〈我還是那個我〉；加註。

龍青〈風陵渡〉：距離春天仍遠。

三稿於4/24/2018 10:54 PM加註後：，起義，孤軍。

註：《乾坤》詩刊八十六期收錄〈微光〉、〈時間輕輕搖晃〉、〈風陵渡〉。

傳染

離婚的鼓手剛從桃園中正機場通關，回到了故鄉。

（戴著墨鏡）和口罩一起入境成為台灣奇蹟：很多機車、很多排隊。

搭乘客運，置身於找不到殘障廁所的首都轉運站前往台北火車站，還要轉搭自強號回到雲林斗六，再租賃機車穿過莿桐回到西螺。

（殘障者是神靈或者為惡不欲人知的間諜取締騎乘機車不戴安全帽的交通警察？）

古典廟宇供俸太平媽的福興宮旁是現代化的證券交易所，其實從來沒有衝突，沒有跳tone；神社與廟會，醫院與停車場。

停車場內都沒有生還者；想起了樂團在演奏翻唱Led Zeppelin "Since I Have been Loving You"的時候，加上了一段徐懷鈺〈誓言〉的歌詞呢喃，從來不是離譜。

所有的演出都是過去完成式（所有的演出都是過去完成式）；許願等於作出承諾；只是在神靈前的自己也不知道那是過去分詞或者現在進行式。

現在、離開、妻子、（七、仔）、的自、己。

被完成的是誰？被遺棄的是誰？

停車場內都沒有生還者。鼓手想起了日前舉辦的演唱會。假停車場而舉行的音樂慶典。扮仙。眾神護台灣。

到了台北車站大廳，想起了自己還是白爛的青春年少歲月去大陸購買唐朝樂團的演唱會（「沒有寫錯形容詞」演唱會）門票時的泥濘推擠汗漬情形，彷彿如今台北車站購票亭前的排隊一樣彎彎曲曲。

原來，蜿蜒逶迤其實也可以是一種有序，關於熵，鼓手回憶起大學時接觸的名詞。

自強號，三A月台。

在這個「平交道」和咖啡廳吸菸區都成為國定古蹟的城市的底層，等待自強號。鼓手和所有的低頭族一樣，玩弄著有攝影功能的手機突然聯想到了「人性本善」，於是把內有高價（盜版）黑膠唱片以及名產的行李置於電扶梯的平台上，自己退避三舍再三舍又三舍，貼緊圍牆。

Pink Floyd “Comfortably numb”，在「Wall」演唱會被演奏，被翻拍成電影：「Hello」、「Is there anybody In there?」、「Just nod If you can hear me」、（沒有問號，或者不是問號）、「is there anyone home?」。Hello?妳為誰演奏?妳的打擊是否毫無意義?

鼓手想起了自己在家鄉故國音樂路上的所有被質疑：妳為了什麼而演奏！妳的生命單薄到只有妳自己而不為任何人停留嗎！

沒有人？

鼓手依約退到牆壁，把自己偽裝成毫無意義的自由行路人，調動手機的攝影功能，觀察是否有人會在這川流不息人來人往相見不相識的火車站偷竊。

好久，沒有人理會鼓手的精心設計。

這個平交道、咖啡廳內的吸菸區（、轉運站）都成為古蹟文化遺產的城市果然依舊溫暖，依然到處都是人情味，沒有人偷竊。

想起了演唱會後清潔停車場的工作人員們都自嘲是城市的行動藝術者。

在異鄉，在那裏完成音樂夢，演奏出貼近人心的歌曲。

（如今要返回切進熟識的故鄉，卻不會有任何人理會。）

像是內藏高價黑膠唱片的行李。

時間快到了，鼓手和所有買票進入此域享受遷徙自由的全部人一樣緩緩地更移往底層，進入火車。

（回到無人熟識的故鄉。）

你這個豬玀！

台北到斗六的車程中，鼓手腦中不斷地幻音重複播放著已經離婚的前妻的咆哮：「你這個豬玀！」。文字、語言是溝通的道具，也只有彼此都是的同溫層，才會理解這是什麼。

豬！

（前妻在法庭上的指控：「他根本就是豬！潔癖到了一種變態的地步，一天洗澡五次，而且不和有月經的娥性交！」。）

"Poles Apart"。

豬鼓手到了斗六，享受完鄧家肉圓之後，以身分證向太平老街上的一家機車行租借一輛機車，古老的機型迪爵一二五，往斗六圓環駛去朝西螺出發。

這其實已經很進步了，車行老闆指著角落一輛腳打檔偉士牌而說著，對著長年在中國而有些許大陸口音的豬鼓手說著。

豬鼓手到了莿桐鄉境內，在饒平村樹仔腳天主堂大聖若瑟朝聖地前停下，藍天，烈日，白雲，稻畝，小圳，豬鼓手點將起一根菸。

（與前妻初相見的這裡。）

手臂上傳來了思念時的麻癢，本能自衛地豬鼓手擊掌向自己，啪啪啪，突然發現是一隻埃及斑蚊陳屍在自己的手臂上，流淌的血液順著鼓手的身軀蔓延，被叮咬處開始紅腫壟起化膿潰爛腐朽斑駁脫落死皮失去了一切的知覺。

快到自己的故鄉了，卻手臂殘缺，無法演奏出故鄉舊人們不能理解的音樂。

豬鼓手悵然有所失地想起了電影《惡靈古堡》。平日稱兄道弟的隊友們將傳染到了殭屍病毒的受害者拒於門外或者類似其他生化武器電影的情節性本善的人們將未及逃難（離難？）的尚未受害者拒於門外透過門扉上的玻璃小孔看到絕望不可置信的眼神。

罹難了，過去完成式？

你終將被排擠，前妻在法庭上如此沉痛地指控著豬鼓手。

被埃及斑蚊叮咬的豬鼓手知道在烈日下的自己現在是非洲豬瘟了，為了不帶給自己親愛的故鄉家人親友觀光客們苦難，豬鼓手調轉車頭。

回去中國吧！

進入故鄉，更會不知如何自已，豬鼓手想著。

豬鼓手如此地想著，繼續演奏沒有中心思想毫無意義不為任何人的音樂吧。

前方突然出現了牛頭牌沙茶醬的瓶罐！

而這不是感傷沉湎於回憶赭鏞泛黃Gary Moor "Still Got The Blues"時光，豬鼓手慣性地腳踩剎車這才發現此時不是在開車於是身不由自已地被銅罐絆倒摔落於道上。

與前妻摩擦激盪出愛情火花的這裡。

剩餘的沙茶醬塗抹在傷口上，隨著傾瀉而出的汽油進入了鼓手的全身，烈日之下化為熊熊火焰中有非洲豬溫病史的蒙古烤肉。

一縷告別身體的幽魂不知道欲往何處，突然想起了東方快車所吟唱的〈紅紅青春敲啊敲〉：在故鄉上問自己哪裡才是故鄉。

沒有問號，或者，不是問號。

Is anybody home？國中時代，鼓手曾經自作聰明地在家的前面架上了介係詞，忘了是in或者at或者是under或者是任何妳能想到在家中的知識。

如同前妻的指控：「他根本不是丈夫的姿勢！他無法演奏出最琴瑟和鳴的音樂！」。

有病史的鼓手在故鄉之外孤獨地死去，不讓非洲豬溫的疫情蔓延，大愛的鼓手因此被授予奧斯卡和平獎。

但是埃及斑蚊仍然潛伏在妳、我的四周，防疫視同作戰，請小心拒斥任何妳聽不懂的音樂。（和文學。）莿桐鄉從此成為觀光客不得進入、兒童相見不相識的軍事重地。

初稿於12/24/2018 1:21 AM從畢業展演回來；開始恢復寫作的作息了。二稿於1/15/2019 12:25 AM加入東方快車；改變自燃的「豬溫」（黃巢之亂？）；我是個小說家。三稿於2/8/2019 9:33

AM「home」的前面不能有介係詞，所以什麼是在家？

（感謝《有荷》文學雜誌第三十一期收錄本作）

牛肉蓋飯

路標指向文化（我不會寫德文，小明說著）。

木村拓哉與松隆子演出的盜版日劇光碟片《戀愛新世代》正在剪頭髮的時候手機震動起空氣中音波的頻率鈴聲在寢室磧作鉅響廣末涼子主演的日劇《夏之雪》主題曲吟唱了一九九四年冬季奧運開幕典禮。

排隊人潮蔓延彷彿節肢動物蜈蚣。

電視畫面見證挪威體育場入口出口逃生口品共構空白。

空白的還有在雪綿冰上打滾。

到了就讀文化大學中文系的時候，才知道積雪只是很胎擱的剉冰，隱德大道無限延伸，公車持續駛往台北火車站持續搬運已知的夢想。

失聰的小明沒有在沒有殘障廁所單郎沒有轉運站的當年失蹤，穿過首都火車站在串聯華陰街和客運停車站承德路計畫搭乘尊龍客運學生殘障同樣都是半票回鄉的天橋上凝盼。

身後就是新光三越了；不遠處，明星咖啡屋成了文青的打卡聖地（雖然咖啡不好喝）對面城隍廟入口供俸白衣觀世音。

大士、菩薩，或者南海古佛？

片段、集中營的旅館各廂房記憶認知，無法判讀被定型的塑像。

再往前行，是張大春提起如倉鼠般的歲月見證了人生中城邦暴力團的三民書局員工日後竟然在報紙刊登創辦人過世後妻、子的對簿。

公堂何在？

當年還記得小明前往四川重慶大學作交換學生的所在，火車站的公廁在地下室，時光如梭歲月不待人，不知道幾度翻修的首都火車站如今是否依然把付清旅館住宿費的空白過客移送到哪個品。

車水馬龍，卻不被空白在意，除了之前招呼的算命先生小明笑了笑。

經過、點頭，沒有停留失聰的小明，準備回鄉高雄縣旗山鎮，枝仔冰城幫忙家務。

或者說是社區總體營造，這個火車站所在的城市的內政部指導，彷彿節肢動物，脫卸的骨骼在外面。

彼時柴崎幸尚未演出日劇《Orange Days橙色歲月》，還沒有盜版的光碟字幕，小明還不能確定結局必須停在哪一品。

還無法如空是白我聞。

車來，人往。（路標指向文化。）

Summer Snow在尚未搬遷的光華商場。

手機震動起了空氣中音波的頻率鈴聲在寢室碩作鉅響，小明揿按了電腦鍵盤上的空白鍵，讓日劇停止時空品，看了看來電顯示，笑開了，室友王震道的來電，一位紡織系的學長，肢障通行於眾人皆知的代名詞：「漸凍人」，彼時就要拄著拐杖，共處一室小明知道學長剛剛的外出以及此時的來電望著仍舊靜置在其榻前的皮鞋，拿起了衛生紙公道向宿舍的公共廁所走去直接掛掉電話。

衣袋白色襯衫胸口處不再感動。

空白。

小明距離新生已經兩個月了，除了大功館尚未進入。震道說中國文化以前我們是隸屬於行到水窮處，坐看雲起時的蠶絲學系農學院裡面大功館，如今搬家來到了大義、大德館工學院裡面依舊在華岡新村。

室友還有資工系四肢健全身心優良完好無缺的楊翊智。

不知道老師們是否也都是學長、學姐們？小明在心中暗念著失聰的自己當年有幸，謝謝師長把交換學生免費食宿三人同行另加研究金的名額留給每年必定報名華岡園丁賺取工讀金申報半價學雜費的自己。

也。

因。

此。

認。

識。

了。

曉。

宜。

現在仍會思念的林曉宜，記真實上演的憶彷彿故事情節彷彿王藍《藍與黑》。

沒有空白。

陽明山花季的時候，是最討厭的期間，遊客繽紛絡繹不絕，男生宿舍大倫館內廁所見到女性陌生人是稀鬆出入平常用餐時刻卻在附近的學店內找不到空白的店家。

當時震道暗戀上一位在感恩飯店打工，超級百分之一兆像是日劇女星安達祐實的馬尾姑娘瀏海，小明、翊智、隔壁寢室的廖昱佑、邱銘啟、蔡新淦、視障的陳俊宏一群殘兵敗將如同七爺八爺出巡節肢動物一堆莫名其妙的法器殘障輔具每天晚餐時刻定時定桌報到感恩飯店並且指名服務。

直到小明初邂逅了曉宜之後，直到小明離別曉宜之後。

人生的軌跡不同了，參觀飯店的動線也不同了。

雖然櫻花仍在相同的季節綻放，樹葉枝條仍然枯黃。

不知名姓來來復去去，彷彿不知名的安達祐實，已經不在了。

Oasis，“Stand by Me”。

小明還記得自己最喜歡享用店家的「川味正宗牛肉蓋飯」。

雖然交換學生的那半年，始終沒有品嘗到正宗的道地川味牛肉麵。

有一天參觀當地的孔廟，那時候重慶市的市長來訪，曉宜彷彿小明國小時在家中迎接來自高雄市的客人如獲至寶般的興奮和神祕；而臨行時分父親對著郎客恭：「無時間擱落來棄逃啦，挖凜肛覷高雄tshē汝。」彼時身居高雄縣的小明實在無法理解高雄在哪裡，大人的世界總是如此神祕彷彿多年後的現在無法讀取自己曉宜緊張兮兮地說著那個人「是我們的市長，」彷彿擔心戴上助聽器的小明無法理解這世界，補充說明著：「市長，我們這裡的二號人物。」。

貼身隨扈都戴著耳機，各自落在不同的時空定點，卻彷彿截肢動物，朝向同一方位。

德國留學回來的海龜，曉宜竊笑著而小明的悲傷無人得見。

畫面空白，小明不知道要如何銜接。

像是有一天，駐守男生宿舍的教官來訪，告訴了大家一件生離死別：必須有人離去，決定就是你了小智上吧，在神奇寶貝尚未瘋狂流行智慧型手機到處捉寶的當年。

還沒有台北轉運站、天橋依然橫亙視線，公共廁所依然還在台北火車站地下室，大家都還共同一品的時代。

原來，有一位新同學要來入住了。

Summer Snow。

幾個月下來，彼此交流教育片、美酒佳餚的男人熱血友誼，就要沒有了。

忘記是從誰傳來的謠言：即將入住一位截肢的同學。

因此不再有恨。

阿德，一位車禍跌倒骨折石膏超級輕傷拄著拐杖別人（可能）會讓位卻沒有殘障手冊的大傳系同學。

小明悲傷的是，如今只記得「阿德」，而忘記了阿德的本名。

是因為逼走翊智的仇恨嗎？可是不會啊，在阿德入住一〇四寢室的第一天，男孩間各自來自不同時空的嫌隙早已然在晚餐時候自家烹煮我鉅高雄比較大的岡山羊肉爐搭配布丁雪糕蠻牛伯朗咖啡三大超商關東煮醬豆油膏辣油芥末番茄醬茶葉蛋茶骨滷汁紅豆牛奶花生七星菸絲陽明山野菜（樹葉雜草花瓣）昆蟲中西合併天下無敵十全大補湯中達成和諧酒呃共識，玫瑰紅摻雪碧。

大家和平相處了早就是彼此各居自己品，不相往來，寢室內。

你有你的神像，我有我的電腦桌面。

大學畢業，回到高雄沒有縣旗山多年之後，幫忙經營家業的小明拆開了從量販店購得的麵茶，再逐一貼上售價標籤，而且三包購買一次比較便宜喔！來自奧地利的母親吩咐著。

晚餐時間，不會寫德文的小明在舊鎮今區上的店家，參考著定型化菜單而點選了牛肉丼飯，彷彿可以回憶起什麼。

卻始終無法記起阿德的全名。

邱引德？彼時晚餐店家的公共電視並未上演柴崎幸主演的日劇《成色歲月Orange Days》，失聰的小明還不知道字幕會是什麼。

還沒有悲傷。

三稿於4/20/2019 12:28 AM謝謝日辰的建議；增加胸口。

（感謝《力量狗臉》收錄佚凡最得意的極短篇小說）

發動武俠：或抱咫尺之義，久孤於世

於是想起了陳凱歌所執導《趙氏孤兒》中的韓厥（和牧羊北海邊的蘇武）。

「鄉土文學論戰」仍延續至今，無論王道劍所欲創世者。

「龍鷹」還有凌渡宇，無論國中的血漓江湖俠少歲月是專情於衛斯理或原振俠（其實是年輕人？）；盧建榮老師也曾在課堂上試圖表示著司馬翎是「最會說故事的人」（東方白和奇儒是另外的脈絡了）。關於建立，所謂的「義」是指合宜，為何會獨自顛簸踽踽從華容道潰逃至風波亭？

（始終堅信著浣花蕭家守護的是狄老夫人。）

馬雅各醫生從看西街來到了柑子林禮拜堂，並且反對英國銷售鴉片。

（至於，著有《台灣語典》的連爺爺是另外的脈絡了。）述說「記憶」是如此地困難，到底是守護，或者星垂平野闊地修葺一座吊橋，躬耕於絕情谷底？所謂的「故居」是什麼？曾優游漫步於台南白河電影文化城的佚凡，在歇業的今天，應該慨歎的是一例一休，或者什麼？

拜讀完沉默所寫的〈【武俠發動】，黃易計畫：從《覆雨翻雲》到《日月當空》〉之後，佚凡的困惑其實不是應該搬出什麼繁雜雕樓玉砌，而是該如何標定題目。「城邦暴力團」和「公寓導遊」一樣，都是令人哭笑不得的詼諧嘲諷；可是《城邦暴力團》和〈公寓導遊〉卻都是經典。

關於，所注視的？

梁羽生在後期的劍花已經是不斷地化緣了，錯字，劃圓。令狐沖在「道法自然」的沖虛道長劍下，什麼才是無招勝有招的後發先至，一直是佚凡的困惑，關於沉默所表示司馬翎的「天人合一」。

周星馳與火雲邪神是另外的脈絡了，不過，被致敬的腰馬合一倒是可以談談。從殷商到周代，帝、天的信仰逐漸成形，是佚凡的困惑，項少龍並未在此詳細地述說著「明鬼」的墨翟是否有「天」（作家蝴蝶【Seba】倒是曾經也有北墨、南墨之作。），不過，至少是身材健壯的特攻隊員了。所以，《尋秦記》仍然不是佚凡本文所要關注的對象，無論在這之前已經有太多「穿越」的故事了，包括人猿泰山以及毛克利，而克拉克．肯特很明顯的不屬於此一課題。關於，自身的強健，然後成了一代江湖傳奇，被歌詠的傳奇，被嘲諷的傳奇，美麗島派系與新潮流派系；「我自橫刀向天笑」逝世之後，梁啟超終於也大逆不道地批評起了康有為；更不論徐志摩、聞一多的學生陳夢家先生是古文字學者，也是新月詩人，卻在文革時落難……（不勝唏噓中）（夫人趙蘿蕤女士更曾經翻譯了T．S艾略特與惠特曼，而同樣地也罹難於文革時期。）（靈山的追尋？）（柯品文先生曾在一次私下的文學沙龍上指出了高行健的鮭魚逆旅，佚凡當時不以為然，如今方知自己的淺薄狹隘。）離題了，關於，自身的鍛鍊，然後成了朱家、郭解？

是逃往涿郡的關雲長，或是喜歡與文人雅士往來的桃園畫家？江湖如此詭譎，什麼才是我們的述說？

什麼才是「我們」？

金世遺的故事到底在不在天山派的史冊中？什麼是「故事」，《海賊王》的羅賓致力於歷史

「本文」的追尋，但是，什麼才是「本文」，本文是不是「本文」？

在故事的不斷流轉中，藍月的《神雕外傳》究竟沒有完成，楊過與黃蓉的一段坎坷愛情也無疾而終；但是，什麼是「終」？

在武俠的世界中，什麼是始、什麼又是終？楊小邪絕對不是在重譜韋小寶的故事；紅雲驕子上官金鴒兩卷書也從未續寫史艷文。而當妳在自以為不偏不倚公正清明的新聞報章雜誌媒體中見到了「藏鏡人」一詞之時，可知妳自己身在何方？

（海德格也無法詳述存在者與存在）

《書劍江山》中，陳家洛與乾隆皇多麼地相似；可是，卻各自有著不同的故事。村上春樹的《世界末日與冷酷異境》（？）一直是佚凡推崇的小說之一，什麼是終、什麼才是我們？沈默在〈古龍計畫〉中提到了陸小鳳，就佚凡殘缺斑駁雜亂蔓蕪的記憶而言，那是屬於沒有開始的故事。就像是一襲白衣，故事的重點反而不是紅番區的大俠我是誰了。

那是鮭魚？

有沒有自問的俠道追求？展昭、歐陽春、丁兆蘭、丁兆蕙有沒有自問？倪匡續寫所以才完成的《紫青雙劍錄》，重點是不是還珠樓主不、寫、了？

「不寫了」之後，有沒有故事？黃藥師成了痴漢怪叔叔？不，佚凡不是說這個，而是孫小六的繼續奔波，故事依然會是張大春前輩嗎？陳映真先生的〈山路〉以昔時書信展開了觸目所及，那沒有偽裝的讀者，所以也不是一首詩的完成。佚凡於是想起了殺手歐陽盆栽，以及，余光中〈鬼雨〉：我們在／讀著別人。

調教以及養成，江南七俠與全真丘處機之約。各自都背負著腥風血雨的家愁故事？而故事，是誰的故事？沈默在〈黃易計畫〉中避開了佚凡曾經讚譽有加的《邊荒傳說》。的確，黃易至今仍無法超越《覆雨翻雲》。只是，當年佚凡曾經矚目的關鍵點之一是，燕飛曾經拒絕了破碎虛空，而繼續活在這裡。

這裡，唱我們的歌，李雙澤。

「沒有」是不是終？李尋歡對決上官金虹後，說出的第一句話是？「麟」是《春秋》的關鍵，什麼是「獲麟」？什麼是天人合一？什麼是行走江湖？什麼是聆聽父親？什麼是《海角一樂園》？那不是《魯賓遜漂流記》更不是《蒼蠅王》。那是：

從厚厚高高的書本中逃出來，你有嘔血的感覺。你輕輕地咳嗽，一聲聲，一聲聲，你用手帕掩住口，甚至想到當你把白巾自唇邊移開的時候，上面已染滿一大堆淒艷的鮮血。美麗的血。一直在你胸中翻騰如今卻凝在手帕上的血。一種無法被補償的驕傲。你腦裡想著的是吐血的事，同時順手打開了門，啊啊是晚風啊晚風啊，涼風為你澆一盆冷水，你登時清醒了許多。抬首，仍是八千里路雲，舉杯相邀的月楊柳岸邊的月嫦娥的月悲歡離合過的月陰晴圓缺過的月，如今仍是。黑夜不是全盤勝利的大旗，它密布破洞：點點的星光。屋外是黑，是月華，是蟲鳴，是一片鬱鬱的黑橡林，是安詳入眠的小道，於是你決定走出來，每一步都拌落一些學問：鋼琴的悠緩，提琴的幽怨；二胡的哭訴，古箏的錚縱。

（一九七二，溫瑞安，〈龍哭千里〉）

什麼是中國，什麼是武俠小說，寫過阿善師故事的佚凡，手足無措。

草於2/10/2017 4:26 AM早上與瑜鈞相約（恭喜他要結婚了）；給妳，天氣即將低溫了，請在英國好好地保重。

（感謝《武俠故事》電子報第三十七期收錄佚凡本作）

山字經（盜題小說）

（「請毒死我。」三年前，蔡鑫鳴如此地告訴著溫睿。）

溫睿趕到現場的時候，就知道自己已經無法保全了。

三年後，依舊蒼茫的月色下，綠瓦紅磚土黃大鋪面雁翅欲翔的屋簷，冷風瑟瑟小雨連翩，也無法沖刷在泥濘上殘缺的投影。

從嶺南「活字號」溫家的解毒醫藥基本功學起，下顎開始長出了鬍渣青鬚時轉投雕欄玉砌各種機關藏毒佈毒種毒施毒放毒運毒養毒的「小字號」，最後進入了市井間草藥店坐堂掌櫃的「死字號」溫家，依然無法明白為什麼我們老字號溫家會有「大字號」。

是我進入我們家，或者，我們家進入我？

那是在「死字號」的最後一年，即將藝成出師了，「大車店兵器大王黑面蔡家」的蔡鑫鳴逝世了，臨死之前傳書天下，告知江湖所有門派，素有俠名的溫睿將會到靈堂保護其妻、兒，直到靈柩確定入土為安。

（直到靈柩入土為安的後三年。）

溫睿依約，這位只有幾面之緣，卻不打不相識的結義兄長。

關於下毒，我還要學什麼？日前才與蜀中唐門年輕一代的俊秀「公子」唐衣對決而已。唐衣笑著要遞上名帖的時候，暗中已發動了四道攻勢，鎖住了溫睿的上、中、下盤，甚至以羅網的方式在溫睿的退路佈下了膠黏的彀筌，溫睿卻不退反進，打壞了唐衣身旁的魚缸，水花激射。

（我還要學什麼呢？）

唐衣中毒而亡，甚至屍骸逐漸溶解，剩下骨頭支離。

毒不在我身上，也沒有施放於唐衣，而是在魚缸中。

連砂石的擺放、水草的陳列都要考慮，銀瓶乍 的時候，那些都是激發水柱的助力；毒不在我身上，當然也不在水裡（可要瞞過唐衣的檢覈呢！）；只是唐衣使出膠黏的羅網時，就會引發水中無色無味無毒的「風波」，變成腐蝕性極強的溶液。

變質都是在轉瞬間。

從活字號、到小字號、到死字號，一路都是名列前茅，被譽為「嶺南老字號溫家」最惡世代的超新星，在江湖上取得各大小戰役亮麗成績後，溫睿依然不知道「大字號」為什麼要在。

我知道「大字號」是什麼，專門研究江湖各派內力、外功；可是，這為什麼要在我們天下第一毒的「老字號溫家」存在？

進入樓閣內，溫睿看見了太平門好手「白駒過隙」何廷佳，何廷佳的屍身……血液不是往外淌，而是以一種麵條在熱水過久的糊爛之姿蔓衍回體內——雖然彼此交纏，卻依然可以辨認誰是誰。

何廷佳已經變成火藥庫了，溫睿心想，這是江南霹靂堂的手法。

繼續往室內走去，這三年來，我的守護，對這裡的所有佈局包括哪裡藏有暗弩的機關早已分明了。為何只是三年到的昨天我一個離開，這裡就完全變樣了……

變質是在轉瞬間，而無意間才發覺自己竟然已經不在了。不是了。

地上有斑斑的血跡，溫睿隨即判斷噴灑的方向，往後院趕去，只見蔡免將自己和母親鎖入了牢籠。

蔡免是大哥的獨生子，也是這三年來溫睿說過最多話的人：令尊的死不是我的責任，是大哥要溫睿親自下手毒死他的……話語已經傳到，就是不知道蔡免能知道多少。這三年來，除了守護蔡鑫鳴的墓塚，溫睿也教導了蔡免入門的武藝，以及依照自己受訓的進程，逐步地授予菜免草藥醫學知識。

虎父果然無犬子，年紀輕輕就知道退一步海闊天空。溫睿對蔡免投去慣有的勉勵眼神，迎來的依舊是不慌不忙沒有錯亂的鎮定和鎖定；有感激和敵視的眼神。

沒有說出口的是，溫睿面對著蔡免有時敵視有時因感激而困惑的迷惘眼光苦笑著，醫學絕對是毒門的第一步（，教導你不是為了提防我）……

人生不就是如此無心插柳柳橙汁嗎？無意間的蝴蝶振翅，事後回想所有的一切都是嚴謹的因果安排，「遂古之初，誰傳道之」，事實總不是世界的樣子。

雖然驀然回首才發覺自己已經擅離職守，無法再多說什麼了。

蔡免將自己和母親關入了大哥親手設計的牢籠中，刀槍不入的牢籠，而且有各種暗器強弩火藥羅網的兵器庫。溫睿暗自點頭，撒出了「迎風花開」。

那像是沖天的煙火，在天上迸開了繁複的各色帶水欲滴花瓣層層掩然，自空中落下又不斷各自生長出各自的回眸牽絆，逐漸成了夜空點綴的繡畫梵谷星夜讓見證的人無法移開目光，然後就被毒死了。

溫睿走過倒在地上的死屍，放出了牢籠內的母子，迎上了蔡免感激卻又仇恨的鎖定目光，苦笑了片刻，鎮定地伸手扶起母子二人張口欲言，忽然就覺得手上一輕。

（該不會大嫂和蔡免最近減重有成了吧？）

手上一輕，溫睿發覺自己的手腕離開了自己的手臂！

還有敵人！

似乎意識到的時候，才聽到了空氣中極細微的嘶聲——手、斷、了。

蜀中唐門外家的唐四藏現身了，笑笑地現身。笑笑地對著溫睿說：「謝謝你殺了唐衣，否則，我也不能在宗門大會上得到老祖宗們傳下來的這獨門暗器，『斷水流』。」。

劇烈的痛楚讓溫睿蹲下了身不住作嘔，見到嫂子和蔡免死去的模樣。蔡免沒有闔上眼，直往溫睿這邊看了過來，就算死去了依舊洋溢著感激和提防和敵視和諒解和不明所以……

怎麼越來越多涵義了？溫睿苦笑著，怎麼死去的蔡免眼神有更多更多自己以前未曾意識到的訊息……唐四藏掘開了大哥的墓塚，挖出了大哥的靈柩，拿起斧頭，劈開密封此時一陣風襲來，蔡鑫鳴原本沒有臭腐的屍體，傳出了令人心碎上吐下瀉的芬芳……

唐四藏死了。

蔡鑫鳴生前設計出了真空的棺木，請溫睿以自己的屍身為養殖場，培育並種植最強的病株，讓蔡家的寶典《山字經》與之一起長眠。

人死了，江湖仇殺還在；不如，讓我們蔡家也一起入土吧！蔡鑫鳴說著。

所有人都死了……溫睿蹣跚地走回自己家中；通過了嶺南老字號溫家的崗哨，受到極為嚴密的醫療照護；溫睿卻知道，失去雙手的自己，早已從江湖中除名了。

是我進入了老字號溫家，或者老字號溫家進入了我……？

返回自家宅邸，發現大堂中坐有老字號溫家的影衛，負責傳遞門內珍重珍重珍重訊息。影衛捎來了一份塗有膠泥的溫家公文，溫睿跪下，頌念了一段似經似讖的呢喃之後，急忙拆閱。

（我都是廢人了，還有什麼外景任務……）

公文表示，溫睿從此進入嶺南老字號溫家最上層的命令部門：大字號。

話語已經傳到，就不知道你能領會多少了……影衛離去前，如此交代著。

各自都是迷惘困惑的神色。

初稿於6/15/2019 11:04 AM完成〈回音〉之後；依然不願意成為左派。二稿於6/15/2019 8:27 PM修改別字；加入最後一行。

（感謝《武俠故事》電子報第一百四十六期收錄佚凡本作）

等人

深夜不知道是子或午華燈初下人影幢幢搖曳生姿錯些蘭膏明燭透過落地牆窗往外望去，國軍英雄館在不遠處，全家便利商店內，西門町在更遠的那一頭。

從士林捷運站靠近中山北路的二號出口的全家便利商店，又被調派來這裡服務，外面找冇舞台、沒有長長的走道、沒有公車停靠站的這裡，不一樣的這裡。

一樣的手續，大夜班只有一個人留守，在觀光風景區國家公園陽明山頭陽明山國小對面也是一樣：大夜班都只有一個人。

楊乃文哼唱的，只能一個人。

或者不遠的地方，沿著衡陽路經過延平南路到了中山堂不入經過南陽街（巷道內多是可以免費加飯加湯的自助餐店）來到高聳氣派莊嚴神聖典雅的台灣土地銀行舊址所在廊柱就像祈禱被率領奧林帕斯眾神的色胚攻陷的泰坦巨人，對面不遠處就是總統府了；不過世界經貿重點建設從來不在這裡，而是博愛路朝北門方向從衡陽路開始，沿途沿地就有不少攤家店面，從凌晨五點就開始琳琅滿目地營業皮箱皮包皮帶皮鞋睡衣睡褲睡墊睡袋睡棚（雖然不知道那是什麼）鍋碗瓢盆肉攤蔬果手工飾品手工餅乾手作包啊手捏饅頭手打麵疙瘩手磨杏仁芝麻粉何首烏傳說中的水手服高中大姐姐輕巧纖手染髮中國風印度風妳所以為的神祕白先勇說三毛在拉丁美洲原始森林的探幽結伴撒哈拉沙漠阿拉伯風服飾早期報刊中華統一戰線台灣獨立軍報芒果日報都有，都在那裏，是北一女中附近。

陳平，《雨季不再來·惑》。

不知不覺來到了貴陽街，必須折返，雖然這裡是僅次於蘭陽女中、家齊女中的聖地，靠近台大醫院。

我只出門過一次，那天媽媽帶我去台大醫院，她說有一個好醫生能治好我的病。我們走著，走著，到了精神科的門口我才吃驚的停住了腳步……那麼，我？……媽媽退出去了，只留下醫生和我，他試著像一個朋友似的問我：這位四肢健全、行動自如的弟兄你好……

新光三越後方與麥當勞之間的咖啡廳，這是還有吸菸區的時代，雖然此時仍以為自己坐落於古蹟之中，咖啡廳旁的全家便利商店，最先待的地方，一樣是大夜班。

以為大夜班就可以獨自地播放莫文蔚的十二樓了。

可是其實不然，大夜班的忙碌工作不僅要應付各個貨品包括報紙雜誌飲料麵食的交單，還必須撤架：過夜過期食品，然後打掃例如公共廁所。

可是，為了殺人，必須如此隱於市。

已經準備好了，從天楓十四郎、無花傳下的迎風一刀斬，從來就只有這一招，（死者有包括連葉開都不願接單的賓拉登。），從來就只有這一招。

守株待兔的行刑手法，被業界同道稱為等等人。

從咖啡廳吸菸區的窗戶外望，可以見到棲息在天線上的粉鳥在梳飾羽衣。飛走，盤旋一圈又回來。

看，這就是戰爭。

我說。

就像是如今被調來這裡支援，雖然時、空都不同了，其實還是一樣的程序：等待準死者上門，蔡雯樺，輕柔曼妙窈窕性感長髮披肩。

像是所有的準死人一樣，沒有酒味卻眼神渙散，身形搖晃。

上門的時候，正是莫文蔚〈預見另一個自己〉。

（遇見，錯字。）

遞上統一發票，說了聲其實毫無意義的謝謝或對不起也忘了，目送蔡雯樺離去的背影，悄悄地提出傢俬拔出了嵌在像劍的柄內的刀，準備向前溫柔地在頸項間環伺時自動門大開，雯樺蹲下，閃過這一擊，面對著憲兵指揮中心，放屎。

然後就死去啊。

身為證人，不經意間好像知道是因為吸毒過量？

這樣沒有刀痕的死法，領取高額的傭金是否合適？

其實也從不理會，須知這世上從來沒有人敢挑戰迎風一刀斬。

於是繼續地在便利商店內打工，這裡沒有舞台，雖然感覺自己身在古蹟當中；因為李遠哲下台已經超過十年了，教改還在繼續，雖然沒有常設的政府單位。

反正，每個人都是在革命軍領袖麾下一呼百諾搖旗吶喊的跟從者。

打針，吃藥，心理治療，鎮靜劑，過多疼愛都沒有用，珍妮仍活在我的裡面。我感覺到珍妮不但佔有我，並且在感覺上已經快要取而代之了，總有一天，總有一天我會消失的，消失得無影

無蹤。活著的不再是我，我已不復存在了，我會消失……

清洗了關東煮的鍋爐，倒滿清水，拆開大骨粉的調味包，糝入半小時後水滾開了，置入黑輪蝦捲鴨血魚板苦瓜封雖然時、空都不一樣了，其實也沒什麼變化，沒有改動什麼。

接下來是將可樂及（店長吩咐的兩包醬油膏調味包）和茶骨滷包放入茶葉蛋的電鍋中，沒有人會在意是否豬腳。

等下一位死者，不知道是子夜或午夜，反正我是在抵達索多瑪前脫隊的老手了。

雲柱、火柱，鐵手最後也不與了。

我是趙雲，受傷的是不見小孟的燎原火，從來不是後來才免服兵役的家。己。家己。

初草於5/29/2017 5:01 PM手機費一直催繳，可是月底身無分文了啊！二稿於5/30/2017 10:49 AM於是發文質疑了網路「風向新聞」由李遊傳在二〇一七年〇五月二十五日所撰寫之〈同婚釋憲／大法官吳陳鐶：同性婚姻不是普世保障之人權〉；睢表示仍會照實說，於是加上了三毛的引文；肉粽節快樂。三稿於5/31/2017 12:58 AM嚴師也希望學生先完成國考；而學生被一字褒貶、一經之說至百餘萬言的錯誤影響，竟考訂而誤解了老師，於是加上《火影忍者》的燎原火，以配合陳平；接獲雪莉學姐溢美之簡訊，所以加上了兵役複檢的證明，「事」因此越來越（被他者）明晰越脫離佚凡被詬病的漫天畫大餅，所以這才是文學？四稿於4/6/2018 2:07 PM學長寫到了溫瑞安，於是加上「，鐵手最後也不與了」，證明我才是正宗溫瑞安接棒人啊！

代替人

例如無花是屬於楚留香的故事。

唐方是自己的。

（郭襄是張無忌的。）方應看是誰的江湖傳言？

夕照餘暉脈脈注視著人進人出高雄捷運中央公園站外，清波漣漪地在水牆上汩汩流動源泉盈科晉階，中央公園內有湖畔，有垂柳，有水鳥，有小橋，再過去是高雄文學館。

收回了視線，你如同往常先端詳計畫擬定最不可能的逃生路線。

（你最不可能踏上的亡命之途。）除了這裡，一切都在縝密的規劃之中。

夕照拉長身影的這裡，車馬喧囂在那一頭。

你往人潮可能最多最多最多的地方前進，外面，中山路上。

新崛江商場就在對面，還有，只剩半身高的大統百貨公司。

你知道法國新浪潮電影（和文學）嗎？突然想起了初戀情人高中的學姐這麼地偎依著問著，問著你。

時間滴答滴答滴答。

白描著你們即將叛離大統百貨公司的路徑，樓頂不是摩天輪也不是雲霄飛車，而是巡迴一周的電動列車。

還有透明玻璃砌成的電梯，可以看到外面，夕陽落在鹽埕埔壽山外。都不是，過盡千人。浮生眾相，卻都不是。

誰是誰的故事？

誰在雇主的故事中無意或有意間走上了和雇主相反的逃生路徑雖然都在火場中都一樣伸手不見五指不知道未來在哪裡突然看見光明：知道不能往那裏去。

掉頭，回身。

癡肥鉅胖無法承受壓力的細皮嫩肉大喊著我來了飛豬撲火走上不同的路。

走上不同的路，就是死路。

（雖然我也不知道正確的出口在哪裡。）雇主在火場中依舊是雇主。

雇主聘僱你結束掉那一位道不同者。

你斜揹著得自沈虎禪的阿難刀，自有一股檀香，使用的卻是傳自天楓十四郎、無花的「迎風一刀斬」，只有一刀。

只有一刀。

然後逃之夭夭。

你逃之夭夭，逃在你事先規劃好的路徑上，你在你的故事中逃亡。

盈虛者如彼。

你的逃亡路徑，是你早已計算好目標會逃竄的動線，就像是此刻你見到了該死的人你喊出了我要代替（雇主的名字）來雌黃你。

沒有人知道什麼是「雌黃」，不過知道遇上仇家麻煩難題甚至可能會喪命的危險到了眼前目標物像靶機開始逃亡一切都在動線上。
以彼之道，還施彼身。
你在對方逃走的道上輕鬆地解決了對方，逆風還頸格格之前慣性地說著：我祝您幸福健康。
逃生之路就是死路。
路人看著你，尖叫，潰散。
你笑了笑，擠進人海中，往（文學館）的方向前進。
消失在（人群裡）。
廁所，變裝，殺死一位體型與你相同的痴漢。
（文學館中隨時都有人，固定的人，在固定的位置上。）
穿上他的衣飾，易容成他的樣子，哼著宇多田光所演唱的〈First Love〉。
在原地讀書。
如同原來的樣子。一如原本的故事。
而你消失在你的故事中了。造景還在。千百年來同樣的喟嘆：景物依舊，人事全非。
故事都一樣，你在高雄文學館中寫下你沒有了的故事，如周伯通練空明拳：如是我聞。

初稿於6/24/2018 1:38 AM這一篇其實寫的不行@@在「南方的風」發表〈跟蹤〉。二稿於6/25/2018 12:01 AM加入「逃生之路就是死路。」、盈科、盈虛；作品明明就只有十六行啊。

刎頸之交

「淒清長夜誰來，拭淚滿腮」

回首時慣常地默然了片刻，禱念了一句「我祝福您幸福健康。」，收劍時一陣清風拂過，揚起了妳編織而成的劍穗。

那只是賸餘的布料，呢喃怯羞地說著，入夜深秋的大馬路上，車聲喧囂，仿似擔心自己不被見聞，又重複地說了一次那是，賸餘的而已。街燈亮起、紅燈也投射了過來妳被映出的身影模糊似乎在市招的光影下有重疊的朦朧兩造。

妳在成衣加工廠工作，福特化的生產線流程中，妳負責將國外知名大廠的名牌標示縫紉於盜版的衣衫上肩頸接縫處。

劍刎的點。

望著前方倒下的身影，拿起了手機啟動照相功能，將確切的圖像上傳給雇主，在一例一休之前與之後，勞動力皆不可儲存；而生命中，從未有前代江湖至今依然在覆誦的壞軌。

只是，大家都情願作個落後的人，然後在言論自由日通過的國家斥罵當局而已。

忽然想起了抽劍迎風飛身鳶翔地刺擊對方的時候，劍脊上映現了對方驚惶不可置信的神情恰似妳倉皇間失措仍然的溫柔。

「千不該、萬不該，芳華怕孤單」

那一須臾剎那彈指轉瞬霎時初春雪融天地留影消失間，自己有惘然的蹙眉。

（那次終於袒裎相見，身、心合而為一的夜晚。）

只是刀光劍影，沒有什麼可以挽回了。

已經。

神州弟子今何在？死的死、傷的傷……

早已忘記了飛魚塘切口的下文了，反正也不會被盤問；像是孤鷹，在天狼星的註釋下離開了綠洲，仍在北辰的指引中頹步於神州，尋找迷途遊客至死前仍滿懷著希望的腐屍，李永得說警察國家。

是。

「他日春燕歸來，身何在」

耳際從〈And it Rained All Night〉轉換成Thom Yorke演繹的〈Cymbal Rush〉，所有的我都是me，即將消失、錯過、不是、沒有的隨意。

在這個隨意就可以上網查詢維基百科甲骨文是什麼的年代。

（雖然沒有「事」。）仍抱咫尺之義地持木鐸循振聾發聵的祖訓，妳是吟唱〈跟蹤〉的阮丹青。

草於4/5/2017 8:07 AM沉默學長《武俠小說》；《海星》主題徵稿：現代詩與我；考試日期逼近了，卻什麼也沒有；好像又超出字數了（所以沒有投稿）；「吹鼓吹詩論壇」的阿武版主談到了小說；嚴師說著如果能持續……只是我總困惑著，無論《國文》課本上的鄉愁四韻或失根的蘭花和未央的擊壤，不都是政治斷交詩嗎？二草於4/16/2017 9:48 PM將「現代詩與我」易成「刎頸之交」。

（感謝《武俠故事》電子報第九十六期收錄本作）

書及妳

上班時間，走出捷運站的公廁。
影集《百戰天龍》彷彿同話故事白雪公主壞心的一定是後母世界如此輕易地被推敲鏡子道出
了誰是世界上最美麗的女人。
見到不是自己。
在現實生活雕欄玉砌簀宇巍峨窗明几淨殿內修道按部就班循規蹈矩紅燈禁止右轉遵守條例交
通阡陌縱橫入桃花源清心淨性地想要鑑定自己時，發覺映出了不是自己的容顏。
自己不是的容顏。了
懸宕。每天
猶疑於游移也可以啦公司與宅邸之間的柏油路上哼著U2頻率同步世界化依舊紅燈停綠燈行靠
右邊SUNSHINESUNSHINE耳機藍芽地播放著Unknown Caller下一秒
我會被誰看到哪個陌生人？
妳維持著以前的學生時代。
這才驚訝地發現妳維持著以前的學生時代。
（上班車潮）柏油路上印著斗大標示乂（禁止通行？）（戰鬥直升機降落的戰備跑道？）

（比外星人還厲害的外月人？）乂斑馬線構成行人可以在號誌燈標示前斜對角地針黹梭縫。

路中央，停著。

發現自己和大學畢業典禮前夕一樣行人號誌火（登熄滅）演習地在系教官帶領下你們全班巡禮校園踐自己的迹們。不是真正的畢業底臉上卻感到確實的無助徬徨和孤立無援並且見證到日夜呵護妳的師長們終於露出人性本惡的真面目妳不知所措時間不再是自己的。

（行人號誌燈熄滅）（十字路口紅綠燈亮起）（車過往輛）

路中央妳站著兀立如誤入叢林的小白兔別傻了當然沒有。

妳加快腳步離開路中馬央。

回想起好萊塢廉價或者韓劇以化約的劇情勾起演員置身於回憶，妳笑了笑例如前男友和金城武一樣都是長髮披肩而且台日混血中間的名字都是卡夫卡的「城」神祕深邃。

（而且宅）

愛上愛情或愛上妳？

妳驚訝地發覺自己的發掘，竟然和以前一樣，可以被預知的妳。

可以被預知的妳自己。

被形成模型的妳自己。儘管是在不同的舞台上搬演。

妳此時才知道自己從高中至今終於參加平輩的喪禮了卻都只是重複地排演二三十年前的劇碼暗戀桃花源。

被搬演。（妳有沒有察覺妳以文字構成的思緒，符合Unknown Caller的旋律節拍，儘管前男友的嗚咽是RadioHead的Thorm York）問號要罔置陀位？

情節很像周星馳主演電影《回魂夜》中的莫文蔚要求：跟著我的節拍。

請跟著我離開。

（馬蓋先以一把多功用萬能瑞士小刀打擊所有壞人迎刃所有難題湯姆克魯斯飾演伊森韓特不殺人。馬蓋先不用槍。）妳操弄著iPhone智慧型手機唯一沒有的app是呼叫計程車司機。

黑化肥發灰會揮發；灰化肥揮發會發黑。

陷入相同情境？

每日三省吾身的妳離開。捷運到了高雄火車站站，妳依循前人的背影與路徑下車，往外走去，在路口停頓，行人號誌燈亮起，妳斜角X字型地踏在被規劃設計好的斑馬線往對面漢堡王走去。

（妳是高雄人妳驕傲不只有漢堡王還有丹丹。）

抵達對面，接續Unknown Caller的歌聲是With or Without You的前奏卻被妳無情地撳下關閉紐儘管不是妞了已經。

日照。

進入公司前，妳共手機調控至飛航模式，無通予家己置身於他人設計的情節中；妳總是感到好奇，雖然詐騙電話如今稀鬆平常不稀奇早已，總是會有只響鈴三聲隨即靜音的陌生他者（other？the other？）打電話過來重點是沒有來電顯示。

妳總是困惑，從學生時代還有鍵盤的電影《無間道》系列困惑至今。

（高雄火車站對面街道的排骨店上班。）一直。

日前因故複習《禮記．中庸》，其曰：

君子素其位而行，不願乎其外。素富貴，行乎富貴；素貧賤，行乎貧賤；素夷狄，行乎夷狄；素患難，行乎患難……

鄭玄讀到的是後起字：「傃」，孔穎達和朱熹一樣都以為要維持鄉愿：一直都一樣保持初衷。妳在進入公園前停下腳步，恍然大悟確實當真困惑十三年的疑問論語《八佾》提到的「繪事後素」天啊整整十三年了前前任男友的時代。

還在高雄說台語的時代。

說公車是市內車的時代。

日後到了台北就學，妳驚訝地發現不是「中山二路」，而是「中山路二段」。

妳知道不能以妳在鉅高雄的認知，面對在盆地中的大台北。

（儘管妳們還沒有漢堡王。）這本字典那本字典。

高雄買到的台北地圖、台中買到的台北地圖。

妳短暫地陷入青少年叛逆時期如今思之其實無所謂毫無意義的迷失中。

不論家居何處，使用的都是別人繪製的地圖。

自以為是的居中，是他人眼裡光譜兩端的邊陲。

極。

北極南極東極西極柏拉圖全（集早已全）極。

每一段結束的戀情，妳都會把情書影印，然後燒毀原本。

用釘書機彙整所有（逝去）戀情的情書影印本大全。
雖然沒有從此洞悉人性。
妳自始至終都是一樣：遇上冇共款的人。
清湯掛麵與波浪大捲與脂粉略施與濃妝豔抹手姿綽約展現不同風情的妳。
臆料中的妳。
都只能是妳。
妳無法逃離妳。
妳想起依例而行照常舉事所謂的鄉愿：以往，以往所見所聞所傳聞。
所知所幻想。
離開校園學生身分簡稱出社會之後，妳發掘妳所至身的情境不是妳原先所想像的那樣。
以前（前前男友眼中）的妳。
世界不同、想像不同、妳也不同。
穿過公園，妳就快要來到公司了，學生時代所寫的新詩曾經得過文學獎的妳。
（皮帶漸寬終不悔的妳。）上班時間還沒到，公司仍未大亮燈火闌珊。
用台語向一樓的保全管理北北說Hi，戴上醫療用口罩，和眾人一樣擠進電梯。
四堵是明鏡。
獨上高樓。
原本傃食的妳。
沒有什麼不一樣。

4/16/2020 1:15 AM重新回到耳機的當年以完成敝本此文；畢業十年，上個周五才不再使用零元手機；梅新。

（感謝20200503《中華日報・副刊》收錄拙作。

蔭影輯

我們繼續開始[1]

焦躁停／電的時候看到她在／（酒精燈）／看著你們在／跪拜的姿勢團體／導覽手冊。

神壇。歷經數次家庭革命之後，妥協地是我的父，與我有相似神情之臉孔、心性的創造者。

母親可以不用再到對面已經死去的啊伯家祭拜其之靈位以及，觀音佛祖。電動。

花車。高雄關帝廟每年舉辦的電動花車，是地方上極為隆重的一項表演，當然包括了民生壺底油精所主辦的免費壽麵攤；多麼懷念那樣的滋味。對於從小到大不吃味精的我而言，不需要加入其他調味之佐料直接就拌麵地乾著一碗，香噴噴就出現了可是，到了台北求學，行天宮沒有如此之活動。

眾生深溺生死者，著我為本。

鐵皮加蓋的樓層，不用打開窗戶即可看到對面之住家。同一年搬來，幼小的童年記憶，在我永遠地知道現在是民國七十六年的時候。暗紅色由木材所構成之神壇，莊嚴的樣子雖然居陋巷而且電動的燭光，匠人所繪製的觀音法相，一切一切的綜合是那麼地不可信所以流露出神祕極為之氛圍，法相，故作神祕莊嚴的姿態你始終面對，沒有冷笑話的世界。

1 小說的主要敘述者——小明，在此強調此乃虛構／虛假之小說（fiction）。

尤其在六月的高雄，悶熱的氣候一切，眾生啊！

鐵皮加蓋一切，都在違法之下白色油漆沾滿了斑駁的水泥牆面。悶熱依舊。從底樓延續之階梯往上逶迤地追尋來到了鐵門一陣滋呀聲間世界就此開拓依舊。悶熱陽光透了過來眼前當真見到數道清晰可數之光軌，其中糝著粉屑大多是燃燒已畢檀香之灰燼依舊。悶熱你穿過了一切彷彿如同受洗，清晰地見到自已經過了一切污濁之纏身的最後來到觀音，法相面前停止冷笑話的人生。

廳堂上，有幾張人工竹製的椅子，完全沒有任何金屬、以及釘子依靠，卡榫完成之；椅面下有一抽屜之設計，可拉長可回收，今天在東森晚間新聞上見到了此項技藝即將面臨失傳你在笑著：我，們家有很多這樣的躺椅啊，客人們都知道。

但是你沒有名字，你不在演員名單上，工作分配表也沒有你。（神的樣子。）

條碼：DNA與RNA，長短胖瘦不一卻整齊地登記著：開實相之談，闡真空之教；如同，我的父。

經由父執輩的朋友介紹，畢業以後我在一家錄影帶出租店工作，關帝廟附近剛畢業，離開校園，進入了以另外一種社會體制之制約而持續簡稱：出社會。期待能有更好待遇、更能學以致用的你在一家錄影帶出租店工作：（暫時）人生百態：各種臉孔你開始熟悉了：除了她，電影海報上綻放出純真笑容的她。

謝謝。她笑著向路人道謝，取回了相機，你們一群人都圍了過來看著剛剛的你們，數位相機，可以使用Photoshop處理之。新聞系的你們開始想像美好的背景顏色例如，妳在……（沒有人的時候）

陌生人，熟悉的名字。

看著報紙，瀏覽了一遍社會版新聞，南投的地震災區再度因為夏洛克・福爾摩斯颱風的關係而又再度地得到了重視：未終結的過去完成式。家鄉，熟悉的部落，長老，如今我是遠離地祈禱了；沒有祖靈，沒有任何具體的象徵，天地間唯一的真主：我祈禱祂的獨生子能夠知道我們的名字。

搶救，我們（災民）不是被遺忘的人吧？

災情，一切都是那麼地熟悉，彷彿不曾經歷過的樣子……客觀的報導許多，數據來自事後的推斷／歸納；新聞記者深入災區走訪，獨居老人在最後望著屋頂坍陷的天空，可以清楚地看見排成人字形集體避暑的雁子飛過。新聞報導的主播緩緩地道出這是：我們共有的記憶：出走。

畫面是搖擺著的，你無法意識到你自己，新聞報導搶救地震災區斷垣殘瓦裡面是否還有生存的人之時；畫面，始終都是搖擺著。

出走：共有的記憶。

攝影機晃動的過程，影片最後的結束，知道妳孤獨地死去，等不到救援，露出了全知、全能、全無的苦笑，然後緩緩地終於倒下（In點進入）他發動了引擎離開停車場，看著街上來來往往的人群，笑了，即將找妳去；在醫院，我們共有的記憶：（倒敘完成之）褚先生到底會是在曰什麼？

史記上的中斷；真空則空無不真：我空、眾生空、五蘊空、十方空、三際空；實相，則相無不實。找不到共有的記憶，他開始在異鄉著急無法，判斷下一落腳處如同進香團海外出遊卻脫隊的人遺留在原地一直念著，父的名字：出走，我將帶你們到（祕密基地）去，沒有地圖的傳教士，告訴了我們最真實的諾言。

曾經也是同樣的午後下班時刻，躺在病床上他百般無聊賴地翻閱著小說《胡若望的疑問》。看不懂，複習的時候忘記了自己（當時）如何地在書本上鉛字成行之間的空隙畫下歪曲的直線，你不懂這裡為什麼是重點，因為你沒有當時的日記本、工作分配、表和演員名單。

想著當時，努力地回想起哎呀，什麼時候第一次看到這本書的呢？封面：褐色背景的構圖，海市蜃樓般的城市之後是青翠的山脈以及蔚藍之河流但是背景，依然是不搭調不協調反而能突顯其之褐色：有一些人彼此群聚散落於街道的各處交談著：蓄著長髮辮子，清朝服飾打扮的主角在畫面／封面的正中央處茫然無助的樣子（怎麼沒有人鳥我呢）：？怎麼沒有人會用中文來和我交談呢：？《（The Question of）THE QUESTION OF HU》。

想著當時，最初的回憶屬於，自己在這本書上之中，譯本。耳邊輕輕地流洩過林海的鋼琴專輯，音符的躍動是悶躁午後的樣子，在冷氣病房內格外地讓人清新，同質素相斥，從十二樓的病床望向透明的玻璃落地窗外，感覺到了自己是抽離的樣子。

在淡江大學的新聞系就讀，意識到自己的時候已經在淡水的馬偕醫院了：一群人圍繞著你，時間彷彿靜止你無法察覺，變動。

哭了，醒了，兩個多月以後，終於醒了。

他看著所有圍繞在身旁的人，他們都在哭……是有幾個男孩子別過頭去啦，不過他想著，他們一定也在暗地的哭泣著，因為這是共有的記憶：大家都圍繞著……大家都圍繞著……大家都圍繞著我？

我！

（你？）

我？

（你！）

ㄋㄧ……還好吧？

他好奇地看著他們，他們都在哭泣，甚至有兩個彼此緊緊相依的中年男女，一個粉紅色打扮的女生，以及……我忘了應該如何形容妳……於是，哭了，他們全部在看到他醒來的時候，都哭了。他偏著頭，彷彿受到刑求的藍波，電影《第一滴血I》美國大兵身陷陌生語言的越南國境，之內必敗的《阿甘正傳》在反戰的演講場合上對著所有的陌生人們喊出：了我愛的其實是妳，妳知道嗎？妳什麼都不知道對不對，妳永遠不會知道，（因為我知道妳愛他）對不對（？）。

他終於醒了，睜開眼睛看到每一個人，都是哭泣的模樣。

中年男女哭了，下意識彷彿空襲警報聲響之啟動，演習時間大家就不約而同地來到了教堂的地下室，躲避著看不見的敵人。

教堂，你想起了你們家，高雄市前鎮區瑞平里六鄰，你記得的竟然是平常不需要之詳細；因為你忘了在信封上的地址了，但是你大可以保證：能夠從瑞平里內任何一處之公車站牌安然地返回你最熟悉的家（這是國小負責擔任放學回家時之『路隊長』的你早就熟悉非常之技藝啦！）。你們家附近的一處空地，本來是元宵節時大夥兒一同提燈籠、起火狂歡的祕密基地；但是後來在這裡建起了教堂，高雄市崗山基督長老教會於是，元宵節沒有了去處，國中時的耶誕節只好在這裡度過，這裡是，防空演習的祕密基地。

彷彿一致的動作，每個人圍著他而哭了出來，你醒了，就好了……

他依然聽不懂，累了，蝴蝶從破裂的屋頂飛過另一破損之屋頂，彷彿穿梭在許多不同的夢境，他笑了；之前他作了一個好長好長的夢境：來到了異鄉。因為沒有熟悉的事物，或者，這麼說好了；沒有能夠讓他意識到自己，可以熟悉的事物之事物，沒有共有的記憶。

迷路。

問路要如何：才能出去？捷運站？紅毛城？水筆仔？大家都急忙地往你所知道的那些地方前去；過往，來來去去諸多行人匆匆的背影躲避著陽光，笑容的你在問路，你在你自己的夢境裡面但是你不一樣，大學四年級上學期，在淡水這裡住了三年有餘了，這些地方你早就熟悉到幾乎厭煩了。你只想知道他們的來時路，因為在本地將近四年的你在此迷路了。只是，你沒有攜家帶眷，你沒有在脖子掛上數位相機，所以你不是遊客，因此沒有人理你：你是闖入的外來者。

判決有罪確定或裁判交付感化教育者。諜審判案件補償基金會公告：針對戒嚴時期因觸犯內亂罪、外患罪或戡亂時期檢肅匪諜條例，經一九六〇雷震案以後到，了現在歷史的沉冤才開始成真……財團法人戒嚴時期不當叛亂暨匪共有的記憶。霸王別姬。（虛構的戲劇。）。一九六一年蘇東啟政治案件之認識。

己，雖然，你認識了很多人，你見到了在你身邊加入許多人。但是你不敢坦承自己的罪過。後來，你在已經沒有特務充斥的時空之中不敢確定／否定自

李鎮洲在《火燒島第一期新生——一個白色恐怖受難者的回憶》寫著：

凡是認識我的人，連只知道我的名字而和我彼此不相識的人也在內，差不多都知道我曾經作過所謂的「匪諜」而被判有期徒刑，被關進火燒島。曾經不只一個人不只一次問我：『你是為了什麼被捕？』我每次的回答都是『不知道』。這三個字很難令問者採信，

> 因為他們認為我是餘悸猶存，或認為問我者對我有危險，所以不敢說。其實這種想法對我是天大的冤枉，說句良心話，我實在不知道我為什麼被捕。

共有的記憶，出現的是現象學之研究：並非以原本的體驗為對象，而是以變化過了的體驗為對象。所以你是外來者，你必須擁有我們的共有之記憶，中華民族的道統才不會落在當時也以中華文化道統自居的對岸。

共有的記憶：外來者；數位相機。

外來者是如何輕易地就可以分辨被，先住民就讀淡江大學新聞系的他僅只能負責的必須是嚮導的工作：帶領大家來到適合拍照的地點：因為先住民的他知道，他們這些人都是闖入的外來者，他們沒有共同的記憶：神木：先住民的他必須製造出讓大家共同享有之共同的記憶，然後時、空的畫面方能停格之（共有的窗櫺）：想著當時：劇照。

她是陌生的，左手的無名指上戴著一環戒指，她是別人認領已經的女朋友？他躺在病床上，放出柔和有冰冷脫離節拍音奏的樂音時，病房的門開了，熟悉的值班護士姐姐們隨著他的住院大夫推著新的病友／病床到來，停在隔壁空出的床位上。沒有人陪伴，他們，在沒有人陪伴的情況下彼此，望著彼此。

跟先住民的你一樣都是『跌倒高危險群』喔，喏，要好好地照顧她喔。說著說著，那群實習的護士姐姐們『，晚上再買布丁雪糕請你吃啦！』各自離去。

笑了，嗨，我終於迷路了，我終於真正地迷路了。

電影海報上，她燦爛地笑著，右手指向海報最上端的電影片名處，眼神卻直視著前方（路人），彷彿凝視著停下腳步來仔細凝視著海報的人。個人的獨照，沒有任何背景存在，斑斕如同七彩霓虹燈的底色：自導自演。海報上寫了演員陣容的名單，以及，故事大綱（共有的記憶？）：台灣省編譯館。

一九四六年八月到一九四七年五月。開羅宣言從歷史上正名台灣、澎湖以及滿洲，應該歸還給中國政府，當時的蔣介石是中國最高統治者，於是我感謝他給了未及內地延長的我們真正、確實之魔鬼、地獄、以及神仙。

陳儀是行政長官，負責管理光復／接收後的台灣。當時共有的記憶，我們是早就被國民化的內地延長了，他們開始說我們是舊有的殖民地，我們比日本人還爛，我們是次等的人；雖然已經（納入）中國化了，但是，我們還尚未國民化；但是我們都不知道，我都不知道啊……

陳儀在一九四五年的除夕夜，以『民國三十五年度工作要領』為題，透過收音機之廣播進行以下之發言：

> 明年的工作可分政治建設、經濟建設與心理建設三大端。其原則依據委員長核定的台灣接管計畫綱要。（你們是被『接管』之共有的記憶）政治建設在實行民權主義，其要點在使政府有能，人民有權。經濟建設的要旨在增強生產，提高生活。

妳在海報上問著：『還有呢』。情節是妳當著所有的觀眾的面如此地對著男主角發問：還有呢？

心理建設在發揚民族精神，而語言、文字與歷史是民族精神的要素，台灣既然復歸中華民國，台灣同胞必須通中華民國的語言文字，懂中華民國的歷史。明年度心理建設工作，我以為要重視文史教育的實行與普及。

我，我怎麼了呢，我聽不懂你們啊！怎麼了呢，你們怎麼哭了呢？他伸長了手臂想拭去那對中年夫婦（？）臉上的淚痕，還原一切，他們多麼蒼白憔悴之容顏，見到了我就有多麼地不忍。可是，伸長手臂他才猛然地察覺到了自己，綑綁，在病床上被，不得動彈；不得動彈地看著圍繞著他的他們那群陌生人們來來往往！下意識憤怒，望著對面牆上的時鐘，我不能動，為什麼要把我綁起來說完了他驚愕地發現原來，他竟然也不懂自己抗議之語言！剎那間緩緩地，他突然眼前一黑，全部的全部都開始失明：不見！像是晚上宿舍的熄燈時候一樣，他於是慣性地在茫然的情況下閉上了眼睛想要緩緩地睡去了不！依稀的記憶中（情感）／對照／依稀的記憶中（言語），有人如此地吶喊著：他又陷入夢境了。

每個人都在吶喊時代，這裡眾聲喧嘩：教科書其實是各方意識形態衝突的交會點[2]（我們原本的地下台獨革命團體，就是想要重新投回民主的、偉大的、親切的祖國懷抱中啊！一切都在祕密地進行著，還沒有把我們國民化的你們說我們是舊有的，你們依憑著他們所有人的共有之記憶判定我們是：殖民地。）

[2] 中華民國課程與教學學會主編，周淑卿《教科書之選擇與評鑑・論中小學教科書評鑑機制建立的必要性：貳・教科書存在的理由及其限制》高雄復文圖書出版社，高雄市，二〇〇三年（頁六〇）。

每個人都對著你喊出了你的名字。

小明？

小明！

小明……！他們眼看你逐漸地昏迷／清醒，但是他們顧不得這麼多他們，只想要小明，他們不理會你，昏迷逐漸的你。他們喊著小明雖然著急地包圍著著急地吶喊著著急地挽救著，你，但是他們在喊小明。

殖民地，共有之記憶，一切祕密地行進（：夢境）。

心理建設在發揚中華民族精神，增強中華民族意識，此為以前日本所深惡痛嫉，嚴厲防止，而現在所十分需要者。其主要工作，第一、各校普設三民主義、國語、國文與中華歷史地理等科，多加鐘點。並專設國語推行委員會，普及國語之學習。第二、增設師範學院、師範學校，大量培養師資。第三、各級學校廣招新生以普及台胞受教育之機會。第四、對於博物館、圖書館、及工業、農業、林業、醫藥、地質等實驗、研究機構力求充實，以加強研究工作，提高文化。第五、設置編譯館，以編輯台灣所需要各種書籍，並著重中小學教科書之編輯。

啊啊啊啊啊。我們快要有你們給予的共有之記憶了。於是，許壽裳是首任同時也卸任的唯一編譯館館長；但是，值得注意的是，他本人對於日本殖民地時代遺留下來的學術文化，不但沒有全面否定而且還讚揚之。

於是，你必須清楚地認知道自己是俘虜的一切歷史之正名（共有的記憶）；方能，方能，你方能述往事，思來者；你必須認清你的身分，我們才能安然地存活著。

刑求，陌生人的我們必須從陌生人的你口中得到陌生的情報，兩國交戰，陌生人（好人）都怪不得陌生人（壞人）們。（好人＋壞人）情報的交易一切：都是共有的記憶。

於是，陌生人（好人）必須堅守自己的立場（和一堆志同道合的戰友們共同的誓言），不能危害這些曾經與自己共患難的朋友們，不能。

於是，陌生人（壞人）必須堅守自己的立場（和一堆志同道合的戰友們共同的誓言），必須清楚地知道他們是要如何有計畫性地摧毀我們，必須清楚地知道。

必須停留在原地，才能判斷出最真實最原始的真相，才能最妥善地回憶。

但是製造者已然遠走了，見證這一段歷史的，製造者……在路人遠走的時候，大家都圍上了前去，看著剛剛的合照：此時在數位相機背面螢幕上出現的集體畫面。你悄悄地走近她，捏了一下她的掌心；似笑非笑地她瞪了你一眼，也跟著圍了過去啊啊啊！我頭髮亂了！

此起彼落的歡呼聲嬉鬧著，在淡水紅毛城的入口處。淡江大學新聞系新生，你們第一次的班遊。夕照，緩緩地投射在淡水河面，出海口，晚風是如此地洶湧起了瀲灩之波光，夕霞斜照，隨著陣陣清爽的涼風傳來，倒映在斑駁的城門上；首次來到了異鄉，古蹟殘留的是你們初次的身影。

人來人往：共有的記憶：中國化。李維．史特勞斯基《野性的思維》：『圖騰』類型之觀念和信仰特別值得注意，因為對於建立或接受這些觀念和信仰的社會，觀念和信仰就構成了信碼，這些信碼使人們有可能按下概念系統之形式來保護屬於每一層次的信息的可轉換性，甚至是那些彼此除了在表面上都屬於一個文化或社會之外別無共同之處的層次；也就是，一方面與人們彼此之間的關係有關，另一方面與一種技術或者是與經濟秩序有關係之層次；這類秩序似乎只關心人與自然的關係。最初，我們共有的記憶：

你們在淡水紅毛城的合照：日本投降後的不久，英國政府與南京大使館安排英國領事館在台灣之成立，首任領事停格（Tingle）在入駐紅毛城以後，一九四七年二月十二日的報告書中，評論了國民黨政府一九四七年一月決定中華民國憲法：暫時不適合在台灣實行之決議：

The truth is that this homogeneous province of over 6 million inhabitants, whose standard of living and education is higher than that in any province on the mainland, is among the best for the introduction of the constitution. The Administration know quite well that if a popular election were held they would be unable to maintain themselves in office. They are playing for time so that they have a longer opportunity for making money.....[3]

馬偕醫院的主治醫生在病歷表寫下他的專業醫療診斷紀錄，以及小明他在甦醒後的第一次昏迷之時間。棘手的問題，淤積的血塊逐漸擴散／大範圍中：稀薄，這其實可以是個好消息，就像是颱風的來臨一樣，腦壓逐漸減輕，病情即將來到了逐漸地可以人為介入之時雖然開刀依舊無法

[3] 本文引自郝任德，《二二八事件研究論文集・紅毛城與二二八——英國外交部對於台灣一九四七的態度》，張炎憲、陳美蓉、楊雅慧編，台北市，吳三連基金會，一九九八，頁二七六。

不過至少我們有用了，我們可以認得此乃，共有的記憶。

但是，其實也可以是個很爛的鳥消息。病情控制依舊無法，因為枕骨在顱內斷裂成許多截麻煩的未爆地雷，而且血塊的擴散，連帶地影響了腦壓不定時、不定點地隨時變幻，甚至會因此影響了腦部所掌管的一切的知覺、溝通、記憶神經。因此，最艱難之任務就是，醫生無法準確地得知病患之病情，你是一個不能有病例表的傷者！應該要如何是好呢！

共有的記憶：翻譯。

討論著，會診，腦神經外科的主治醫生和腦神經內科的住院醫生聯合了眼科、耳鼻喉科、骨科、復健科（運動、物理、職能、語言、心理）……的主要醫生們，聚集在一起討論著如此之個案。從來沒有接觸過，像是迷路一樣……住院醫生搓著手說著。

沒有人知道我的語言？惶恐了，你站在人來人往的路口，紅綠燈交通號誌下，你唯一可以辨認的記憶就是這裡，使用你熟悉的遊戲規則：紅燈行，綠燈停；行人、車馬一律靠左行。

每個路過的人都以為你是先住民，所以每一個路過的人都自動地化身成為什麼也不知道的觀光客，世界理所當然地運行：沒有人要鳥你。到此（開始out點）

電影《向左走，向右走》的海報，改編自幾米的繪本《幾米的相簿》，明眸皓齒的她，萬般風情的姿態在海報上依然迷路的楚楚動人隨時，都在看著我……你在錄影帶出租店內的櫃檯上精準地捕捉到了每一個留意海報的人之心理，但是又能如何呢？男生宿舍的時代，璩美鳳以及侯佩岑的A片到處都流通著啊！虛構？繪本改編成的電影／海報上當真參與工作的演員名單，妳還在迷路嗎？

共同的記憶，這座城市由太多人構成，殘留的記號逐漸稀薄了，原先的人逐漸地外出，後來的人逐漸加入，城市的記憶慢慢地擴散，逐漸地變幻著；最後，就已經沒有人可以完整地通過了：共用的捷運軌道：我們的祕密基地（：藏著寶庫的鑰匙）：馬偕紀念醫院：我在十二樓看到了妳。

遙控器。他指了指在病床對面牆壁上的電視，把遙控器交給了妳隨後；又指了指電視機旁的時鐘：時間到囉，晚間新聞。笑著，他笑著搔搔頭羞赧地說我。想看侯佩岑。

但是你看不到。血塊蔓延的後果，壓迫到了你大腦的視覺神經，你明明知道一切的發生，但是你看不到。你看過鏡子，因此你看過倒反的自己；你看過別人注視你的瞳孔，你知道其實你是倒立著；但是現在的你什麼都不能看到，你知道但是你看不到，所以你不知道。

就算你是當事人也根本不可以知道……一九四七年夏天，由英國海軍派遣來研究台灣在光復／終戰／（終佔）／（？）後兩年來的發展之海軍中校駁謾（Berman），也來到了淡水；並且綜合政治、經濟、社會學方面呈交給英國政府一份書面報告：

Propaganda issuing from both the Central Government offices in Nanking and the local Provincial government, have tried to lay blame for these disorders at the door of the Communists. There is not the slightest evidence to support this contention, or the starement that the Formosan people were 'organised' and 'well / armed'. The demonstrations were entirely spontaneous, and were simply the result of feelings which, having been pent / up during more than a year of mal /

administration, blatant corruption, and bungling inefficiency, suddenly found an outlet.[4]

然後，駁謾（Berman）中校在報告的最後附註了一段文字：

A day of thanksgiving will shortly be celebrated in all schools throughout Taiwan, from Primary up to but excluding University standard, to celebrate the deliverance by the Chinese National Army of the Taiwanese people during the recent disturbances. All primary school students will pay a 'thank offering' of $TW5 and higher-grade schools will pay $TW10 each to provide entertainment and suitable refreshment for the gallant soldiery who so bravely protected them from lawless Taiwanese elements.[5]

無法識別的他只能在虛構、象徵的夢境當中，電光火石地虛度此生，就像是撲克牌遊戲當中最初級的『心臟病』一樣。一群人，但是各自都有著各自的外號來自，水果或者動物或者哪本武俠小說裡面的所有出場人物，反正他要記住：每個人都虛構了一個可以輪流之名字（像是颱風）。

搭配著這些人的臉孔，搭配著這些人在遊戲過程中講笑的聲腔，他必須忘記他們的名字，他

4　同上，頁二八〇。
5　同上，頁二八一。

只能知道他們和你一樣：同樣都有著虛構之名字。

然後莊家開始依序發牌，四種花色不同的一副撲克牌，各自的花色都擁有十三組重複的數字，他必須一直提高警覺地注意著每個人，依序拿到牌的每個人，像是颱風形成之當初，熱帶洋面的水氣逐漸上升凝結緊張氣氛逐漸提高成此時：

有人手中撲克牌的數字和他手上持有的一樣！他緊張地看向你：他最馬吉的死黨（你緊張地看著他：你最麻吉的死黨）：凝視著彼此：都快要彼此喊出彼此的名字了！一剎那你們的記憶各自覺醒了過來：他們！我不再是我了：你指著他：他指向你：各自不約而同時地都說出了虛構之名字！慢了一步的人就擁有了先漠視的人上一輪剩餘的撲克牌，輸的人必須叫出更多不存在的人虛構之名字。

輸家的他開始提心吊膽，因為他掌握到了更多更多的撲克牌，數字重複出現之機率，他有更多機會輪流地實際陷害虛構之他人（啊啊啊啊啊！我最要好的死黨啊！）了：因為他親眼看到了他掌握到更多更多的撲克牌。

《靈魂的副詞》／《神的名字》。

像是刑求。陌生人們（壞人）掌握了陌生人們（好人）初步的軍情：陌生人們（好人）即將在村莊中展開殺戮行動，要殺死全部的陌生人們（壞人）。為了保護大家（陌生人們），必須得到敵軍（陌生人們）的詳細軍情。

陌生人們（壞人）先剝除了陌生人們（好人）的衣物，清點了所有夾帶的物品，然後依照身分證件上的軍階判斷，該名俘虜必須吐露出怎樣的軍情。

於是被蒙上了布袋，你看不到，一切都無法感覺之＝開始被拷打。你必須吐露出我認為該有但是我軍未知的祕密。

情報：共有的記憶：形成。

全身綑綁起來，被配合著手錶秒針移動的聲音間隔，用沙袋規律地撞擊著太陽穴。第一次每一秒鐘撞擊一下，然後停止十秒。第二次每兩秒鐘撞擊一下，然後停止二十秒。第三次每三秒鐘撞擊一下，然後停止三十秒。

十次：碰碰碰碰碰碰碰碰碰碰；二十次：碰、碰、碰、碰、碰、碰、碰、碰、碰、碰、碰、碰、碰、碰、碰、碰、碰、碰、碰、碰；三十次：碰～碰。

你逐漸對熟悉的碰撞聲陌生，你懷疑你抗拒，這些與你共生的現象：彷彿出自於自己的體內。

你告訴你自己：你什麼都不能說，你什麼都不能作。

一切都在你所知道的範圍：你被俘虜了：你必須供出共有的記憶：你開始回想：但是你無法思考：你驚慌了：你以為你忘記了：（那樣我就不能活命了啊）：但是你知道其實你並沒有忘記：一切都是那麼地平靜：你知道下一次太陽穴遭撞擊的時間：你情緒逐漸亢奮：碰：你的身體逐漸習慣：碰碰：但是你不能動彈：碰碰碰：你身體接受了在記憶碼之外的節奏：碰碰碰碰：慌張的焦慮在潛意識中形成你的身體：碰碰碰碰碰：開始抗拒：碰碰碰碰碰碰：出疹：麻痺：痙攣：射精：碰碰碰碰碰碰碰：你以為結束了：碰碰碰碰碰碰碰碰：我們繼續開始：你倒了：你趕快著急地說我說我說：我說你說我願意說了：碰碰碰碰碰碰碰碰碰：最後你咬舌自盡。

因為你是沒有共同記憶／願望／目的地／合影留念的先住民。

時間到，舊有的點滴瓶取下，換上了新的顏色之溶液。時間到囉。你提醒了她，手持有你遞過去之電視遙控器的她。笑笑地。她開啟了電視的畫面，轉到了新聞台，把遙控器遞還給你，謝謝，我要睡了。她說著。點滴依序滴著，軟性的安全針頭，你看了看她的左手腕，晚安，再見。不作聲，她面向著另一側，緩緩地睡去。

祝妳有個好夢，像是生日時的許願一樣，你悄悄地對著她說（沒有人聽見）。乾淨、白皙面容之骨感美女，就像是廣末涼子、王蘭一樣的俊俏。

（像是妳，你在心底悄悄地說著。妳知道的，就像是妳一樣……）

共有的記憶。救護車之。聲響總是充斥進入。隨時你無法目睹。

可是，我真的記不得了……面對自己，開始慌張。晚餐時間過後，看護準時地來到病房內，幫你洗澡過後，你安靜地躺在病床上，翻閱著這本《胡若望的疑問》，看著舊有的筆跡，昔日之眉批，你無法掌握，你無法了解當年為何會是重點之所在。面對著這本新台幣壹百貳拾圓整購得的文本，黑白分明、鉛字印刷的內頁隨處多了一些墨藍色的線條，以及工整之書寫，你便無法專心地閱讀了。人為之介入，你無法專心地面對本文所敘，因為你同時接受到了訊息一種昔日的你所為之。面對著單一的文本，你卻在思索著如何擺脫當時殘留下來的記憶。

但是，妳正在面對著過去。夕陽已經完全地消失了，天邊卻還殘留著夕霞之徘徊。粉紅的背景畫面上，糝過了一抹金黃，綴上了一絲米白，繡著了一曳淡藍，遞嬗了一陣漾紫，揉起了滿天即將覆蓋的深黑幕帳；時間依序地過去天邊，依序不住地淹沒蜿蜒的河道看不見夾岸繽紛之炊裊了；暗號漸漸地退去：如是我聞，一時，俱。

藉著黃昏時夕霞之餘光，妳檢視著剛剛拍下的合照卻不知道他悄悄地來到。

我喜歡這張。

哼，人家頭髮亂了啦！

可是，這樣比較帥啊，不是嗎？

呵，說的也是。臉色白淨無瑕的妳吐了吐舌頭，裝可愛似的鬥雞眼向他扮了個鬼臉。嘴角微微地勾起，幹，口頭禪不是原來意義的他聳了聳肩膀遞過來了一杯紅茶。快喝啦，幹。

說是班遊，實際上也只有二十來個同學一起出來而已。大家都選自己熟悉最的人們在一起，像是不約而同地分組似的，五、六個同學彼此談話彼此照相彼此抽菸彼此……彼此留下最真摯情感之合照。

你們這一團，以口頭禪是罵幹的他為中心似的聚集了過來，有很會裝可愛的妳、短髮且不愛哈啦的冰山美人她、大學了還沒有手機的他和隨時跟著心情變幻手機顏色的他是好朋友、以及，傳聞中暗戀著愛罵幹的他之女孩，全身粉紅色打扮的她。

喏，妳說，快看看這一張：當時曾宗廉他正在用好朋友曾紹先他的手機向父母叨叨絮絮地交代著行蹤、『快點啦！通話費很貴啦！』他在一旁碎碎念著、幹！嘜吵啦。妳不在意這堆臭男生們的爭吵，妳專心地幫粉紅仙女張心郁她獵取最美的鏡頭：粉紅色的髮夾、粉紅色的圍巾、粉紅色的外套、粉紅色的上衣、粉紅色露出趾甲的泡泡襪、粉紅色的涼鞋露出塗有粉紅色染料的趾甲，舉起了綁有粉紅色珍珠手鍊的手腕用戴有粉紅色手套的左手比了個『耶』的姿勢：蘸有粉紅色口紅的嘴唇笑了開來，戴有粉紅色隱形眼鏡的眼神卻瞄到了他身上……

幹，給我一根涼菸啦！

他也很愛抽菸……聞到了煙味的接近，妳知道他來到了身旁；把畫面調到粉紅仙女的獨照，好看嗎？

妳照的嗎？

嗯。

呵，不錯喔。快喝吧，這家店的紅茶很不錯喝。

（為什麼我沒有？妳在想著粉紅仙女她大概會如此嫉妒地念著吧，但是妳依然接過了這杯紅茶，妳喝了下去）

伴著白開水，吞下了護士送來的藥丸，飯後，你看著她。時間就這麼地一直過去，她昨天來到，於是你就不能放大CD Player之音量，就算是沒有任何言語，獨奏的鋼琴聲。

獨自地在街頭徘徊無法，離去此地像，是街頭藝人似的，在地下道用吉他自彈自唱，跟前倒放了一頂帽子。異鄉人，你在異鄉所以你是。你不懂他們的任何言語包括他們用來替代真實事件之發生的象徵，你不懂，因為這些象徵對你而言是非常真實的。

你逐漸地清晰了自己異鄉人迷路的姿態，在你開始逐漸地明白所有的象徵之後；只是，你還不懂他們的語言，你一切的一切仿造他們必須賴以維生的象徵之指示，但是你還是不懂，你還在迷路。

（你有時候說對了幾個單字，例如尚德不得；然後，他們以為你說了正確的『上得不得』。於是你們展開合作。到了最後才發現原來你不是他們的人。）

你在紅綠燈下徬徨。悶躁的六月，來來往往一陣喧囂，喇叭聲此起彼落著車輛排放之廢氣朦朧中你好似什麼都見不到。

空無，什麼都沒有，你知道其實不是只有你而已；但是你只有意識到自己，因為，沒有人（願意）知道你；因為你知道沒有人願意知道你是迷路的異鄉人。

呆立在原地不得，動彈不得，動彈。

空無，什麼都沒有你開始，慌張。喇叭聲響起。下意識地，歡欣。

因為意識到其他了，轉身回頭望過去滿滿的都是一群車輛，直衝向你下意識，地離開原地。大喜大悲，轉瞬間你知道危機來臨，趕快回身了不去在意，喇叭聲更大了。

遠離，躲避。

離開了十字路口，你原本以為死守在原地會是最安全的距離，但是其實不然；於是你向前走了幾步畫地自限如同最有保障的周文王之囚犯來到了一方形空格內：機車待轉區。

經過的，是一切揚起之粉塵；沒有後視鏡，所以你看不到你自己也無法知道一切喇叭聲到底初自於哪裡彷彿，一切都是！

一切都是！你終於知道身在異鄉的時候，一切都是生命構成的威脅者：機車待轉區。熟悉的，到底還有什麼？怯懦地蹲了下來緩緩地抬起頭來看到最安全的對面，紅燈。

唯一可以辨認。

啊啊啊啊啊。我最熟悉的啊！快步地向前走去，最有安全感，我知道可以因此得到了保護。

所以，至少你懂了大部分的象徵，在都沒有人告訴你的時候；你終於可以明白地依照著地圖之指示，找到了正確的轉角了。這時候，你才開始有了空閒，你才開始使用你原來的文字，記錄下發生過的每一件事情：今天你經過哪裡，與哪些人擦身，重點是今天是什麼時候。

齊克果（Kierkegaard），《誘惑者的日記》；你著手根據你現在的記憶繪畫了一張地圖，你想作個好人，你要幫助每一迷路之羔羊，你要告訴他們正確的事情：在此一夢境／異域：紅燈行，綠燈停，行人車馬一律靠左行。

是以，你的記憶、你的文字必須絲毫不差地轉換成，他們熟悉象徵之虛構。

私自的日記：共有之記憶：翻譯。

你終於記得今天的日子了。你開始寫日記，你孤獨地著手回憶錄，一天一頁地過去，你用這場夢境的象徵寫下一切：回憶：錄。

來到了一地，象徵清晰明白地表示著這裡的所在是：高雄市火車站。但是與你的認知不同，沒有察覺帝冠之裝潢，四方形的建築，你不知道自己應該要相信誰；除了，火車站（？）前方的新光三越二樓麥當勞部門。

麥當勞，像是統一發票一樣，你最清晰最有依據之記憶：共有之地。

悶躁的六月依然午後，下起了陣雨渺渺的，視窗所見一切虛無地那麼立體，像是三太子的當時，刮骨刨肉，當然並非療傷，而是要把一切還給看不見的敵人：饒過我的父吧！

的確啊！你的製造者，和你如此相似的父母，卻是莫名的仇敵報復的對象，你萬分地不忍。因為你知道，你自己可以被覆製，只要，只要製造者還安然地存在就可以了。

視線一陣渺茫，綿綿的細雨鏤下混著夕陽之餘輝刻劃出人來人往的擁擠。你見到了每一個人都是被切割的樣子，積水，人行道上濺起並非有人行經而是繼續的雨滴，時間在流動著而你茫然地獨立著見到每個人，被切割被劃破。

卻依然。多麼地不捨你想作個好人但是，你不精通他們的語言，你尚未精通他們所迷戀他們所依據他們所信賴之虛構的象徵於是，在人行道上，公車站牌下佇立，漠然地佇立陪同著一堆，遊民像是莊子一樣箕踞鼓盆而歌。

疑是由他人偽作的〈外篇〉、〈雜篇〉，以〈胼拇〉為例；原來，莊子所以為的天然，其來自必須是絕大多數的人為之規矩啊……

你在此地，你是多餘的人，物競天擇你自然地會消失不見蹤影；所以，你不能妄想引起他人之注意，因為你的存在根本大家都不引以為意！

他們都知道你會消失＝他們都希望你消失。

長久的時間下來，在北一門出口處獨自地站立兩個小時有餘竹子齊眉時，你終於體悟到了，不在意你的人，與你持有相反意見的人，都是壞人！都要消滅你，因為你是毫無意義的胼拇！顫慄，全身哆嗦了起來，脈動彷彿秒針，你清晰地看見所有的台北人自動遠離披髮狼狽的你公車來了，所有的人收起了雨傘讓水滴無情地打在你身上從你身旁自成一行列地上車去。

無助。於是你離開了，電影《侏儸紀公園》：生命會自尋出路。

在日記本寫下：沒有人。

行經路人，有個自稱某殘障福利基金的美麗少女向路人他推銷自製的原子筆。但是沒有人鳥你，沒有人。雖然，你真的是個好鳥人……

雨勢逐漸地大了起來，你茫然地環繞著火車站行走，方形的樣子像是機車待轉區但是，這裡不像是那天然而成的界限沒有可以容納你的空間！

你茫然地走著，麥當勞，會像是紅燈一樣我最熟悉之親密嗎？

沒有人。

雨勢狂奔的時候都沒有人了，沒有人在這裡，最自由最放鬆，所以你快意地離開高雄市火車站朝對面新光三越百貨公司二樓的麥當勞部門直奔而去。

站在櫃檯，直視著前方開放式廚房內來回走動同一款式襯衫的工作人員們，你點了最能讓你安心的可口可樂，然後緩緩地走上二樓見到了公車，過境：搶救！搶救！朱挺珊代父出征。高雄市議員的補選。

坐在位置上，你仔細地思考，與賄選家族的我同樣之歲數，那麼她應當有辦法能夠知道我現在陷入了迷路之困境囉，她能救我囉？

不能。你彷彿聽到了我的父慈祥之聲音，你驚訝地轉過頭去，竟然有人知道我的語言？

搜尋：共有的記憶。

又再一次地睜開了眼睛，（你開始確信你自己：又進入了另一私密之夢境：沒有人：真的沒有人：真的沒有人懂我：真的沒有人懂我需要幫助）你依然看到了他們，雖然人數減少了許多。那對，那對中年夫婦還在，粉紅打扮之美女張心郁也還在，樸素穿著的男孩子曾宗廉跟胸前掛著手機的男孩子曾紹先也還在，短髮俏麗沉默始終的女孩子賴香酉也在，終於，我無法形容、無法比擬、無法象徵、也無法虛構的妳也還在。太好了，這個夢境有我熟悉的人了；好累，好想睡去……緩緩地閉上了眼睛他們大叫，醫生醫生按了！牆壁上緊急通話按鈕通知護理站。

身在異鄉的夢境，我學到了好多好多，他呢喃地在日記本寫下熟悉的文字：這是我曾經發生過的情感啊！夢境是由現實堆砌而成的不是嗎？我要學會造夢先，我才有辦法在現實的困頓中存活順利喔！

共有的記憶。救護車之。聲響總是充斥進入。隨時你無法目睹。

顧客在櫃檯前停了下來問你，關於，一部影片。幹，啊我忘了騙名還有飾誰演的啦。啊劇情就是有軍方將軍帶領手下叛變，啊他們挾持一堆毒氣炸彈，進攻舊真山外面的一座倒：啊以前逝用來作漸癒的啦。啊米國軍慌只好請一個以前曾順利從那裡洮出的幻人殆領著ＦＢＩ們進攻！幹，啊就是這樣啦。幹，啊你不要在意偶罵幹啦，我不是真的再罵擬啦，幹！

笑了笑，尼可拉斯凱吉主演，《絕地任務》，請您稍等，我立刻拿給您。

幹！謝謝。

接過了其他男孩子遞過來的涼菸，他點著了，吐出一口長長的白色煙霧，只要有妳，都是好的。共有的記憶：一張相片，主角絕對不只是畫面。記起了當時的一切，他們那倆個傢伙在那裡爭吵，短髮俊俏帥氣的她一樣冰冷的樣子站在樹下抽菸，妳在幫粉紅仙女她調整焦距，留下最美麗的動人倩影；我知道，這是妳攝影的，我在一旁默默地看著。我看著妳看著她，那種專心凝神之身影，節奏之調整有如華爾滋圓舞。

多麼地動人，妳在畫面上的身影。合照，我們在一剎那的窗櫺。

太好了，你不要再度地又睡去了……永遠保留，這一刻是最動人的美好全部組成：生命，不告而別的人是最討厭的人。媽媽、爸爸……？斷斷續續的話語操練著原本你熟悉的語言，手指向那對中年夫婦：爸爸、媽媽……？。他們，流淚了，粉紅仙女也在一旁哭了出來，斷斷續續地喊著別人虛構出來的名字：小明，太好了，小明……

啊啊啊啊！有什麼好的呢？他依然被綑綁住喔，他依然不得動彈，他依然深陷夢境中。邯鄲學步，他知道這一切全部都是虛構的象徵，他醒來了＝他脫離了上一個夢境＝他進入了另一夢境。他不是認出了他的父母，他只是結合他在故鄉的認知，以及他在上一夢境裡所學得之虛構象徵，綜合判斷出在情感上應該呼喚那一對中年夫婦為『爸爸、媽媽』之象徵代名詞而已啊。我不是已經有用問號作結了嗎？你們怎麼可以沒有察覺出我的驚慌呢？怎麼可以呢！你們是不是又不鳥我了？又要當我是陌生的異鄉人了？怎麼可以怎麼可以呢！我至少已經見過你們一次了啊！好累，勉強地轉身過去看到隔壁，病床上有個老人全身插滿了與你一樣多在一樣位置的管子。

笑笑的，打了一個招呼。

鼻咽管，因為抽菸太多了，整個肺臟都是黑色的，血管都被尼古丁佔滿，焦油導致纖毛敏感地抗拒一切人為之外力介入，加上血塊的淤積是碎裂的骨頭碎片到處都是，所以無法開刀，所以插上鼻咽管抽痰先。

手推車，聯繫著鼻咽管，如同抽風機般的葉片快速地轉動著形成，颱風形成之初：水氣不斷地上升凝結：你體內有著安靜的颱風眼：桃樂絲夢遊鏡花緣：地球自轉：移動：夢谷瀑布在勾二一地震以及颱風過後：赤壁：多少英雄盡：凱旋門：第五大道：蒙馬特遺書：老人不鳥你：持續昏迷你：聽到機器轉動焦躁的聲音碰：碰碰：碰碰碰碰碰：抽慉：老人的頸動脈浮起：你看到：備位元首直接升級為國家領導人的前總統李登輝先生曾經來探訪過：你昏迷的時候就像是這樣子的他，我無法形容的妳如此機車地說著。

他待在當場，誰……誰？

你(像他)。

不、不是，我是問，誰？

他(像你)。

不、不是，我是在問，我是在問……很久了，在前一夢境之後，我來到了這裡，雖然我依舊無法完全了解你們的語言……象徵的意義，我該怎麼說呢？我要說的就是此刻，對極了，此刻，我發言之對象。我無法使用一完美之象徵捕捉面對的即將，怎麼說呢……我……

你要說我吧？妳試探性地問著，妳知道醫生們都交代千萬不能引起他亢奮之情緒反應。

對！對！對！他大力地點著頭同意之。終於不再昏迷的他見到了你們，在這個世界／夢境上，終於見到了你們。他開心極了，他終於知道他努力地融合原鄉的現實以及夢境之虛構而產生之語言能在此一夢境通行了，雖然尚未百分百，但是已經可以了。

對！我就是要說我！『我』！他興奮地指著無法形容、無法比擬、無法虛構的妳。

他們仔細地凝聽，這是自從你終於不再昏迷後醒來的第一次自我認定，他們都知道，弄清楚了現在你自己所在的形式，你就可以順利地通行無阻了。

你指著她，你指著無法形容無法象徵無法虛構的她，你指著她，你想要知道她到底是何方人物於是說，

誰是我？

《胡若望的疑問》，共有的記憶；『將來』不是指涉一種尚未變成『現實』而到了某時方為『現實』之『現在』，而是一種脫離自身、非本真的時間；陌生人最源始的時間性，有終點才是最本真的時間性。

許願，陌生人涉入之夢境。

視線之所及，他看到了一堆熟悉的人；只是不明白自己，為什麼會在這裡而已。還有，還有，無法形容、禁止象徵、不得虛構的『我』。

你是說我吧？

嗯，我，我，誰是我？

他一直重複地問著如此之話語。每個人在擔心之餘至少都有了些許的安心，至少，他還不是澈底地神智不清，他還想要知道自己……短髮女子如此地對著那一對中年夫婦如此地言語。

碰。共有的記憶。

你缺少的就是這一部分，他們努力地告訴你有關於他們所知道的你之一切小明：例如忠誠民進黨美麗島派系的信徒之你都揮舞揚動著青天、白日、滿地紅的中華民國國旗抽菸嚼檳榔地參加民進黨造勢晚會例如曾經為了一枝布丁雪糕的賭局而從光華商場沿著捷運的軌道而步行走回來淡江大學例如曾經為了寫下吸食大麻以及強力膠的朦朧感之新詩而混合了伏特加、金門八八坑道高粱酒、玫瑰紅、Double Espresso配上了芥茉、皮蛋以及一包二十根香菸的白大衛杜夫（Davidoff）之菸草而一起吃下例如在聯合報文學獎的參獎作品中坦誠地面對自己而辱罵蔣介石虛構他作了哪些鳥事例如在高雄市港都文學獎的徵文之中唾罵李登輝例如生平唯一文學獎是第一屆的黑暗之光文學獎新詩類身心障礙組銅獎因為其實你只是想去跟葉石濤國父握手而已例如為了保有生命存在之美麗而把一整個水族箱的美麗金魚們放到冰箱的冷凍庫裡去例如他們說我是個有理想、有抱負、有志氣、有決心、有毅力的像是死人在訃聞當中一樣的偉大時代青年。

但是，懷抱著夢想前進的青年沒有想到，隔天看來竟然一隻一隻金魚們都翻白了肚子死去！

啊啊啊啊啊！透明的小魚可以在生前細數其體內的骨骼，這時候卻翻白了肚子什麼都看不見啊！

啊啊啊啊啊！粉紅耀眼迷人的小魚可以在生前藉由水族箱日光燈之反射而炫耀其燦爛之鱗甲，這時候卻翻白了肚子什麼都看不見啊！

啊啊啊啊啊！黝黑平凡無奇原本吸附在水族箱四壁，暱稱是清道夫的小魚這時候竟然也翻白了肚子什麼都看不見啊！

啊啊啊啊啊！只有巴西龜還是像吳憶樺維持一樣地一樣動也不動！

啊啊啊啊啊！什麼都看不見啊！

碰。共有的記憶在。病房內時救護車之。聲響總是充斥進入。隨時你無法目睹。碰碰。

到了你醒來第二天，家族遺傳有低血壓的母親突然毫無預警地昏倒在你面前，你自己按下了病床前方，座燈下方的『緊急通話按鈕』，你對著護理站交代趕快：來救救，來救救，來救救……她……我媽媽（？）她……

沒有人，沒有人在當時告訴你應該怎麼作，在這個異鄉。剎那間你清楚了，你想起了上一個夢境，那裡全部都是對你見死不救的路人，鳥路人，bird－road－man，會變身的那種；來到了這個夢境，你發覺照顧你的媽媽在你面前倒下，全靠需要被照顧的你之緊急通知；你終於印證了你的理論：夢境是虛構的，一切與現實相反。我在夢裡使壞，現實上我的救贖將會更多。

啊啊啊啊啊！原罪是如此輕易地被識破啊！

為了現實，必須立足於夢境；翻譯之於共有的記憶：一定有某一部分完全遺失，進行翻譯的時候；於是，在另一夢境中開始補救。

瞬間，目光脫離新光三越二樓麥當勞部門的落地窗外電線桿上高雄市議員補選之告示牌，手上端著可口可樂的紙杯，你回過頭去發現有一雙堅定的眼神正在凝視著你，眼神的主人重複地對著你說：『不能。』。

此在，這裡是一處你逐漸摸清楚時間行進之夢境，你清楚地知道你是外來的闖入者，你沒有辦法使用你原本的語言；因為這裡的人們不懂，你只好依賴這裡的人們虛構之象徵。日子長久地過去了，你忘了你自己，你忘了你原有的自己。

共有之記憶；說法者，無法可說，是名說法。原罪。

雖然你是異鄉人，但是長久下來，你終於可以孤單地在此一夢境存活下來了；你可以明白這裡虛構的象徵了，但是，你清楚地知道你無法在此夢境與他人溝通，因為你夾帶著你的記憶所以你什麼都不知道！

他們也不知道外來者的你之求助表示啊！沒有人鳥你；因為沒有人知道你要被鳥，be birded。但是現在，在麥當勞的二樓，手持著可口可樂的紙杯，你發現有人操演著與你相同之言語。

客人如獲珍寶似的興高采烈地拿了《絕地任務（"THE ROCK"）》的ＶＣＤ回去。站在櫃檯內，注視著滿室的錄影帶、ＶＣＤ、ＤＶＤ、ＬＤ，最後的目光在她拍的新片《向左走，向右走》之海報上停下來了。院線預計三天後下檔，屆時，就可以免費地在店裡觀看了，看妳如何地演飾著我們，忘了你們的我……

在大學四年級上學期的那一年發生了嚴重的車禍，住院，休學。你沒有道別就遠離了，死黨這麼地說著，我們會永遠懷念大家窩在你宿舍邊煮蕃薯羊肉爐邊看璩美鳳的那一年冬天，我們這四個死黨：最道貌岸然的老賊、最情報流通的柯公公、最官運亨通的飆猴，和最多只能活到三十歲的你這個亞利安星球冷冷國國王。

我們沒有名字，任何世俗之人都無法從我們世俗的名號對照世俗的行為對我們世俗地歸納／評估之；人為的力量無法介入。老子的『道』是無以名之，並非虛無飄渺，並非無為而治；連唯一宗周的遊戲規則創始人洞子都去找他問禮了。大自然的力量，是最雄偉最神奇的。

停留，在遺跡前，羊群散亂之足跡竟然有一同隨行的獅子群之足跡混在其間，冰河時期的來到是多麼地混亂啊！每個動物都知道啊！他們努力地想要逃出此一夢境／冰河時期，像是你，你的名字：或者（Quidam）。

或者（Quidam）你熟知一切，年十歲則誦古文；二十而南遊江、淮，上會稽、探禹穴、窺九疑，浮于沅、湘；北涉汶、泗，講業齊、魯之都，觀孔子之疑風，鄉射鄒、嶧；戹困鄱、薛、彭城，過梁、楚以歸。你還奉使征巴、蜀以南，南略邛、苲、昆明。最後你必須剮骨刨肉，還報命。

或者（Quidam）你知道你可以被覆製，你知道你可以被考察，只要，讓你的製造來源安然即可。所以你毫無顧忌地破壞自己以及此一夢境了，你已經不在乎了，你知道這裡都沒有人在烏你：僕雖怯軟欲苟活，亦頗識去就之分矣，何至自湛溺累泄之辱哉！況若僕之不得已乎！所以隱忍苟活，函糞土之中而不辭者，恨私心有所不盡，隱沒世而文采不表于後也！

我要畫出一幅專屬於我，或者（Quidam），的地圖；我是好人，我要告訴大家如何逃出此一夢境，讓大家隨心所欲地任我行到處去都可以任安啊！我要作個好人啊！

我是好人，因為世界地圖由我完成，世界由我開展；霹靂布袋戲主角人物『一頁書』尚未變身／進化／人為修行之前的原形，『創世者』我是，大自然的變化，我最清楚了。

悶熱，夏洛克．福爾摩斯颱風過後在這個夏天引進了西南氣流遲滯的鋒面帶來陣雨：《奇巖城》所在之山巒土石繼續地崩毀搶救：不易有人：在這裡，已經夷為平地的仁愛部落：副總統亞森．羅蘋說的那是什麼鳥話：（鳥人才能彼此相互溝通，Birdman）：《蜘蛛人—二》電影票房大賣：一直搶救那堆濫墾森林的雜碎們不是慈悲：我們只是停留在原地，等待救援：在中正廟絕食、靜坐、閃躲粉鳥大便的那些日子，我真的終於不相信你們了，真的：法律系出身的總統頒發第二屆『黑暗之光文學獎』：陌生人說虛構的就是騙人的風花雪月我們大家也會啦：文友們說你寫的文字完全沒有文學的想像性：虛構／熟悉面孔上榜『聯合文學小說新人獎』：你們獨自困頓地寫著寫著邱妙津黃國峻袁哲生到了何時，時間才會沒有終點？

沒有人為，沒有目標，沒有終點，什麼都可以的後現代，你們不鳥我，終於我也不屌你們了！

共有的記憶？

全部淨空，他親眼目睹，隔壁病床……老人始終都與他比鄰而臥，割席絕交嗎？他始終都沒有機會能向老人自我介紹……

（誰是她。我指著我自己這麼地笑著自我介紹：我是：誰是她。）

他始終都在這張病床上，昏迷的時候亦然，那時，是否洩漏出去了多少祕密？洩漏，傾倒的意思，再也無法找回來了，因為不知道我丟了什麼東西……他在日記上這麼地寫著。

找不回來了，因為你不會知道你遺棄了什麼，共有的記憶。

那一張照片，你們始終沒有加洗給我，我們在淡水紅毛城的合照，你們始終都忘了加洗給我：就像是洗完衣服後的脫水機：抽風機一直轉動著：你們遠離而我始終都在原地：運轉：尋覓著：誰能告訴我：

妳需要幫助嗎？

隔壁的空床位，終於有病友進來彌補了，彌補了我視覺上的缺憾……永遠記得那天清晨，老人的親屬們哽咽地幫不在現場（或許送去加護病房了吧？）的老人收拾一切（要轉院嗎？）。他們迎上了我好奇的眼神，他們張開嘴強笑地對著我說小弟弟，要加油喔，爺爺說他一直都會記得你的……

我咧幹恁娘聽汝咧臭彈！騙人！唬爛！幹詁！嚎痟！

他當然沒有這麼說了，不過，他終於又再次地得證了：現在我身處於一個與現實的外界相反始終的夢境中，所以我要說出與我內心意志相反意義之話語。

謝謝。祝爺爺身體健康喔，不要抽太多菸喔，出院我就會去找他。

（出院就是死啦！你的意思就是黃泉路上他會來找你吧？）

我咧幹恁娘聽汝咧臭彈！騙人！唬爛！幹詁！嚎痟！

昨天晚上，在深夜裡傳來老人十分急促的咳嗽，以及病床整個都在晃動的聲響。

碰。碰碰。碰碰碰。你忘記你曾經如此地說過。碰。（祕密）碰。

你知道但是你不敢睜開眼，你假裝熟睡你翻過身去見到了時鐘：靜止，一切的世界，老人的病床恢復原本的平靜鼻咽管所在的抽痰機：碰。

碰。脫落。昏迷時。點滴太多手上都是針孔。直接。進食平行於。鼻咽管。碰碰。運輸流體食物直接。體內。（她說一切。就像是你昏迷時喔。）

碰碰碰。碰碰。碰。耳朵內的蝸牛殼管以及半規管受到嚴重的撞擊：原罪；加上後來鼻咽管的使用讓壓力失衡：碰碰碰：腦壓失調：碰碰：喪失一切知覺：碰！

世界從此失衡。老人始終不知道你的名字。

隔壁病床空了，你在一個人的世界，看著電視新聞。你朋友都畢業了。你父親因為要賣掉自己們的住家換取已經有健康保險之醫藥費所以回高雄處理先你母親低血壓送急診現在沒有人。告訴你她怎麼了。沒有人告訴你。她怎麼了？

碰。像是刑求，陌生人們捉住了你，們同位格，陌生人，們同位格。在一場激烈的交鋒過後。莽原，美國大兵的你們在越南比人還高的草原中遇到了襲擊就地，趴下盲目地。開槍還擊走避不及的農夫：陌生人，在倒地前大喊！

（我也是千百個不願意啊！我只是在這裡不小心地遇上你們這些陌生人而已啊！）死了，雖然你們不確定你們不了解他的語言，但是你們確定你們在異鄉，你們成功地擊斃了一個無辜（：不會襲擊你們）的陌生人：農夫；你們保全了自己，因為陌生人們都知道陌生人們彼此都愛國很。

不熟悉的地形，你們只好向前方一直開槍，卻忽略了繞道從後方偷偷攻來的陌生人們。車裂。頭尾受擊。你們全隊幾乎殲滅了都被。

但是你們留下了幾個陌生人們，你們讓這些陌生人們得以生存，如果，陌生人們願意提供有價值的情報／你們未知的情報／陌生人們虛構的情報的話……人命的價值，就要看這些陌生俘虜們如何抉擇了。

但是剛剛你在他身旁，你看到了一切，陌生人們用著教科書上面沒有的刑求方法對付他＝操弄著我們不懂之話語的陌生人們使用著我們共有的記憶以外之刑罰對付他。啊啊啊啊啊。

我知道他會在最後願意說出祕密。啊啊啊啊啊。

我知道他在最後竟然咬舌自盡了。啊啊啊啊啊。

陌生人們聽懂我的話嗎？就算聽不懂，也該知道我現在滿臉緊張求饒的神色啊！我願意啊！我願意供出一切軍情！拜託，不要讓我死，拜託，我上個月訂婚而已才剛。拜託，我什麼都願意說儘管我什麼都不知道。你要我談什麼都可以……儘管我什麼都不知道，儘管我不知道我知道什麼……

陌生人走到了你的身旁，剝光了你的衣服。你很無助。什麼都還沒有。開始你就。你就開始痛哭。陌生人用鐵絲穿過了你的乳頭，像是作愛前戲在性高潮時你的乳頭一樣地勃起，就像是你國中女朋友初潮時崩壞的子宮內壁：鮮血。你看到自己的鮮血離你遠去慢動作分鏡：你、看、到、自、己、的、鮮、血、離、你、遠、去、慢、動、作、分、鏡：你的鮮血在體外沿著你的身軀蔓延：在肚臍匯集成湖：飽滿：潰堤而出隨著你的鮮血目光往下才發覺：剛剛陌生人們用鐵絲穿過了你昂然勃起之龜頭。

啊啊啊啊啊。讓我死吧！碰。倒地。的聲音：你的話語：未曾在生前成為：共有的記憶／原罪：全然新生的陌生人在異鄉出現：全部的陌生人們：都必須背負著原罪。

你來到了異鄉，你就必須使用截然不同之象徵：對你而言，一切皆為虛構：藉由虛構：方能打造完美最之現實：始終都是將來的未完成式：語言：非本真地脫離他人方為：時間性：沒有終點：你死去：記憶中殺戮的歷史繼續。

拼圖。碰。

盒子裡面有一隻鑷子以及各種顏色（除了橘紅色以外）的柱體，有正方形有菱形有三角形有……許多各種的顏色以及形狀的柱體。然後，還有一張方格切塊構成之附圖，畫上了各式各樣的圖案，你必須牢記。

你必須牢記在附圖上的哪一空格有著哪一顏色哪一形狀之標明，然後在盒蓋背後，許多方格構成的平面上用《孽子》夾取與附圖上相同顏色、相同形狀之柱體而填塞之。

你必須牢記，你必須小心翼翼地複製出，共有的記憶。

碰。拼圖。馬賽克。

透視如同：顯微鏡，你依照老師依照課本的指示，控制好唯一的變因，國小的自然課你成功地驗證了課本上所說真的世界是構成永遠的固體；電子顯微鏡，沒有載波片，你依照所有的實驗步驟：老師依照課本的指示，你依照所有實驗之結果，控制好你假設的唯一變因，大學的化工系你成功地領取了諾貝爾化學獎。

水庫依序地破壞山林，泥沙依序地淤積，你用盡了所有的能力破壞這些在這座美麗之島上違反大自然規則的所有人為，你相信只有妖怪才能打倒妖怪，還原出最原本也最完善的世界。

最後，一切都乾淨了，這裡沒有人為，你也即將死去；空無，T・S艾略特《荒原》：你彷彿來到異鄉的陌生人；你以為會見到一堆不鳥你的陌生人們，但是你錯了，你不是我，你沒有估算到我是最壯觀的全知全能全無三位一體第四人稱觀點介入之人為力量：斷臂的維納斯：我讓你見到一切：都沒有人：因為我是虛構的：因為我是現實中最偉大的大自然力量：休想違抗我：此乃唯一之變因。

碰！捉迷藏，共有的記憶：

全部的孩童都一起圍過來猜拳進行汰選。黑、白，手背為黑、掌心為白；和撲克牌遊戲『心臟病』不一樣。勝利者比較多數所以淘汰被，被淘汰的人得到了安全之最獲免權；然後剩下的人兩個自成一組地進行著：黑白配，男生、女生配！順從、溫馴聽話的人服從命令成為找尋你們輸家最後。最後，全部失敗的孩童們都圍在一起，進行著神聖最的任務：猜拳：剪刀、石頭、布。

輸家必須當鬼仔最後的，幫助所有被淘汰之人類找出所有同伴的鬼仔決定／遺棄者：被。這時候，全部的人們早就已經恢復了最原本最當初的名字了；因為，名字相當地不重要。

因為，名字相當地不重要。

然後，鬼仔必須閉上了眼睛，由一開始大聲地倒數自一百，讓大家能夠安全地躲藏起來：你熟悉的街道、你陌生的巷弄、停在巷子口卡車的裡面？

鬼子必須出發去尋找到每一個藏匿的人，雖然名字已經不是那麼地重要了。鬼子離開了根據地，出發找尋去。這時候，躲藏的人們必須注意，要趁鬼子分心而遠離根據地時跑回根據地，在象徵著城門的柱子上敲一下並且大喊：一級棒、二級棒、三級棒、四級棒、五級棒……如此地依序下去，就可以不用獲救／不被尋獲而得到最安全了。

但是，鬼必須繼續找尋你們（躲在哪裡）。他是壞人，他是鬼子。聽從你們的命令最後成了輸家，必須把你們找回的人是壞人，是鬼子。

而且，名字不是那麼地重要了。

共有的記憶。

你們必須躲好，不能讓鬼找到，就算是親眼看到同伴一一出現，你也不必擔心出賣會被，（因為同伴們都各自隱藏，不知道誰在哪裡啊）因為名字已經不是那麼地重要了，所以不必虛構一個象徵，所以就算是同伴知道了名字，也沒有任何太大的關係啊。

你必須失蹤：迷路，當鬼子。

所以，你慢慢地在太陽底下等著他們。你守在根據地附近，誰一出現（誰被你看到）就敲打著電線桿說我：抓到了抓到了，我抓到，我抓到……誰能告訴我：我抓到誰了！？

共有的記憶。救護車之。聲響總是充斥進入。隨時你無法目睹。碰。

妳需要幫助嗎？

我儘量裝出最和藹，像是親切的天父般慈祥之聲音。三天過去了，我依然沒有和她交談。此時，她一副緊張之神情，在這間空無的病房內，急忙地好像在找尋什麼遺失的物品似的。我想，我朋友大概是沒有幫我帶來吧……最後，她放棄尋找了，我要找一本書，一本很有趣的小書。

小本的？呃……我儘量地控制自己希望她不是要找這樣的書籍，（雖然我是有很多啦），我可以把任何合我意圖的書交給她[6]啦；但是他們說我是個好人，於是我想作個好人。因此，我知道我自己必須順從此一夢境／世界之大自然／最大多數的人為之『道』：不能在這個夢境說出實話，所以我說我幫妳找唄！書名？

顧客向他提起了這麼一位人名：周恩來。他開始慌張了起來。大陸的歷史長河史詩劇。呃，抱歉，我們這裡好像沒有喔，抱歉。

老闆跟他一樣，都是極獨的台獨基本教義派，他永遠惦記著歷史的仇恨：國父孫中山認定的蔣介石（軍閥之一）丟了整個大陸，歷史的因素讓他來到了台灣寶島。這一切都是歷史的成因他認為沒有多大的關係，就算是國民黨、青暝黨都是你們所說的外來政權也無多大的要緊，反正，現實是建構在虛構的夢想之上。

身為讀書人，只要是優秀、能正視真相的政治家，我都情願被統治之。

但是，怎麼可以實施高壓的極權統治呢！怎麼可以瘋狂地殺害／誣陷本島的先住民呢？血流成河啊！仇恨開始堆砌了歷史，繼位之白色太子。還原並且正視恐怖的真相吧！功、過不能相抵

[6] 齊克果（Kierkegaard）著，孟祥森譯，《誘惑者日記》，志文出版社，（民國六〇年九月，台北市，頁八三）

啊！他們有正當之理由去仇恨此一獨夫，李敖大師的專用語。因此，本錄影帶出租店沒有任何與共匪有關係的影片，抱歉了。

淡江大學新聞系畢業雙修中文系的他，早在畢業典禮前夕暗自地許下了心願了啊！

什麼書呢？

像是張大春一樣，結合其專門，史料之取得，虛構歷史，成為一專職報導文學的長河小說家。

一本記敘著陌生人如何地影響異鄉共有的記憶之詳細經過的小說。

那不是在世紀末最華麗的《古都》嗎？那是朱家姊妹小說的方法啊！

不！一定還有我還沒有走過的地方，她們把世界寫成了每個人，卻忘記了我這個例外！所以，我要點起〈微細的一線香〉，向三太子發願：在《餘生》中尋找阿邦・卡露斯！

那些或者都是虛構的吧？

問他吧！

問誰？

《胡若望的疑問》，史景遷（Jonathan D. Spence）著。一個國外的漢學家，如同我們現在住在馬偕紀念醫院，如同台語漢羅字有多麼地荒謬，如同，那位倒放地圖、學術論文的引用之處『忘記』標明的教育部長一樣；陳水扁總統想創造歷史定位，卻不去依靠自己本身累積的資源，而要仰賴著當真台獨好漢的李老妖怪去中國化！

如同，你們怎麼忍心獨占共有的悲傷記憶呢！你們怎麼可以把歷史上公有的傷口當成總統大選時獨佔的嘉年華會呢！你們怎麼可以不考慮雙學位中文系學分的我即將畢業了呢……出走／迷路的人將會更多……

你也是？你也是迷路的人？你問著他，在高雄市火車站對面的新光三越二樓的麥當勞部門，你懂我的語言／意思嗎？

他笑了，對啊！不然我剛才怎麼會知道你要點可口可樂呢，雖然，我已經好久沒有接觸到這樣的意思／語言了。他喃喃地說著，越來越小聲，因為全部的全部，都好像是虛構的象徵一樣，經年累月下來，已經我都無法辨認（自己）……了他說著。

你在這時候才發覺，對啊對啊對啊對啊對啊，褪下了制服，原來就是他啊！剛剛給你可口可樂的麥當勞店員！

大家其實都一樣……

大家其實都一樣。如果還持續撥弄著這樣子的情緒，如果那些政客們例如挑撥族群情感的高金素梅例如妄想合併的泛藍外籍兵團例如青瞑的台灣送錢省長例如冷言冷語說著也不想想能夠連任是靠著誰的幫助之李老妖怪前總統民主先生登輝例如和之前的你一樣的台獨基本教義派之洛陽少年例如一直放話栽贓並且批評呂副總統的傳播媒體們例如雖然明智而支持台灣民主學校卻還愚蠢地迷失於槍傷的羅大佑例如那些不明白你冒著生命危險拿著民進黨的黨旗參加孤梃花學運妄自菲薄地想捍衛你民進黨美麗島派系之堅定立場表示之而直接辱罵你『假台獨』躲在『與媒體對抗』網站（http://www.socialforce.org/phpBB/portal.php）裡面那一群綠色軍團卻自許中立的雜碎們。你好傷心你好難過，你想作好人但是他們說你只能在殖民地存活你必須是鬼子甚至誤植你的性別把你喚作『冰眼啊姨』。

幹。查甫仔得來釘孤支。嘛幹置遐靠一支嘴拖狗鑼。肏伊老師。

他們學習殖民者獨夫蔣介石的說法：『我們必須捍衛自己原有的歷史、文化。』所以他們決定去中國化。

柯賜海因為支持泛藍，祖墳被毀；公務員的『國家考試』題目卷竟然出現了台北學生宿舍的寢室內有五本台語字典高雄的住家書房內有兩本台語字典的你也無法認識之漢羅字！

你失望了，你退卻了，你於是親切地婉拒電話推銷員之打擾而說了一聲『再見』。你原本應當壽終正寢地戰死沙場、馬革裹屍；但是你從來沒有想過，竟然會被同黨同志批評。你想起你在年少得以瘋狂的求學時期那一切有關於支持台獨運動的瘋狂行為，然後對照：共有的記憶。

你無法使用台文將你的記憶書寫出來！

因為，其實大家都一樣。

我知道……他把這本困擾他很久的小冊子《胡若望的疑問》拿出來，妳說的是這一本吧？他手上拿著她說的這本書，妳要知道，他說著，真正困擾我的，不是書本中的文字敘述，故事內容自成一最切身的時間：沒有終點；真正困擾我的，是非本真的時間性：我找不到我自己的終點。沒有夢，沒有希望，沒有目標，沒有終點……因為我還不懂這裡的形容、比擬、象徵、虛構。因為，我是個好人，所以我要作個好人。

你在說什麼呢？你試圖想要釐清什麼呢？你怎麼會有這本書呢？

我也不知道……原來，她是同校歷史系的學妹啊；只是，太小看我們新聞系了吧。笑笑地把話藏在心裡，他始終堅信著，不能在此一夢境裡面說出實話，因為他確信自己是必須說謊的好人。

所以，你還不知道你現在的情況吧？從台北榮民總醫院轉來的住院醫生蔡筠岸大夫如此地對著他說。腦部受到的重大創傷，無法那麼快就復原喔。你一直在病房裡面，你是否早就已經忘記了外面的世界有多麼地危險了呢，我建議你，暫時還不要出院。

沒有任何的問號：？

可是，你每天都有收看新聞報導，你有定時、定點地到護理站閱讀報紙。住院很久的你看到了一切，你卻不能發出聲音；歷史的成因到底是唯物或者唯心，都需要自己親身地體驗不是嗎？但是，你要知道，醫院的外面都已經是陌生人了；你來自外面的世界，醫院對你而言是異鄉。但是，你的一切一切都是在醫院裡面學習，現在的你怎麼可能安然地把西天的經書運回中土呢？怎麼可能呢！

不要質疑我！他終於發起脾氣了。自從父親回高雄賣房子、母親因為極度操勞心臟病發作、胞妹因此非常地難過染上了重度憂鬱症也住院、同學們紛紛地畢業遠離……老人也『出院』去了，他這一間病房變的十分寂寥，只有晚飯時間外籍的看護會過來清洗尿桶而已。

又回來了，又沒有人了；重點是，又可以重獲自由了。

因為，他已經能夠自己推著輪椅行動，也能自己在設有扶手等殘障者輔助道具的浴室內自行洗澡了。

安全地板，防滑，就算是跌倒，也有塑膠的安全軟墊保護著頂多，再昏迷個兩個多月重新去加護病房玩玩而已。世界太大，一切的『新奇』都已經擴散地稀薄了。這世界上在太陽光底下，已經沒有什麼新鮮事了。

曾經有過那麼的一天，看著新聞報導：根據統計：每一位癮君子平均短少十年壽命；而且男性陽萎、早洩患者裡面，高達六成四是癮君子。看著看著，他想起了自己幾乎已經快要忘記怎麼抽菸了。捏著媽媽請護士姐姐幫她保管的幾張鈔票，真是好笑啊，國小四年級就開始抽菸的他只不過一段時間沒有買菸而已就如此容易地把價錢忘記了。

尤其是加入WTO之後，我們就有了新名字成為，共有的記憶。

朋友們都催促著他趕快趕快趕快去，趁今夜三點以前去頂好量販店大量搜購菸、酒。

為什麼／共有的記憶？

因為英明偉大的政府變相地禁止未成年：民法：未享有完全經濟自主權者：購買菸、酒商品。哎呀，就是會漲價啦！

所以，就算是不明白真正的價格，他還是推著輪椅下樓，生平的第一次真正的出院。輪椅推著推著，在眾聲開始喧嘩之下午茶時間外出來到／前往了便利商店，在門口處遲疑了一下決定進入。

碰！

自動門的感應器並沒有辦法感應到坐著輪椅的他，於是撞上了透明的玻璃門扉，好大力地撞了一下：門因此開了：沒有人在意：進進出出是隨意的模樣。

小姐，我要，我要，我要一包……〈開不了口〉周董《范特西》專輯的情歌，〈安靜〉，亦然你什麼時候開始變的害羞了？你見到了『正常人』們在便利商店內進出，你意識到了自己的不正常：你比別人矮上了那麼一大截。你坐在輪椅上，你的頭還不及櫃檯之高度，所以你往後移動，如此才可以看清楚所有香菸的品牌和價錢：陳列在櫃檯後方的壁櫥上。你往後頓時，聽到了一陣嘩啦嘩啦貨物倒地的聲音。在便利商店打工過的你知道，這是在人多的時候最不願意出現之情形。目光，你的眼神迎上了店員不友善不歡迎之目光；嚇住了在當場。你的輪椅在自動門的前方停下你擋住了唯一的出口等於入口：防空演習的祕密基地。

防空警報響起，你遠在高雄市前鎮區瑞平里六鄰的家人們和左鄰右舍一樣，中斷了幻象戰機在中山高速公路起降、加油、填彈新聞／漢光演習之收看而急忙地跑到了這間崗山基督教長老教會避難，但是大家都知道，這是假的，就像是有一篇名為〈到那裡看看〉的小說一樣，大家相信其虛構之本質；卻依然參加演習。

叮咚！歡迎光臨。

機器冰冷的聲音但是你並非要外出，你也並非要進入，你在裡面早就了。

叮咚！謝謝光臨。

（我們體諒你。）所有要進出的人們都自動在你的前、後排隊。

叮咚！歡迎光臨。到底要怎樣！

（不、不、不是我喊的！你急忙地向我們大家解釋。）店員一副不耐煩的表情，大聲地又重複了一次到底：要怎樣。

叮咚！謝謝光臨。

我不知道、我不知道、我不知道、我什麼都不知道啊！不要殺我啊！

（你成功地喊出了與現實相反之話語。）你什麼都忘記了。

安靜：共有的記憶。

碰。

蹲著，全部的人都在教堂的地下室蹲下，沒有任何言語包括，長老會教堂地下室儲放、典藏了著許多珍貴之書籍以及繪畫。

他安靜地蹲著，隨著眾人，靜寂無聲。看著眾人與你一樣，死寂等待。空襲警報，之消失音效：噠噠噠噠噠。你見到了身旁的他，竟然逐漸地睡去。

空襲演習，大家都齊聚在一地但是沒有人要鳥他。

碰。碰。

他看到了自己。

他在不得動彈不得言語不得外出不得集會不得辦報不得結黨不得使用台語不得使用日語甚至也不得使用北京語的時候終於，見到了自己：和你一樣緩緩地睡去。

碰。碰。碰。但是你知道你不是他！碰。碰。碰。

〈創世紀〉，在教堂的地下室，文藝復興時期人文精神共有的記憶復活之畫作。像是電影ET的手指代表著親善生命之象徵一樣，全部的人都看到了有一雙滿布青筋以及汗毛的手臂（像是他們的一樣）推毀了巴別塔。

結束，驗票結束了因此，結束的是演習：政客們在戰爭人荒馬亂之時期，如此地說著接管：你自己。

回來了，我們讓他回來了。共有的記憶。

他們聯絡到了你的住院醫師，把你順利地帶回十二樓上，你的病房內，讓你躺在你的病床上。此時，你原本寂寥虛無的病房內擁擠入了許多護士姐姐們。

住院醫師說你告訴我：你告訴我，為什麼沒有向護理站登記就私自出院了呢？去便利超商幹什麼？買東西嗎？買菸嗎！

不，我不能告訴你們實話，不是我對你們有惡意，而是這裡絕對是一個相反的夢境，我就生活在裡面。於是，你開始整理你的思緒：我本來就不可以向他們透露說我之所以不假外出是因為要買菸去，所以我本來的回答應該是『沒有！我只是要到便利商店買我最愛吃的布丁雪糕而已！』；但是，這是個與現實截然不同的相反世界。所以，我知道了。你整理好你即將回答的內容，依照著你長久以來在此一夢境生活之所得。

你平靜地回答：『是的。我要去便利商店買菸和打火機。』

靜止。等等，你慌忙地說著，不，不，我不是這個意思！我的意思是：我要去便利商店買菸。

靜止。等等，你又慌忙地說著，不，我的意思不是這樣！我主要是想說：『沒有！我只是要到便利商店買我最愛吃的布丁雪糕而已！』；因為我的原本初衷就是要去便利商店買菸（和打火機）。

靜止。等等，最後你慌忙地說著：我的意思靠著我的記錄互為表裡地因果著：我的記錄就是我的言語：是的。我要去便利商店買菸。你平靜地說著，最後的結果就是最初的動機。

共有的記憶，我終於知道了住院醫師的話了：外面，是多麼地危險。可是，稍微地推測他的原意：裡面，不是安全的。那麼我到底應該到哪裏去！這整個夢境都不對啊！我應該在哪裡（真實的）媽媽！（現實的）爸爸！（真實的）妹妹！（現實的）小乖／愛犬！你們到底在哪裡表演？帶我回去最適當的地方表演啊！帶我回去表演吧！為什麼這裡都沒有人表演了？雖然，現在擠滿了一堆實習演員，他們在看我表演怒吼，他們在看我在表演咆哮，他們在看我表演摔尿壺，他們在看我表演把電視遙控器丟向十二樓的強化玻璃窗，他們在看我表演憤怒地看著牆壁上的時鐘，他們在看我表演……離開了輪椅（？）！我早就能夠獨自地表演站立了啊！我早就能夠獨自地表演行走了！啊國、高中叛逆時期表演玩車隊的我，大罵著幹之後表演推倒住院醫生，我要表演逃離這裡！奪門而出離開輪椅的剎那：跌倒高危險群：四度進入加護病房：我記得我高雄縣高中、職校運動大會一千五百公尺中距離跑冠軍、五千公尺長距離跑亞軍、大隊接力負責搶跑道的第三棒啊……

共有的記憶。回歸到最初還沒有人為外力介入之真相。

刑求：教科書上寫著你目前：必須說出真相：由我們來完成之：陌生人：（你必須面對的敵人）：他們全部都是陌生人：因為你想活命，完全你的生命＝你必須壽終正寢安然地死亡：最後旁觀的人幫你介錯：墓前禱告的內容只有我才知道。

下一個，我知道終於輪到我了。同袍們逐一地都死去了：縱慾過度精盡人亡馬上風。我環繞四周，再一次地確認著。隊長咬舌自盡，死黨櫻花美學般的在最高潮時快樂地死去，最後剩下我一人，在陌生語言的國度裡面：你也要死了（他們的眼神如此地敘述著）。說吧，你們要我說什麼，我都會說出來，只要，讓我快速地死亡就好了……

（所以你必須讓他們絕望，讓他們無法得到任何情報，他們就會迅速立即地將你處決了。）

齊克果（Kierkegaard）說過，一位經驗豐富的漁船船長在出航以前就了解他的整個航程，但是，一位老兵只有到了遠海上才能獲得作戰命令。

所以你必須不能讓他們失望，讓他們得知所有你知道的情報，他們就會放心地快速把你處決了。

報導根據美國最新醫學研究發現，一種專門治療過動兒的藥物『立得寧（Ritalin）』，對人腦的影響竟然比毒品古柯鹼還大；而這種藥物更是在全球醫學界運用超過四十年之久，也是台灣心理醫生的處方藥之一。[7]

戰爭，還在繼續著，必須，還要繼續著；仇恨堆砌成之歷史已然蛻變成了歷史之仇恨了：因為你正在面對之。

空無，敵軍們不鳥你。

你看著他們置你不顧，你用美式英語祈禱拜託：趕快來刑求我。你見到他們收拾、清點隊長的一切物品，包括地圖包括資料包括上級長官之指示包括：作戰計畫。你見到他們拾起了死黨，那位通訊兵的拐拐，他們好奇地揿按著所有的按鍵包括錄音功能之按鈕：你聽到你們都對著遠方的長官複述作戰計畫的然後說：是。

電話答鈴聲。不再是呆板單一沒有變化的嘟嘟嘟。長相酷似莎拉布萊曼的未婚妻設定你播打電話過去時聽到她的電話答鈴聲是《一千零一夜》專輯的歌。聲因為：瘋狂迷戀她的你隨時都想到她，隨時都用耳機聽著她那似天籟的美妙之嗓音。你播打電話給她時／你想到她的時候。

天籟：共有的記憶。

你看到他們終於放下手邊的一切雜務看：著你了。

死人（你看到死人和陌生人）一樣：你全身冰冷一直冒汗：他們看你的眼神。

我聽不懂你們的話語，但是我會誠實地招供一切我所知道的如同，我的父。

虛構的現實是存活在一直延續之故事般的夢境之中。

7 記者：桂家齊撰，二〇〇一年九月十日，勁報社會新聞。

他們一定認為我之所以能和隊長、通訊兵在一起，我必定就能知道全部詳細的軍情；因此他們要刑求我，所以他們才在最後留下我，他們知道我知道一切。

你如此地以為著。可是其實你什麼都（不）知道。

他們看向你了。你想反正：最後我都要死了，既然你們錯認我，既然你們以為我什麼都知道，那麼只求能夠死得痛快之我就順從你們的願望吧：你會決定供出一切你所虛構的軍情：如此我才能對的起我的良心，我才不會愧對國家以及死去的同袍們：（你必須說謊才不會危害到所有仍然活著繼續作戰之看不見的戰友們。）：我必須說謊，我們才能打勝仗，我所親愛的祖國才會光榮。

他們逼近了。他們拿著地圖靠近你。啊啊啊啊啊！你還沒有想到如何編織這一段落之謊言，你急忙地搖頭說等一下等一下，指向拐拐說我可以先說軍情啊！

他們看你指向拐拐，他們看到你堅決地搖頭，他們認定你依然有著求生意志，而且不願意供出一切。他們笑了。

用軍事小刀，剪指甲，末端白色的部分。

啊啊啊啊啊！為什麼要刑求我！我說我說我說我說出一切？

他們聽見你在遭受刑罰時發出了堅決抵抗的聲音，他們以為你和全部的人一樣。於是他們繼續剪指甲。白色的末端。不見了留下你最愛的粉紅色就算是，有結繭的腳掌也一樣：粉紅：你見到了：生命。完成式。

你見到他們殘忍地笑在一起，他們發出快樂的笑聲；你見到他們有些人勃起了：你祈禱他們也和你的死黨一樣精盡人亡（可是你現在多麼地想要得到性交之逾越、劊感啊！）怎麼可以呢！

都快（害別人）死了，怎麼還可以想到性交呢，怎麼還可以想起未婚妻呢！

你的耳朵中充斥了她的歌聲，像是你慣性地放大隨身聽之音量，然後再把線控的調節器也開到了最大之聲響一樣，戴上了耳機在你認養的咖啡店中坐下，閱讀報紙今天哪裡災後的重建又嚴重受挫了，蔣家親屬決定把蔣故總統的遺體安葬在國內。

啊啊啊啊！

你見到他們都在你面前掏出了對你而言是小弟弟的陰莖瘋狂地自慰著。

啊啊啊啊！你聽到他們發出和你一樣的聲響。

你在被刑求著／男生的他們看著你而在瘋狂地自慰著：你把耳機的聲量開到最大：就像是隨時都會想到她的時候，讓世界到處充滿了她的聲音：你無法和別人進行溝通。

只有妳：共有的記憶。

粉紅，你見到了自己的指甲逐漸遺棄你，你好想找回被淘汰的他們：你是被遺棄的失敗者：指甲逐漸沒有。還沒有。找回。來你就大聲地一直用後腦撞擊了你被綑綁在身後的柱子拜託。（找回我）請知道我正在求救／求生：請讓我完全地立即地死亡。

猛烈地撞擊。乩童似的。猛烈之撞擊。求生似的。

最後你的指甲只剩下最裡面的白色部分：他們瘋狂地自慰著開始：最高潮的時候射精：對著你：男性的他們把精液噴灑在男性的你之軀體上：你聽不到他們和你一樣大聲地哀嚎著（啊啊啊啊啊）：機關槍掃射的聲音。

陌生的戰友們攻了進來；他們說：大家其實都一樣。

碰。槍林彈雨過後他們說：Clear，safe。

小木偶在說謊，他的一切都不能相信：因為我們從他正在說謊正在虛構的身體變化得知：他現在正位於一處虛構之世界。

大家都一樣／共有之記憶。

『Ritalin』經常被歐美心理學家用來治療過動兒的『注意力缺損過動症候群』（ADHD）。由於它可以發揮讓兒童專心的療效，使得美國有將近四百萬兒童在心理醫師的處方下服用此藥。不過，根據紐約布魯克哈芬國家實驗室的研究指出，和古柯鹼有相同藥理成分之『Ritalin』，其實對人腦也會造成同樣的傷害和潛在的上癮威脅。[8]

其實，大家都一樣。

負責該項研究的佛珂醫師表示，雖然『Ritalin』以口服錠方式服用時，並不會發展出和毒品般的上癮影響；不過，如果將此藥物打進靜脈內，則它所造成的影響，卻遠比古柯鹼還大。[9]

其實，大家都一樣。

8 同註『七』。
9 同註『七』。

患有ADHD的兒童會高度情緒化、思緒不易集中和過度活躍。

『Ritalin』增加人腦內『多巴胺（dopamine）』【人腦中興奮性神經傳導物質】活動量的程度比古柯鹼還高出30%。[10]

他說著，其實大家都一樣，他指向正在喝著可口可樂的你，我和你，都一樣，都是迷路的人。

你好感動，你終於察覺到了自己，你終於知道了有人和你都一樣地在此時此地擁有在此一夢境迷路之記憶！你看著他，彷彿看透你自己般的。

他建議：我們一起逃離這個夢境吧！讓我們手牽手、心連心一起捨棄我們共有的記憶吧！

碰。

於是他們一起來到了位於新光三越的麥當勞部門以及改建後的高雄市火車站之間南陽街上的公車總站。搜尋著所有公車的路徑。

公車路徑之劃定，公車班次之發行，你們相信歷史絕對屬於唯心。

但是，他們突然看到了一堆高中年齡之學生們，縱然是很久以前的記憶了，但是他們相信歷史絕對屬於唯物；因為那群高中學生們穿著各家補習班的背心有綠色、藍色、金黃色（至於橘色背心群們則通通因為無以名之的原因而神祕地消失了）……誠意數理、正心化學、健志升大學、

[10] 同註『七』。

修身英文、齊家社會、治國家教、平天下化學……原來那群高中學生們是利用暑假到這些補習班打工的啊！

你們站在這裡，但是那群高中學生們沒有人理會你們。你們刻意地張揚你們需要被幫助之身態，但是沒有人要鳥你們。

你說話了，你對著他說這情形，這情形很像，這情形很像我們以前的高中時代……他老樣子地聳了聳肩膀，平擺雙掌，你又不是我，你怎麼能知道。找公車（路線）要緊啦，別鳥他們了！沒啥新鮮感，和我們以前一樣。

碰。

你們見到了自己。

碰。

沒有任何冗物，你和他沒有變裝地逃亡，穿上了背心逃離這裡，從虛構的夢境之中進入現實的世界。沒有攜帶任何多餘的物資，除了隨身必要的配備。

碰。

殘花敗柳的身軀，遭受嚴重撞擊的腦袋，自己，飽受驚嚇之記憶，懷著原罪，他被救出來了，他被隊友們救出來了；雖然，不成人形的他已經不行了……

像是被通緝中的槍擊要犯張錫銘挾持的人質一樣，我們每個人都知道他是保安人員。

保安，永保安康，台鐵推出的紀念性車票；每一個觀光客在蒐集並且相互贈與的時候，已經都在悄然中忘記了台糖的鐵道曾經比台灣鐵路局的鐵道總長度還要長，卻遭受到逐漸湮沒之命運。

就像是保安人員的他受到挾持；軌距已然不同，唯物的歷史你被拋棄。

卻在驚魂未定的時候受到警方急迫的發問／保安／拼圖出共有的記憶：

逃亡路線？

沒有任何冗物，你和他沒有變裝地逃亡，穿上了背心尋找公車路線逃離這裡，除了隨身必要的配備：充電電池。

看到公車總站對面的街道上懸掛著補選議員的魏耀乾之選舉標語旗幟：唯一政見：主張行政院遷來高雄；和書寫《狗滿愛情故事》、《你們離婚，不好嗎？》、發行個人寫真以及CD、擔任過明日報新聞台第一屆網路文學獎小說評審的高雄網路小說家藤井樹，一樣地可笑一樣地亂來。

碰。

他告訴了你，其實高票當選瓜田的朱挺珊根本不可能在李下知道你正渴求救助啊！

碰。

就像是曾經擔任過高雄市政府主辦『南方盃』奧瑞岡制政策性命題辯論賽社會裁，在台上大力地贊成『我國應將台語列為官方語言』此一史上最爛題目之成立[11]而在這次的選舉廣告上宣布：『籬仔內、崗山仔未塞某議員』的陳文仁一樣地可悲一樣地亂來。

碰。

你要逃亡，你就必須在孤單地於異鄉之前提下方能成立。

不成人形的他，喪失了所有言語的能力了。

11 因為大會沒有明確地給參賽隊伍奧瑞岡制政策性命題之明晰的定義權。

並非無法發聲，而是……而是，在經過了因為要求生所以自殺似地自虐嚴重撞擊腦袋之後，他隨時都存活在耳鳴的世界了。

耳鳴的情況，像是你可以聽到所有的聲音，像是你和初戀情人李宛樺以及她的一堆朋友在耶誕夜來到了像是防空演習的教堂一樣位置所在的地下室一間搖頭Pub。你只認識李宛樺她。

轟趴。

震耳欲聾的電音，助性的伏特加，大麻以及K開始了大家酒池肉林地彼此相互愛戀：世界最美好的價值：同心協力地大愛：來吧來吧就算你是在異鄉迷路的陌生人我也會讓你愛上我喔。

碰。

你只認識她，但是每一個人都可以被你愛。

碰。碰。

（但是你只認識她）

碰碰。石。並。

什麼都可以了，什麼聲音都可以聽到了，包括你最真實的內心聲音：『我只愛小宛她喔』，都已經被同化為相同的存在價值了：大家都愛你

喔！石並石。並碰。

頑石點頭：哪裡都可以，每個人都行。

你聽到了所有的你聽到了全部的聲音。自然的『道』是偉大最的價值人為。

於是按照自然法則：

（他想逃亡啊）你無法意識到自己的聲音！啊啊啊啊啊！就算是陌生的戰友一直安慰著他，

他還是不改初衷地持續默然相對之，因為他最已經嚴重地陷入了耳鳴的情形聽到一堆，聲音自然法則。戰友如同天籟如同莎拉布萊曼的安慰聲音已經被淹沒了：刑求。

所有的聲音都被他遭受到刑求時的殘留呼喊掩蓋了。

（你要記得你連啊都不行啊）啊啊啊啊啊！

石並。

一直過去，就像是寫過但丁『七重山』的多瑪斯・牟敦（Thomas Merton）在由孟祥森翻譯，方智於二〇〇三年出版的《獨處中的沉思》所以為的一樣：所有的聲音都聽到（所以我無法意識到專屬於小宛妳的聲響啊）：耳鳴。

其中，第三十四頁引述了聖經《歌林多前書・第七章第三十一節》：因為，我們所見的世界正在消逝。

他已經沒有用了。

不成人形的他一直呆呆地佇立著。戰友們在努力過了幾次之後，終於放棄了挽救他的慾望。像植物人一樣，他不行了。

啊啊啊啊啊。啊。就像是當時一樣啊，你沒有任何的反應，除了你的瞳孔還不會放大以外，你的生命機能彷彿只剩下呼吸、心跳、和隨時便溺而已。

當時，你認識的人都以為你不行了。你的朋友你的同學你的老師都做好心理準備了。

（妳呢？）

當時，認識你的人也都以為你已經不行了。能變成植物人就已經是天賜的萬幸啊！

（妳呢？）

當時，你的父母，他們衹相信三太子而已：因為三太子是你的本命神喔！

你的父母虔心膜拜著三太子的神像，像是，什麼都活著都有希望一樣；你的父母拋棄了一切希望，他們只祈求三太子……

（妳呢？）

碰。他就像是〈幻像〉中的小明一樣，已經遺失了有正確時間的手錶了，反正他以為『全部的人都一樣』。除了你，他說著，因為我們都是迷路的人。他僅攜帶了一支雙頻手機：台灣大哥大以及泛亞電訊。因為就像是隨身碟一樣，可以儲存各地的地圖。他補充地說明著。

就像是多次違反黨紀、造成暴動如今無黨籍身分參選，邱毅的結拜兄弟蔡媽福的競選標語一樣：黨外鐵漢─拋棄包袱，全新出發。一樣都在可悲復可笑地亂來！

碰。以及手機最重要的配備：鋰電之充電器。他的手機只有一粒電池，但是他並沒有發生過無格之窘境。因為我隨時都在迷路，他如此地說著。

充電器。你和他一樣，隨身攜帶著充電器。因為你是個搖滾男孩，隨時都要CD隨身聽在身。你們兩個就這樣出發了，你們要逃離這裡，這一場夢境。

碰！

是故佛說：一切法無我、無人、無眾生、無壽者。

一切都必須服從自然的法則。

那些戰友們在確定他不會有任何反應之後，逐漸地在他的演前現出了原型：談論的議題：（我們是反間的使敗啊）他們使用他可以意識到的語言會商祕密！

啊啊啊啊啊他在有意／無意的狀態下知道了他們這一群偽裝成救苦救難大慈大悲觀世音菩薩

的戰友們原來是（史拜）啊！

（這世界還有什麼聲音可以聆聽！）

他在所有的人都遠走時，透過房間的窗戶看向外面，他終於鼓起了求生意志了，他在遭受到背叛他在被敵軍包圍他在陷入四面楚歌的時候，才有求生意志。

（你不敢確定自己的言語）所以，只能在內心像黑格爾一樣地用意志決定：我要逃離這裡，我要作個好人。

耳鳴。就像是你在民間信仰著天公生的鞭炮聲震耳欲聾之夜晚收看恐怖片《見鬼》一樣。已經不成人形了，手腳無力，身心嚴重地受創。

你無法意識到自己的聲音：我要逃離這裡，因為我是個好人。已經不成人形了，失去了生存的一切跡象，除了呼吸繼續心跳，繼續隨地大、小便繼續像是〈你陌生地來到〉的小明一樣而已。

我要離開如此之狀況，我要作個好人。（你不敢確定自己的言語）已經不成人形了，所有的人都以為他不行了，他自己只有意識到他自己渴望，窗外一片藍天。

你無法意識到自己的聲音：我要逃離，因為我是個好人。

他把眼鏡拆下。敲碎玻璃的鏡片。世界這時候很模糊他從房間門口的柵欄見到了每個經過來往不在意或者是不認為他正常的人們：都是被切割、劃破的樣子。

（你不敢確定自己的言語）逃離，要作個好人。

碰。

眼鏡的玻璃碎片，世界這時候逐漸地分崩離析，重度近視、斜視、閃光的他看了最後一眼《窗外》，瓊瑤式的存在主義。

離：你無法意識到自己的聲音於是。

石。並。

把所有尖銳的掩鏡玻璃碎片含入口中用最初同樣的方法才能追隨已經看不見也不存在的同袍而咬舌自盡：安全多層膜：無辜的好人，像是被你誤殺的農夫。

碰。

她把吸管戳入紅茶保利龍杯的塑膠包膜。在傍晚的時候，你走到了她的身邊，你一邊看著數位相機的照片（思往事），卻跟她說幹（述來者）啊等一下我們要去哪裡吃晚餐呢？他們說哪裡都可以，因為大部分的人們都早已遠離了，祇剩下我們這一團和幾個同班同學而已。幹。

夜市？她知道相當台客的你非常不習慣高級餐廳之氛圍：一直到了現在你依然不知道小鋸子和叉子並行時應當如何使用之（為什麼吃沒有煮熟的大塊牛肉時必須不能使用筷子？）；她知道你一旦沒有飯、麵等主食入口的時候，就會像是零食小點心一樣沒有滿足真正的飢餓感。於是妳說：哪裡都可以。

而我們的樣子，在街角看到／我的父／是去中國化／作你們樣子。

一樣清晰的答案：哪裡都可以＝碰壁。

碰。共有的記憶。救護車之。聲響總是充斥進入。隨時你無法目睹。碰碰。

於是他把那本充滿了許多不知道重點何以為重點之《胡若望的疑問》借給了妳；隨手，他拿起了另外兩本書籍：《不存在的騎士》和《玫瑰的名字》。呵呵，因為要寫讀後心得報告，他搔了搔頭自我解嘲似的說著。換上了一片CD，Secret Garden的《Down Of A New Century》，美音團體。他笑著繼續說，啊幹因為我覺得現在必須專心地讀書，啦啊所以就要聽一堆毫無歌詞的音樂意義啦。幹！沒有意義喔，啊妳不要誤解我自己幹喔。New Age的音樂就像是後現代的氛圍一樣都毫無意義啦！只會從字典的目錄拼接一堆看似重要的關鍵而已啊！我們都知道啊，就算是任意地在颱風造成的水災後撿拾漂流在河道上的無主之《漂木》都是違法亂紀的啊幹！啊我比較喜歡幹後結構啦：在現代主義的樣子下一切都要解構幹的意思啦抱歉，說幹了一堆毫無意義。

幹。碰碰。

讀後心得？他現在不是在休學嗎？怎麼會要交報告呢？妳疑惑的問著他：讀後心得報告？是啊，因為都沒有人告訴我。

沒有人告訴他？

的確啊，在空蕩蕩的病房內，都沒有人告訴他，都沒有人告訴他：她到底怎麼了。因為沒有人能夠知道他正在求救啊，沒有人知道他說的她竟然會是她啊。

因為大家都知道粉紅仙女她在暗戀著你啊！大家早就都如此地認定事實了啊！事實就是你意外／不經意地也知道了：她在偷偷地暗戀著你。現在的你陷入了昏迷，你什麼都不說話，你不讓別人知道怎麼：幹你不讓別人知道『你不讓別人知道』。所以昏迷的你成為了歷史的一樁無頭公案，現實是留待給他人判斷之謎：謎題是已經確定的『幹你＝幹小明』，謎底就是要用帶入消去法拆幹一個虛構的夢境。

夢境的樣子，共有的記憶。

醫生們群聚在一起討論，要如何治療小明你。『小明他已經打破本院的紀錄了，在加護病房出入之總次數已經締造出前無古人，後亦無來者之成績，幾乎可以和他隔壁病床的嚴家淦一起進入名人堂了。但是最驚奇的是，沒有絲毫的外傷。』護士長啊姨接著說了下去：『純粹的腦部受創。』而已。是啊是啊，復建科主任黃茂雄醫生說：『就像是陌生人啊，就像是來到了異鄉之陌生人啊！』怎麼辦？誰要告訴他？誰要告訴我們如何地告訴他？誰要來告訴我們這群醫療人員應該如何地告訴小明他現在被小明暗戀的她之情形呢？

就和你一樣，他緩緩地對著你說，他這些日子以來的迷路之困境。

他什麼都不知道。他完全無助的樣子了。他也站在交叉路口的機車待轉區內，他知道過往的許多人群都是善心人士，不會有任何人想要傷害他；同時，也不會有任何人想要幫助他。因為，他是他們眼中沒有求救的樣子。

和你一樣，他慣性地補充地說著，我自己以往的情形，和你一樣。

共有的記憶，沒有絲毫人為之外力介入。

碰！共有的記憶。

和你一樣。

就像是第一次來到了這裡，這個團體，在遠離許多熟悉人士會來到之處進行聚會的地下社團一樣，他和一群同樣性質的陌生朋友們聚會，他第一次來。

可是他們早就已經違背祂的命令了，他們聽從毒蛇的誘惑，吃下了可以清楚地看到彼此的果實，他們開始有了人為的判斷力進入了：真相。

於是，他們躲藏了起來，他們不願意被祂發覺；男性的他和同樣男性的他都彼此清晰地了解了彼此。他們的愛情因為彼此相互地了解而更為堅固。他們向對方許下彼此最堅貞之誓言：就算被祂趕出了花園，我依然深愛著你。

和你一樣。

我們都自以為清晰地完全地了解了對方，所以不用言語之敘述我們就已經知道對方如何地許願／發誓了；所以這世界上不需要任何格外之言語：在你我相愛的時候。

共有的記憶：不需要憑藉任何記錄而獲得之。

碰。

所以，異鄉的陌生人們，見到了不會使用此地必須之象徵／言語的他，就自動地遠離了；就趕快走避，不理會他有無發出任何求助之表示了。因為從共有的記憶判斷：他是不須躲藏之非我族類，他是壞人，不能讓他找到！我們自己不能惹禍上身。

壞人，你要記得任何：不在意他的人，與他持有相反意見的人，都是壞人！都要消滅他，因為他是毫無意義的胼拇！

因為他也是個好人，所以他也必須隨時都讓所有的人以為他憤世嫉俗＝讓所有的人以為他對全部的一切都懷有敵意＝畏懼戒備＝受傷的樣子＝原罪。

更何況他開口呢！更何況他發出像是我受到刑求即將死亡之含混詞語呢！

所以，他是壞人，不能接近他；因為，我們都有彌足珍貴的共有之記憶：如此的人是壞人，在這樣的夢境中：他永遠是要我殺死叔叔的父親之鬼魂喔。

但是，他異於所有的逃亡者，他不接聽也不撥打任何來電／顯示；你更絕，你不但沒有任何時間，你甚至也清楚地明白不會有任何人知道你的語言！

碰。在此一夢境。碰。

你們來到了公車總站。在那群穿著顏色繽紛背心的學生們背後，清晰地看到由楠梓區中油國小移植而來的百千層老樹：竟然被有纏勒植物特性卻不歸屬於其的榕樹給紮實地包圍著。但是依然奮力地生長著啊！當整個夢境都在下雨的清明時節，百千層依舊不放棄著求生之抑制，努力地往天空探尋微薄之陽光，行人來來往往。

一剎那，你們在夕陽遍灑一片的大地上感動地落淚了。

他們終於找到同志了：我們全部一樣，我們都是被拋棄的鬼。於是他們重新燃起了找尋生命之慾望，他們決定一齊逃亡。

你在說完了這個故事之後，潸然地落淚了。雖然你的語調是那麼地枯燥、平板，咬字比許純美還要朦朧，速度比盛竹如還要遲緩，吳宇森的暴力美學；但是，王老師她知道你真的是用心在體會這一篇適合幼稚園未滿之孩童閱讀的〈白雪公主〉之童話故事。

語言復健王國慧老師給你一片口香糖，她知道嘴巴的運動以及各種發音關係到了個人心緒之認定調整，例如，最簡單也同樣最直接的唇間音ㄅㄚˋ、ㄅㄚˋ、ㄇㄚ ㄇㄚ˙；也例如職能治療室的張『家』瑜老師：ㄧㄚ押，ㄐ押＝家，國痂；更例如ㄞˋ的音包含ㄟ以及ㄧ，你因為口腔無力，無法完整地發音，所以在昏迷、失去意識之時一直對那位無法形容、不得象徵、嚴禁虛構的女孩子說『我依妳』。

你一邊說話一邊記憶其實就是一邊思考。但是你言語緩慢，書寫也成了龜速，所以，就像是耳鳴一樣，你全知全能地察覺到了一切卻無法意識之。喏，像是這樣，王老師問了你一個問題：故事主要是告訴我們什麼呢？

你無法回答白雪公主的玻璃舞鞋為什麼會被小紅帽撿到。

因為你在一張白紙上重疊地寫下了你的名字雖然，日後你無法辨認那些文字的代表：象徵：虛構：你自己。

原來，你連最基本的閱讀都不行！你眼睛所見的第一個字傳到大腦之訊息是第十個字與第二十一個字之合體：悟天克斯。

你終於清楚地回憶了，漫畫《七龍珠》裡面打倒魔人普烏的不是被寄予厚望的他們一個！

於是你只好放棄了書寫，你必須閱讀；你不能像是羅蘭巴特一樣隔頁地拼湊《小紅帽》以及《灰姑娘》而認定這是白雪公主她如何地在特洛依城中的第一千零一夜時目睹在黛玉葬花之同時高太尉放出了那封神榜上的眾漁夫之采薇。

剎那間一切的世界都在停格。回想，你在整理，你在整理著他人之生命：〈白雪公主〉。你未曾經歷過，你也要假裝王老師她沒有經驗過，因為你要清晰地你要提綱挈領地你要像是國小〈國語習作〉上的「大義」告訴她這麼一個故事。

虛構的。碰。你說和他一樣。

共有之記憶：你無法書寫了。

（雖然你知道王老師她一定知道這個故事）

就像是見習一樣。就算是已經有了標準答案，也不能動彈。青年才俊的主治醫生同時也是醫學院之老師，卻在私底下要求所有同事、見習以及實習之學生們呼喚他為『學長』之王建升老師，他把你進出加護病房的全部手術過程錄影了下來，當成教學錄影帶，播放給見習的醫學生們觀賞：褚先生為什麼會曰？太史公呢？那個期末考命題的傢伙跑去哪裡了呢？

中文系的《史記》竟然和新聞系的《史記》不同；你自己一個人面對著同一件事情但是，你竟然有兩種以上殊異的回憶！

你無法閱讀了。

整理出其大義，是你的首先功課；然後記憶，你必須用清晰的語言（意見？）告訴我，那群小矮人們到底各自有什麼樣的特性、負責什麼樣的工作；最後，先住民的你還要整理出來告訴我，他們到底是不是台灣最原始的住民。語言復健的王老師如此地吩咐著。

你一邊觀賞著主治醫生送來由自己演出的錄影帶，你一邊想辦法回憶白雪公主。你要象徵白雪公主，你要虛構白雪公主，因為你必須虛構白雪公主。小龍女？黃蓉？王艷菁？唐方？蕭秋水？

你想起了你的神——溫瑞安。你想起了他曾經允諾過你，神相李布衣可以準確地在當你是他的敵人時得知你不為所有人知之幼年，你的以前到底怎麼了！

我，我已經無法書寫了……

但是，你知道他在背負著未老先白髮的神醫賴藥兒死亡之身軀下階時，他早就在你的生命中消失了，除非有小叮噹學名哆啦A夢的時光機＋任意門。

時光機的出口和現在一樣啊！

有了任意門，我們才能走入了歷史。你私淑的楊照先生在《迷路的詩》或者是《Cafe' Monday》裡面的哪一章如此地寫著：排演雲門舞集《薪傳》的時候：你必須虛構出來如此之象徵：我們。

共有的記憶。

『我們』，的確，『我們』。你漸漸地回憶，你漸漸地復甦了。想起了以前也是在高中時期認識的兩個外籍傳教士朋友，摩門教徒。他們年齡不及你，身材卻比你漢草了許多。他們是對所信仰的宗教有著無比之熱情，所以年紀小小地就拚命學習國語……（國語）台語……（台語）中文，他們學習中文，離開了自己的故鄉，來到了這裡，用中文向你們傳道。

正如你們現在看到的。在百千層或者是榕樹的樹幹上發覺了一張佈告：傳教士說：將要：在萬大橋下建立：先住民的：高砂國。

啊啊啊啊啊。沒錯啊啊啊啊！他們找到了『先住民』，他們找到和他們一樣身分的『先住民』了！而且，就算是不能回到原來的故鄉，他們都可以一起齊聚在萬大橋下的高砂國彼此生存了！

你們終於從平地、被漢人們驅逐到山上，最後又回到了平地，甚至還在平地以下了！感謝主或者感謝祖靈都可以啊！反正你們得到了幫助，你們就快樂地感謝每一個人了！

你們同時大受感動，搭上了公車直接往目的地而去。

在公車上，在博愛座上方，貼著一幅過期的公車路線圖。他看著看著，那一幅標示著有『萬壽山』、『仁愛河』、『介壽路』、『華容道』的地圖。突然之間他告訴你說下車。下車？公車經過了三多路以及中華路的交叉口，他們看到身旁就是車外經過了高雄第一銀行信用合作社，抬起頭來看到對面就是等一下即將＝必須到達之處是『風華再現大酒店』。

還沒有抵達目的地，就因為一張過期之地圖而放棄？

你質疑他，你如此地質疑他；當然你置身於隨身聽播放出的《一千零一夜》歌聲中。

他不同意，他要我們都不要去了，我們不能上當啊！這是虛構的，你知道嗎？他如此地對著你強調著！就算是這是一張在虛構夢境中的違法張貼之廣告，就算是日後你能知道這裡即將被拆除，你都必須知道這不是正確的消息啊！

我們要回到故鄉啊！

因為我發現到了一張改其正朔之前朝已經過期的地圖了。他趕緊用由高科技名片夾改裝而成的掃描器將此張公車路線圖儲存入他那似隨身碟的手機。

故鄉，不是傳教士他們（導覽手冊）說的那樣。

『風華再現』酒店以及『高雄第一銀行信用合作社』過後的下一站，他下車了，你固執地留在公車上，消失在未知的遠方……

機車待轉區，他靜靜地獨自在原地目送著你的離去：消失於未知的視線盡頭：隨著公車。

他茫然了，在遇到了同志以後，我們應該同舟共濟的啊！我們應當有相同的認識啊！為什麼會如此？

傍晚，人來人往，站在高雄市捷運台電大樓站的出口處。下班時間，眾聲平靜地沒有喧嘩進出，像是便利商店更像是防空演習的教堂地下室。他熟悉地看著身旁一切，就像是〈妳返回異鄉〉中的小明死命地懷抱著數位相機從陽明山頂墜落一樣地回顧過往他人之影像。

彷佛看到了自己，但是你清楚地知道自己絕對不是自己。

站在機車待轉區的空格內，他在等紅燈，所有對向的人車皆停止的時候，空無一切才會安全最。

他在等。夕陽匿在灰澀一遍的天空，一切失聲單調地見到交通號誌閃著三種原色之一的綠。就算是沒有了可以正確地象徵時間之儀器，他也知道這些色調絕對不是長久以來地一成不變，閃爍跳躍著。

我們在時間的縫隙中往對面行進。

他在等紅燈的來到，他孤獨地站在機車待轉區的白色方格內佇立著，等待。身旁的柱子，貼了一張高雄醫學大學附設中和醫院的傳單：心圓病房，標語著：面對癌末的病人／除了不忍，我們還能作什麼……

他哭了，好難過，不想看，轉過身去。對面，台電大樓後方的巷子，想起了那裡也聚集了很多像他和你一樣的同志們——晶晶書坊。

據說／據聞，有著開放式的廁所。

你會自己選擇，是否拉上簾幕；因為你看到所有的人跟你一樣，但是你意識到了那些人不是你。

保安，求助。於是他在紅燈的時候開始穿越馬路即將抵達大家都在的地方。

喇叭聲在急速的煞車抓地聲之後。

碰。

新聞畫面：因為這次夏洛克・福爾摩斯颱風而釀成七二水災的南投原住民朋友們說這是我的故鄉！你們漢人學習子路正冠而亡，而我們原住民就算要死也要死在這裡！休想要我們遷村！

和共有的記憶同生死、共存亡。

改朝換代的中華民國政府官員們在新聞報導的畫面上不斷地認錯，我們承認這是在政權和平轉移之前的終華冥國政府錯誤的政策所造成之。

藉口！但是那有什麼用？你是你，不要隨便牽脫外人以及以前的你！

合體。

你無法結合，你無法結合全部的人數，所以你處處畫地自限；你甚至無法行走，因為看路的時候你不會命令你的腳步和方向燈在同時亮起。你是最專心一志的人了，因為你無法心有旁騖。飛過的鳥，像是烏鴉在漫畫《城市獵人》裡面一樣，隨時都在遷徙。

鳥類的遷徙，牠們不能預知其路程中，氣壓和其他氣象情況之變化，遇到大霧、強風、雷雨等，難以估計的候鳥在途中喪命。

燈塔、高樓、電視發射塔等，也導致鳥隻傷亡；美國威斯康辛州南部，有一座高三〇〇公尺的電視發射台，曾在一夜之間，造成兩萬隻正在遷徙的候鳥，因衝撞而傷亡。台灣北端富貴角燈塔，亦常見候鳥被光線眩惑而遇難。

由於颱風最盛的季節，恰好是許多繁殖於北方的鳥類，秋季遷徙至暖和的南方，在其路程中常常會遇到颱風，造成莫大數字鳥類的死亡，或有時乘颱風，遠飄至非目的地的遙遠的地方，亦則吾人所稱之迷鳥。[12]

留鳥。迷路的異鄉客。候鳥。謎鳥……因為沒有人知道……

你絕望地說著，難道，我們共有記憶之故鄉必須在，連厝[13]鳥／麻雀都不能逗留之處嗎？

12 周鎮，《鳥類 生態與型態，鳥類之遷徙是冒險旅程》，周鎮出版，一九九九年二月一日，定價：新台幣一千三百五十元，頁七二。

13 關於『厝』字之用法有死亡之義，還請見楊青矗編纂之台灣語彙辭典，因為（筆者不屑向沒有研讀過文字學、聲韻

我的存在像是你們說我寫的新詩一樣永遠都是無解的謎嗎！難道我當真無法完成最有人文關懷像是吉本香蕉的小說之書寫的同時也無法達到虛構歷史對偉大的智識下跪臣服之《莊子》一樣嗎！難道我也不能寫出所有文學作品中最艱鉅最私密最保險的散文嗎？

當然了啊！因為麻雀會藉由排泄而在無意中散布榕樹之種子啊！非纏勒植物的榕樹，像是刑求，要你求生不得，求死也不能。當事者兩方都必須保持清醒；當，尋找真相／共有的記憶之時。

你們都是好人？醒來了，在九二一大地震之後，在夏洛克・福爾摩斯颱風給予因為九兩么地震而嚴重受損所以必須『重建』中的中部災區更慘烈之損傷的時候，他終於在馬偕醫院十二樓的病床上真正地覺醒了。

他終於正確地認知道自己又進入了另外一個夢境了，他終於認清自己了：自我介紹：幹。他和他們在這裡的時候，是在另一個夢境之中。他們沒有留給第一次見面的他真實之姓名，同樣的；他也沒有告訴他們如何正確地發音他的姓名。

ㄒㄧㄠˇ、ㄇㄧㄥˊ。

就算他在席上看到了一個很像初戀／暗戀的男孩子也一樣，他不知道他是哥哥或者弟弟，但是他第一眼就喜歡上了他。他好想認識他，他甚至寄給了他許多電子郵件，他甚至告訴他手機的

學、訓詁學、語言學、符號學、現象學、台灣文化史、台灣思想史、南島語族、中華民國憲法……也沒有基礎『奧瑞岡辯論』修為之有經驗、學識豐富的社會裁解釋之：）我國應將台語列為官方語言。

電話號碼以及無來電顯示之室內電話號碼，他還在小說裡寫出了他其實喜歡他；但是，他們都沒有他們都不知道對方真正的姓名。

共有的記憶；只要我們都進入陌生的夢境，我們就可以知道一切了。

聽到情歌他會想起第一次失戀時之悲痛，但是他知道正在演唱的歌星不可能知道他的初戀／暗戀。

如果被知道了，他們就不會虐待我們，他們就不會對我們展開刑求了；因此，戰友們也就不會攻進來解救我們了。我們就會變成永遠在異鄉被遺忘的俘虜了。怎麼可以不救我呢！我好想她啊！

共有的記憶：原罪。你必須殘花敗柳地帶著傷痛活下去，因為你是壞人，你是必須找尋生命的鬼。

不知道每一個夢境應該具有的名字，失落了共有之記憶。

沒有人告訴我，沒有人願意地告訴我她怎麼了。我暗戀著的她……那一個短髮、沉默、但是卻很亮的女生。當我在不知道第幾次清醒的時候，我看到了她，沒有人告訴我，她在何時已經綁起了馬尾，她在何時已經有了甜美之笑容了……

沒有人告訴我（共有的記憶）。

後來，逐漸地知道她和妳，以及傳言中暗戀我的粉紅仙女她是住在同一間寢室的姊妹淘，所以我也是你們的好朋友了。

時間就這麼地過去，在我每天藉口送宵夜到妳們寢室給妳順便探視短髮、沉默始終很亮的她的時候。

（沒有人告訴我）共有的記憶。

尤其是那天的夜晚，妳見到我泫然欲泣，卻依舊風雨無阻遞送宵夜給妳的時候，妳問我怎麼了……機車這麼地快速橫衝直撞著，我載妳來到了海岸邊，我低聲地陳訴關於胞妹的事情給妳聽。那一個夜晚，如此地安靜，都沒有人，都不用任何言語。

共有的記憶。深夜的海邊沒有任。何停駐之救護車。進入。

於是，朦朧中我偷偷地愛上了無法比擬、無法形容的客家子弟的妳了……這樣的情愫慢慢地生長著，無法虛構之。我讓妳知道了所有的祕密：（其實我知道她在暗戀我喔！）其實我早就知道了啊！無法虛構的妳如此地說著！（其實我愛過了短髮的她喔！）無法虛構的妳知道了我所有的祕密。

我忘了上一個夢境，我無法用台文書寫（記憶）／記憶（書寫）之，所以我只好找不會台語的妳。

妳一定可以知道的！就算是我沒有在妳面前熟稔地慣性地自動自發地下意識地生命本能地幹恁祖媽什八代伊娘咧哭夭種芝麻我咧肏恁老師。

八，訓詁學說『背』的古字；莊子說『你』看到的就是『我』的樣子；〈師說〉以為老師不必年長於自己，所以我也可以是家師的老師；非彼，無我，非我，無所取；假借和形聲都是六書的基本原則。

肏我祖母射背朝著家慈在笑肚子餓的時候就去南山下摘取芝麻豆的意思就是你在操我自己。

共有的記憶。翻譯。

他這麼地對著妳說，在妳拿過了他遞過來的那本《胡若望的疑問》之時。妳接過了一本多麼沉重的小冊子，每一個字，隱藏了不只一個字之重量。淡江大學歷史系的妳知道，妳在閱讀時，妳將會面對著他的所有祕密／眉批。

共有的記憶。

你終於又醒了，這一次，你終於真正地覺醒了，你終於認清你不是在一個夢境當中了，你終於知道你不是在虛幻的夢境當中了。你清楚地由他人之言談中首度地得知了你以前曾經迷戀過的長笛公主賴英里，竟然會是同樣很迷戀中國古物的蔡辰洋之妻；接二你知道你支持始終的高雄市長謝長廷[14]競選副總統失利；連三又在新聞媒體上見到了每一學期都會出現的國立文化大學和你最親愛的母校淡江大學以及沒有照片沒有偶像的輔仁大學竟然同時都被社會上的壞人販賣假造之畢業證書。

（因為，事實上，你真的在一個真實的夢境當中。）於是，蔡依琳畢業以後，你就開始沉默，因為這時候，你能看見一切但是，剛剛好你可以開口卻無法發出聲音遑論講述大家都能接受之話語了。你呆呆地躺在病床上；雙眼虛空無神地直視著對面牆壁上的時鐘。你想知道你真的清醒之時的時間。所以你一直呆呆地躺在病床上，你一直看著對面牆壁上之時鐘。你要緊抓住每一寸光陰，因為你不想再昏迷了，你不想再有別離了，你知道一切之割裂都在沒有意識到時間之行進中發生，所以你極盡你所能地直視著牆壁上的時鐘：你不願意放棄任何之時刻：你本真地你單獨地你實在地你沒有任何人為之外力因素介入地來到了最初的真相：時間。

14 因為江文瑜合編，《媒體改造與民主自由・附錄三》，前衛出版社，台北，（一九九四年九月，頁三五六）記載著謝長廷的發言：『我反對民進黨去設任何的電台電視。長久來看，民進黨有電台電視，那一天也許也會濫用』。

你不願意放棄掉僅剩的記憶，因為，沒有了回憶，沒有失敗教訓之記憶，你就不知道如何脫離以往的夢境在這個相反的現實世界生存下去了。

主治醫生能夠幫助你的啊，也只是在確定好所有的變因之時控制好你的傷處啊，不要再繼續惡化而已啊。住院醫師這麼地說著啊，最後還是要靠你自己啊，小明啊，你不要管那些外人如何編造你的回憶了啊。你要朝更好的目標前進啊！

碰！共有的記憶。你連啊都不行。你無法書寫。

你無法閱讀。沒有人會告訴你，她到底怎麼了。

一切都要靠你自己。就算你無法發出任何聲音。

（啊）（啊）（啊）（啊）（啊）（！）

這天，你突然動了，沿著病床遲緩地移動到病房最角落處，放置助行器的最角落處。取了看似方便異常不用浪費絲毫力氣之助行器，毫無意義緩緩地走動著，經過了輪椅，你竊笑了起來，毫無任何言語所能表象之意義，你繼續走著。

這裡，什麼時候已經空無了啊！你突然看到你突然感覺到全身。空無。

（共有的記憶）碰。他無法書寫。

你倒地了：你原本依憑著你自己的記憶，你要朝向更美好的前方邁進。但是，這裡都沒有人，於是你倒地了：跌倒高危險群：（在你即將又再度地昏迷之前的剎那間）：你終於親眼地證實，你終於親身地體會了：這裡沒有人。啊。

碰。晚餐時間已然到達，外籍傭兵……真正關心你、真正照顧他的外籍看護敲門之後走了進來啊啊啊啊啊！發現他又因為要不假外出買菸而倒地了。趕快，趕快，通知護理站！快，不要因為緊張而發呆，不要楞在原地！對！扶他起來。沒錯沒錯！不要在意英語超破的他現在無法和妳溝通！反正她永遠再也不能回憶了！救他，先救他才要緊最！不要在意英語很溜的妳不會急救手續！妳只要確定妳看到他無助之情形就好了！沒錯，沒錯！作好妳目前能作的先即可！妳可以扶起他來！妳可以扶他到輪椅上使其安穩地昏迷著。接下來妳要去撳按病床前方牆壁上的緊急通話按鈕！對！對！對！就是那裡！不要在意外籍人士的妳聽不懂北京話說：你好，有什麼需要服務的地方呢？不要在意他們先入為主就搞錯了妳的性別。不要在意妳不會說北京話而無法傳達出現在的情形：他又因為要不假外出去買菸而昏倒了。只要妳按下了這顆緊急通話按鈕，護理站那邊就會顯示出是哪一病房之幾號病床發生紅色警戒之緊急狀況了。不要在意妳只會低聲地吶喊：（醫院請勿大聲喧譁）：啊啊啊啊啊！

啊啊啊啊啊！護士姐姐們來到，看見你又昏迷了。

於是，會合了住院醫生和全部護士姐姐們的意見，為了恢復你最在意的文學之書寫：交易[15]。會診的最後，他們決定你要在職能復健療程中，每一個禮拜繳交一篇以此地通行之語言／象徵所組成之讀書心得報告，就算是職能甜美的蘇靜儀老師永遠也不會在計畫中接觸到的書籍？

嗯，沒錯，就是如此。你笑笑地對著學妹林欣嫻她解釋；不過，你補充地說著這些：（在《胡若望的疑問》內頁所作之眉批），不是現在（她尚未住院之時：不久前共有的記憶）劃下的，所以，我不懂我在上一個夢境裡面如何地思考，因此，現在我仍然需要停留在這裡：馬偕醫院第十二樓。碰碰碰。

15 以己有的利益換取他人所擁有利益之行為。

她笑開了。好美……她正在閱讀這本我的書籍，她觸目所及，她所接受到的有我的祕密，在沒有人告訴我：她遠離的時候，（讓妳知道了我的祕密／記憶）……

共有的記憶：某段落之失陷：你讓誰被你愛上進入：你的生命過往之眉批；愛戀的情愫在雙方身心慢慢地同時開始滋長。

碰。同／碰／時。碰等。速。。

等速肌力室（Kin-Con室：Dynamometer Room）。相當照顧你的蕭世芬老師要求你脫離了輪椅、助行器、拐杖，孤男寡女地在等速肌力室內的床上。等你喔！眨了眨眼睛，留下了陣陣醉人芳香的她如此地對著你說……

像是徐懷鈺甚至比黃湘怡漂亮胸部比侯湘婷雄偉氣質比林志玲出色的蕭老師她在床上要你，翻滾著各種體位，嘗試著各種最基本最安全最甜蜜的方式。

用力！喔！喔！喔！對，用力！用喔力喔踢！喔！喔！對！踢！用力！美麗的蕭老師說。喔喔喔喔喔！用力！喔！踢！踢！對！對對！喔！碰碰碰。

在床上。

她要你。

用力……

因為你是『跌倒高危險群』，蕭老師如此地說著，所以她要訓練你在床上翻來覆去的各種安全姿勢。多麼地可悲像是你在失憶時只能有辦法拜讀魚果以及劉亮延的文字一樣之可悲復可歎，解開了束縛著你的德國製原本設計來保護狂躁的精神病患之繩索以後，你竟然不知道怎麼自由地翻覆你的身軀了！

呆呆地躺著。

！你發覺情況越來越糟，他人眼中逐漸復原的你，竟然比上兩場夢境在初次甦醒的時候還要萎靡：你記得你知道你確信當時你還想爭取自由啊

！（事情不是這樣的！你在吶喊著！你知道在未來你無法開口發聲講話的時候，已經可以外出購買香菸了。）所以，預定好的未來顯示我能夠行動自如啊！幹嘛要美麗女調教師一對一單獨指導呢！

機車待轉區。

你反抗！我知道右轉的時候，右手要先過去然後移動腰部順著上半身最後下半身的三肢依序地過去才把頭部確實地放下啊我知道啊！我知道啊！我知道啊！我知道啊！我知道啊！我知道啊！我知道啊！我知道啊！我知道啊！我知道啊！

後來，當整個世界都在下雨時，我才知道：我在可以出院的時候終於知道了……：原來那時候，我根本還作不到啊！就像是我不知道如何寫小說一樣，就像是我在異鄉迷路時一樣：沒有人知道我在發出求救之緊急通知。

因為他無法移動，因為他不知道……他不是因為沒有地圖而迷路才停止地佇留在原地，是因為他不敢移動，他忘了。

他忘了！他不知道！他忘了！他不知道！

他忘了如何移動！他不知道如何移動！

你們知道嗎！你們這些在異鄉的觀光客！他是如何地小心翼翼如何地戒慎恐懼如何地生死視之而如履薄冰地踏出他的每一步伐說出他的每一話語寫下他的每一文字！

我是如何恭謹地面對所有的意見而寫了一首每個人都有的新詩啊！因為我想作好人啊！我知道我要滿足所有各式各樣的人啊！

就像是防空演習。你隨著每一個人都作一樣的動作：排隊依序地進入然後靜靜地蹲下你看到大部分的人：緩緩地睡去像是你：一樣你以為你見到了你但是：你清楚地知道你知道的是別人是永遠不會鳥你的外人你：以為你跟別人一樣別：人以為別人都要跟你一樣：緩緩地睡去。

但是你知道那是別人啊！那不是我自己啊！空襲（警報）的模擬聲響依序大作現場：沒有絲毫光線你以為：你知道了：你不知道你自己！

碰。

你必須假裝忘記＝虛構自己的歲數。面對著年齡比你稚嫩卻比李心潔還要超級更漂亮的職能老師，楊秀菁；你必須沒有你自己，你要恭敬地像是所有的病患＝你寫的新詩稱呼她為『楊老師』。

因為，你忘了你自己，你和全部的好人一樣，原本都是複雜精密之生命；但是，如同失去了千萬羽毛之白鶴，你孤獨地不被和台灣國寶[16]李老妖怪民主先生前總統登輝相同國籍的日本人們崇拜了。

人間，開始失格。

所以，失去精密構造的你，開始學習如何精密：加工中心[17]。

16 施明德國父如此地稱讚李登輝前總統。

17 見王文雄，《金屬加工・第二十章：數字控制——加工中心》，三民書局，台北市（中華民國六十六年十二初版，頁三二五）。

在職能治療室中，伴奏著動人的情歌之氛圍下，楊老師她一個步驟一個步驟地教導你，用寫滿了你不可能得到文學獎也不可能讓詩刊選錄的新詩之背面有藍天一遍雲朵都是被切割被劃分樣子的信紙，捏摺出千隻紙鶴。

這還可以當風鈴喔。她笑笑地說著但是你忘了，你忘了，你忘了……像是明明有造山運動，卻持續地緩降之《靈山》一樣；像是〈異鄉自妳返回〉中的小明一樣，你作過但是你忘了；確實發生過，但是，身在局中，沒有任何好人能夠意識到。

自閉症是一種廣泛性發展障礙（Pervasive Developmental Disorder），又稱『孤獨症』。

自閉症是指自我封閉，不理會外界事物的一種狀態；而這種情況卻有別於性格特徵（內向、孤僻等），自閉症的患者並非如此地怕生、害羞，只是不會與人溝通、社交能力低落，對外界的人、事、物彷彿視若無睹，極少作出反應。

發現和鑑別自閉症已有五十多年歷史了。根據美國精神醫學會在一九九四年出版之『精神障礙的診斷和有關的統計』手冊，自閉症主要的障礙分為三類，包括：一、人際關係障礙，二、言語及溝通障礙，三、侷限性及固執性行為。

因此，有著智力障礙以及感覺調節和動作障礙之特徵。[18]

[18] 筆者在匡智元朗學校網站中所獲得之訊息：http://www.hcmlsy1.edu.hk/。

你還記得你是一個不能擁有病例表的鬼吧！

你的天命就是尋找生命喔，因此。

所以，自閉症兒童總有許多專長。

在與自閉症兒童接觸的經驗中，發現他們對某些題材的記憶力特別強，如日期、萬年曆、招牌廣告名稱；他們對某些機械運作很感興趣，如電腦文書、鐘錶運行等；某些自閉症兒童對於某些特別的技能，如彈琴、書畫等，有著濃烈的興趣。[19]

你於是固執地相信自己是始終的好人，你的父告訴你：世界依你的樣子開展。

我依妳。

但是，你是在必須象徵、必須虛構的夢境得到此一神諭，所以世界不是這個鳥樣子。

衰弱的令堂用機車載你從高雄市前鎮區籬子內到左營南北奔跑了體檢之波折不下數十次之後才免役：因為你在還沒有最後一次復檢時就已經氣不下了所以直接播打電話給由台大法律系畢業的謝長廷當家之高雄市政府兵役課我幹恁老母！給我叫孫某人來聽電話！我手上持有貴黨執政負責之內政部核發的殘障手冊，我要遵守中華民國之憲法無論，男女只要都是國民皆有服兵役之義務！所以恁爸不爽去體檢了，我等著兵單來，因為我就是要去完成我從小的夢想！萬一出事你們負責，兵單是你們發放的！我不爽體檢去！我要（順你們的願）當兵。

[19] 同註『一八』。

可是，你還不會跑步。

共有的記憶。

共有之記憶。我不知道《胡若望的疑問》，我也不清楚為什麼當時我作的所有眉批；可是我知道，淡江大學歷史系的小嫺學妹，我知道妳專心地在閱讀這本我的書（work）。

妳是如此地美麗。而她不見了。再造。共有的記憶殘存妳。在接受體驗。

從此，他的日記簿（text）上充滿了妳的名字。他在什麼時候注視著妳，而妳卻不知道；妳在什麼時候轉身回頭，看到他也正好轉身回過頭去。你們的歷史，由彼此的各自寫成；毋須言語。祕密般的情愫滋長開始。

待過台北醫學院而可能即將到成大就讀研究所繼續深造的物理復健之萬盟老師因為是職能復健老師蔡孟臻的男朋友，於是暗中知道了他在暗中喜歡了妳的祕密了，由共有的記憶得知。於是命令他：小明，從此你必須捨棄輪椅，每天都用助行器自動離開病床來到有很多鏡子像是全家便利商店的物理治療室。（因為，我把你們復健療程安排在同一時段）如此，你就可以照顧她了，你就可以專心地在鏡子前面拿筷子夾M＆M巧克力球給她吃了；而且發誓終其一生都不碰觸賭博器具的你可以高興地在鏡子前面與她一起搓麻將了：訓練手部的知覺反應與視覺和發聲部位或仔細聽牌時專注之集中力和預知他人隱藏的現況之判斷力以及記憶、學習功能之大腦的複雜完全超連結。碰。

所以，你還不會跑步，中華台北奧運男籃代表隊當家大前鋒的你甚至都還不能兩腳同時地跳躍？

站在蕭老師身旁，表演／模特兒／教學用品道具般地示範了些許動作之後的中場休息時間，被物理治療室的李素老師敕封為『史上最強病人』的你面對著一堆來馬偕醫院復健科見習、實習的醫學生們的發問，你難為情地抓了抓後腦勺。的確，中華台北奧運男子棒球代表隊當家鐵捕的我還不能起身，遑論跑步了……

實習，他們在見習；所以你必須表演出你最真實的樣子。因為你是配合度最高，因為你是附件治療笑果最優的特權人士。

但是你不姓羅。

你可以每天不定時地來到這裡；來了之後，熟悉所有附件療程的你可以自行挑選道具，自己進行所有見習生、實習生也不熟稔之活動。

八年有餘了不是嗎？只是，你還不會你還不敢，放開雙手在夕霞滿是的草原上，執子之手跑步[20]而已……

老……學長，其中一個名喚凌銳，長相與熊十分相似的學生在此時舉手對王建升學長提出了問題，『或許，可以與「職能治療感覺統合治療室」（Occupational therapy / Sensory integration room）合作，進行「行為改變技術[21]」，讓他可以跑步喔！』。對啊，我怎麼沒有想到呢！蔡宗育『學長』如此地說著。

啊啊啊啊，對啊！我怎麼會沒有想到呢？我最最最最喜歡的人是永遠的聖女掌門人—同樣也無法比擬、不可形容、禁止虛構的周慧敏啊！

20 雙腳快速地行進之。

21 見陳昭瑩、廖華芳，《物理治療面面觀‧行為改變技術的運用》，物理治療學會編著，台北市，健康世界雜誌發行，民八十二，頁二一五。

所以，雖然你無法快速地走動，但是我們把跑步機的履帶移動速度調到最為緩慢之節奏，然後把周慧敏的海報黏貼在你視線盡頭之牆壁處。如此一來，你就有信心可以在這場夢境裡面快速地跟上履帶之移動而走動了！

對啊對啊！都可以不用計時了，因為我可以名正言順地一直凝視著過往周慧敏可人之停格的倩影了！

在復健科的物理／運動治療室內，有一台跑步機，復建老師們的言語：『你去走跑步機吧！』啊啊啊啊啊！時間快速地移動著無論我是否有跟上歷史之轉移，反正我必須跟上跑步機的速度，否則我會跌倒我又會再次地進入加護病房啦！他如此地想著。

唯物史觀？／周慧敏的海報！（到底是誰提出的？）

為了正確地觀察到你腳步在移動時是否有正確地運動，以及自己可以留意自己是否有標準的安全無辜像是被槍殺的農夫之姿勢，所以在跑步機前方＝牆壁處放置了一面像是服飾店更衣間的落地照妖鏡。而你在走著看著周慧敏時，你清晰地看到了自己。

感覺像是你在前進，但是你像是在異鄉迷路的陌生人一樣，你是《奧德賽》中的歐弟修斯：你正在尋覓生處，但是你知道你無法如願甚至：你清楚地知道了其他的病友們例如蘇玲慧、林勇憲他們如何地在這間物理／運動治療室內受到呂彩穗老師以及王志中老師的責打。

每個人，每個樣子，都被切割，都被劃破。

所以，在『職能感覺統合治療室（Occupational therapy / Sensory integration room）』中根據TEACCH（自閉症結構教學）設計了有：遊戲、行為、感覺、音樂、藝術……等五個區域。

多麼地像是你在大二的時候，當選為系學會會長時，和你在學會的所有幹部好搭檔們一齊布置、改裝而成的系圖一樣類似啊！

想起了那時候的政見：我想讓大家都作好人。電影《無間道》：我想作個好人：不在意你的人，與你持有相反意見的人，都是壞人！所以你開始說謊，你開始對所有的人懷有敵意，你憤世嫉俗，因為，你想作回好人……

政敵黃倩伶在當時私下冷冷地對著你說別作夢了；你還記得他們怎麼問子路的嗎？

難道是那個明知不可為而為之的妳？難道是那個無法形容、不得比擬、禁止虛構的妳嗎？共有的記憶：無人得知你遺漏了哪些。

黃倩伶她說別痴心作夢了，下一輪太平盛世尚未來臨，還不需要如此虛妄的謊言來當作競選主軸的備忘錄。你以後一定會後悔的。

你想起了你的神，溫瑞安，給你的神諭：最了解你的人，是你的敵人。

黃倩伶說以後你就會以後你就會以……

我知道妳說的你跟我一樣，我知道……，但是，你絕對不可能是我！你不想聽，你不想知道……掉頭轉身就走你說：我們騎野狼125看後視鏡，大家走著瞧。

於是你開始看著她移動。你終於可以如願地一直看著她了……

於是跑步機開始運轉。他終於可以如願地一直陪伴著妳了……

多美好的一段回憶；雖然如今都各自離去，學妹小嫻她回到了淡江大學歷史系繼續求學，畢業了的你來到了下一場夢境在，錄影帶出租店正式地上班了。

但是，還是沒有人能告訴你關於她的消息。〈分開旅行〉，長相甜美像極了劉若英的她隨時都哼著這首歌曲。你現在的同事，有劉若英裝可愛但是不失其慧黠的她，你即將與其訂婚之未婚妻，中正大學哲學系的李函。

你剛收看完她用手機傳來的簡訊：充斥著一堆暗號之字眼。會心地笑了一下，看著《向左走，向右走》的海報，故事內容改編自繪本《幾米的相簿》：共有的記憶是如何地羅曼蒂克，如何地讓人歡幸。

你看著海報上短髮女演員，和無法形容、無可比擬、禁止虛構、疑似象徵的她是有多麼地相像；但是，卻有與無法形容、不能比擬、禁止虛構、絕非象徵的她有著共同的姓氏卻相異之名字：蔡春雅！看著她柔美迷人之倩影：畢業自世新大學新聞研究所碩士班、藝術學院戲劇研究所博士班。喏，最後的時間離你熟悉的淡水多麼地相近啊，只是，我在大學四年級時，拜最賭爛的國立中國文化大學行政管理系最後被我家長提出告訴才出面然後表達欲和解之意願而提出完全不敷使用之賠償金額的林全中[22]所賜，離開了一段時間而已；只是如此，就已經是所有人都變動的共有之記憶啦。

劇情大綱（客人們尋找之依據：共有的記憶）：慌忙逃出的她自己，已經無法承受這裡所有虛實摻半之言語；她只想帶著一本私秘的聖經表演逃離：這裡。

在逃亡的路途裡，她分享著大家的共同記憶：她終於知道了世界上沒有所謂的真實之國境了（∵『真實之國境』≠『誠實國』）。∴她慌張極了，她終於發現她的選擇／決定／捨棄／逃亡是多麼地沒有任何意義。

22 其父親是高雄市政府社會局某官員，而事故過後五年有餘仍然持有內政部核准發放之『中華民國身心障礙手冊』中度殘障的筆者本人，仍然沒有見過傳言中不到一週即出院的他，以及他的家人……

她想要放棄，但是她在逃亡中所以時間繼續：家鄉的人都知道她不要這裡了。

製造共有的記憶：她個人無法放棄：放棄：逃亡：放棄逃亡。

走著走著，逃亡而獨自身在異地的她下意識中遵循故鄉之規矩：垃圾必須分類，丟棄於不同顏色的垃圾桶裡。

回收／再繼續。

她終於有天不經意地發現了一張古老的地圖上面標明著：『誠實國』的祕密基地：與『說謊國』比鄰。

原來，世界上真的有流著奶與蜜的聖地……她處處誌之、按圖索驥，如同張儀獻給楚懷王的商、於之地六百里（妳忘記了妳遺棄了什麼。）。

來到了國境前之交岔路口，沒有明確的路標顯示哪裡去才會抵達『誠實國』。

她茫然了，她獃住了，她愣在原地。她不知道路過身旁的人到底是『誠實國』之百姓或者是『說謊國』之人民：她不知道每一個人詳細之情形。

連我自己也是……雖然已經忘記了詳細之姓名，但是，我永遠記得妳……曾經在我瘋狂的大學時期……

那時候，放棄了一堆期中考，放棄了你自己的個人在大家共有的記憶……想起了舞鶴老師曾經在演講上驕傲地談起，他在所有作家的黃金年齡，如何地放棄寫作跑去淡水隱居；因為令師如何諄諄善誘地把唐君毅先生所主張之『言默』告訴你：都過著日復一日閱讀之進行。

私人的日記：共有的記憶：製造最美麗。

於是，忠貞民進黨美麗島派系信徒的你，拿著民進黨的黨旗，穿上有台獨決心宣達之翠青旗上衣，在總統祕密地遭受槍擊之時地；冒著被眾人追打冒著被下意識根據共有之記憶而反擊的同黨同志們之批評，因為大學網路上的班版起政治爭執之際，你參加了在中正廟前絕食、靜坐抗議之學運。

那些日子，卡夫卡的《城堡》、陳鼓應教授的《莊子》、詹澈老師的《海浪和河流的隊伍》、潘弘輝先生的《水兵之歌》、駱以軍先生的《月球姓氏》，安靜地陪伴著你看到了所有因為好奇而圍觀的陌生人們。

時間，就這樣過去。你靜靜地坐下，絕食了但是至少可以閱讀。

直到第一次的第五天，似乎有所心得的你，看著人來人往所有的人群：紛紛地罵出與你立場相異之骯髒話語：不是在罵你，於是你毅然地離開了原地。

怎麼可以只喝便利商店的罐裝咖啡而已！怎麼可以不寫東西！

所以你離去，第一次的離去，因為當時除了你已經沒有人絕食了，因為當時除了你已經沒有人真正地靜坐了，因為你在中央日報上清楚地見到了你為了不讓父母得知而戴上斗笠、戴上口罩之身影，你下意識地你直覺地認出了你，自己在共有的記憶當中。

所以你離去，你要寫下最私自的詩句：製造共有的記憶。

不，不是，不是的，事情（絕食抗議）的原樣不是這麼樣子的（外界所以為之孤梃花學運）！所以你第二度地來到了這齣默劇之舞台。因為你照著所有的指令下去進行，你以為可以寫出更好的文句，但是並非如此，就像小說之書寫一樣，你在自己生命的故事中碰觸到了更多讓你困惑之議題，所以你決定延畢。你向已經分開的同學們告別：我們繼續開始……？

你也是靜靜地坐下，但是，有些圍觀的支持（？）群眾們之謾罵聲浪，讓你無法克制，你幾乎要暴動了起來！

他們在說什麼！

（冷靜！因為在他鄉與陌生的老鄉相遇而開始哭泣。）

你們在說什麼！

（冷靜！那時候你還不知道自己身陷了虛構之夢境吧？）

我們要說什麼？

（冷靜！睽違已久且只因為代班而只有教導你一年的鳳新高中導師簡師柏壽到醫院的復健室探訪你，第一眼接觸的時候老師他竟然就在當下和辭去工作專心照顧你的令尊相擁而泣。那時候，你什麼都還不知道吧？你站在一旁冷靜地吃著你喜歡最的布丁雪糕，並且因為搞不懂而暗自發誓以後打死絕對不玩同性戀。）

那時候，你什麼都還不知道吧？

頭版新聞之標題：我會發覺更多共有的記憶；如同，孤單獨自地在災區等待救援之災民：時間在不知不覺中過去：妳已經沒有什麼可以殘餘：但是妳的生命並非失去了意義：妳勇敢地搶救出太子爺的神像：妳懷抱著三太子的神像孤單寂寞地等待不知何時救援隊才會降臨：之人為介入外力。

舉著火把進入村莊的神棍。

一年過去了，兩年過去了，三年過去了，四年過去了，五年過去了，六年過去了，七年過去了，八年過來了……走馬看花，復健室的老師們逐漸地汰舊換新，你必須稱呼自己以前教導的見習、實習生為『老師』，因為你要作個好人。

舉著火把進入村莊的神棍。

那些老師們多麼地信任你，但是他們卻不知道你根本也不知道真正的你！

舉著火把進入村莊的神棍：你難道不知道知道上帝已經死了嗎？

那時候，你什麼都還不知道吧？

於是，無形中積累了相當豐富附件醫學知識的你，被那些附件老師們如此地信賴的你，有了新工作，有了新身分，你是被傳播被廣為人知的好人。

看著新聞報導的畫面，陌生的妳在災區懷抱著太子爺而不放棄：等待援助交際：人為介入之外力。你就一陣鼻酸幾乎哭了出來：妳獨自地在洪水逐漸蔓延逼近天空的殘破屋樑：上和三太子的金身等待：父母用酒精燈的火焰點燃祭神之檀香：一種世事如此我們永遠不會放棄之象徵的美麗：小明，他會好起來的……

那時候，你什麼都還不知道吧？

你被委託去向那些不願意配合那些喪志那些清晰地知道自己已經大不如自己從前的病人們心戰喊話鼓勵他們因為你是：好人；雖然你不知道以前你，不知道如何虛構她……

舉著火把進入村莊的神棍。

你現在是這個樣子吧！你以前一定也會這樣對不對！你一定也有這樣想著以後你一定也會這樣作對不對啊！你肯定的語氣重複了八年有餘同你受傷你失憶的時間相等如此地言語了八年有餘……

我什麼都知道：我不是這樣的！我很懶惰我很灰心我很不配合某段長久日子我酗即將導致重度憂鬱症的A酸口服錠我常常遲到我時常說謊藉口請假我飲食失常作息失調昏迷地憋尿著沉睡二

十八小時以上是常有的經驗我菸癮很大為了維持我獨特的寫作模式我已經六年沒有吃藥了啊……

神棍（之死因：爆肝而亡）。

你對著每個人說，我也是這樣喔，你也要努力喔。嗯，因為我們大家都一樣，我們大家都是好人啊！你快樂地說著。話語結束，慣性耍酷的你甩了甩天生卷曲天生黃褐色之長髮，汗流浹背地繼續去玩下一附件器具。病人們，還有其親屬們用滿懷敬意及謝意和欣羨的目光，注視著復健治療效果最優秀的你離去之背影。

因為，好人是神棍。

那時候，我什麼都還不知道吧？最後她終於想通了：你只要隨便抓住一個人，問他說：『你的國家要往哪裡去？』就可以了。她好高興，她終於可以到達她心目中許願之地了。

那時候，我什麼都還不知道吧？

但是，你也是一樣地什麼都不知道，你孤身在前往異域的公車上，你卻堅持繼續下去……那時候，在中正廟見到了以他們的名字為歌詞的地下樂團主唱，你從她演唱的歌詞中認出了她曾經參加貢寮的海洋音樂祭之表演獻技：你們都知道彼此的祕密／共有之記憶，你感謝她。那時候，與你有相同年紀的偉哥，攙扶著你離開帳棚到公共廁所去，他呢喃地看著手上你們的合照而說著國中就輟學的他如何地看著畢業紀念冊而悲喜由人，不知道你之偉大的他對著你說書寫，靠著書寫我們終將成聖；你感謝他……那時候，在中正紀念堂與一個知道他病痛情形而流淚負責維安之流氓結拜成了年齡有著相當差距之異姓兄弟，但是因為第二次的遠離，你們中斷了聯繫（你卻相信你會知道他感謝他）。

那時候，在三太子神像前發願立誓作個好人最後成為聖人的我真的什麼都不知道啊……好多祕密，原來我的記憶散落／製造在各地，我卻無能為力：關於她的離去：帶走了我們共有的記憶／美麗。

無法虛構的妳是如此地美麗，像是未知的『誠實國』，像是你過往的日記，像是真實案件如同警方公佈總統槍擊事件嫌疑犯之影片一樣地模糊不清，像是已經確定好的所有『未來』，像是妳……

（循環論證）未婚妻說，你打算要去哪裡度過蜜月旅行？

我不知道，沒有終點……行人來來往往，我不是歸人，達達的馬蹄聲表明了我祇是個國王而已；借問『誠實國』的酒家何處是，牧童給了你一張地圖然後搖指你剛剛經過，你的原點，你的出發地之方向告訴你：杏花村有許多新衣裝。

製造共有的記憶。

。碰。

槍聲在黃昏的鳥群中消失

失蹤的父親的鞋子
失蹤的兒子的鞋子
在每一碗清晨的粥裡走回來的腳步聲
在每一盆傍晚的洗臉水裡走回來的腳步聲

失蹤的母親的黑髮
失蹤的女兒的黑髮

在異族的統治下反抗異族
在祖國的懷抱裡被祖國強暴

芒花。薊花。曠野。吶喊

失蹤的秋天的日曆
失蹤的春天的日曆

令人尊敬的陳黎老師的〈二月〉，我還在跑，戰爭還在持續，刑求還在進行；哪裡，要到哪裡，要到哪裡去，要怎麼地寫著到哪裡去才會有時間的終點……

完成於7/10/2004 5:43:30 AM終於完成了，終於不再因為自己懶散的藉口而不書寫中篇小說了；終於可以了無遺憾地回家了；終於正視虛構／現實之問題了。定稿於7/11/2004 6:51:04 AM思考『炫學』之意義；禮拜一回高雄去。四稿於7/22/2004 4:07:04 AM將近兩週都沒有任何書寫，受不了了，要去睡了；寫到他們／你們在公車總站。五稿於7/22/2004 6:35:39 PM寫到了高砂國；她有買Kitty送我　；電腦快不行了，於是決定休息先一下。六稿於7/23/2004 2:25:05 AM不行了，睡覺去；寫到了『等速肌力室』；大概今天下午就可以完稿了；綠亞學妹計畫即將採訪師門前輩高人們。完稿於7/23/2004 8:09:33 AM沒有寫完就無法睡著@@於是只好草草地結束。最後訂正於7/24/2004 1:37:33 PM九稿於8/4/2004 6:46:05 AM由〈到那裡看看〉改成了夢想中的題目；來不及消化一堆資料了，書寫的飢渴；因為從網路見到了她的消息；大概復健回來，小睡片刻，今天晚上就能完成了。8/6/2004 3:21:27 AM ㄉ電圖／腦電圖的一大段落不見了，大概所有的WORD都和Window Me一樣地不穩定吧；天亮了，準備復健／勞動去。不知道幾稿於3/13/2017 1:17 PM將壞人的名字改為行政院院長之大名。

Empty Chairs at Empty Tables

我喜歡作夢（。）

※ ※ ※

雷光夏的柔美低喃石室裡的相互碰撞或是隔著瀑布大水直瀉而水濂洞內傳出的慵懶停車場架起了露天電影的佈幕而單孔支架獨立的喇叭卻讓遠近四周環場的嗓音自收音機上中斷的時候，也就是猛然回神的時候了。

※ ※ ※

（因為，妳的美是天上有；而夢中才能見佛前燭淚在蓮花瓣上欲滴的仙女。）

※　※　※

驚醒的時候入目遍是泥濘，斜暉脈脈水悠悠，窗櫺篩過了柔和溫煦其中一棱桌角硬是扭曲錯移了時光偏差陰影投射的對位，無聲尖銳的突兀擰乾的毛巾迎面襲來的蛇矛你眉頭一皺身子不自然地折腰戰場上面對面的專注幾乎都快要忘了背後還會有敵軍暗地裡帶著倒鉤的明箭。

未知名的倒鉤直指回首。

蟬聲啾啾，樹影闌珊不知道何時開始有香港腳的小明懷抱著洗衣精的清醒是入目時的地上爛泥，透窗的光圈企盼紛成櫸木地板的不自然翹首。

而設計者？

光影之間的疏落好似在細數那些無意間錯過的，走位孟克吶喊許久之後培根才對鏡空洞出耳際的懷錶滴答滴答聲雙響唇微啟不是驚呼而是凝盼，鏡中嵌飾全然易位的倣似自己，自畫像從夢中驚醒不知道。是（不記得？）惡夢或者是美夢，情人盤莉娜的身影是乍醒時分的唯一記憶，面容不清，不記得（不知道？）莉娜是迎面走來或是決然地離去；清楚的只能是不可靠的回憶那一處是背光的，沒有主題描述的一洗留影迂迴地提喻出夢，遊記的途中回顧時才發現的處處錯失沿途的逆旅。

而千帆過盡。

彷彿亮光漆螢光劑一切真相的顯現都在後果，很明顯的出色，時時勤拂拭的相框裱面是透明的壓克力板，凝眸雖然是萬古如一地單軌，其實並非停滯時靜電召來的塵霾而是不得閒供人展覽憑弔參觀冠上主題，已逝的相片中，不由自己。

不由自己，不知道（不記得？）自己當時的表情了；回顧時才懊悔夢時沒有攬鏡自映，或哭或笑或怒或讚或嗔或癡或顰或嘆，其實都能清晰地知道莉娜當時的走向（只要清晰地知道自己就好了……）。

凝固型塑的一剎那絕對零度，夢境和乍醒的邊界，時間點的劃位彷似弱水。

其實，都能知道了；回看只恨當時千里，彷彿自己在時限內無法企及，彷彿，夢，不是自己的。

小明作了一個不像是自己的夢，而驚醒時夕陽正火紅，從山陵間的載浮載沉到海平面上的猶抱琵琶，暮靄的繖裂是城牆上烽火燃起時佳人在城垛間來回的嬌笑，大小各色的旗幟濃妝艷抹脂粉輕施了護城河之外軍甲的穿戴肅立時依舊響起清風皺過的春水：五色雜陳殺戮的沉悶守護期待的不由自己爭伐侵略的稽古崇德象賢皇天眷佑誕受厥命都粉紅了海天一線更上方是鋸齒狀的橘黃最遠處深藍可以比美海平面——全部都在，全部都必須來到，雖然不知道是為了什麼——換得佳人倩笑；卻在無預警中快速來到的下一幕換上，宮牆頹圮的那一刻方才驚覺，佳、人、早、已不在身、畔、了~

未被名的倒鉤直指回首。

這三天來，不斷地作著只有莉娜在的夢境，而不知道自己是否也在那樣的，世界裡，是否也懷抱著洗衣精。

不知道（不記得？）是燈光也不記得（不知道？）是陽光，而那是背光的所在，因為看不到自己因為，隔著莉娜見著了牆壁身後在溫潤如玉，潔白似莉娜之秀顏；又好像是土坍堆砌築起的牆，白漆黏糊了一片，些許皺摺般的突起是莉娜柔荑纖纖玉手上的汗毛靜脈，荳蔻是完美的粉紅勻鋪敷采。

夢醒時分的小明懊悔不已，尤其想起了現實世界中不知道為何會有香港腳的自己。

而那是背光的所在，近觀的油彩畫。

尋聲暗問彈者誰，而千帆過盡。

路經國安局彎道絕美的山景，過後隱藏版的華興中學再上去各各他末世教（無暇停下腳步作出主題式的簡介）會沿著仰德大道陽明教養院永公路趕緊回首千里暮雲，陽明山上的「林語堂故居」。有波西米亞式的咖啡亭也有販賣「素羅漢齋」簡餐的餐廳，小明獨自一人在此。

真的是獨自一人，整個林語堂故居就只有小明一人，三天前的晚上目測是眾聲悄然四極的黯淡國家音樂廳「林沖夜奔」上演的山神廟觀眾座席但見舞臺場燈微熨清晰的只有那另外的時空小明又是夢中驚從醒而四下張望茫然時。

晚上了吧？

三天前的下午，文化大學的童軍社——華岡羅浮群——在林語堂故居的餐廳主題式的團聚，小明雖然身為其中的一員（而且是很重要的幹部），仍掩不住西門町全家便利商店大夜班一人之後的疲勞睏倦而悄悄地睡去，悄悄地，無人發覺小明自己也沒有察覺地自動睡去。睡著了。

睡著了，無須指令的動作，自動完成，睡著了。

然後醒來。

醒來的時候仍然是三天前的夜晚，卻四下無人燈光正燦爛「四郎探母」何處落腳是家Avril的〈Nobody's Fool〉歌聲正逆旅地繞梁嘹亮的燈光大熾故居的餐廳內的餐桌上仍錯落地擺放著每一份已經開始享用的美釀被佳餚，但是四下無人，腳下的櫸木地板有的掙脫有的掙扎（靜滯的，就像是達利掛在樹上的鐘你仍然可以感覺海平到面在波濤著起伏。）反正都是猙獰的姿態像是暴風雨時的甲板——空無一人——而那是記憶的固執，有一種蔓延像煙火在夜空華麗地解體迸～（回音的裊繞。）

他們都躲到哪裡去了？

看了出去，沒有透窗的月光交織星，網夏夜晚佈風輕拂著，如此冷寂。

他們都躲到哪裡去了？

他們都躲到哪裡去了？那些夥伴們呢那些青春美麗的女侍們呢那些華而不實（用錯成語了，其實是「相見不相識」。）的陌生顧客們呢，而播放的歌聲正在節拍上門口的風鈴正在低聲相和虹吸咖啡壺正在滴漏著深黝的褐色燈光正在極盡地展示餐廳的多姿婀娜但是這裡（時光彷彿在夢醒時停滯／消逝／飛昇的金龍有了眼睛。）就是沒有人。

而且紗門外的世界，中庭一片黑暗。

難道自己變成啊飄來到了酆都？小明啊心慌慌地月光燈光什麼光都可以往桌下一瞧，還好，自己還有影子，自己還有自己的影子，舉起了左腳又擱放在右膝上，影子依序完成，雖然不見不知道何時就開始有的脫皮和黴菌。

洗衣精也還在桌下腳邊。

廊柱上，依舊懸掛著林語堂先生叼著菸斗的照片，先生所題之詩句，牆上依舊鑲有巨幅的先生與夫人之合影，小明的口袋中依然有著書籤似的門票，（票上依然有著先生為了夫人而製作的家徽圖式），可是阿就是都沒有人。

他們都躲到哪裡去了？
未知名的倒鉤直指回首。
（而現在是晚上嗎？）

（因為，可以在夢中肆無忌憚地一直看著妳。）地上斑斑的殘留褪去的考古，沒有慌張逃難的足跡，而型式上的無助躁鬱，一直到進入密室知道還有外婆在世。

※　※　※

※　※　※

像是潮汐，可以清楚地確認時、光荏苒的軌跡像是軍隊演習的計畫書（和地圖放在同一文件夾中。）像是地方政府要設立公車亭的作業程序一般，小明終於確認了所有的狀況，在新聞報導的時段卻沒有主播甚至也沒有FD（雖然本來就無法察覺了。）的情況下，小明確認了所有的狀況。

狀況就是這個世界。

後來才從外婆口中得知，這個世界在三天前的晚上，小明正背著眾人悄悄地睡去的時候，被外星人攻擊了。

不知道是火星或者是土星或者是白金之星，外星人搭乘著地球人兩者都是們想像中的飛碟大舉入侵地球了；一切的沒落都從西方開始，無論鄉村無論都市無論介於兩者之間的光譜地帶，燈塔依舊街燈按時地醞冉起了逶迤的山間通路鐘聲的落拍卡農進行曲中秋節收到的禮物絕對不會是新竹肉圓固定地在五線譜內蜷曲天花板懸掛的吊扇轉啊轉的剛睡醒的一時暈眩小明別過了頭去，柴門以外，參天古杉，黯然古意卻不會因老舊而引人厭倦的木造階梯順著石板而至，先生的墳墓，更外邊是圍牆，錯落的山景，展開的沖積扇平原，依稀可中辨淡水河任性的公主彆扭轉過頭去，千里暮雲鵝卵石地墳起。

東方漸明，驚恐徬徨中時間過去，餐廳的廣播輪指顫彈地來到雷光夏的歌聲。

海岸線些許內移，飄降著夏天旭日時離別的雨。

這世界一切照舊，被外星人侵略後的餐廳內，小明雙眼矇矓地正欲起身。

而文化大學，在山上，看起來好遠，好久，好久以前，街燈是鬱悶的。

一切都一樣，故居的餐廳內望窗外山下看去，照舊闃黑外紗褪去是陰闇曖昧中彷彿依稀可辨焚化爐冉起的膠膜煙霧狀地讓遠方更孤立；瞻之在前，忽焉在後的是腐朽微酸的氣息，悶濕，地上大水過後的爛泥退，潮的遺跡斑斑可現而山下，晦暗的光景更似暈開的墨汁；而樂音中斷。

渲染法，山水在潑墨之前早就在宣紙上悄悄的……悄悄。

不知道是否東方魚肚漸明，室內，室內的一切如同往昔讓甫自夢境歸來的小明遲疑許久，遲疑許久，不敢（不知道？不記得？）起身，不知道（不敢？不記得？）一切，怎麼了。

鳥鳴大作，記憶的固執達利告訴小明清晨到了：有光，你可以出去了，而我就要去休息了。

小明在沒有人的餐廳中，自椅子上起身，拿起了洗衣精推開了門，在中斷的歌聲中入目中庭（過了這一進就是門外了）。

陽光是柔和的，清晨灑過竹葉的間隙鳥鳴蟬嘶未入眠的蟋蟀被吵醒的蛙啼。陽光落下小雨，廊柱是巴洛克的迴旋，潔白，如光線卻清晰，可見。

穿過中庭旁泛濫的魚池，小心翼翼地拾起地上枯枝吱呀地推開了鐵門。一瞬間的透光氳謄的塵霧中雷射光是切開的光道如將宣紙墊在字帖上方勾勒出浮映的其型一樣年節時焚燒的金紙爐游移焰火之上的對面街景。

推開了鐵門，小明在原地嚇住了，不敢動，不敢亂動，就像是遠遠地看到了壞人執傢俬朝你奔來並大喊著你的名字指著你的人你的身子但是無助不知道不明瞭到底花生什麼事情的你卻停留原在地一動也不記得（不知道？不敢？）動一樣。

而周文王不在，你卻依舊在原地注視著，千帆。提著洗衣精；未被名的倒鉤直指回首。

※※※

地上斑斑的殘留褪去的考古，沒有慌張逃難的足跡，而型式上的無助躁鬱，一直到進入密室知道還有外婆在世。（因為，在夢中看著妳細緻似烏紗般亮麗的錦繡緞髮在皎白的秀頸上蛇灑，動人輕盈掌中翩的背影，就好滿足了，天下無難事，在夢中。）

乍醒時的驚恐，夢中驚回。

小明這些天都在作夢，作著「不像是自己的」的夢，而暮靄在此時的纖裂是城牆上烽火燃起時佳人從垛間傳來天下萬民景仰的倩笑。可以確信，世界或許只剩下自己，和外婆了（畢竟連波瀾不驚的雷光夏歌聲都中斷了啊！你卻依稀可以聽見彷彿計時器傳來的達達聲響在準點的區塊湧起鋼琴間奏：中原標準時間……），然後裂帛如嘶嘶，一切都照常只是，沒有人了。

陽光透過密密匝匝的枝葉，投下點點斑斕的碎紋林中彷彿。千百隻金螢在飄飛，野鳥在婆娑的樹影間跳躍飛鳴，嘰嘰喳喳歡快地吟唱著（只是都沒有人了。），草叢裡各種不知名的蟲子高低應和，嘈嘈切切如急雨，未成曲調先有情，（為君翻作琵琶行。），可是都沒有人了，數日而過，空氣中瀰漫著馥郁的野花香和草木的清香，大水褪去的沉悶腐鬱似乎被午後陣雨清去，夏日，山間，無人。

雖然沒有人了，還是下意識地拉了拉衣袖，整齊了領口的衣服，慣常而又自然地抱起了尚未開啟的洗衣精信步地邁開推了推柴門走了出去，在前院的咖啡桌坐下，習慣只能在通風的地方抽菸。

（當然了，小明今天依舊煮了壺曼巴。）把洗衣精枕在兩膝之間。

知道這個世界還有外婆在，無論場景如何更迭，一切都還是要從三天前的驚醒談起，而夢境中的莉娜，已經是最初也是永遠了，生平第一次的愛戀，主題式的。

而千帆過盡，時尋聲暗問。

已成換喻的夢境，背光地初戀地永恆地不斷地重播地不在場地離去地或迎面的，莉娜很遙（遠的名字）。

Collage，貼裱，敷采，捲雲皴，范寬《早春圖》中漸漸萬化合一的崎岩或山嵐；裝裱，迴廊上先生與家人的合影，或者是，早已沉寂多時卻見證了多久繁華世間人事漲潮退潮地叼著菸斗拄著下巴的左手沉思專心的雙眸見過多少身影來去匆匆，迴廊上裝裱好的相被模框。

未曾被外星人奪走。

片羽。

而走過的身影或是停留久佇或是擦身一瞬煙雲，都烙印在相片深深地上，無論烙印是侵蝕佔據或者是無法抖落的包袱，都是烙印，而且背光。

而取代是牆外的另一則故事。

層層地敷采，妳的名字，而自己背光的夢，最後的世界是柔焦後的定格。

看到妳，總是驚醒；或者是，驚醒時，入目的只有妳，在睜開眼瞼，世界卻尚未大放光明時。

凝固型塑的一剎那絕對零度，夢境和乍醒的邊界，時間點的劃位彷似弱水。

遠山半銜著斜陽，落日從海面上返照，自雲層中輻射出萬道金光，炫麗的光芒漫成一片，天空忽然又由暗變紅，由紅轉亮。晚風颯颯，枝葉簌簌，遠方的塵埃翻滾著山下的街景，沒有人的此時才驚覺城市的燈光，煙火般地四散亮起。

前庭捧著咖啡杯，點菸，吐納的時候彷彿見到了倦鳥才霧裡的花。

斜射的時候方知夕陽之所在是不繫的西方，緊湊的市招殞落成為投閒置散的儲物間基里訶所繪的筆下，〈憂鬱的謬思〉，說明書似的燦爛，有一種更盈框的蒼涼。

說明書的時候，才發覺日暮，沒有人。

居高臨下地啜呵著曼巴，熱氣暈氳冉冉；洪水褪去後的仰德大道上，依舊有著違規停放的車輛，可以想見的車主話語：哎呀馬上馬上離開。的啊！馬上離開的啊。

呦稍後就回來了呦。

欸只是來這裡停一下而已欸。

馬上就會離開。

倦鳥們。陰影的投射與籠罩在地上搬移洪水過後，車輛停滯的區塊爛泥甚多枯枝落葉，與天線之射影斜映成草書的九宮格，礫的時候用側鋒收筆。

倦鳥們的聲音彷似躲進了晦暗咖啡廳中木質櫃台上持續播放的音樂盒了，而無法目擊歸巢。又啜呵了一口曼巴，說明書的時候，正是日暮無人。

居高臨下地望著，併排時而交錯的天線，棲著幾隻灰白的鴿子，飛出去的盤旋，低俯急衝卻又振翅培風，在原處落下，依序地。

回到了原處，為下一次的憑虛蜷曲。

無聲，鴿群們輕啄了自己的羽飾後，望了同伴一眼又獨自地飛去，獨自地回來。沒有走失的，成員，也不見，巢。

拉長的陰影和遠方溶成一片溫馴的土黃，漸層的敷采凝視時出神才猛然地發覺，那麼乾淨和俐落。塵埃拭去的明鏡才見到杯底，飲盡，沒有任何倒映。

才發現夕陽落盡的遠方，竟然可以柔焦似地幻曈起，滿城盡帶黃金甲，可以那麼清晰彷似倒映，雪白糝點花繽，天邊是花色在醬缸溶解的那一剎那暈染開來的漫漫，勻鋪，而遠眺的視線是花底滑。

原來世界並非錯置小明的時空，不是〈憂鬱的謬思〉—卻更勝坦基，〈首飾盒裡的太陽〉—水漬染開了裝裱時源源不斷的色差，溶解後的天邊是一緞素白，由深到淺，偶爾還會有來不及調色的漣漪在濃稠中泛起。你的陰影不是繽紛，壁堵崩落後的儲物間，門口孤零零地暗語彷似還在角扉落，深藏的頓時與世界面對，而距離拉長陰影隨之投射在，鴿群返回的天線，的陰影上。

無垠曠漠中早已廢棄、破敗、大盜們曾經盤踞的高樓，是海市蜃樓在迷途、迫降的飛行員眼中；我要在這個星球豢養著一株玫瑰，並且插在玉瓶銀壺中。

像是夢境，習慣在彼此的眼中才找到的，勇氣。

那一層層圍牆崩塌後拉長的世界，雙瞳，夢境一直把儲物間／現世的色彩加深，乍醒（，以為就可以見到妳）。

像是夢境，那是妳，莉娜，那是妳的身影。驚醒，仿若追趕至妳的背後，伸手搭上了妳的肩，妳的眼前也是小明的世界。

裝裱好掛在牆上的，相片。

恍然回首，拉回的視線在落定前知道又天黑了，看著故居，發光的房間。

原本是車庫的所在，原本是女兒們休憩的臥室，原本是最後終究得返回出發點的客房之所在，「史料特藏室」的告示牌橫掛上方，陰暗中沉默地發光，現在。

洪水褪去前會像是深海底獨自明亮的扇貝嗎？

或者是，鮟鱇魚？

那又是馬格里特，〈太陽王國〉，狂奔的思念，在跑步機上，凝固的油畫。

見到了前方深深地在暗寂裡面陷入了貼裱，沒有料想到夜幕的降臨如此迅急而且悄無聲息，轉身的眼前如夢似幻，籠罩在幢幢的樹影依稀可辨，也是一棵高聳入雲的古杉，發光的房屋，二樓的房間內蘊沒有絲毫外洩的昏黃曖昧燈光；背景接壤的對立被淡描成了，遠久年代粉紅長袖襯衫外套的袖口。

沒有人跡，沒有越界的燈光，視窗是透明的玻璃逐漸逼近，你的眼前是柵欄，而相模從未讓你主動地察覺。

天際是雪白的，漂白劑，人工的雪白特意，隨身帶著洗衣精的你這時才知道，一九二四年代以來，他們就試圖在夢中追求現實的統一。

而認清是你。

立在裝裱好的相片前，牆壁而身後是眾人行經來往不絕的，停車場。

你的發光的房間，沒有輪廓你也看不，到逐漸拉長的世界全部的人都在原地，你的發光的房間只是顏色在畫布，上的不同油畫層層的渲染，外界的晦暗沒有輪廓沒有邊界，只有古蹟，是發光的房間。

從那裏出來，你也要從那裏進去。

你的發光的房間只是色調只是烘托。

你大驚，你又回首。

陰影的角落你以為世界（林語堂故居？）之外還有人殘留著，如果不是定睛仔細再瞧，幾乎以為融在高樓陰影裡面的車輛隨著時間在。區塊的移動陰影停車格就像是逃逸的樣子。

逃逸的樣子，陰影，沒有人的時候，停車格的空位，牆上懸掛的相片。

過往。

高樓其實也是晦澀的，被陰影鍍成少女的背影，奔跑中的少女，彷若追逐著不在眼前的目標。

發光的房間之外的仰德大道，基里訶，油畫，〈一條街的神祕與憂鬱〉，區塊是貼裱的陰影，時間逝去如日晷。

日晷，刻度，時間的推移你不知道為何會有的香港腳回到了，現實世界的停車場，帶著洗衣精。

三天前醒來的晚上，都沒有人了，可以追述的夢境如斯清晰（啊終於看到了莉娜吻）！，音容苑在的現場卻只能有滿地的汙泥龐貝城無法言語未及言語的索多瑪城就算是你悄悄地隱身背離以為真的沒有人看在到的時候回首當年，就已經定型了，蝴蝶效應，你也身在其中了；至高無上的本讓世界如此，你，避不了。

你避不了，你無法挽救受難的眾生，你只能眼睜睜；而本的神聖是如此地寬厚，以及專一，就連獨生子都不能假本的名。

你們，都一樣；你們都一樣。

回到了現實，一切都是置身。

過往。

時間過後，從異域回到了現實發覺。除了自己頓首假寐餐廳中的桌椅所在，所有的自己走過或者自己見過的地方也都年久失修而且一定沒有裝設除濕機就像是名分未定的古蹟一樣了。

啊你在古蹟中啊。
啊你的觸目所及都是古蹟啊。
啊怎麼都沒有人了啊。
啊除了你以外啊。
啊你是這裡的見證者啊。
啊當然只是這裡了啊。
啊一切都照舊陽光依然透窗吊扇依然轉啊轉的啊。
啊陽台外的出海口沖積扇怎麼被水淹沒了啊。
啊你以為洪水來了你以為南極北極東極西極柏拉圖全集冰山融化了全球啊。
啊裡面到底有沒有人啊。
過往。

（而取代是牆外的另一則故事。）

日光燈全開，洗手台的潔白，牆上有著拭手紙的捲筒，當然還有輕壓就會自動流出黏稠粉紅強烈撲鼻薰香的洗手液，洗手台，梳妝鏡，公共廁所鼎沸的人聲從迴廊之外傳來了減弱的感覺這裡，沒有時鐘而等待的另一個季節是夏天，在斑馬線的那一頭離去的背影，車水馬龍。

你在百貨公司內的廁所等待，你內急你拉著褲子你不敢鬆手你反轉手肘碰了碰門扉大聲地開口有人發問嗎，可是，廁所的門緊閉著不動絲毫，冷氣和除臭劑的人造芳香。

這一層樓是女性的專域，你當然是為了你的情人才會來此，可是你突然快步地迂迴地踅過了化妝品的專櫃——當然那裡還有香水以及卸妝油——香味以小溪的潺湲蔓延四溢，粉撲的顏色像是洗衣精粉紅地柔美。

來往的人很多聚集，的人也不少但是你離去。你離去，你拐了個彎你進來走到了盡頭處洗手間的所在，不敢鬆手你只有出言發問；國語、台語、拙劣的英語，砍倒了樹而斧柄沉默不語。作成了神像，只有籤詩，但是廟祝的話語未曾重複，就算是同樣都為了地球的未來而擔憂前來求神問卜者。

命運是一樣的，月下老人微笑著；「你也來了」，城隍的背後無聲。原地，心急，搓著香港腳。

時間分秒的區塊過去你自己覺得雖然無法察看手錶，但是可以感覺如同萬千置身人潮中，燈火闌珊處的背影一眼就可以認出那是情人啊儘管穿著貂皮大衣，繫上圍巾而脂粉輕施的畫面是你踏著斑馬線走過去。

（你的左手一直都在褲袋中，緊握著禮盒。）

遠遠地，就可以知道是她了。你推了推鼻粱上的眼鏡，調了調垂在胸口的領帶，下班時刻的今天，是許多年前你們初次約會的日子；其實是分分合合的十二年了，時間終於也到了你以為的盡頭。

驚回千里夢，已三更。

綠燈亮起，穿越街道斑馬線上你向對面們走去；時間還沒到盡頭，斑馬線也還不到盡頭，水之湄，所謂伊人，誰都不能來但是你快步地向前，退潮時海岸線的無情。

（啊那是靈魂乾癟的岩岸落日啊！）防波堤，你只能遠遠地看著海、水。

你快步向前，你快步向前的時候戴著，手錶的左手伸入褲帶確認了禮盒的重量。你早就在無人的時候演習數次過了，你早已明白禮盒的重量了，裡面，有一顆鑽戒。

你、打、算在今、天向她求婚婚婚；婚這是時間的終點，三天前，她因為基里訶的一幅油畫——〈紅塔〉——而啜泣，撲進了你的懷裡，什麼話也沒有說；那是雨後的傍晚，天空很低，你什麼話也都沒有說。

稍後的你們到了晚餐時間，輕裝地外出走向飯館準備的時候瞥見。夕陽匿在大樓的另一頭，而天空很低，你們家門前的路只剩陰影，沒有行道樹，不遠處平房樓頂加蓋的違建鐵皮屋和陰影連成了咧嘴的怪獸，天空很低，出去就是盡頭了。

她哭了，時間已經到盡頭了，她哭著。

不管這句話語的指涉、暗示、提喻、換喻，你彷彿緊繃的彈簧掐緊地剎車閥——突然鬆開了——然後你跟著些許眼眶泛紅，當然是背過頭去。

獄卒今天延長了死刑犯的你的放風時間，多給你三根香菸，Davidoff，小包細長的，微笑地你們什麼也沒有說；小明，今天不喚你的編號，而是親暱的代名詞，齰蚪刮一下，獄卒如此地吩咐著，愛翕相啊。

時間已經到盡頭了，圍牆的另一頭卻還在冬天。

斑馬線上你快步地向前，她還沒有察覺，你大喊著她的名字，她和所有的行人同一時間回頭了都在。

你在機車待轉區的白色方格內，紅綠燈柱下，你掟了掟口袋中禮盒的重量，你作出最後一次的確定，你也確定所有的人都在斑馬線外同時看著你。

嫁給我吧。話語完畢，你在巷口被一輛由有販毒前科、為了躲避警察的臨檢而臨時改道的小貨車撞倒在地。

你話講完了，小貨車滿載的胭脂水粉落滿一地，有些瓶子碎了，與血跡合流。

你在死前以為，所有的人都在，看著你。

斑馬線上，破碎的瓶罐滾出了機車待轉區界外，領帶稍許鬆脫，卻還是像圍巾一樣地凝眸深盼。

看到她，吃驚的樣子，杏目圓睜，仿若是要死掉了。

真的，你感覺快死了，廁所緊閉的門內那一端或許是華麗的未知空間卻沒有任何聲音傳出，冷氣和芳香劑，百貨公司的這一層樓播放著小提琴的樂音，緊繃的琴弦像是流逝的時間，緊握琴弓的手勢突起的靜脈象是拉著褲子的現在。

時間已經到盡頭了，你覺得你快要死了。

走出去，你快步地走向隔壁——坐式馬桶，殘障人士專用——沒有攜帶馬桶墊的你這時候才恍然大悟，廁所的門，是用拉的，左右開啟關閉，紋風不動，冷氣和芳香劑，小提琴。

最後，你洗手，拉開門走了出去迎面，而來的卻是一位帶著鄙夷眼神看著你的女性，雙手撐在助行器上門外的等候彷似悲劇史詩或鄉土賺人熱淚電影落幕從門口紛紛走出戲院的人群微笑，中帶有回味咀嚼的無奈；而你快步離去，差點就撞上即將進入旁邊女生廁所的清潔人員迎面。

你快步離去。

冷氣、芳香劑，和小提琴。

遠山翠黛，秋水凝波，而小明身在山間的古蹟中，如同你，雜沓人群之外，孤高玉潔地離群索居成為一幅，孤孤單單晾在牆上的照片。
冷氣、芳香劑，和小提琴；未知名的倒鉤直指回首。
過往，香港腳。

※　※　※

（在夢中，而這世界還有我。）地上斑斑的殘留褪去的考古，沒有慌張逃難的足跡，而型式上的無助躁鬱，一直到進入密室知道還有外婆在世。

※　※　※

高舉著火炬提著洗衣精在深夜時昂首闊步地進入了叢林內的桃花源，你要告訴村民們比秦火更甚的危難即將到來；但是，沒有人，沒有人在，你是夢境外獨自作響的警鈴。
火炬，洗衣精。

※　※　※

驚回千里夢，夢醒的小明，見到了海岸線的淹沒被速度彷似潮汐。
那一天，小明從古蹟的圍牆處見證到了潮汐的速度，被淹沒的海岸線，小明幾乎以為世界就快要被毀滅了，三天前醒來的晚上，街燈昏黃，古蹟內，沒有人見證了小明的見證。

著急是一整個冬天，等待是期盼夢遊，記在沒有風的雲端。

水，淹沒了海岸線，小明清楚地確認了這寂寞紛擾島嶼在國界內，出海口的翻騰。

而千帆過盡，不知道要通知誰。

雲朵，在原地，鏤刻著你重複曝光的期盼；而時間如同海岸線。

世被界就要淹沒了快。

那時候的懊悔，是無法在夢裡出聲，提醒妳，莉娜，我快要見不著海岸線了。

漣漪的拂面是午後的楊柳，湖濱是細砂。

（趕快跑離這裡！不要回頭，大水的漫漶隨即就是崩裂的救生圈了。）

也不知道時間過了多久，三天前的晚上到兩天前清晨荏苒到下，午的是莫內〈印象※　※※日出〉、〈印象※　※　※日落〉，小明這時候才知道原來驚恐的不可置信，可以原地這麼久

像是尾生，驚恐的，不可置信的。

原地，沒有外人的原地。

而感覺很快，如千帆過盡；佈景的換幕是油畫，也是貼裱的斑馬線從街角踅過，而紅色限時專送的郵筒佇立。

想告訴全世界，可是人都不見了，參天古杉往下只見焚化爐的高聳，和消失的海岸線。

越過海岸線的是什麼另一端會在？是形容用盡了詞之後只，能翻頁尋找的借喻嗎？

沒有人在，沒有人在這一處古蹟；小明早就見識過了前院的遺跡斑斑像是戰爭不久前才落幕的古戰場而敵軍和我方遠遁於牆的另外一頭了，外面也沒有人。

千帆過盡，取代是如此地迅即，一切的原地都在敷采，欲將心事付瑤琴。

一個轉身，林語堂故居的辦公室，原先下人所棲的地下室，入目夕陽從身後拉長了小明沒有形容的身影在門口與高聳入雲的古杉，停在門前，松濤輕音是獨坐幽篁裡。

知音少。

小明還是敲了敲門，雖然早就察覺沒有人會察覺他的到來，小明依舊敲了敲門，孤身進入密室之前。

弦斷有誰聽？

扣扣，誰把雕鞍鎖，身影落在腳步之後，密室內的燈光依然，咖啡香氣的浮盪是錦鯉的相濡以沫；電腦的螢幕保護程式，是流行的海底世界。

螢幕保護程式仍然在運作，水草在婀娜間穿梭出了不知名的魚群，海馬在扇貝旁一直原地，水流的樣子像是海底也會起風，只是不見波濤，不見浪湧。

而光影的來去竟可以如此地目不暇給，準備還沒有好的時候靜滯不動，或者隱匿，而行的生動物，從角落蔓延暗語。

密室內的地上就和樓上的餐廳一樣，泥濘不堪，更多的是散落的書籍，大水曾經褪去的跡象更是顯明；只是，泥濘上多出了足跡鞋印，看起來有逃難的樣子。

或許是童軍的訓練，也或許是本能，一眼就確認了倉庫，在通往樓上餐廳的階梯旁。這是兒時與同伴玩捉迷藏、扮家家酒時，最棒的角落——堆放著吸塵器除濕機捕蚊燈電鋸鋁梯的浴室——之所在，看了一眼逶迤自餐廳的廚房盤旋而下的階梯旁邊牆上鑲嵌的打卡鐘之後，安心地拉開椅子，大力地揿按保全公司的防盜器。

尋聲暗問彈者誰。

請發現我。沒有人卻顯著地暗示著，有人，古蹟的現在進行式。

坐下之前，慎重地將洗衣精放在電腦螢幕旁；而那是液晶的螢幕，單薄地如同無人所在之古蹟，顯現的畫面布置是秦叔寶與尉遲敬德戎裝所在——一易位天地萬物就會隱匿於無形，一觸碰就掀起了漣漪——光學滑鼠在側隨侍，不同介面的界域掌理，卻不可偏廢其一的光影。

請發現我。

世界還有其他人嗎？

電力還在供應，網路照常營運，電子報依舊發行；可是，要確定世界先或者警告世界先？

（請發現我。）大力地撳按保全公司的防盜器。

就算是日光燈光粒的充斥將密室內偽裝成了白晝，爛泥腐朽的紙張不顧先行者的暗示仍一直朝向捕蚊燈爬行的蟲虫顛倒的花瓶，枯枝落葉，凌亂的桌椅，翻滾至走道中央的垃圾桶，溢出的雜物，密室裡，看起來就是有人，有人逃離，曾經有人逃離的樣子，（主題是冠上的。），擴音器傳來雷光夏的聲音。

過往，像是沒有場復的當場。

和雷光夏中斷的單一音節，以及隨之而來的整個廣播電台的節目，空靈。

※ ※ ※

自從孤身地來到了密室，夢境就像是相模般的柵欄一直逼近之囹圄，追憶的時候在乍醒的邊界迷途，眼前只留有一幕最後的定格，追尋則是牆外。

自從孤身的地密室中，知道了還有老婆在世之後，才真正地意識到自己的孤單，無法在字典中找到暗喻的辭彙，是迴盪在山穴的回音。

真正的害怕，真正的哆嗦，和哭泣。

網路電台播放的聲音，雷光夏的單音未完成節無法辨認，此時忽然突兀地接上了一句熟悉的心內吶喊外現擴音：

（請發現我）

燈光突然就暗了起來，小明這時候才真正地見證了落日，三十年前如彎刀的新月冉冉升起。華燈初上似曳散湖面的落英繽紛，飄渺幽約煙月的迷離流光瀰漫開去。

撥冗，泛起的漣漪，傳染病。

燈光就黯淡了。

參差的茫然黯淡羅網蹣跚了小明逡巡的視線。

燈光就讓古蹟的現場辨公室晦澀曖昧了，像是故事情節正在上演。

迷離的故事，原型你以為如你。

聽到了自己的夢想祈求，被廣播，像是尋人啟事；意外地被廣播，意外地印證（對照？）了自己的祈求夢想，像是報紙密密麻麻紛呈的求職欄工作機會，（不知道還會有誰同時也都屬意了這份工作。）啊，很多人可能是熟人也可能是陌生人雞和兔子在同一個籠子裡面。

聽到了自己所願，未曾說出口像是暗戀般深藏的祕密竟然被陌生人公諸於世，就像是有販毒前科的貨車司機。

一開始的時候震驚，草木皆兵地環顧四周，而燈光的電力彷若應景似地在此時用罄，陰暗中自己的心願傳來，過往像是對照，密室中空靈地傳開來自己被他人代言的心願，漣漪地泛開。

像是有販毒前科的貨車司機，出獄後改過向善，警察和舊識仍然卻因為其過往而一直在生活圈內打轉其。

啊為什麼自己已死的昨日不能像是釘掛在牆上的一幅照片過去已逝，雖然成型但是已經被膠模框定型了；為什麼自己的過往不能只限展覽參觀而已，已經定型啦波瀾不驚啦；幹你為什麼們要撩撥自己的過去！

啊！

於是你不願意就算也得草木皆兵了，你還有現世要照料，你蹲牢入獄的時候，你的情人不離不棄地在外等候。

就算冠上了主題：你的名字你的身分你的價值等於你的罪名，你的情人依舊不願追隨李陵不願步跡楊延輝。

而且懷有身孕。

晚出早歸地在收攤的士林夜市作起了打掃清潔的善後工作。

你終於出獄了，隨即就找到了工作，你沒有搬離原地直接就當起了貨車司機；因為你知道路權的取得，哪裡會有攔路虎哪裡會有號稱開路的，……舊識。

走在熟悉往日的街衢中，路燈的間隔和收費停車格，人事多麼地清晰，一切都攤在光照下，連身影都無法隱藏。

於是，你草木皆兵，你所有的行事都小心翼翼。

於是你自動改道，為了不被警察們的臨檢估去和顧客約定好的時間（車上滿載化妝品和香水，各式琉璃雕罐，蠻牛和黑馬同在一個皂裡。），你自動改道小心翼翼地在巷弄中的巷弄中的巷弄中行駛，你從單行道逆向地外出確定，不會有任何的尾隨。（，其中的粉紅清香似海芋、山茶花，是要向情人求婚的。這些日子如夢似幻，咬牙渡過來了，你卻遲遲還沒有給她名分，你一想起來就萬分的不捨。）

你日夜都牢記著要給情人完美的名分，遲遲無法實現讓你一想起就心痛，劇烈地，如同當年從法庭移送你到監獄的警鈴沿路昭然若聲。

從單行道內駛出，你撞著了一個人，化妝品同他的血液漫流，香水的芬芳掩過了死亡的氣息，你的粉紅因為汽油的外洩浮漾在死者的血液上，陰影的濃稠沒有輪廓的分別疆界。

你又入獄了，妨礙公務、過失殺人，而在法庭上你才霍然知曉，顧客的販賣品，是走私貨是非法的。

你牢記著你的心願，一觸及就會心痛萬般無奈，回首直指倒鉤。

你的心願一直重複地被廣播，而你無法對話；離鄉多年的遊子，孤立在悠久長遠年代築成彷似古蹟的車站大廳。

（請發現我。）你在古蹟內的吶喊成了傳染病。

※　※　※

這裡卻沒有人，侵略者遠去的這裡，黃禍，大元帝國；希臘化時代，把戰爭帶給亞洲，把財富帶回希臘，亞里士多德的學生，擬真而不是再現，這裡沒有人，你孤身地在古蹟，哲人日已遠。

※ ※ ※

整個網頁，整個與電視新聞節目合作、製作知性廣播提供服務的電台網頁，只剩下回音似的鸚鵡學舌，原本精采綺麗粉紅的畫面，許多精美雅緻的插圖，和不斷快顯的贊助廠商廣告視窗，不見了都只空留有一堆，廣播的內容的文字：

「我祝福您幸福健康。」

（怎麼辦？）

「請發現我。」

（怎麼辦？）

「我是地球人，我的名字是陳欣姿。」

（陰暗的燈光傳來，你幾乎看成了「陳外婆」，外面的老婆。）

「外星人已經離去了，現場只有我，請和我聯絡，我好害怕。」

（外星人？什麼跟什麼？你以為自己在夢中，廉價的科幻故事正在上演。）

「洪水也已經褪去了，所有的現場都瀰漫著孤寂，從高樓的落地窗望去，我輕眼目睹退潮的痕跡，以及外星人的離去。」

（怎麼辦？）

「從高樓望下一切清，晰可數像是玩具等待被重組除了你，那邊怎麼了呢？你還在那邊嗎？」

（妳那邊，也怎麼了？）

我祝福您幸福健康。

（不要饒舌廣告地重播共識膚淺已知！）

請發現我。

（怎麼又來了？）

我是地球人，我的名字是陳欣姿。

（陰暗的燈光傳來，你幾乎……什麼啊！你幾乎與重複的過往聞雞樣的鬧鐘起床了。）

外星人已經離去了，現場只有我，請和我聯絡，我好害怕。

（什麼外星人啊？這世界到底怎麼了？長城飛將在竟然廉價成科幻故事。）

洪水也已經褪去了，所有的現場都瀰漫著孤寂，從高樓的落地窗望去，我親眼目睹退潮的痕跡，以及外星人的離去。

（不要再廣播了！請發現我！）

……你還在那邊嗎？請發現我。

像是玩具等待被重組，除了妳。

（妳會是夢中的莉娜嗎？新細明體的「夢」羅網了柵欄國界暗喻的「四」，妳不會逃走的，在夢中。）

※ ※ ※

※ ※ ※

打開洗衣精，光影散去的密室閉鎖中，芬芳的撲鼻人造香氣蔓延的軌跡似密不透風面海的山穴內，點起了蚊香，裊繞的煙霧瀰漫的路線如斯清晰，往山洞內的深處不斷地蔓延；沒有到你的眼前，你卻明白地嗅見。

海鷗驚鴻飛過。

像是你急忙無法忍耐的時候，一時不察佔用了百貨公司內殘障者專用的洗手間；然後起身，揖門而出，卻驚見門外站立著面無表情的，殘障朋友。

對望的視線，沒有交談的言語把空氣四周推擠壓泵成洪水過後的腐酸氣息，你沉默不語視而不見地四十五度仰起臉龐角擦身而過。

意外的見證者，那位身著清潔公司制服的女服務員從門口進來。

離開，如侵略者看不見的城市運籌帷幄，你知道一切卻不願多想什麼相關沙盤之外的，戰火之下野有大啖凍死骨的餓莩，你一切知道，家書抵萬金你卻什麼也不願意想起。

你不允許任何你所知的所有軍情出現任何提喻、換喻、借喻，當然更不允許明晰的暗喻存在，像是，像是偽裝自己永遠都在鏡頭內的戰地記者。

西線的戰事，是西線的戰事，這是野蠻的悲慘世界；鏡頭下西線的戰事，是西線無戰事，見證並控訴悲慘的野蠻世界。

你是稷下先生，不治而議論。

就像是有偷竊、強盜前科的你躲進去了教堂，之前先把米開朗基羅病毒植入安裝好的警報器，特洛伊的木馬門扉自動解鎖無聲進行神父，二樓在夢鄉內警鈴大響，他正在逃命，無暇回首顧及這裡。

你小心翼翼地環顧四周，暗聲悄問地自言自語：（有人嗎）？

都沒有人了，你以為你只是參觀遊覽暫時地躲避警方在路口設下的臨檢，時間過後再去向小販購買一張這間教堂的明信片以資紀念。

你沒有參與這段歷史（反正現在沒有人），過很久後你從統一發票上才知道，你在甲仙的錫安山教會。

舊約，聖經；新約，復活。

泰初有道，不可名之。

後來，有人來了。其實警察們早已瞥見你鬼鬼祟祟的身影，他們甚至從你瞬逝的身影就判斷出那是有強盜、偷竊前科的你了。於是他們成群結隊地來到教堂門前，叩門詢問：有人嗎？

神父驚醒，你躲進了告解室；掩耳盜鈴，（這裡沒有人。）

這裡沒有人。

你準備發出的新聞稿如同，機密進行的軍事會議前方斥侯傳來的情報：這裡沒有人。

然後，出發的你比糧草先行地來到了這裡日後。或許會被美譽為古羅馬競技場的大草原崇山峻嶺環成的盆地牧場還沒有成為古蹟尚未是觀光風景名勝地此時，此時，輕風拂來，夕照斜映，小河邊的小徑輕悄靜甯，不見人影觸目所及。水流窸窣地潺湲，蒹葭，宛在水之湄，誰都不能來，此時。沉沉的綠光浮漾天邊的彩霞，翠綠的質感隱隱有人事已非的落葉泛起漣漪。

更遠處，小河蜿蜒不見的那一頭有牆蟠踞似長城萬里，冉冉地升起一陣扶搖彷若是炊煙裊裊，午後的寧靜，雀鳥啼。

卻越不過始終靜謐的遠山翠黛，夕照讓青山白首，坦衣露肩右衽，那一道界限陰影籠罩下的晦澀如斯昭然，但丁，《神曲》越過：此河，回首無望。

此時。

此時，不遠方發現了人影，淡漠的顏色黯然似古質的時間流逝在悄然間不會引起注意之穿著，繼承自不同時間的史詩蔭影而成的顏色裝扮。

而那是國界的另一方，你不能稱為敵軍，因為你並未參與；但是也沒有牆外發行的採訪證你。

野牛四散，天似穹廬。

啊我軍在（祕密地）情報指示下快來了啊，快要進駐此地的山頭了啊，你在心底對沒有形容的蔭影似穿著之吶喊：（你要趕快離開啊！）

你要趕快離開啊，這是你最想說的話，你最想對你說的話。

你拿起了攝影機，高舉就像是要表白自己無害的身分一樣，雖然身著迷彩裝，那國際通用的顏色。

你高舉攝影機，你浪頭似地搖晃另一支手，臂揮動手掌，趨之別院回到（牆外的那一邊去吧！）你知道的。

你知道的。你在戰場上你救不了你自己，有幸的是，這裡還不是戰場，這裡尚未淪陷，你可以像是個畫地自限的吝嗇地主一樣，你可以像是地主一樣，你可以像是個狼心狗肺不顧過去恩情的負心漢一樣，你可以把你驅逐，你可以名正言順地驅逐你自己。

於是，你向前走去，高舉像是狙擊槍的戰地攝影機，向你大喊。

不同顏色穿著的你，蔭影站在牆旁的「敵兵」，遲鈍如斯直到現在才發現，才發現到你，才發現到你的入侵。

高舉武器，子彈上膛，準星瞄準你扳機，正要扣動的時候爛泥似的，成為草綠色的醬汁整個貼抹在牆上，鋼盔滾進河裡，小澗穿過，錚錚淙淙，似琴鳴箏奏。

迸。

些許粉紅淌落。

點描，雨點皴，范寬，〈谿山行旅圖〉，最後你才在隱密的樹蔭葉隙間見證了自己；新印像式的光影褪去，烘托成斑斕壯闊的現場，點瞄準了你；喬治※　※　※蘭姆，〈黑斯特海灘〉，見證和參與，你目睹你自己竟然如斯史詩轟然，褪去外紗。

你死了。

過了一陣子，耳朵才恢復了正常聽覺，望向身後，你在戰場上認識的那位大兵正放下火箭筒，對你露出一副「還好可以趕及救你」的苦笑。

回首，褐色深黝夕陽斜照映起清楚斑斕青苔蔓衍石塊突出錯落小花迎風搖曳的石牆，突然倒塌，越過那一抹醬綠色，你看到牆的那一端，一樣都是草地的蔓延。

※　※　※

這時候才想起手機。

光影的區塊回到了原處，許久過後了。

有香港腳的童子軍小明一直到這時候，才想起他有手機。

古老的型號，雖然不是黑金剛型的，所以沒有照相功能；卻可以上網，下載各種音樂；彷似通信兵，背負著厚重的行囊入侵原有的音樂出產地，複製那動人的聲響，行囊更重步履更艱困通信兵再回到自己的出發地，輕空行囊，蓋上戳印，成為，自己的。

所有的介入。

或許，入侵網站能警醒引起外婆的認知呢，小明心想，再不濟也能錄下外婆的呼救，這些廣播總是無止盡地重複循環像是拆開手銬之後令人厭煩，雖然必備。

自動錄音，沒有人在的時候，記下那視若無睹的呼被救聲。

此時燈光慘澹，日完全落盡光只剩捕蚊燈，像是曾經有人逃離的密室這裡。

小明憑著記憶，右手提著洗衣精左手摸索著牆壁前進，手機放在樓上餐廳，童軍卡其外套裡。

時間像是階梯盈虛而後進，階梯的轉角處，有枯枝橫亙上下兩階，隨著舉步迎面有展翅滑翔的蟑螂，迎面。

閃躲而詳察封閉的戰場所有落腳處的小明踩了上去。

樹枝斷裂，小明滾下樓梯，頭角撞上堅硬的桌尖，撼動書架。

精裝的《中華文明史》落下。

汩汩的腦汁流出，沾濕了這殺人利器，也浸透了在一旁的報紙；政治版的新聞，立法院在休會前夕熬夜大趕工的所有法案，所有用血淚熬成的法案。

※　※　※

我們同樣沒有名字。

《蒙馬特遺書》最後所引的詩句見，證我不知道作者是誰。

我在那未知如夢似幻的紙上，讀著讀著，然後哭泣，求救的話語，持續發聲。

（請發現我。）房間定格後漸漸地柔焦。

明日復明日。

初稿於8/20/2007 8:58:48 PM「忘塵軒」九月一日起也沒有吸菸區了；空中事故，慶幸無人傷亡；〈把妳藏在外面〉的完成版；在「忘塵軒」中擬定了大綱，這是第一次的有計畫啊；老吳回金門了，臨行之際說了一聲「兄弟」；小明搬去了草山；竟然不敢用人名了；妳、好、嗎（其實想依舊以頓號作結）。終於振作於8/22/2007 3:28:48 AM無法使用〈大誥〉及〈微子之命〉；

二者皆有之的困惑，無法清源；又去了城隍廟，觀音大士的斂目；回故居；見著了妳；妳是笑著選擇離別的。三稿於8/22/2007 9:40:32 PM情節推展至進入了地下室，卻在猶豫是否歧出地完成偶然得之的假相；好久沒有如此的趕稿，〈把妳藏在外面〉的形式困惑：夢境是否需要推移？四稿於8/23/2007 4:34:52 AM攬鏡自映，終於又出現了妳說的猙獰；名字終於可以開展。五稿於8/26/2007 5:37:42 AM停頓多日，開始接續，期待晚上的相聚；同樣的問題在於時間點的設置。六稿於8/27/2007 8:16:44 PM寫到了「**我要在這個星球豢養著一株玫瑰**」，頓筆沉思許久；日昨同學會，而我期待了四年；原來所有的腔調依舊是「實驗」，而我苦笑。七稿於8/28/2007 1:02:28 AM恍神中遺失了最重要的〈給親愛的廣末涼子〉，心痛；終於來到了火炬；所以繕稿，找到了「**未知名的倒鉤回首**」、「**未被名的倒鉤回首**」、「柔焦／定格」、「足跡」；休息片刻後補強命名、〈一條街的神祕與憂鬱〉，正式進入了語言。八稿於8/29/2007 2:42:46 AM補強了「**地上的斑斑殘留……**」；找回了〈給親愛的廣末涼子〉；月蝕，宇宙有「空洞」；複習舞鶴、邱妙津；寫到運送非法品。定稿於8/30/2007 3:46:13 AM時間到了臨頭才猛然地發現，找不到妳的電話，以及，問候的理由。

國家圖書館出版品預行編目

書及妳 / 佚凡著. -- 臺北市 : 致出版, 2021.03
面； 公分
ISBN 978-986-5573-11-9(平裝)

863.4 110002884

書及妳

作　　者／佚凡
出版策劃／致出版
製作銷售／秀威資訊科技股份有限公司
114 台北市內湖區瑞光路76巷69號2樓
電話：+886-2-2796-3638
傳真：+886-2-2796-1377
網路訂購／秀威書店：http://store.showwe.tw
博客來網路書店：http://www.books.com.tw
三民網路書店：http://www.m.sanmin.com.tw
讀冊生活：http://www.taaze.tw

出版日期／2021年3月　定價／450元

致 出 版　向出版者致敬